우리시대의 문학과 인생

元勇寓

국학자료원

시와 시조의 길잡이

　문학과 인생은 부부 사이처럼 떨어질 수 없는 관계이다. 흔히 문학을 인간의 사상, 감정, 체험을 담는 그릇이라고 한다. 그러기에 문학이 없다면 인간의 사상, 감정, 체험을 담을 만한 마땅한 그릇이 없다고 보아야겠다. 그래서 문학을 인간학 또는 인생학이라 하는 것이다. 다시 말해서 문학공부를 한다는 것은 인생 공부 또는 인간 공부를 한다는 뜻과 마찬가지라는 이야기다.

　사람들이 이 세상을 살아가려면 우리 선인들은 어떻게 살아왔고, 현재 다른 사람들은 어떻게 살아가고 있는지를 알아야 한다. 그 아는 방법은 일일이 찾아다니면서 물어볼 수 없는 것이기에 시, 시조, 소설, 수필 등 고전작품이나 현대작품을 읽어보는 수밖에 없다. 그 작품들을 읽고서 성공한 이야기를 본받고 실패한 이야기를 취하지 않으면 된다. 그러나 이 세상을 지혜롭게 살아가고 보람과 가치를 창조하면서 살아가려면 문학작품을 열심히 읽고 실제로 문학작품을 창작해 보는 것이 가장 좋은 방법이라 생각한다.

　이 책의 제1부는 문학 이론을 설명하였고, 제2부는 현대시와 시조를 읽고 해설하고 감상한 글들이다. 제1부에서는 시나 시조를 쉽게 접근하고 이해할 수 있는 길을 제시하였고, 제2부에서는 시나 시조를 어떻게 읽고 감상하는 것이 좋은가 하는 점을 예를 들어 보였다. 그래서 이 책은 시나 시조를 공부하려는 사람들에게 입문서 역할을 해줄 것이다. 많은 사람들에게 읽히고 그들에게 자그마한 도움이 된다면 더 바랄 것이 없겠다. 그리고 이 책을 발간하는데 많은 도움을 주신 국학자료원 정찬용 사장님께 감사 말씀 올리고, 아울러 편집을 맡은 실무자들에게도 고맙다는 인사를 드리고, 국학자료원의 무궁한 발전을 빌면서 이글을 마친다.

2011년 11월 15일
구의서실에서 원용우 씀

Ⅰ. 문학 이론편

Ⅰ. 문학 이론편

1. 현대시조의 중요성

현대시조의 중요성은 아무리 강조해도 부족하다고 생각한다. 그것은 시조가 우리의 민족시, 겨레시, 전통시라는 사실 한 가지만으로도 그 중요성은 입증된다. 그런데도 시조는 우리 문단에서, 일반 사회에서, 교육 현장에서 소외당하고 푸대접 받으니 할 말을 잃게 된다. 문인 주소록을 보면 시 쓰는 시인의 숫자는 5천 명에 육박하는데, 시조시인 숫자는 1천 명 내외라는 사실에서 소외당하고 있음이 입증된 것이다. 이것은 비단 문학 분야에만 해당하는 이야기는 아닐 것이다. 미술에서도 서양화보다는 한국화의 인기가 덜하고, 음악에서도 국악이 양악에 압도당하고, 무용에서도 서양에서 유입된 춤에 비하여 우리의 전통춤이 소외당하고 있다고 본다. 그리고 일반인들은 시조라면 고시조나 생각하지 현대시조가 있다는 사실조차 모르고 있다. 심지어는 시인지 시조인지 구분 못하겠다는 사람들이 부지기수다. 학교 교육현장에서도 마찬가지다. 국어교과서에 실린 시조의 편수가 자유시의 편수에 비하여 비교가 안될 만큼 적다. 국어책을 만드는 집필자의 눈에도 시조는 안중에 없는 것이다.

이처럼 시조가 소외당하고 있는 것도 문제지만, 우리 시조단에도 문제가 많다. 옛날에 비하여 시조시인 숫자도 많아졌고, 발표되는 작품 수도 많아졌지만, 그 작품의 격조를 보면 정격을 지키는 이보다 파격이나 변격을 일삼는 이들이 현대시조의 선구자처럼 대접받고 있다. 그러니 파격을 잘하면 시조 잘 쓰는 사람으로 인정받는 시대가 도래(到來)한 것이다. 그리고 작자와 독자, 작품과 독자 사이에 소통이 이루어져야 하는데, 어떤 작품은 아무리 상상력을 동원하고 유추해 보아도 그 메시가 뭔지 알 수 없는 것들이 많다. 그런데 현실은 이처럼 소통이 안 되는 작품을 높게 평가하고, 그러한 작가들을 대단한 시인처럼 치켜세우고 있으니, 시조의 정체성마저 흔들려서 혼란의 혼란을 거듭하고 있는 것이다. 어느 것이 옳고 어느 것이 그른지 갈피를 잡을 수 없을 만큼 가치기준이 허물어졌다. 그러니 이제는 "현대시조 이대로 좋은가"라는 화두를 꺼내서 한번쯤 생각해보고 논의해 봐야 할 시점에 이르렀다고 본다.

　먼저 현대시조의 '현대'라는 용어부터 공감대를 형성해야 될 것이다. 이 문제에 대하여 이우종은 "① 현대적인 언어를 가지고, ② 현대적인 사상과 감정을, ③ 현대적인 기법으로 구축한 시조"를 의미한다고 이야기하였다. 그러면서 한편에서는 주정적(主情的)인 것보다는 주지적(主知的)인 것을, 청각적(聽覺的)인 것보다는 시각적(視覺的)인 것을, 평면적(平面的)인 것보다는 다차원적(多次元的)인 것을, 물적형상(物的形象)보다는 심적형상(心的形象)을, 의식세계(意識世界)보다는 무의식세계(無意識世界)를 추구하려는 경향이 나타나고 있다는 것이다. 이처럼 주장하는 그 밑바탕에는 현대시조는 현대감각, 현실의식, 현대성과 같은 것이 작품 속에 반영되고 용해되어 있어야 한다는 것을 주장한 것으로 이해된다.

다음은 시조의 중요성에 대하여 알아보겠는데, 이 문제는 백수 정완영 선생께서 하신 말씀을 먼저 인용해 보고자 한다.

"여기 아주 국보급 중에서도 국보급인 유산이 그 바다의 심저(深底)에 가라앉아 있는 채 인양자의 시선이 닿지 못하고 있는 것이다. 그것은 다름 아닌 우리 정신의 본향(本鄕), 우리 정서의 본류인 민족시가 '시조(時調)'다. 다시 말해 3장 6구에 갈무리되어 있는 민족혼의 내재율(內在律) 3·4·3·4(초장), 3·4·3·4(중장), 3·5·4·3(종장)의 시조인 것이다. 이것은 중대한 오류이며 시행착오라 아니할 수 없는 것이다. 이 3장 6구에는 우리 민족의 온갖 사고(思考), 온갖 행위, 온갖 습속까지 다 담겨져 있는 것이다. ~중략~ 춘하추동 계절의 행이, 할머님의 물레 잣던 손길, 늙은 농부의 도리깨 타작, 우리 어머님들의 다듬이 소리, 어깨춤도 절로 흥겹던 농악에 이르기까지 가만히 새겨 보고 새겨들으면 3장 6구 아닌 것이라고는 하나도 없는 것이다."

백수선생의 견해를 인용해 보았거니와, 이런 식으로 이야기하면 한국의 자연, 한국의 문화, 한국인의 생활양식 등 모든 것이 시조의 가락인 3장 6구 아닌 것이 없다는 이야기다. 그만큼 시조와 우리 민족은 궁합이 잘 맞는다는 이야기고, 코드가 잘 맞는다는 이야기로 이해하고 싶다. 그래서 필자는 시조와 우리말과 우리 민족은 삼위일체 되어 서로 떨어질 수 없는 운명적인 인연관계라 보는 것이다. 그래서 모르긴 몰라도 이 지구상에 대한민국이 존재하고 배달민족이 존재하는 한 시조는 영원이 존속하고 계승 발전하리라 보는 것이다. 이러한 연유로 시조를 민족시, 겨레시, 전통시, 국민시, 순수 한국시라 불러도 좋을 것이라 본다.

다음은 시조 어떻게 쓸까 하는 문제이다. 혹자는 시조는 주어진 형식에 글자 수를 맞추어야 하기 때문에 쓰기가 힘들다는 이야기를 한다. 또한 양복을 입지 않고 한복을 입었을 때처럼 불편하고 시류에 맞지 않으니 시조를 쓸 필요가 없다는 이야기를 한다. 하여간에 시조창작법에 대하여는 책으로 나온 것도 많고, 학자들 나름대로 자기의 견해를 펼쳤기 때문에 좋은 참고가 되기는 하지만 자고로 글짓기에는 왕도가 없다고 생각한다. 그래서 월하 리태극 선생의 설을 인용하는 것으로 만족하려는 것이다.

1. 그 형식이 간결하면서도 묘미가 있어 기준 형식 안에서는 자유로운 조어(措語)를 할 수 있다.
2. 그 그릇이 우리의 생활과 사상과 감흥과 사색들을 단적으로 담기에 알맞다.
3. 그 내용과 형식이 시가의 본질에 맞아서 현대시로서의 가치를 갖추고 있다.
4. 그 형식성을 알고 짓기 시작하면, 곧 그 운율성이 터득되어 정형성의 구애를 받지 않게 된다.
5. 남녀노소나 각층의 직업에 관계없이 누구나 지을 수 있다.
6. 3장 6구로 된 한 수 또는 몇 수이므로 누구나 감상하고 즐길 수 있다.

이처럼 월하 리태극 선생의 시조창작법을 알아보았지만, 이대로 실천한다고 해서 시조를 잘 지을 수 있는 것도 아니다. 그리고 시조 짓기는 이론이 아니라 실제의 작업이기 때문에 이론을 잘 안다고 해서 좋은 작품을 생산한다는 보장도 없다. 이 문제에 대하여 이우종은 "섬세한 언어 기교, 밀도 짙은 구성, 개성 있는 발성법의 심화, 내면세계의 추구" 등을 제시하였다. 모두 맞는 말이고 시조 짓는데 참고가 되는 말이다.

그렇더라도 필자는 우선 시조에 대하여 깊은 애정과 관심을 가져보라고 권한다. 그리고 처음에는 좋은 작품이든 그렇지 않든 작품 읽기를 많이 해야 된다고 생각한다. 그 다음에는 선인들의 작품을 모방해서 많이 써보는 것이다. 많이 쓰는 연습을 하면 자기 나름의 비법을 터득하게 된다. 그 다음에는 시적인 문장, 시적인 표현, 시적인 기법을 구사해서 시상을 전개해 나가면 될 것이다. 아무튼 시나 시조는 비유로 시작해서 비유로 끝나야 된다고 생각하기에 비유법 쓰는 연습을 많이 하면 좋은 작품을 생산하는 시인이 될 수 있다고 확신한다.

2. 나의 시조, 나의 삶

남녀가 만나서 결혼하는 것을 천생연분, 천정배필이라고 한다. 이 말은 두 사람의 만남에는 하늘의 뜻이 담겨 있다는 뜻도 되겠고, 하늘이 시켜서 결혼하게 되었다는 이야기도 되겠고, 아예 전생부터 인연이 있어서 부부가 되었다는 의미가 내포되었다. 또 달리 표현하면 그 만남이 운명적이라는 해석이 가능하다. 이처럼 결혼하는 부부의 만남이 운명적이듯이, 필자와 시조의 만남도 거의 운명적이었음을 훨씬 뒤에서야 깨달았다. 다시 말해서 살다 보니까 그렇게 된 것이 아니라, 사실은 만나지 않으면 안 될 필연성이 있었다는 이야기다.

필자는 애초부터 선생으로 시작해서 교육계에서만 봉직하다가 선생으로 퇴임하였다. 그런 가운데 1970년 한 해만 진명여고에서 교사 생활을 한 적이 있다. 처음에는 이 학교가 엄청 좋은 줄 알고 찾아갔는데, 가서보니 빛 좋은 개살구였다. 그 당시 여교장께서 선생들을 어찌나 들들 볶는지, 오장육부를 내놓고 근무하지 않으면 하루도 그냥 버틸 수가 없을 정도였다. 그러니까 매년 학기 초만 되면 기존에 있었던 선생들이 30여 명 우르르 빠져나가고, 새로이 30여 명의 교사들이 입사하는 악순환이 되풀이 되고 있었다. 나도 '진명'하면 좋은 학교인 줄 알고, 그 학교에 가서 뼈를 묻을 생각을 했는데, 사실은 그 반대이었으니, 그 참담한 심정 이루 표현할 길이 없었던 것이다. 분명한 것은 부하직원을 달달 볶는 회사나 학교치고 월급을 후하게 주는 곳이 없었다는 사실이다. 이쯤 되면 그곳을 탈출하는 수밖에 다른 방법이 없지 않겠는가. 그래서 만 1년 근무하고 뒤도 돌아보지 않고 진명을 떠났던 기억이 아직도 생생하다.

그런데 그곳에서 귀인 한분을 만났으니, 그분이 바로 유동 이우종 선생이시다. 그분께서 시조에 대하여 말씀해주시고, 시조를 쓰라고 권해주시고, 등단의 절차를 밟도록 도와주셨다. 그 덕분으로 5년 후 1975년 월간문학 신인상에 당선되어 시인의 길을 걷게 되었던 것이다. 그러니까 내가 진명으로 간 것은 바로 이우종 선생을 만나라고 절대자께서 지시한 것으로밖에 해석되지 않는다. 내가 5년이고 10년이고 여러 해를 진명에 있었다면 그런 해석을 하지 않겠는데, 단 1년밖에 안 있었으니, 바로 그분을 만나기 위하여 그곳에 간 셈이 되어버린 것이다. 만약에 내가 진명여고에 1년간 근무하지 않았더라면 유동선생을 만났을 리 만무하고, 그렇게 되면 나는 영영 시조시인이 못 되었을 가능성도 있는 것이다. 그래서 나와 시조의 만남은 우연이 아니라 필연이고, 내 사주에 문필생활을 하고 시조시인 노릇 하라는 팔자가 있는 것으로 헤아려진다. 다시 말해서 필자와 시조와의 만남은 완전히 운명적이었다는 것이 이런 과정을 통해서 그대로 증명된 것이다.

이렇게 등단하면서 만난 분들이 리태극, 정완영, 이상범, 이은방, 김광수 등 제씨들이다. 이분들을 만나면서 시조와 더욱 친숙하게 되었고, 시조단의 돌아가는 형편을 알게 되었다. 그래서 '씨얼문학회'를 창립하고, 동인활동을 하였으며, 현재까지 "신서정 31호"를 발간하였는데, 꾸준히 이 동인 활동에 참여해왔다. 만약에 내가 씨얼 동인 활동을 하지 않았으면, 시조를 끝까지 쓰지 않고 중간에 도중하차했을 가능성이 높다. 그 이후 대학원에 들어가서 석사과정, 박사과정을 밟느라고 도저히 시조를 쓸 여력이 없었기 때문이다. 학생들을 가르치기 바쁘고 대학원이나 대학에서 요구하는 논문 쓰기 바쁘고, 대학원생들의 논문 지도하기 바쁜데 어느 겨를에 시조를 쓰고, 문단 활동을 할 수 있었겠는가. 그래도 동인지에 작품 내는 것만은 빠질 수 없어 억지로 써온 것이, 지금까지 시조시인이란 명맥을 유지하게 된 중요한 계기가 되었다고 생각한다.

사람도 한번 인연을 맺으면 쉽게 헤어질 수 없듯이, 시조와도 한번 인연을 맺었기 때문에 그 만남을 계속할 수밖에 없었던 것이다. 석사과정에 들어가서는 졸업논문 제목을 "가람시조 연구"라 해서, 역시 시조 작가와, 그의 작품세계를 연구해서 학위를 받았다. 박사과정에 들어가서는 논문제목을 "윤선도 문학연구"라 정하고, 그의 시조와 한시를 집중 조명해서 박사학위를 받았다. 그 외에도 "시조 형성의 원리"란 논문 등 40편의 시조 관련 논문을 써서 발표하였으니, 얼마나 시조의 매력에 빠져들었는지 그대로 증명된 것이다. 어디 그뿐인가? 내 밑에서 석사학위를 받은 사람이 100명에 가까운데, 이들의 3분의 2가 시조와 관련된 논문을 쓰고 졸업하였으니, 시조와 본인과의 관계는 부부관계처럼 밀착되었다고 감히 주장하는 바이다. 그리고 대학이나 대학원에서는 "시조가사론"이라는 과목을 맡아서 20여 년간 강의하였으니, 내 나름대로는 시조문학 발전에 이바지한 공로가 있다고 스스로 자부한다.

그 동안 읽고 감상한 시조작품은 얼마나 되는지 부지기수이다. 시간만 나면 남의 시조를 읽고 해석해 보고 감상해 보았다. 그리고 다른 분이 쓰신 시조 관련 저서와 논문도 많이 읽었다. 그리고 직접 출간한 시조집에는 「여름 일기」, 「신록 앞에서」, 「그리움의 미학」, 「거울 보는 연습」, 「시간의 징검다리」, 「아버지의 땅」 등이 있다. 또한 광진문화원에 "시와 시조반"을 개설하여 2003년부터 현재까지 창작 지도를 하고 있다. 여기 수강생 중에는 각종 백일장에 나가서 장원을 한 분도 있고, 문단 등단의 절차를 거쳐서 작품 활동을 전개하는 이들이 많이 있다. 나만 시조를 공부하고 쓰기에 전념하는 것이 아니라 시조 보급 운동에도 일익을 담당하고 있는 것이다. 이쯤 되면 시조를 좋아하는데 그치지 않고 시조를 생활화 하였다고 표현해도 지나친 말은 아닐 것이다. 나는 그 동안 시조를 나의 종교라 생각하면서 믿어왔고, 나의 애인이라 생각하면서 교류하였고, 나의 생활이라 생각하면서 의식적으로 가까이 하였다. 그런 의미에서 나의 시조는 바로 나의 삶 자체였다고 감히 주장하면서, 정말로 시조를 잘 쓰는 시조시인 소리를 듣고 싶다는 희망을 이야기하면서 이 글을 마친다.

3. 시조의 형식 문제

시조는 우리 선인들이 물려준 고유문학이고 정형시라는 것은 잘 알

려진 사실이다. 정형시라면 그 형식에 대하여 이야기하는 내용이 같아
야 하는데, 선배 학자들의 이야기가 약간씩 다르니, 어느 것이 정설인
지 헷갈릴 때가 많다. 특히 시조가 3장으로 구성되었다는 점에서는 대
체로 견해가 일치하는데 몇 구로 구성되었느냐 하는 점에서는 논의자
마다 견해가 분분하다. 시조 형식 문제는 1) 3장 6구설, 2) 3장 8구설,
3) 3장 12구설이 있음을 제시하고 과연 어느 설이 타당한지에 대하여
논의해보고자 한다.

1) 3장 6구설에 대한 논의

(1) 시조시의 정형에 있어 제일 조건은 6구 3장이다. 이 6구 3장으로 조
   직된 것은 절대불변의 형식이니, 이것이 시조시의 결정적 구성 형
   식의 특성이다.   (안자산: 시조시와 서양시)

(2) 시조곡의 조직의 형식을 말하면 ㉮ 3장이니, 시조 1편을 초, 중, 종
   장으로 하여 3장으로 분하였고, ㉯ 12절이니, 이상 3장 6구를 1구
   에 2절씩으로 분하여 12절을 정하였고, ㉰ 6구니, 이상 3장을 각각
   1장에 2구씩 분하여 6구를 정하였다.   (최남구: 시조창법 소고)

(3) 45자를 대단위로 하여 그를 다시 내분(內分)하여 3장에 나누어
   15자를 일장(一章)으로 한다. 1장 15자를 다시 나누어 내구를 7자
   외구를 8자로 정하니 내7 외8의 엄격한 자수를 율동 구성으로 하
   였다.   (김종식: 시조개론과 작시법)

이러한 견해에 비하여 정완영 또한 시조 형식은 3장 6구라는 설을
내세웠고, 이 3장 6구 속에는 우리 민족의 온갖 사고, 온갖 행위, 온갖
습속까지 다 담겨 있다고 본다. 예를 들어 춘하추동 계절의 행이, 할머
님의 물레잣던 손길, 늙은 농부의 도리깨 타작, 우리 어머님들의 다듬

이 소리, 어깨춤도 절로 흥겹던 농악에 이르기까지 가만히 새겨보면 3장 6구 아닌 것은 하나도 없다고 했던 것이다.

2) 3장 8구설에 대한 논의

이 3장 8구설은 유일하게 가람 이병기에 의하여 주장되었던 시조형식론이다. 그의 이론을 도표화하면 다음과 같다.

초장 1(六字~九字) 2(六字~九字)
중장 1(五字~八字) 2(六字~九字)
종장 1(三字) 2(五字~八字) 3(四字~五字) 4(三字~四字)

이러한 설에 대하여 이우종은 "이병기는 구를 설명하기를 「구에는 구어(句語)의 구와 구절(句節)의 구가 있으며, 그 중 구어의 구는 한 도막으로 되어 있고, 구절의 구는 두 도막 이상으로 되어 있다」라고 했지만, 사실은 그 말도 그가 내세운 시조 형식의 3장 8구설을 합리화시키기 위해 만들어 낸 조어에 불과하다"는 비판을 가하였다. 또 리태극은 이 문제에 관하여 "이병기의 초장과 중장은 6구설에 준한 구 구분을 하여 각장 2구씩으로 나누고서는 종장의 특이성 즉 첫머리를 3자 고정으로 한다. 그 다음을 5자 이상으로 한다. 다음을 4자로 그 다음을 3자 내외로 한다는 점 등에서 종장만을 4구로 나누어 12구설에 접선하였다. 이것은 여러 가지 점에서 초·중·장을 나눌 때의 구 개념으로 복귀하여서 종장도 두 구로 보아야 할 것이요, 12구설을 고집하는 이들도 시조 본래의 구 개념에서나 고대시가의 구 형성상의 기준관에서나 속히 6구체설로 환원하여야만 된다"는 논리를 전개하였다.

3) 3장 12구설에 대한 논의

(1) 이은상의 견해

	제1구	제2구	제3구	제4구
초장	2~5자	2~6자	2~5자	4~6자
중장	1~5자	2~6자	2~5자	4~6자
종장	3자	5~8자	4~5자	3~4자

(2) 조윤제의 견해

각장 각구의 배음을 표시하면 초장 3·4·3·4, 중장 3·4·3·4, 종장 3·5·4·3으로 되었다. 그러나 이것은 시조의 기준형이고 실제의 시조를 당하여 보면 얼마든지 변형이 있을 수 있다. 즉 3장 12구라는 원칙은 변함이 없지마는 각구의 음수는 3이 4가 될 수도 있고, 4가 3이 될 수도 있으며, 또 3이 2가 될 수도 있고, 4가 5도 될 수도 있다.

(3) 김사엽의 견해

	제1구	제2구	제3구	제4구
초장	4	4	4	4
중장	4	4	4	4
종장	아으으	5	4	4

이상에서의 논의로 미루어 보아 시조 형식은 3장 6구체인가, 3장 12구체인가 하는 문제로 좁혀졌다. 또 이 두 가지 주장 중에서 3장 6구설이 오늘날 학계의 정설로 인정받고 있는 것도 주지의 사실이다. 그렇더라도 이 문제를 해결하기 위해서는 <구>의 개념을 정립하는 것이 선결과제라고 생각한다.

① 因字而生句 積句而成章(文心雕龍)

② 文詞之處(張三植, 大韓漢辭典)

③ 句 古謂之言(詩關雎疏)

④ 詞絶也一言謂之一句(辭源)

⑤ 凡經書成文語絶處謂之句(韻會擧要)

　　옛 문헌들 중에서 <구>에 대한 개념을 어떻게 밝혀놓았나 살펴보기 위하여 예로 들어 보았다. ① 유협의 <문심조룡>에서는 사람들이 생각을 기술하는 데는 먼저 문자를 연락하여 구를 만들고, 구를 중첩해서 장을 만들고, 장을 중첩해서 한편의 문장으로 만든다고 했다. ②에서는 문장이 끝나는 곳을 <구>라 했고, ③ 에서는 <구>를 <언>이라고 했다는 이야기다. ④ 에서는 문장이 끊기는 곳을 <일언>이라고 하는데, 이것을 <일구>라고도 했다는 것이다. 이러한 내용들도 중요하나 역시 시조의 <구> 문제를 해결해주는 단서는 ⑤ 항에 있다고 본다. 해석을 해보면 한 덩어리의 생각을 나타내는 <문>을 이루면서 <말>이 끊기는 곳을 <구>라고 한다는 내용이다. 다시 말하면 <문>을 이룬다는 것은 의미단위[文節]를 두고 한 말이고, 말이 끊기는 곳이란 기식단위[氣節]를 염두에 두고서 한 말이다. 바로 그 의미단위와 기식단위가 합치하는 어절까지를 시조에 있어서 하나의 <구>로 보아야 한다는 것이 필자의 생각이다.

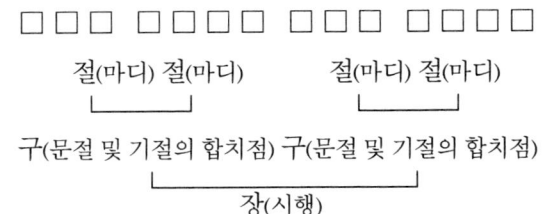

이처럼 도표로 제시해 보았거니와 <절>이 모여서 <구>를 이루고, <구>가 모여서 장을 이룬다. 그러니까 시조의 한 장은 네 개의 마디로 형성되었고, 그 마디가 둘 모이면 <구>를 이루고, <구>가 둘 모이면 <장>을 이룬다. 한마디로 의미단위와 기식단위가 동시에 합치점을 이루는 곳은 제2절과 제3절 사이가 되었으니, 시조의 한 장은 4개의 구로 나누어지지 않고, 2개의 구로 나누어진다고 보아야 한다. 아울러 초장에서의 이러한 논리는 그대로 중장과 종장까지 적용되어, 시조는 3장 6구 12절로 된 우리 민족 고유의 정형시라는 점을 강조해 둔다.

4. 시조란 무엇인가

1) 시조의 개념

고시조의 효시 작품에 대하여는 지금까지 논의된 바가 없다. 그러나 필자는 다른 논문에서 고려 말 우탁 선생의 <탄로가>를 고시조의 효시 작품이라고 이야기한 바 있다. 그렇다면 현재까지 7백여 년의 역사를 지녔는데, 장구한 역사에 비하여 발전 상태가 부진한 것은 사실이다. 왜냐하면 갑오경장 이후에 들어온 자유시는 그 시인의 수가 무려 5천 명을 넘는데, 고려 말부터 있었다는 시조시인의 숫자는 1천 명 내외라고 하니, 그 발전이 더디다고 진단하는 것은 당연하다는 이야기다. 그렇다면 시조란 무엇인가? 그 시조의 본질을 알아보기 위하여 다른 사람들이 시조에 대하여 어떻게 이야기해 놓았는지 살펴보도록 하겠다.

(1) 시조는 국문학의 가위 유일한 정형시오, 국문학사상 가장 오랜 생명을 유지하여 온 시가이다. 여기에 있어 시조의 형식미는 우리 민족의 율동 생활과 잘 조화되고 ~중략~ 시조는 고려 중기에 성립하여 조선을 거쳐 지금에까지 그칠 줄 모르고 의연 우리의 생활 문학으로서 쇠퇴함이 없다. ~중략~ 위로는 왕공귀족으로부터 아래로는 사서인 천기에까지 이 시조를 애호하고, 그들의 감정은 확실히 이 시조를 통해 상통되었던 것이니, 이 점에 있어 시조는 명실 그대로 민족문학이 되었다.　　　　　　(조윤제: 「국문학개설」 참조)

(2) 보통 시조라면 단시조를 호칭하게 되는 것인데, 그 단시조는 신라의 향가나 고려의 별곡 등의 영향을 힘입어 고려 말경에 그 형태가 확립된 우리나라의 고유시가의 하나다. 그 형식은 3장 6구요 한 구의 구성 자수는 7자 내외가 되고 4율박씩의 등수율을 갖춘 정형시요, 총 자수 44자 중심으로 된 이조 시가의 대표가 되는 단형시로서 오늘날에도 그 형식의 시조가 창작되고 있다.

　　　　　　　　　　　　　　　　　(리태극: 「시조개론」 참조)

　이에 비하여 필자는 "시조는 고려 말경 유학자들에 의하여 만들어지고 가장 오랜 생명력을 지니면서 전승되어 오는 우리 민족 고유의 전통시가다. 아울러 3·4조, 또는 4·4조를 기본 율조로 하고, 우리 민족의 사상, 감정, 체험 등을 담기에 가장 알맞은 그릇으로서, 그 형식은 3장 6구 12절의 정연한 형태를 가진 정형시이다"라고 정의를 내린 바 있다.

2) 우리 민족의 고유문학이다

　시조라는 장르는 고려 말 유학자들에 의하여 만들어졌기 때문에 시조는 중국, 일본, 미국 등 다른 나라에는 없다. 그렇다고 이 시조가 외국에 수출된 경우도 없는 것으로 안다. 요즘 우리의 고유 음식이요 전통 음식인 김치는 외국에 수출되어 인기를 끌고 세계화가 되어가고 있지만 시조는 그렇지 못하다. 오로지 한국에서 발생했고, 한국에서 전승되어 오고, 한국에서만 애호가들이 짓고 있다. 이러한 고유문화로 음식에는 한식, 집에는 한옥, 의복에는 한복, 약에는 한약, 무용에는 한국무용, 음악에는 국악, 미술에는 한국화가 있다. 이에 상응하는 것으로 문학에는 시조가 있다는 것을 강조하는 바이다. 때문에 시조는 우리말을 잘 부려서 써야 제 맛이 나지, 영어, 중국어, 일본어 등 외국어로 써서는 제 맛을 낼 수 없다.

3) 시조는 정형시이다

시조는 자유시가 아니라 정형시라는 점이 특징이다. 그 정형시라는 점에서는 중국의 한시나 일본의 하이꾸와 마찬가지이다. 정형시이기 때문에 일정한 격식과 틀이 있다. 시조는 3장 6구 12절의 형식을 지키게 되어 있다. 그래서 반드시 3줄로 써야 한다. 그래서 시조를 3장시라고도 하고, 3행시라고도 한다.

또한 6구라는 규정도 지켜야 한다. 그런데 시조의 형식에 대하여는 그 동안에 3장 6구설, 3장 8구설, 3장 12구설 등이 제 각기 주장을 달리했다. 그러나 현재는 3장 6구설이 맞는 것으로 결론이 난 상태다. 또한 정형시이기 때문에 이러한 주어진 조건을 지켜야 한다. 만약에 주어진 조건이나 형식을 안 지켰을 때는 시조가 아니라고 한다. 그러기에 시조에는 음보율도 있고, 음수율도 있다. 그러한 율격을 지키기 위하여 초장 3·4·3·4, 중장 3·4·3·4, 종장 3·6·4·3의 기준

음수율을 정해놓은 것이다. 그래서 글자 수를 맞추어야 하기 때문에 시조 짓기가 어렵다는 말을 가끔씩 듣는다.

4) 시조는 장수문학이다

시조가 고려 말경에 발생했다는 것은 이미 앞에서 밝혔다. 필자는 시조와 성리학과는 깊은 연관이 있다고 보는 것이다. 그래서 안향이 중국에서 성리학을 받아들이기 이전의 시조 작품은 모두 가품(假品)이라고 보는 것이다.

그러면 안향(安珦)은 어떠한 인물인가. 그는 1243년에서 1306년까지 생존했던 고려시대의 명신으로, 연경에 가서 <주자전서>를 보고 손수 그 책을 베껴 왔다. 또 공자와 주자의 화상을 그려 가지고 돌아와서 주자학을 연구하였다. 주자(朱子)를 숭배하여 그의 초상을 항상 벽에 걸어두고 주자의 호인 회암(晦庵)의 '회'자를 따서 스스로 호를 회헌(晦軒)이라 하였다. 안향은 이처럼 주자에 심취했고, 주자를 존경하고, 그의 학문을 철저하게 연구했던 인물이니 그를 우리나라에 주자학을 받아들인 최초의 인물로 간주하는 것은 당연하다고 본다. 안향이 원나라로 가서 주자학을 접하게 된 해는 1286년(충렬왕 12)이니, 그때는 이미 이규보가 이 세상을 떠나고 없을 때다. 다시 말해서 시조를 형성한 계층들은 주자학을 그들의 생활 이념으로 신봉한 신흥사대부들이고, 시조의 형성원리는 바로 음양오행설과 같은 이기론(理氣論)에 의하여 만들어졌다고 보기 때문에 시조와 성리학과는 불가분의 관계에 놓여 있다고 보는 것이다.

그러니까 안향이 중국에 가서 주자학을 접한 1286년부터 시조의 역사로 잡아도 700년 이상의 역사를 지녔다. 우리 문학사에서 고대시가,

향가, 고려가요, 별곡, 속요, 가전체문학, 고소설, 고수필, 가사 등 수많은 장르가 나타났다가 사라졌지만 700년 이상의 역사를 가진 형태는 고전문학, 현대문학을 통틀어도 시조 외에는 없는 것이다. 시조는 우리 문학 장르 중에서 가장 나이가 많은 최장수 문학이다.

5) 시조는 율격을 지닌 문학이다

시조의 또 한 가지 특징은 율격을 지녔다는 점이다. 그런데 시조의 율격에 대하여는 학자마다 다른 학설을 주장하기 때문에 갈피를 잡을 수 없다. 현재는 우리 시가 율격에 대한 모든 이론 즉 음수율론, 강약률론, 고저율론, 장단률론 등이 모두 부정되고 음보율론만이 힘을 얻고 있는 상태다. 음보율론이 힘을 얻게 되니까 여기에 편승해서 동조하는 세력들도 많이 늘어났다. 필자는 이글에서 지금까지 등장한 각 율격 이론에 대한 제가들의 주장을 소개하면서 시비곡직을 가려보고자 한다.

강약률을 주장한 분은 정병욱과 이능우 두 분인데, 정병욱은 우리 고유 음악에서 3박자계의 '강약약'형의 악센트를 찾아볼 수 있고, 국어 자체의 성격이 제1음절에서 stress accent를 부여하고 있으니, 음악과 시가 운율과의 상관관계가 깊고, 그 결과 국문학 시가 운율의 근본적 원리를 강약률에서 찾아야 한다고 했다. 이능우는 우리 시가의 율격을 각 음보에는 강조와 불강조의 질차가 있다고 하면서 강약률로 규정하였고, 이러한 충동은 세 박자 중에서 제1박자의 지각이 보다 강한 효과를 나타내는데, 이런 것들이 심리적 현상에 기인한다고 하였다.

고저율론은 김석연과 황희영 두 분에 의하여 주장되었다. 김석연의 경우는 sona-graph의 실험 결과로 나온 주장인데, 한국시가의 대표적인 억양법을 고저율이라 했고, 고저율과 두운 사이에는 깊은 관련성이 있다고 하였다. 황희영의 경우는 우리 시가의 율격 형태를 음절률과 고저 악센트를 기본으로 하는 음성률과의 혼합형이라 하였다. 전자의 주장에 대하여는 예창해의 반론으로 대신하고자 한다. ① 우리 국어가 '고저 악센트의 언어'인가 하는 문제, ② 소너그래프 실험이 율격 체계를 드러낼 수 있는가 하는 문제 ③ 두운의 발달과 고저율의 관련성 문제 등인데, 이 반론에 대하여 말문이 막혀버린다. 후자의 경우는 우리 시가의 율격이 음수율과 고저율의 혼합형이란 이야기인데, 실제로 이런 유형의 율격체계가 가능한 것인지 의문스럽다. 또한 고저율이란 것도 우리의 청각을 통해 의식한 것이 아니고, 사음기를 통해 포착하거나 15세기 국어의 성조를 통해 감지할 수 있다는 점에서 현실성이 없는 이론이라고 본다.

장단률론은 정광의 「한국시가의 운율연구시론」과 김대행의 「한국시가 구조연구」에서 인용하였다. 정광은 순수 음절율격은 시조에서 발견되고, 음절운율 율격은 중세국어의 성조와 현대국어의 장단이 율격형성에 참여함으로써 가능하다고 했다. 그래서 용비어천가의 운율은 음운론적 구조에서 저조와 고조의 대립을 base class로 하는 율격체계를 보이고, 김소월의 작품은 장음절과 단음절이 교체하여 반복하는 운율효과를 나타낸다고 했다.

김대행은 현대국어에서 율격에 관여할 수 있는 음운자질은 장단률이라고 하였다. 통사적 요소의 배분에서는 음운 규칙에 부가적으로 나타나는 장단음절의 변화를 생각할 수 있고, 단어들이 모여서 이루는 구절의 배분문제를 생각할 수 있다고 하였다. 전자의 경우는 그가 장음이라 표시한 음절들이 낭독자의 주관적 인식에 의한 것인지, 모든 언중이 변별력을 갖고 인식하는 음운현상인지가 선결되어야 한다. 또한 이런 음절들이 특정 작품의 구조 안에서만 장음으로 표출되는 것인지 국어 문장 중 어느 위치에 있을 때도 장음으로 발음된다는 것인지 이해할 수 없고, 다만 특정 작품의 구조 안에서만 장음으로 인식된다면 우리 시가 전반의 율격현상으로 간주할 수 없다는 것은 상식의 문제이다. 후자의 경우는 음운자질의 장단이 고정적인 상태로 율격을 형성하는 것이 아니라, 비음운론적 제약에 의해서 부가적으로 나타나는 현상이라는 데에 문제점이 있다. 또 국어 중에는 소수의 낱말이 음의 장단 요소가 관여하는 것은 사실이지만, 국어 전반에 걸쳐 언중들이 지각할 정도의 변별력 있는 율격현상이 아니라는 점에서 장단률론의 문제점이 있다.

음보율론은 정병욱과 조동일에 의하여 제기되었다고 본다. 정병욱은 음수율이란 우리 시가의 운율 형태에서 종속적이요 간접적인 의의 밖에 갖지 못한다고 했고, 시행의 구성 방법에서 한 Foot를 충전하는 음절의 수가 2음절에서 4음절 사이를 왕래한다고 하면서 음수율 대신 음보율을 제시하였다. 또 국어의 어절은 형태적 특성 때문에 3 또는 4음절을 휴지의 일주기로 의식하게 되고, 이것이 바로 3·4음을 기조로 한 음보율을 형성한다는 이론을 전개하였다.

조동일은 서원섭의 시조 자수 통계를 참고해본 결과 초장·중장·종장이 기준음수율에 일치하는 작품은 4.0%이고, 크게 잡아도 21.1%를 넘지 못한다고 하면서, 음수율로 자수를 고정시키려는 시도는 실패로 돌아갈 수밖에 없다고 하였다. 그래서 변화를 인정하고 설명할 수 있는 이론이 음보율이라고 했던 것이다. 전자의 경우 음수율이란 시가 운율 형태에서 종속적이요 간접적인 의의밖에 지니지 못한다고 했는데, 이말은 음보가 시간의 등장성(等長性)을 형성할 때 기여하는 구실밖에 못한다는 이야기다. 그런데 실제로 음보가 등장성을 형성한다는 것은 강약률이건 고저율이건 장단률이건 어느 경우나 기본적으로 갖추어야 하는 요소다. 따라서 음보율이란 특질은 한국 시가만의 특질일수도 없고, 또 음보율이란 용어를 쓸 수 있는지조차 의심스럽다. 후자의 경우 음보율이란 명칭은 시행을 단위로 했을 때 붙여지는 이름이지율격의 기본단위인 음보를 형성하는 요소에 따라 붙여진 이름이 아니란 점을 먼저 상기해야겠다. 또한 음보율이란 어떤 체계의 율격에나다 있다는 점을 강조하지 않을 수 없다. 즉 강약률이 적용되는 영시, 고저율이 적용되는 중국의 한시, 장단률이 적용되는 희랍시, 음수율이적용되는 일본시에도 음보율은 있다는 말이다. 그러니 한국시가의 율격체계가 음보율이란 말은 성립될 수 없다는 점을 강조해 둔다.

5. 시와 시조

문장은 크게 운문과 산문으로 나뉜다. 우리는 흔히 문필(文筆)이란말을 듣는다. 운이 있는 글은 문(文)이라하고, 운이 없는 글은 필(筆)이라 한다. 그런 의미에서 문(文)은 운문, 필(筆)은 산문을 가리키는 용어이다. 그 운문에는 시와 시조가 있다. 이 두 가지는 같으면서도 다르고, 다르면서도 같은 면이 있어, 가깝고도 먼 사이, 멀면서도 가까운 사이라 할 수 있다. 그러나 필자가 과문한 탓인지 모르지만 '시와 시조'의차이점을 잘 정리해 놓은 책이나 논문을 아직까지는 열람하지 못했다.

1) 시와 시조의 공통점

(1) 같은 운문이다

운문은 좁은 의미로 보면 한 줄의 시행을 의미하고, 넓은 의미로는 운율 에 따라서 지은 글이다. 이 운문은 그냥 음성만 가지고 이야기해 서는 안 되고, 의미까지 내포되어 있을 때 운율이란 말이 성립된다. 특히 운문은 시에 있어서의 시적 기법을 의미하기도 한다. 이따금 시와 같은 뜻으로 쓰이기도 하지만, 예술적 가치 면에서 시보다 떨어지는 운율적인 문장을 가리킨다. 운문은 한시처럼 일정한 운자(韻字)를 달아서 지은 글, 시의 형식으로 지은 글, 언어의 배열에서 일정한 규율이 있는 글이다. 일정한 규율이 있다는 이야기는 율격을 주로 한 규율의 문(文)이란 이야기다. 예를 들면 외형률이나 내재율이 있다는 말과 같은 뜻이다.

(2) 리듬이 있다

시는 다른 장르와 달리 음악성을 지닌다. 다시 말해서 소리와 관련이 있다는 이야기다. 그런데 이 소리에는 인간의 소리뿐 아니라 자연의 소리도 있다. 예를 들면 새소리, 곤충소리, 물 흐르는 소리, 파도소리, 바람소리 등은 자연의 소리이다. 이 모든 소리는 한 개의 규칙적인 리듬, 즉 율동을 지닌다. 높은 소리와 낮은 소리, 긴 소리와 짧은 소리 등 여러 가지의 소리가 다양한 변화를 일으키면서 반복적 충동을 느끼게 한다. 이처럼 소리가 규칙적으로 반복하는 현상을 리듬이라 한다. 일정한 시간을 간격으로 분절적인 반복과 흐름이 있다는 이야기다.

(3) 내면의 목소리를 내야 한다

언어에는 두 가지의 의미상(意味相) 즉 외연(外延)과 내포(內包)가 있다. 외연은 언어의 사전적 의미를 말하며, 내포는 한 낱말이 스스로의 역사를 통해 집적(集積)되었거나 주어진 무대 속에서 획득한 정서적 연상의 집적(集積)을 말한다. 외연은 사전적인 언어이고 내포는 정서적인 언어로 이해하면 된다. 외연이 객관적 사물과 사건을 지시하여 증명할 수 있는 것임에 비하여 내포는 아무런 획일성이 없는 다양하고도 암시적이며 상징적이어야 한다는 것이다.

내면의 목소리란 의미 있는 혹은 있을 수 있는 인생을 표현하고 여기에 새로운 의미를 부여해야 된다는 의미로 받아들여진다.

(4) 이미지가 있어야 한다

이미지(image)는 마음속에 그리는 사물의 감각적 현상이라고 한다. 시적 이미지란 언어로 만들어진 그림이란 뜻이다. 리듬이 귀로 듣는 음악적인 것이라고 한다면 이미지는 글을 눈으로 읽고 머릿속에서 그 글이 자아내는 상태나 모습을 그림으로 그려보는 것이라고 할 수 있다. 다시 말해서 리듬이 청각적이라면 이미지는 시각적이라 할 수 있다.

2) 시와 시조의 차이점

(1) 뿌리가 다르다

시와 시조의 차이점 중에 가장 큰 것이 그 뿌리가 다르다는 점이다. 자유시의 뿌리는 서양이고 시조의 뿌리는 한국이다. 그래서 시조는 고유문학이고 자유시는 외래문학이라 할 수 있다. 예를 들면 자유시는 서양사람, 시조는 한국 사람에 비유할 수 있다. 양복, 양옥, 양의, 양약, 양악이 자유시에 해당한다면, 한복, 한옥, 한의, 한약, 국악은 시조에 해당한다.

(2) 형식이 다르다

자유시는 연이나 행을 구분하는데 구애받는 것이 없고, 시조는 3장 6구 12절에 맞추어 써야 한다는 제약이 있다. 그래서 시를 자유시라 하고 시조를 정형시라 한다. 특히 시조는 초장 3·4·3·4, 중장 3·4·3·4, 종장 3·6·4·3의 음수율과 거기에 음보율까지 맞추어야 한다. 그러니까 시조는 중국의 한시나 일본의 단가(短歌)처럼 일정한 형태를 지니고 있다는 특징이 있다. 예를 들면 일본의 단가는 5·7·5·7·7조이고, 하이구(俳句)는 5·7·5조이다.

(3) 전통과 현대성

시조문학의 역사는 고려 말 우탁의 작품부터 헤아리면 730년 가량 된다. 그러면서 시조는 조선 중기 이후 활발하게 발전하여 전성기를 이루었다. 그러다가 조선조 말엽 그 조선의 운명처럼 없어지려다가, 육당 최남선을 위시한 선각자들이 부흥시켜서 현재까지 이르렀다. 그런 점에서 전통 문제를 이야기하면 시조는 유구한 역사를 지닌 전통문학이라 할 수 있는 것이다. 그러나 현대 자유시는 육당의 '해에게서 소년에게'를 효시작품으로 보아도 100년의 역사밖에 안 되니, 전통문학이랄 수는 없고 그냥 현대문학이라 하는 것이 좋을 것 같다. 여기서 현대성이란 현대인의 생활의식, 또는 문화의식이 포함되고, 그것이 시적(詩的)인 것과 결부되어 일정한 시정신을 형성한 것을 의미한다.

(4) 시조는 시이면서 시조가 되어야 하지만,
    시는 시로서만 성공하면 된다

시와 시조의 차이점은 시조가 시다우면서 시조다워야 한다는 점이다. 만약에 시조다운 면이 없으면 그냥 현대시라 해야지 시조라 할 수는 없는 것이다. 하여간에 시에는 지켜야할 규칙이 없는데, 시조에는 일정한 규칙이 있다. 예를 들면 종창 첫째 음보는 반드시 3자 고정이어야 한다는 것은 일종의 규칙이다.

3) 창작의 실제

시나 시조의 이론을 아무리 잘 알고 있어도, 실제 창작에서 수준이 별것 아니면 좋은 평가를 받지 못한다. 그런데 창작 실력은 하루아침에 또는 1, 2년 내에 눈부시게 향상되는 것은 아니다. 이 창작은 시간과 노력을 많이 투자했을 때 거기에 상응하는 성과를 거둘 수 있는 것이다. 그래서 한 시인의 작품을 예로 들면서 분석해 보고자 한다.

> 옷 벗은 나무들이 말없이 두 팔 벌려
> 만세를 부르고 섰다 사열 받듯 도열해서
> 그 앞을 백마 타고 달려간다 두 바퀴 소리 없이
> 말 않고 소리는 없어도 봄을 그리는
> 다짐이 이심전심 강물 따라 흐른다
> 까치는 어디서 왔는지 바람 타고 끼어드네.
> 냉혹한 자성의 계절에 발이 시려 움츠릴 때
> 하늘의 천사들이 하얗게 내려와서
> 포근히 발치를 덮어주고 말없이 토닥이네.
>
> ─「나목」전문

위 작품의 제목은 <나목>이다. 그처럼 겨울철의 나목을 머릿속에 상정해 놓고 작품을 읽어 나가면 된다. 3수 연시조인데 그 형식면이나 내용면에서 갖출 것은 다 갖추었다. 형식도 시조의 정형에 맞고 무엇을 담고자 하는 내용도 알아차릴 수 있기 때문이다. 또 수사기법에서 의인법을 쓰려고 노력한 점은 높이 살만하다. 그렇다면 무엇이 문제인가?

내용면에서 평범한 이야기들을 나열했다는 점이다. 한두 군데라도 시인의 개성적인 안목이 포착되어야 하는데 그렇지 못하고, 그저 비슷한 이야기들을 나열했다는 점에서 독자의 관심을 끌기 어렵다. 또한 형식면에서는 시조의 리듬을 잘 살리는 표현기법을 구사했으면 좋았을 텐데 그러한 점도 눈에 띠지 않는다. 더구나 제1수 종장에서는 "그 앞을 백마 타고 달려간다 두 바퀴 소리 없이"라 마무리 했는데, 여기서 백마 타고 달려가는 존재가 과연 누구인지 머릿속에 그림이 잘 그려지지 않는다. 그래서 제1수 종장을 "겉으론 조용하여도 속으로 지르는 함성"이라 바꾸어 보았다.

제2수는 나목들이 봄을 그리워하면서 기다리고 있다는 내용이다. 까치가 왔다는 종장을 보면 좋은 징조가 나타날 것 같다. 그래도 어딘가 허전해서 제2수 종장을 "희망을 잃지 않고서 기다리는 사람 같다"고 비유법을 써보았다. 제3수는 추운 겨울날 하얀 눈이 내려서 발치를 덮어주니 추위를 막을 수 있다는 내용이다. 여기서 하얀 눈이 내리는 모습을 "하늘의 천사들"이라 비유한 것은 좋다. 그러나 종장의 내용도 참신성이 없고, 시적인 기법을 구사한 것 같지도 않다. 그래서 제3수의 종장을 "흰옷을 갈아입고는 깨끗하게 살아간다"라고 고쳐 보았다. 시나 시조에서 중요한 것은 무엇을 쓰느냐 하는 내용도 중요하지만, 어떻게 썼느냐 하는 표현이 더 중요하다. 그리고 좋은 작품을 쓰려면 ①

비유법을 많이 써라, ② 내용이 참신해야 한다, ③ 현대감각을 살려라, ④ 시적인 표현을 하라, ⑤ 부드럽게 써라, ⑥ 읽는 이에게 감동을 주어라 등 이런점에 유의해서 써야한다.

6. 시조와 수필

1) 시조와 수필의 개념

시조와 수필은 시나 소설과 마찬가지로 같은 문학 장르라는 점에서 동질적이다. 그리고 언어를 매개로 하여 작품을 형상화하는 점, 문자를 써서 글로 나타내는 점, 자연이나 인간에 대하여 생각하거나 느낀 것을 기록하는 점, 인간의 사상, 감정, 체험 등을 표출한다는 점, 인간의 가치와 보람을 추구한다는 점에서 동질적이라 할 수 있다. 이처럼 같은 점도 있지만 시조와 수필 사이에는 차이점도 많이 있을 것이다. 우선 시조는 운문인데 수필은 산문에 속한다. 시조는 그 뿌리가 우리나라인데 수필은 우리 고유의 문학형태라 이야기하기 어렵다. 시조는 정형시이기에 일정한 틀과 율격이 있는데, 수필은 자유로운 형식을 취한다. 시조는 그 형태가 짧은데, 수필은 그 형태가 비교적 긴 편에 속한다. 시조에는 음악성이 있는데, 수필에는 그러한 음악성을 찾아볼 수 없다. 시조는 그 문장 표현에 압축성을 강조하는데, 수필은 풀어서 써도 상관없다. 그러면 선배 학자들이 시조와 수필의 개념을 어떻게 설명하였는지 각각 한분의 설만 인용해 보고자 한다.

"보통 시조라면 단시조를 호칭하게 되는 것인데, 그 단시조는 신

라의 향가나 고려의 별곡 등의 영향을 힘입어 고려 말경에 그 형태
가 확립된 우리나라의 고유한 시가의 하나다. 그 형식은 3장 6구요
한 구의 구성 자수는 7자 내외가 되고 4율박씩의 등수율을 갖춘 정
형시오, 총 자수 44자 중심으로 된, 이조 시가의 대표가 되는 단형시
로서 오늘에도 그 형식의 시조가 창작되고 있다. 그리고 문학상에서
는 단시조, 중시조, 장시조의 3종으로, 음악상에서는 평시조, 중어리
시조, 지름시조, 엇시조, 엇얶음시조, 사설시조 등으로 각각 나뉘어
진다."   (리태극: 시조개론)

　리태극의 학설을 인용했는데, 시조 형성에 대하여 신라의 향가나 고
려의 별곡 등의 영향을 입어 고려 말경에 그 형태가 확립된 것으로 보
았다. 그 형식은 3장 6구의 정형시로 4율박씩의 등수율을 갖추었고,
오늘날에도 그런 형식의 시조가 창작되고 있다는 것을 역설하였다. 그
러나 리태극의 학설을 전적으로 맞는다고 이야기할 수는 없고, 부분적
으로 여러 가지 이론(異論)이 있음을 밝혀두는 바이다.

　"참으로 수필은 작의(作意) 없는 방담(放談) 같은 문장 속에도 그
문자 뒤에는 아름다운 시가 있고, 날카로운 풍자(諷刺)가 있고, 가벼
운 유머가 있는가 하면 정면(正面)으로 후려치는 펀치가 있고, 그런
가 하면 시치미를 딱 떼고 벙글벙글 웃는 자세(姿勢)가 있다. 그러나
이러한 문장이 표현기교에 그치고 그 주인공의 인간, 그의 생활의
방식, 그 마음의 자리 잡음이 표현되지 않았을 때 우리의 수필에 대
한 흥미는 상실되고 만다. 즉 내용과 표현의 재미만이 수필의 수필
로서의 재미는 결코 아니다.
　이러한 까닭에 수필은 자조문학(自照文學)이라고 일컫게 되는
데… 자조의 문학은 결코 자기폭로(自己暴露)라거나 자기노출(自己

露出)은 아니다. 작자의 주관이 은연중에 새어나오는 것이다. 자기 노출이 심한 수필은 그 교양(敎養)조차 의심을 받게 된다. 그러므로 수필은 교양과 밀접한 관계를 가지면서 그 배경에 풍부하고도 다면적(多面的)인 문화와 간접적으로 접속되는 데에도 그 특성이 있다. 말하자면 수필은 문화인의 문학이라고도 하는 것이다.

(최태호: 수필작법)

최태호의 글을 읽으면 수필의 정의를 내린 것이라기보다 수필의 특성을 이야기한 것이라 생각된다. 수필은 그 이면에 아름다운 시가 있고, 날카로운 풍자가 있고, 가벼운 유머가 있고, 정면으로 후려치는 펀치가 있고, 시치미를 떼고 벙글벙글 웃는 자세가 있다고 하였다. 그리고 수필은 자조(自照)의 문학(文學)이라 하였고 작자의 주관이 은연중에 새어나오는 문학이라 하였다. 그래서 수필은 교양과 밀접한 관련이 있고, 문화인의 문학으로 보아야 한다는 것이다. 하여간에 구인환・윤재천 공저「수필문학론」을 보면 수필에 대하여 ① 특수하고 개인적인 주제를, ② 자유로운 방법에 의하여, ③ 산문으로 표현된 적당한 길이의 작품을 의미한다고 정의하였다.

2) 시조와 수필의 성격

먼저 시조의 성격을 열거하면 다음과 같이 제시할 수 있다.

    (1) 시조는 우리 민족 고유의 시가이다.
    (2) 시조는 일정한 틀이 있는 정형시이다.
    (3) 시조는 역사가 오래된 장수문학이다.
    (4) 시조는 율격을 지닌 문학이다.

(5) 성리학의 원리에 의하여 만들어졌다.

(6) 우리민족의 사상, 감정, 체험 등을 담기에 가장 알맞은 그릇이다.

(7) 시조에는 음악성이 있다.

(8) 정형시이면서도 글자 수에 융통성이 많이 있다.

다음에는 수필의 성격을 열거해 보고자 한다.

(1) 작자의 개성이 짙게 풍기는 개성의 문학이다.

(2) 산문정신에 투철한 산문문학이다.

(3) 일정한 형식이 없는 자유로운 글이다.

(4) 유머・위트・비평정신의 문학이다.

(5) 제재(題材)의 다양성

(6) 난해성(難解性)의 글이 적다.

(7) 그 영역(領域)이 넓어서 광범위한 느낌을 준다.

3) 창작의 실제

다른 장르도 마찬가지이지만 수필도 잘 썼다는 평을 받기는 어렵다. 그리고 '수필은 이렇게 써야한다'고 방법론을 제시하기도 어렵다. 그러나 사물이나 대상을 새롭게 해석하고, 그 작품 속에 인생의 의미를 부여하고, 남이 흉내 낼 수 없는 자기만의 목소리를 내야 한다는 점에서는 시나 시조와 마찬가지다. 그리고 중요한 것은 독자에게 공감을 주어야 한다는 이야기다. 본인이 아무리 잘 썼다고 생각해도 남이 알아주지 않고, 읽는 이에게 공감을 불러일으키지 못한다면 공허한 메아리에 불과하다. 그래서 이 항목은 더 이상 설명하지 않고 필자의 단수필 한편 소개하는 것으로 만족하고자 한다.

잘난 여자

元勇寓

나는 언제부터인가 길을 가다가 젊은 여자를 만나면 속으로 점수를 매기는 버릇이 생겼다. 그 점수를 공개하는 것도 아니고, 상대에게 알려주는 것도 아니고, 나만이라도 그 점수를 오래 간직해 두는 것도 아니다. 그냥 젊은 여자가 지나가면 이 여자는 A학점, 저 여자는 B학점 이런 식으로 점수 매기는 것을 재미로 하고 있다. 그 기준은 얼굴이 깨끗하고, 이목구비가 균형 잡히고, 교양미가 있으면 최소한 B학점을 준다. 여기에 상냥해 보이면 점수를 추가하여 A학점으로 올려준다. 누가 점수를 달라고 요구한 것도 아닌데, 나 혼자 점수를 매기고는 공연히 남을 평가하는 것이다. 그런데 이러한 기준에 미달되면 무조건 C학점을 준다. 그러니 이런 사실을 그 여자들이 알게 되면 얼마나 기분 나쁘겠는가?

특이한 것은 작년부터 이 학점 제도가 달라졌다는 점이다. 그 젊은 여인이 사내아이를 거느리고 가면 최소한 B학점을 준다. 그 여자를 유심히 바라보면서 높은 점수 받은 것을 부러워한다. 사내아이를 두 명씩 데리고 걸어가면 무조건 A학점을 준다. 어떤 여인은 아들 하나, 딸하나를 데리고 가는데, 그 여자한테도 A학점을 준다. 그런데 길에서 만난 젊은 여인이 여자아이를 데리고 가면 C학점을 준다. 그 여자아이가 한 명이든 두 명이든 세 명이든 가리지 않고 C학점을 준다. 그 여인이 잘 생기고 못 생기고를 가리지 않는다. 못 생기고, 키가 작고, 뚱뚱해도 사내아이 둘을 데리고 가면 무조건 A학점이다. 그 여인은 무조건 잘난 여자다. 아무리 생김새가 예쁘고 미스코리아감이라도, 그 여인이 딸만 데리고 가면 C학점이다. 아이 숫자에 관계없이 C학점을 주고 못난 여자라 평가한다.

나는 1남 2녀를 두었고, 아들 내외와 함께 산다. 그런데 며느리가 학점을 못 따서 못난 며느리가 되었다. 나는 매일 아침마다 며느리가 학점 잘 받아서 잘난 여자 되게 해달라고 옥황상제님께 비는 신자가 되었다.

7. 우리시대의 문학과 인생

문학은 우리의 생활과 밀접한 관련이 있다. 문학은 인간의 삶을 재현해 놓은 것으로도 보고, 인간의 사상, 감정, 체험 등을 말과 글로서 나타낸 것이라 보기도 한다. 그래서 문학을 인간학 또는 인생학이라 이야기할 수 있고, 문학공부가 바로 인생 공부라 볼 수도 있는 것이다. 문학은 인간 생활이 시작되고, 그 표현 매체인 언어에 의한 활동과 행위가 발달함에 따라 생겨난 예술의 한 분야이다. 그래서 문학의 대상은 자연이 될 수도 있고, 인간이 될 수도 있다. 그러나 우리는 문학을 통하여 좀 더 가치 있는 삶을 실현하려고 하기 때문에 그 중심에는 인간 또는 인생이 자리할 수밖에 없는 것이다. 그러면 문학의 중심 대상인 인간 또는 인생이란 무엇인가?

인간은 정신적인 만족을 회구하는 존재이다. 제 아무리 배불리 먹고 편안하게 잠자면서 살아도 정신적으로 불만족스러우면 마음의 평정을 얻을 수 없다. 인간은 돈이 억수로 많다고 해서 행복한 것도 아니고, 지위가 하늘처럼 높다고 해서 행복한 것도 아니다. 차라리 자기의 분수를 알고 적당한 선에서 만족하고 자위하면서 살아야만 오히려 행복할 수 있다. 사람은 항상 이상세계를 추구하고 진선미를 추구하면서 살아가게 된다. 그래서 이상세계를 현실화하고 진선미를 획득하였으면 더 이상의 행복은 없는 것이다. 그러나 사람들 중에 이와 같은 일을 실현하면서 살아가는 사람이 과연 몇 명이나 되겠는가?

인간은 정신적 존재이다. 그래서 인간은 육체적으로 만족하고 물질적으로 풍부한 것만으로는 행복감을 느끼면서 살 수 없다. 바로 이러한 점이 짐승이나 다른 동물들과 다른 점이다. 사람도 육체적, 관능적, 물질적인 것만 추구하면서 살아간다면 짐승이나 다를 바가 없다. 인간은 정신적인 면과 이상세계를 추구하면서 살아가기에 오늘날과 같은 찬란한 인류문화를 건설한 것이다. 그러니 정신적인 행복감을 느끼면서 살아가려면 종교에 귀의하거나, 인간의 정신적 산물인 문학작품을 읽고, 써보는 것이 가장 좋은 방법이라 생각한다.

다시 한 번 말하거니와 문학은 인간의 생활과 밀접한 관련이 있다. 문학 분야에 종사하지 않는 사람들은 '문학'은 자기와 아무런 관련이 없다고 생각한다. 강 건너 불 보듯 한다는 이야기다. 그러나 과연 그러할까. 인간은 정신과 육체, 외형과 내면, 보이는 면과 안 보이는 면 등 양면성을 지니고 있다. 이중구조로 되어 있다고 해도 무방할 것이다. 그런데 우리들은 육체에 영양을 공급하기 위하여 매끼마다 음식물을 섭취한다. 이러한 육체에만 영양을 공급한다고 우리가 살아갈 수 있는 것은 아니다. 바로 정신면에도 똑같은 영양분을 공급해 주어야 한다. 정신의 영양분에는 지식, 종교, 철학, 예술 등이 있고, 그 중에서도 문학은 큰 역할을 한다. 육체 건강에도 여러 가지 음식을 골고루 먹어야 하듯, 정신 건강에도 편식을 해서는 안 된다. 그래서 독서가 중요하고 특히 문학작품을 읽는 것이 매우 중요하다. 이러한 작품을 많이 읽어야 교양, 인품, 인격 완성이 이루어진다.

문학과 인생에 대하여 필자 나름의 견해를 밝혀보았거니와, 이 문제에 대하여 다른 분들은 어떻게 생각하고 있는지, 그 내용을 알아보는 것도 좋은 참고가 될 것 같다.

"문학이 인생 생활의 표현묘사체(表現描寫體)의 예술이라 한다면, 이 시조는 훌륭한 문학이고 예술임에 틀림없다. 왜냐 하면 고시조 천여 수중에서 관념적이건, 사실적(寫實的)인 작품이건 간에 그 당시당시의 인생생활에 의거하지 않은 것이 별로 없다. 그 생활이 문화적 (文化的)이건, 자연적 내용의 것이건 간에 삶의 영위(營爲)의 재현임이 틀림없고, 인간생활의 실제를 그린 것이라면, 그 속에 인간의 상념과 사상과 의욕이 담기지 않은 것이 없을 것이다. 아이들이 '눈이 온다 눈'이라고 외쳤다 하면 그것은 동심(童心)과 동안(童眼)을 통한 환희의 감격이며 절규이니 이것이 생활의 기록이 아니고 무엇이겠는가."

(리태극: 시조개론)

리태극 선생의 논설을 인용하였는데, 이것은 시조를 염두에 두고 한 이야기이지만, 그대로 문학에 대하여 이야기한 것으로 확대 해석해도 좋다. 그는 고시조 천여 수중에서 관념적이건, 사실적인 작품이건 간에 그 당시의 인생 생활에 의거하지 않은 것이란 거의 없다고 하였다. 그리고 그 생활이 문화적이건 자연적이건 간에 삶의 영위의 재현임이 틀림없고, 인간 생활에 실제를 그린 것이라 하였다. 문학과 인간과의 관계를 이보다 더 확실하제 논증하기는 어렵다고 본다.

"문학이란 말은 때때로 여러 가지 의미로 사용되나, 대체로 '문학 작품'과 동의어로 사용되는 경우가 많다. 그만큼 총체적 상황을 구성하는 요소로서의 작품은 매우 중요하다. 문학의 총체적 상황은 작

품을 중심으로 그 주위의 세계, 작가 및 독자와의 관계를 맺어 형성
된다. 그러나 문학연구에 있어서는 그러한 관련 속에서 작품을 놓고
볼 수도 있으나, 그러한 관련과 분리시켜 작품 자체를 독립시켜 볼
수도 있다. 작품은 생산 주체인 작가에 의하여 창작된다. 작품과 작
가와의 관계는 작품 창작에서부터 시작되지만, 작품의 창작과 발표
에 이르기까지의 과정과, 일단 발표하여 사회에 내놓은 이후의 과정
으로 나뉘어진다. 발표하기까지의 과정에는 출판사나 신문·잡지
사도 제2의 생산 주체로서 관여하게 되는데, 이는 문학사회학의 중
요 연구 대상이 된다."   (문덕수: 문학일반의 이해)

　　문덕수 선생의 주장은 주로 세계, 작가, 독자와의 관계에 대하여 설
명하였다. 작가와 작품과의 관계를 이야기했고, 작품을 발표하기까지
의 과정 즉 출판사, 신문사, 잡지사도 제2의 생산주체로서 이에 관여하
게 된다는 사실을 언급하였다. 이러한 논의에 등장하는 세계, 작가, 독
자, 출판사, 신문사, 잡지사 등이 모두 인간의 생활과 밀접한 관련이 있
다는 점에서 역시 문학과 인생과의 관련성을 논증해준 것이라 생각된
다. 그러나 인간생활 그 자체를 그대로 재현해 놓은 것이 문학이라고
이야기할 수는 없지 않는가. 바로 그 인간생활에서 필요한 소재를 가
져오고 주제를 형성해서 보여주는 것이 문학의 세계다. 불필요하거나
잡다한 것들은 모두 생략하고 정말로 필요한 것들만 나타내고 보여 줄
것만 보여주는 것이 문학이라고 생각한다.
　　이처럼 우리들의 삶과 밀접한 관련이 있는 문학의 기능에는 교시적
(敎示的) 기능과 쾌락적(快樂的) 기능의 두 가지가 있다. 전자는 문학이
독자에게 도덕적 윤리적인 교훈을 주고 독자를 가르쳐야 한다는 생각
에서 비롯된 것이다. 이것은 '교훈설' 또는 '교훈주의'와 혼동되기도 한

다. 문학작품을 읽게 되면 무엇인가는 깨닫게 되고, 도덕성을 지니게 되고, 많은 것을 알게 해준다는 이야기다. 후자는 문학의 일반적인 기능이 독자를 즐겁게 하는데 있다고 보는 주장이다. 우리가 재미있는 고소설이나 현대소설을 읽으면 독자는 즐거움과 만족을 느끼는데 이런 경우가 쾌락적 기능에 해당된다고 본다. 이러한 기능 외에도 문학인이 되었을 때에 여러 가지 부수적인 효과가 있고 삶의 보람을 느낄 수 있다고 생각한다.

① 호랑이는 죽어서 가죽을 남기고 사람은 죽어서 이름을 남긴다(명심보감).
② 인생은 짧고 예술은 길다.
③ 문학작품을 읽고 짓기를 하면 창의력 향상에 도움이 된다.
④ 문장력이 향상되어 글을 잘 지을 수 있다.
⑤ 등산에서 정상에 올라갔을 때처럼 자신감, 승리감, 만족감 같은 것을 느낄 수 있다.
⑥ 인간성이 순수해지고 도덕성을 갖춘 사람이 될 수 있다.
⑦ 자신에게 많은 위안을 주어 허무감을 극복할 수 있다.
⑧ 무엇보다도 이 세상에 왔다 가는 발자취를 남긴다는 데에 큰 의미를 부여할 수 있다.

8. 시조의 삼장(三章)

시조의 형식은 초장, 중장, 종장의 3장으로 되어 있다는 것은 이미 잘 알려진 상식이다. 이 문제에 대하여 필자는 다음과 같이 이야기한 바 있다.

"3장 6구 12절의 시조형식은 성리학의 대가가 아니고서는 그 형식을 창안해낼 수 없다고 보았고, 그 이유는 시조의 형성원리가 천지인 삼재설이나 음양오행설과 같은 성리학이나 역학의 원리를 따라서 시조가 만들어졌다고 보았기 때문이다. 그래서 시조가 그 이전의 다른 문학 장르에서 왔다는 연원설을 부정하였고, 또한 시조가 우발적으로 발생했거나 자연발생적으로 아무도 모르게 태어났다고 하는 논리도 성립 안 된다고 하였다. 이러한 전제 아래 고려 말엽의 안향이 중국에서 성리학을 들여오기 이전의 작가와 작품들은 모두 믿을 수 없다고 하였다." (원용우: 시조의 형성시기 문제)

상기 인용문에서 필자는 3장 6구 12절의 시조 형식은 성리학의 대가가 아니고서는 그 형식을 창안해 낼 수 없다고 하였다. 그 이유는 시조의 형성원리가 천지인 삼재설이나 음양오행설과 같은 성리학이나 역학의 원리를 따라서 만들어졌다고 보기 때문이다. 그러나 위의 인용문은 시조의 형성시기 문제를 논의한 것이고, 이제는 그 원리를 밝힐 시기가 왔다고 생각한다. 그러면 먼저 최한선의 논설을 인용하는 것으로 그 서두를 풀고자 한다.

"한편 평시조는 천지인 삼재(三才)를 의미한 초중종장의 3장 구조를 지니고 있으며, 태극(太極), 수(水), 화(火), 목(木), 금(金), 토(土) 등의 역학과 오행의 원리에 입각해 있다. 각 음보, 곧 각 걸음걸이와 각 장이 상생(相生) 또는 상극(相剋)의 원리에 의해 길어지거나 짧아질 수 있도록 되어 있다. 그러므로 평시조의 형식과 구조를 논할 때 각 음보는 두 음보가 결합되어 하나의 구를 이룬다고 하여, 무조건 결합구조를 가지는 것으로 오해해서는 안 된다. 서로 결합되는 경우는 상생(相生)이지만, 상극일 때는 음보와 음보가 하나의 구로써 결

합되지 않을 수 있다. 평시조의 경우 종장의 첫 음보는 태극(太極)의
원리에 의하여 앞에서 전개된 시상을 원점으로 되돌려 무한한 느낌
이나 감동을 자아내게 하는 역할을 수행하는 것이다."

(최한선: 시조의 형식구조와 가능태)

　　최한선의 이론은 무엇보다도 시조 형성의 원리를 천지인 삼재설이
나 음양오행설을 적용하여 풀이한 점이 돋보인다. 그러나 각 마디의
음절수를 4걸음의 4음량의 반복이라고 해석한 것은 문제가 있다고 생
각한다. 그의 이론을 더 소개하면 초장과 중장 등은 오행 곧 수(水), 화
(火), 목(木), 금(金), 토(土)의 상생과 상극의 원리에 따라 무한정한 시적
이미지, 시적 의미망 등을 창출할 수 있다고 했는데, 이러한 설명도 구
체적으로 무엇을 지시하는 것인지 이해가 안 간다.

　　그리고 종장의 첫 음보를 우주만물의 본체인 태극이라 하였고, 그것
이 3음절로 고정되는 것을 <결음량>이라고 했는데, 이 또한 자의적
인 해석이라고 생각한다. 그리고 상극의 원리에 대하여는 "각 장이 길
어지는 경우 무한정하게 길어지지 않도록 작용한 경우와, 각 음보에
잡다하게 붙을 수 있는 군더더기의 수식어구를 제어하는데 작용하여
시조를 정갈하고 단아하게 만들었다"고 했는데, 그 이론은 음보수를 4
음보로 제한하는 것이 상극의 원리이고, 음절수를 4음량 이상이나 이
하가 안 되게 제한하는 것이 상극의 원리라는 이야기다. 원래 상극의
원리는 부족한 것을 생하여 돕고, 지나친 것은 극하여 중용의 도를 유
지하는데 있다고 되어 있으니, 최한선의 이러한 설명은 설득력이 있다
고 하겠다.

　　이제까지 몇 사람의 이론을 들어보았지만 주역의 원리에 의하여 풀
어보려고 한 공통점만 확인되었지, 그 원리 자체를 시원하게 풀어주지

못했다는 한계점이 있다. 필자는 시조는 "3장 6구 12절로 된 우리 민족 고유의 정형시"라고 그 형식을 규정한 바 있다. 여기서 시조형식의 3장은 천지인 삼재설에 의하여 이루어진 것이다. 삼재설(三才說)은 주역(周易)의 계사상전(繫辭上傳)에 나오는데, 일종의 점치는 방법과 연관되어 있다.

"대연(大衍)의 수를 상징하는 서죽(筮竹)은 50개이고, 그 중에서 태극(太極)을 상징하는 한 개는 젖혀놓고 사용하지 않는다. 그 태극은 천지만물의 가장 근원으로서 변동하지 않는 의미를 지니고 있다. 서죽 49개를 둘로 나누어 두 손에 가진다. 그것은 하늘[陽]과 땅[陰]의 이원(二元)을 상징한다. 그 중에서 한 손에 한 개를 떼내어 따로 가진다. 이처럼 둘로 나누고 또 하나를 따로 떼내어 가지는 것은 천·지·인 삼재를 상징하는 것이다. 나머지 서죽을 네 개씩 네 개씩 덜어내는 데 이것은 4계절을 상징한다는 것이다. 네 개씩 떼어내고 나머지를 손가락 사이에 끼운다. 이것은 음양에 있어서 1년을 360일로 하고 남는 수를 모아 윤달을 만드는 것과 같은 이치를 본뜬 것이다."

(남만성 역해: 주역)

이처럼 역학에서는 점치는 방법을 천지인 삼재설과 음양오행설과 4계절의 순환원리를 적용하여 만들었다. 그러니 역학에 정통한 성리학자들이 시조의 형식을 창안해낼 때 독같이 천지인 삼재설과 음양오행설과 4계절의 순환원리를 적용하여 만들었을 것은 불문가지의 일이다.

9. 시조의 육구(六句)

시조의 형식은 3장 6구 12절이란 것은 이미 잘 알고 있는 사실이다. 이것을 3장 6구 12음보라 부르는 이도 있다. 시조는 초장, 중장, 종장 등 3장으로 되어 있다는데 대하여는 의견이 일치하는데, 그것을 구로 나눌 때는 6구설, 8구설, 12구설 등 의견이 분분하다. 그렇더라도 현재 상태에서는 6구설을 주장하는 이들이 많고, 대부분의 사람들이 6구설을 믿고 있다. 각장이 4마디로 되어 있는 것을 2마디가 합쳐서 하나의 구를 이룬다고 보면 자연스럽게 6구가 된다. 필자는 시조 형식의 육구(六句)를 주역의 육효(六爻)를 본받은 것이라 주장한 바 있다. 그러기에 육효(六爻)가 무엇인지를 규명하면 이 문제는 쉽게 풀리리라고 본다.

1) 주역이란 서적은 내용이 넓고 커서 모든 것을 구비한다. 천지인 (天地人)의 법칙이 모두 그 속에 포함되어 있다. 천지인 3가지를 각각 두 효(爻)씩으로 상징하여 육효(六爻)가 된다. 그러므로 육효 라는 것은 딴 것이 아니라 하늘과 땅과 사람의 법칙을 보인 것이 다(예: 上爻·五爻는 天, 四爻·三爻는 人, 二爻·初爻는 地를 상징 한다). 효(爻)에는 종류가 있다. 양효(陽爻)라고 하고 음효(陰爻)라 고 한다. 양효(陽爻)와 음효(陰爻)가 서로 교착하니 문채라고 한다. 양(陽)은 하늘 음(陰)은 땅을 상징하는 것으로 하늘은 검은 것, 땅 은 누런 것 검고 누런 것이 교착하기 때문에 문채를 이룬다(남만 성 역해: 주역).

2) 효(爻)가 모여 괘(卦)가 되고 팔괘(八卦)가 발전하여 육십사괘(六 十四卦)가 된다. ~중략~ 괘(卦)를 구성하는 효(爻)에는 양(陽)을 표시하는 양효(陽爻)가 있고, 음(陰)을 표시하는 음효(陰爻)가 있

다. 양효를 표현하는 부호로 [ㅡ] 음효를 표현하는 부호로 [ㅡㅡ]
를 사용한다. 양은 하늘을 근본으로 하고 음은 땅을 본체로 한다.
천지 창조의 과정에 있어서 하늘이 시초이므로 하나를 의미하는
[ㅡ]로 양(陽)을 표시하고, 땅은 하늘의 다음으로 둘째이므로 둘
을 의미하는 [ㅡㅡ]로 음(陰)을 표시한다. 그러나 [ㅡ]와 [ㅡㅡ]는 남
녀를 상징한 것일지도 무른다. 효(爻)를 양효와 음효 두 가지로 한
것은 하늘과 땅을 상징한 것이요, 효 세 개로 한 괘(卦)를 만든 것
은 천·지·인의 세 가지 [三才]를 의미한 것이라 한다(남만성 역
해: 주역).

효(爻)가 모여서 괘(卦)가 되는데, 그 효에는 양을 표시하는 양효가 있
고, 음을 표시하는 음효가 있다고 하였다. 이처럼 효(爻)를 양효와 음효
두 가지로 나눈 것은 하늘과 땅을 상징한 것이고, 효 세 개로 한 괘(卦)
를 만드는 것은 천·지·인 3가지를 의미한다고 하였다. 그런 의미에
서 시조의 삼장은 천·지·인 삼재를 의미하는 것이요, 한 장이 둘로
나뉘어 삼장(三章)이 육구(六句)로 된 것은 그 천·지·인 삼재가 양효
와 음효 두 가지로 나뉘어 육효(六爻)를 이룬 것과 같은 원리이다.

하여간에 옛날 성인이 주역을 만들 때 시초(蓍草)를 사용하는 방법을
생각해 내었다고 한다. 그래서 "하늘을 홀수, 땅을 짝수로 정하였다.
음양의 변화를 관찰하여 괘를 정하고 음양의 변화가 강(剛)·유(柔)로
발동되는 것을 효(爻)로 표현하였다"고 하니, 효와 괘의 의미는 드러났
다고 본다.

그러면 다시 역(易)의 근원 원리를 생각해 보자. "역(易)은 음양(陰陽)
이원(二元)으로 만유(萬有)를 설명하지마는 보다 차원이 높은 형이상학
적인 고찰을 한다면 만유의 근원을 단지 음양에 두지 않고 다시 태극

(太極)이라는 일원(一元)을 두어 여기서 음양의 양의(兩儀)를 생하고 춘하추동(春夏秋冬) 사상(四象)이 되고 다시 팔괘로 발전하여 만유를 생성한다"(남만성: 주역)고 되어 있다.

또 주자(朱子)는 태극도(太極圖)에 대해서 말하기를 "태극이 동(動)하여 양(陽)을 생(生)하고 정(靜)하여 음(陰)을 생하니 이와 같이 음양으로 나뉜 것을 양의(兩儀)라 한다. 음이 변하고 양이 합하여 사상(四象)이 되고, 오기(五氣, 木火土金水의 五行)가 섞여 팔괘(八卦)가 되고, 이 팔괘가 거듭하면서 육십사괘(六十四卦)가 된다"고 하였다. 이러한 원리에 따르면 천지인 세 가지가 있기 이전에 일원(一元)에 해당하는 태극이 있었다는 것을 실감하게 된다. 그래서 역의 원리에서는 "太極 → 天地人 三才 → 六爻"의 순서를 밟았듯이 시조의 형식에서는 "一元 → 初中終 三章 → 六句"의 순서로 이루어졌다고 본다.

다음에는 시조의 각장이 4등분 되는데 대하여 생각해 보자. 주역의 점치는 방법에서는 서죽을 4개씩 4개씩 덜어내는 것을 4계절을 상징한다고 했고, 역(易)의 원리에서는 태극이라는 일원(一元)이 음양의 양의를 생하고, 춘하추동 사상(四象)이 되고, 다시 팔괘로 발전하여 만물을 생성한다고 하였다. 그런 의미에서 시조의 각장이 4등분되는 것은 춘하추동 4계절의 원리를 반영한 것이라 할 수 있다. 또 최남구(崔南九)는 시조의 한편이 12절로 되는 것을 "配四時之理也"라고 했는데, 이것은 시조 한편의 12마디가 1년 12개월을 상징하고 있다는 의미이다. 시조의 각장이 4등분 되는 것을 춘하추동 4계절의 원리로 본다면, 시조 한편이 12마디로 나뉘는 것은 당연히 1년 12달을 상징하는 것으로 보아야 할 것이다.

그러면 역(易)의 원리에서 "太極 → 天地人三才 → 六爻 → 十二月"의 순서를 밟는 것이, 시조의 형식에서는 "一元 → 初中終三章 → 六

句 → 十二節"로 역학(易學)의 원리를 적용해서 성리학자들이 시조 형식을 창안해 냈다는 결론에 이르게 된다.

10. 시어의 함축성

일상어와 시어가 특별히 구분되는 것은 아니다. 시어라 하더라도 일상어를 근거로 해서 만들어지는 것이지, 그 자체를 떠나서는 시어도 존립할 수 없다고 생각한다. 일상어와 시어를 구별하는 요건은 함축성(含蓄性)이 있느냐 없느냐에 달려 있다. 함축성이 없이 의미를 전달하는 데 그치고 말았다면 일상어이고, 그 내포된 의미가 다양해서 여러 가지로 해석할 수 있으면 시어로 간주해도 좋다.

그래서 시어의 함축성(含蓄性)에는 시어의 다의성(多義性)이란 의미까지 내포된 것이다. 언어에는 1차적인 의미도 있고 2차적인 의미도 있다. 국어사전을 살펴보면 그 뜻풀이에 ①, ②번식으로 번호를 매기면서 뜻풀이 해놓은 것을 보게 된다. 여기서 제일 먼저 등장하는 ①번은 일상어에 가깝고, ②번 이후의 뜻풀이는 시어에 가깝다고 보면 된다.

하여간에 시를 읽었을 때 그냥 한번 읽고서 그 내용이 파악되었다면 이것은 함축성이 배재되어 설명문 비슷하게 쓴 작품이다. 그러나 두 번 세 번 음미하면서 읽어야 내용이 파악되었다면 그 작품은 함축적인 언어를 사용한 것으로 보아도 좋다. 그런 점에서 시어의 함축성과 다의성은 같은 뜻의 용어라 생각해도 좋을 것이다.

1) 언어학자들은 흔히 언어의 기능을 두 가지로 나누어서 표시(表示)와 함축(含蓄)으로 나누는데, 표시는 언어가 지닌 사전적(辭典

的)인 의미를 말하고, 함축은 그 언어가 풍기는 분위기・다의성
・암시력・연상(聯想)과 상징적(象徵的)인 의미까지를 뜻한다.
이 표시와 함축이라는 언어의 두 기능(機能)은 다른 말로 말해서
외연(外延)과 내포(內包)가 되는데, 전자는 과학용어(科學用語)에
해당되고 후자는 문학용어(文學用語)에 해당된다. 여기에서 알아
둘 일은 모든 언어가 표시와 외연의 기능을 가지지만, 함축과 내
포의 기능을 가지지는 않는다는 점과 함축은 표시로부터 비롯된
다는 점이다.   (구인환: 문학개론)

2) 언어는 사상과 감정의 전달 수단이다. 그리고 사상을 전달하는 것
이 과학적 언어이고, 감정을 전달하는 것이 문학적 언어라는 말을
한다. 시어의 다의성(多意性)은 바로 언어의 객관성이 소멸되고
시인에 의해서 언어의 객관적 의미마저 변형되는 기존 언어의 해
체이며 새로운 언어의 창조다. 여기서 기존 언어의 객관적 의미가
해체된다는 것은 독립된 어휘들에게서도 발견되지만 시라는 한편
의 작품이나 문맥을 통하여 드러날 수도 있다. ~중략~ 리처즈에
의하면 모든 시적 언어의 특성은 정서적이요, 그것은 내포적으로
사용된 모든 언어를 가리킨다고 하였다. 반대로 모든 순수한 기술
과 해명을 목적으로 하는 언어의 특성은 지시적이요, 그것은 외연
적으로 사용된 모든 언어를 가리킨다고 하였다.

(홍문표: 현대시학)

두 분의 학설을 인용했는데, 이 인용문만 자세히 읽어도 시어의 함
축성이 어떤 것인지 자세히 이해할 수 있다. 1)에서는 언어의 기능을
표시와 함축으로 나누고, 표시는 언어가 지닌 사전적 의미이고, 함축
은 언어가 풍기는 분위기, 다의성, 암시력, 연상, 상징성 등을 의미한다
고 하였다. 이것을 외연과 내포라고 표현해도 되는데, 외연은 과학용

어, 내포는 문학용어에 해당된다고 하였다.

　그리고 2)에서는 사상을 전달하는 것이 과학적 언어, 감정을 전달하는 것이 문학적 언어라고 하였다. 또한 리처즈는 모든 시적 언어의 특성은 정서적이요 그것은 내포적으로 사용된 모든 언어를 가리킨다고 하였다. 그러면 실제 작품을 읽으면서 시어의 함축성에 대하여 논증해 보고자 한다.

인생

　　백 년도 못 사는 삶이
　　왜 그리도 바빴는지
　　내 성급함을 조율해 가며
　　인생의 험한 길을
　　무단히 개척해 왔었지

　　이제 고된 몸 잠시 쉬어 가려니
　　벌써 떠날 때가 되었다고

　　가을비가 내린다.

　이 작품은 제목이 인생이지만, 지은이의 삶을 되돌아보고 쓴 <자화상>이라 이야기해도 좋을 것 같다. 얼마나 앞만 보고 달려오고 열심히 살았으면 "백 년도 못 사는 삶이/ 왜 그리도 바빴는지"라는 표현을 했겠는가? 그리고 "성급함을 조율해 가며", "인생의 험한 길을", "무단히 개척해 왔었지"라는 구절들에서, 시적자아가 자기 자신을 절제해 가면서, 인생을 힘들게 살고, 황무지를 개척하듯이 새로운 삶을 일구면서 살아왔다는 것이 그대로 증명된다. 한마디로 이 작품을 쓴 지은이의 삶을 그대로 축소시켜 놓은 축약도라는 생각이 든다.

그런데 이제까지의 진술들은 표시적인 언어를 그대로 사용했다는 점에서 쉽게 읽혀지고 빨리 이해된다는 장점은 있다. 그러나 독자의 입장에서는 두고두고 음미할 여지를 남겨주지 않았기에 재미가 없다. 그런데 끝 부분에서는 "이제 고된 몸 잠시 쉬어 가려니/ 벌써 떠날 때가 되었다고/ 가을비가 내린다"고 하였다. 여기서 "가을비가 내린다"는 함축성 있는 표현이다. 이 작품의 분위기를 살려주고 여러 가지 의미를 암시해 준다. 가을비는 처량한 느낌이 들고, 겨울이 오기를 재촉하고, 시간적으로 종점에 다가왔음을 암시해 준다. 사람으로 말하면 인생 말년, 노년기의 하강 국면에 직면했음을 알아차리게 해준다. 그리고 쓸쓸하고 허전하고 무엇인가 허무감 같은 것을 느끼게 해준다. 이처럼 여러 가지 의미를 내포하였다고 생각되기에 "시어의 함축성" 면에서 시적 성과를 거둔 작품으로 평가된다.

11. 시와 시조의 운율

운율 문제를 해결하기 위하여 먼저 운문에 대하여 알아보는 것이 좋을 것 같다. 문장의 종류는 나누는 방법에 따라 여러 가지가 있겠지만 크게 운문과 산문으로 나누는 것이 보편화되었다. 그래서 아리스토틀 (Aristotle)은 문학을 시가(詩歌)와 역사(歷史)의 두 갈래로 나누었던 것이다. 그러니까 역사를 산문형식의 대표로 본 것이다. 그리고 유협(劉勰)의 문심조룡(文心雕龍)을 보면 "지금의 상언(常言)에 문(文)과 필(筆)의 두 가지가 있다. 운(韻)이 있는 글은 문이고 운이 없는 것은 필(筆)이다"라고 하였다. 여기서 문(文)이란 운문(韻文)을 가리키는 것이다.

그러면 운문에는 어떠한 특성이 있는가? 첫째가 리듬이 있다는 점이다. 이 리듬에 대하여 독일의 학자 뮐러·프라이엔펠로스는 "그것은 시간적인 순서로 배열하는 것이 본질"이라 하였다. 둘째로 리듬은 일정한 시간을 간격으로 분절적(分節的)인 반복과 흐름을 가지고 있다는 점이다. 바로 이 분절이 운문에 있어서 기본적인 구문법(構文法)이 된다는 것이다.

이러한 전제 아래 운율 문제를 풀어보자. 운율이란 운과 율격을 함께 지칭하는 것이다. 운율이란 시문의 음성적 형식이며, 주기적인 악센트나 가락의 지속과 관련된 구문(構文)의 특징이다. 여기서 운(韻)이란 운자(韻字)의 제한 즉 압운(押韻)을 뜻하고, 율(律)은 음절수의 제한을 뜻하므로, 엄밀히 말하면 우리나라의 시에는 율조(律調)만 있지 운(韻)은 없다고 해도 과언이 아니다(구인환의 「문학개론」 참조). 그래서 백철도 "운문이라고 하는 어구(語句)에 대하여 사실은 적당하지 못하다고 해서 그 대신 율문(律文)·율어(律語)라고 주장하는 사람이 많다. 즉 verse란 각운(脚韻)이나 두운(頭韻) 등의 압운(押韻)의 문(文)이 아니라 율격(律格)을 주로 한 어떤 규율(規律)의 문(文)이라는 것이 적당하다"는 주장을 하였던 것이다. 그러나 우리나라의 경우 이를 엄격하게 구분하지 않고 율어적(律語的)인 언어도 시 구성의 중요한 요소라고 보기 때문에 그대로 운율(韻律)이란 말을 사용하는 것으로 안다. 다음에는 운율의 성격에 대하여 여러 학자들의 견해를 들어보고자 한다.

1) 우리가 시에서 음(音)을 말함에는 두 가지의 부분이 있으니, ① 음(音)이 가지고 있는 고유의 요소로서 음악성(musicality)과 euphony의 효과를 낳는 음의 기대(基臺)가 있고, ② 음의 상관적(相關的)인

요소로서 율격(律格, metre)과 리듬을 낳는 음의 기준, 즉 음의 고저(高低) · 장단(長短) · 강약(强弱) · 반복의 빈도, 양적 특질을 주는 모든 요소가 그것이라는 것이다. 우리나라의 경우 전자에 해당되는 것은 모음조화(母音調和) · 자음접변(子音接變) 등 음의 동화현상이 많은 것과 의성어(擬聲語)가 발달된 것을 들 수 있다. 그러나 진정한 운율과 리듬은 후자, 즉 음의 상관적(相關的)인 요소에 의해서 이룩되어짐은 물론이다.　　　　　　　　(구인환: 문학개론)

2) 모든 운율적 단위의 기본적인 요소는 어떤 한정되지 않은 시간을 구성하고 있는 동일적 순간을 부동(不同)하게 하는 조작이라 설명하고, 이 부동하게 하는 요소는 역학적(力學的) 성질의 것인 바, 이것을 우리는 율동(rhythm)이라 부르며, 운율(metre)이 계속하는 순간의 시간적 등장성을 뜻하는 것인데 반하여, 율동(rhythm)은 그 등장성을 역학적으로 부동하게 하는 것을 뜻한다. 따라서 여하한 운율적 단위도 역학적으로 부동한 간섭을 받지 않고는 지각될 수 없는 것이다. 그러므로 율동(rythme)이 운율(metre)의 기본적 요소가 된다고 하였다. ~중략~ 이상으로 Pierson의 탁월한 이론을 통하여 우리는 운율(metre)이 연속하는 순간의 시간적 등장성을 뜻한다는 것과, 율동(rythme)은 그 등장성을 역학적으로 부동하게 하는 조작이라는 것을 인식함으로써 운율의 본질을 정확하게 파악할 수 있었다고 본다.　　　　　　(정병욱: 한국고전시가론)

1)에서 구인환은 진정한 운율과 리듬은 음의 고저 · 장단 · 강약 · 반복의 빈도, 양적 특질을 주는 모든 요소를 의미한다고 하였다. 2)에서 정병욱은 운율이 연속하는 순간의 시간적 등장성을 뜻하고, 율동은 그 등장성을 역학적으로 부동하게 만드는 조작이라고 하였다. 이 외에도 홍문표는 음성율이란 음의 성질, 곧 음의 장단, 고저, 강약을 가려서

배율하는 것인데, 한시의 평측법, 영시의 미터(metre)법을 들고 있다(홍문표: 현대시학). 그러나 엄격히 말한다면 음성율이란 사실상 율격(律格)을 말하는 것이고 음위율(音位律)이란 압운(押韻)을 뜻한다는 것이다.

그 다음 운율은 크게 외형률과 내재율로 나누는 것이 보통이다. 전자는 겉으로 드러나는 운율을 말하고, 후자는 겉으로 드러나지는 않지만 속으로만 느껴지는 운율을 말한다. 그래서 정형시에는 외형률이 있고 자유시에는 내재율이 있다고 말하는 것이다. 그러면 시조에는 어떠한 운율이 있는지, 리태극의 설을 먼저 인용해 보고자 한다.

> 단시조는 3장 6구로 77·77·97조의 기준을 멀리 벗어나지 않아야 한다. 어떤 이는 자수로 율조를 말함은 시조 운율의 본질을 모르는 것이라고 한다. 즉 음보율로 측정되어야 한다는 것이다. 율박율은 한 구가 4율박씩으로 되어 있어 24율박이 된다. 그러나 이 율박도 2자가 기준이 되는 것이다. 결국은 자수에 의거하는 것이오, 자수만 기준율에 맞으면 율박은 자연히 한 구가 4율박씩이 되는 것이다. 한 구가 8자일 경우에는 2자 2자씩으로 이루어지는 정율(正律)이 되는 것이요, 7자일 때에는 3·4조 또는 2·5조가 되어 음의 장단이 일어나게 된다. 즉 '이 몸<u>이</u>- 죽어 죽어'는 '이'음을 길게 읽게 되고, '대조 볼 붉은 골에'는 '대- 조- 볼붉은 골에'가 되어 장음이 많고 '볼붉은'은 3자가 한 율박인 고로 촉급하게 읽게 된다.

(리태극: 현대시조 작법)

리태극의 견해는 시조는 자수율로 따져야 한다는 것이다. 자수율과 음수율은 대동소이하기 때문에 같은 논조라고 본다. 리태극 설의 특징은 시조의 한 구가 4율박으로 되어 있어, 모두 24율박이 된다고 주장한 점이다. 다시 말해서 한 율박은 2자가 기준이 된다는 것이다. 그러나 이 율박론은 공연히 시조의 율격 논의를 어렵게 만들뿐 시조를 이해하는 데는 도움이 안 된다고 생각한다. 하여간에 이 율박론은 리태극 이전에도 주장한 이가 없었고, 리태극 이후에도 그것을 주장한 이가 없어 설득력이 없는 주장으로 남게 되었다. 다음은 조동일의 율격론을 인용해 보겠다.

> 음수율을 비판하고 음보율을 새로운 방법으로 택한 것은 주목할 만한 진전이다. 음수율로 따지면 시조 형식에 맞는 시조는 거의 없다는 기이한 결론에 이르게 되지만, 음보율로 따지면 시조가 4음보 형식이라는 예외를 허용하지 않는 결론이 나온다. 그러나 우리 시가가 강약격이라는 견해는 영시에다 맞춘 것이다. 강약격이 인정되려면 약강격도 있어야 되는데, 약강격이 강약격과 함께 인정될 수 있는지 의문이다. ~중략~ 한국시가의 율격은 모두 모음의 강약, 고저, 장단 같은 것은 고려되지 않는 음보율로 존재하고, 한 음보를 이루는 음절수는 변할 수 있다는 사실에서 한국문학은 하나라는 명제를 구체적으로 확인할 수 있을 것 같다. 그러면서 4음보격도 있고, 3음보격도 있다. 시 행수가 정해진 형식도 있고, 시 행수가 정해져 있지 않아 계속 늘어날 수 있는 형식도 있다. 그런가 하면 더욱 시야를 확대해 보면, 음보 수나 행수에서 질서정연한 형식도 있고, 질서정연하기를 거부하는 형식도 있다.   (조동일: 한국시가의 전통과 율격)

조동일의 이론의 특징은 우리시가의 율격 문제에서 음수율을 거부하고 음보율을 제시한 데 있다. 음수율을 거부하는 근거로 "음수율로 따지면 시조 형식에 맞는 시조는 거의 없다는 기이한 결론에 이르게 된다"는 것이다. 필자는 바로 이 부분의 이야기가 도저히 이해가 안 간다. 지금까지 1천여 명 되는 시조시인들이 음수율을 따져가면서 시조 창작을 했고, 각 문예지에 발표했어도 시조의 형식에 맞지 않는 작품은 일부 소수에 지나지 않고, 모두가 시조의 정형에 맞게 잘 쓰고 있는데, 시조의 형식에 맞는 작품이 거의 없다는 것은 무슨 논리인지 모르겠다. 우리나라에는 현재 1천여 명 이상의 시조시인들이 있는데, 그들이 시조를 쓸 때 글자 수를 고려하지 않고 쓰는 사람은 한 사람도 없다. 시조를 쓸 때 반드시 글자 수를 염두에 두고 쓴다면 그것은 음수율 또는 자수율이 적용되기 때문이다.

다 아는 이야기지만 시조의 형식은 3장 6구 12절로 되어 있다. 리태극은 거기에 자수론까지 첨가하여 총 자수 44자 내외 또는 45자 내외니 하면서 글자 수까지 헤아려 범위를 정하였다. 그런데 그 시조 형식의 기준율을 초장 3·4·3·4, 중장 3·4·3·4, 종장 3·6·4·3이라고 한다. 조동일은 바로 시조의 기준 음수율을 시조 형식이라고 본 것 같다. 그러나 모든 시조시인들은 그것은 어디까지나 기준 음수율이고, 종장 제1마디는 3자 고정이고 나머지 구나 절은 1자 내자 2자 가감한 것도 시조의 정형에 맞는다고 보고 있다.

우리 시조는 중국의 한시나 일본의 단가와 같은 정형시와는 다르다. 중국시나 일본시는 글자 수 한 자가 넘치거나 부족해도 잘못 썼다고 한다. 그러나 우리의 시조는 모든 절이나 구에 1자 내지 2자는 가감할 수 있다는 룰이 정해져 있어, 그 가감된 상태의 작품을 정형에 맞게 또는 정격에 맞게 쓴 작품으로 간주한다. 이러한 룰이 적용될 때 웬만한 작품은 모두 시조형식에 맞지, 시조형식에 맞지 않는 작품은 극히 일부에 지나지 않는다. 그래서 필자는 요즘 발표되는 현대시조의 85퍼센트 이상이 시조 형식에 맞는다고 보기 때문에 조동일과는 견해를 달리

하고 있다.

다음은 시조의 율격에서 음수율을 부정하고 음보율을 제시한 문제이다. 필자의 견해로는 시조뿐만 아니라 모든 운문에는 음보율이 적용된다고 본다. 앞에서 살펴보았지만 운문의 첫째 조건은 리듬이 있다는 것이다. 둘째로는 그 리듬이 일정한 시간을 간격으로 분절적인 반복과 흐름을 가지고 있다는 점이다. 이것은 시간의 연속과 휴지(休止)가 있다는 말과 같다. 이러한 반복과 휴지를 되풀이하는 것이 운율이고, 이러한 운율이 들어있는 문장을 운문이라고 한다. 그러니 운문에는 반드시 운율이 있게 마련이고, 운율이 있으면 음보율도 생기게 되어 있다. 그런 점에서 이 음보율은 시조뿐 아니라 모든 운문 즉 고대가요, 향가, 속요, 별곡, 고속가, 가사, 창가, 민요 등 모든 운문에 그대로 적용되는 것이다. 필자의 관견으로는 외국문학의 경우에도 그것이 운문이라면 음보율은 존재할 것이라 사료된다. 이처럼 모든 운문에 적용되는 음보율을 시조의 율격은 음보율이라 하는 것은 실제와 맞지 않는 허상에 불과하다. 그래서 필자는 시조의 율격은 음수율과 음보율이 동시에 적용되어야 한다고 보고, 음보율만 주장하는 것은 시조창작법을 도외시한 오류라고 보는 것이다. 이러한 이론은 시조뿐만 아니라 자유시에도 그대로 적용돼야 한다는 것을 다시 한 번 강조한다.

이제까지 시와 시조의 운율 문제에 대하여 제가의 설을 인용하면서 나름대로의 논의를 전개하였다. 그 결과 우리 시에는 음보율 뿐만 아니라 음수율도 적용해야 된다는 결론을 이끌어 냈다. 또한 우리 시에서는 운율이라는 말과 율격이라는 말이 확연하게 구분되지 않아서, 같은 의미로 사용해도 무방할 것이라 생각했다. 다시 말해서 '시조의 운율은 이러하다'는 말이나, '시조의 율격은 이러하다'는 말은 같은 뜻으로 보아도 좋다는 것이다. 또 한 가지 운율에는 그냥 음성만 가지고 이야기해서는 안 되고, 그 속에는 의미까지 내포되어 있다는 것을 인식해야 된다는 것이다. 새소리, 바람 소리, 물소리를 가지고 운율문제를 논의하지 못하는 것은 그러한 자연의 소리에는 의미가 없기 때문이라고 생각한다.

12. 장사익의 노래

나는 장사익씨의 노래를 세 번 정도 들은 것 같다. 먼저는 어떤 문학행사에서였고, 그 다음은 광진구 '시 낭송의 밤'에서였다. 그런데 지난 10월 14일 세종문화회관에서 "2009 전국 문화원의 날" 기념행사가 있었는데, 이번에도 그분이 초청되어 노래 부르는 것을 들었다. 제1부 행사가 끝나고 2부 행사로 축하공연이 있었는데, 사회는 국악인 오정혜씨가 맡아서 진행하였다. 그 옛날 '서편제' 영화를 감상할 때 화면으로 보았던 그녀를 이제는 바로 앞에서 실물을 보게 된 것이다. 예쁘게 한복을 차려 입고, 그 특유의 창법으로 '진도 아리랑'을 열창하니, 모든 사람들의 시선이 그리로 집중되었다. 그처럼 한 가락 뽑고 나서 나머지 시상식 행사를 진행하였던 것이다. 그리고 이 행사의 마지막 순서로 소리꾼 장사익씨가 나와서 축하 공연을 한다. 원래는 두 곡조만 부르고 들어가게 되었는데, 청중들이 열광하고 환호하니까 무려 5곡을 마치고서야 행사를 마무리할 수 있었던 것이다.

장사익씨가 소리를 할 때 그 많은 청중들이 숨을 죽이고 시선을 집중하면서 노래를 듣는다. 나는 전에 장사익의 노래를 들을 때는 의례적인 것으로 생각하고 무심코 바라보고 아무런 생각 없이 그의 노래를 들었다. 그저 '노래를 잘 부른다', '특이하다', '많이 불려 다니겠구나'

라는 생각을 한 정도이었다. 그러나 이번에는 "도대체 저분의 노래가 어떠한 특징이 있기에 저처럼 인기를 끌고, 불려 다니고, 많은 사람들이 좋아하는지" 그 점을 파악하기 위하여 유심히 관찰하면서 소리를 감상하였다.

첫째, 창법이 독특하고 새로웠다. 같은 가사를 노래로 불러도 아무도 흉내 낼 수 없는 그분 나름의 창법과 기교가 있었던 것이다. 더구나 노래를 하면서 취하는 몸동작은 그 가사와 어울리게 몸과 팔다리를 흔드는데, 이 또한 누구도 따라 할 수 없는 그만의 독특한 세계를 가지고 있었던 것이다. 그 다음은 곡조도 그렇지만 그 가사 내용이 진지한 인생 이야기, 누구나 겪어야 하는 삶의 이야기를 담고 있었다. 남의 이야기가 아니라 바로 '나' 자신의 이야기를 노래로 부르고 있었던 것이다. 그러니 어찌 그 노래를 열심히 듣지 않고 딴전을 부리겠는가.

셋째는 창자와 듣는 청중이 호흡이 잘 맞는다. 가수 따로 듣는 이 따로 논다면 무슨 재미가 있겠는가. 이분이 노래 부를 때는 창자와 청중이 혼연일체 되는 것을 피부로 느낄 수 있었다. 다시 말하면 그 수많은 청중들의 가슴을 울려주고 있었던 것이다. 넷째 이분이 노래 부르는 모습을 보니 혼신의 힘을 다해서 부르고 있는 것이다. 어찌 보면 젖 먹던 힘까지 다 빼서 노래 부르는 것 같았다. 한마디로 있는 정성을 다해서 노래 부르는데, 누가 그를 마다하겠는가? 그처럼 있는 정성을 다해서 부르니까 만인의 사랑을 받는 것이다.

어디 노래뿐이겠는가? 장르는 다르지만 문학도 마찬가지다. ① 남이 흉내 낼 수 없는 독특한 기법을 구사해서 새롭게 작품을 쓰고, ② 그 작품 속에 심오한 인생의 의미가 함축되고, ③ 작가와 독자가 호흡이 잘 맞아서 혼연일체 되고, ④ 온갖 힘을 다하고, 있는 정성을 다해서 문학작품을 생산한다면, 그런 사람은 틀림없이 일류작가의 반열에

오를 것이라 확신한다.

13. 관란 원호의 생애와 문학

1) 생애

관란 원호는 1397년(태조 5) 4월 9일 병조참판에 추증된 원헌의 둘째 아들로 지금의 원주시 개운동 송림에서 태어났다. 선생은 어려서부터 남달리 총명하고 글공부를 좋아했다. 그래서 남들이 뛰어 놀 때도 오직 책 읽기를 열심히 했으며, 심지어는 밤을 새워 공부하는 일이 많았다고 전한다. 15세를 넘어서는 4서 3경에 통달하여 이미 도학군자(道學君子)라는 칭호를 듣게 되었다. 뿐만 아니라 글짓기를 좋아하여 많은 한시와 산문을 저술했는데, 후에 손자의 필화사건 때문에 모두 불살라 버렸다. 이처럼 폭넓은 독서와 저술을 하면서도 과업을 게을리 하지 않아 1423년(세종 5) 26세 때 문과에 급제하였다.

선생의 특징은 어려서부터 남달리 효성이 지극했다는 점이다. 그는 누가 뭐래도 조선시대의 유학자이고 유학의 근본 도리인 충효사상을 몸소 실천하는 것이라 할 수 있으니, 선생은 아주 어린 시절부터 나라에 충성하고 부모에 효도해야 된다는 이념이 뇌리에 박히고 몸에 배었던 것이다. 부모님에게는 얼굴빛을 따듯이 하고 항상 공손했으며, 그 뜻을 거스르는 일은 거의 없었다. 예로부터 부모에게 효도하지 않고 충신된 자 없으며, 충신의 칭호를 받는 사람으로서 그 부모에게 효도하지 않는 사람이 없다는 것은 하나의 정론 아닌가. 관란의 인간적 면모가 이처럼 충효를 겸전하였기 때문에 그 임금이 위태롭게 되었을 때 옛날 수양산으로 숨어버린 은나라의 백이숙제처럼 단종이 위태롭게 되자 원주 치악산 아래로 숨어 버리는 은둔생활을 하였다고 본다.

관란은 문과에 급제한 다음 여러 요직을 거치게 되었고, 문종 때에는 벼슬이 집현전의 직제학까지 이르러 임금님을 궁중 가까이서 모시는 행운을 얻었다. 그러나 문종이 돌아가시고 단종이 어린 나이로 왕위에 오른 다음부터는 나라 안의 정세가 급변해져서 어린 단종이 왕권을 지켜 내기가 어려워졌다. 단종의 숙부인 수양대군이 자신의 세력을 크게 확장시키면서 단종을 지성으로 보필하는 김종서, 황보인 등을 죽이고, 자신들이 정권과 군권을 장악하는 정란지변을 일으켰기 때문이다.

이처럼 어려운 때를 당하여 관란은 세상을 근심하고 괴로워하면서 벼슬을 버리고 고향인 원주 땅 송림으로 돌아왔다. 그리고는 치악산 아래에다 흙을 모아 집을 짓고 낮이면 항상 높은 봉에 올라 단종을 사모하는 마음으로 서천을 바라보고 밤이면 하늘을 우러러 단종의 만수무강을 기원하였다. 이에 하늘도 감동하였는지 매일같이 계시는 고을에 안개가 걷히지 않음으로 동명이 현재까지도 무항동(霧巷洞)이라 불리며, 오르던 산봉우리는 망왕봉(望王峰)이라 불리었다.

남궁원이 지은 관란의 행장을 보면 "병을 구실로 관직을 사퇴하고 원주 남촌으로 돌아와 살면서 그 마을 이름을 무항이라 했다"고 전하는데, 그 무항이란 안개가 잔뜩 낀 마을이란 뜻이니, 그와 같이 한 치 앞을 내다볼 수 없는 불확실한 시대를 살아간다는 뜻도 되고, 안개 낀 산간 마을에서 세상을 등지고 은자생활을 한다는 뜻도 된다. 그리고 「치악의 향기」라는 책을 참고해 보면, 원호는 생육신의 한 사람으로 기개 높고 절제 있는 생활을 했으며, 그는 은거생활 중에도 농민들의 생활을 근심하여, 흉년을 막고 풍년이 들게 하기를 기원하면서 권침과 함께 월계도를 만들었다(원주시 편, 치악의 향기, 1981.9, 27~28쪽 참조)고 되어있다.

그리고 지난 날의 친구 되는 분이 본도의 관찰사로 부임해서 선생을 만나보려 한 사실이 있었다. 그런데 그 관찰사는 관란이 사람들을 만나주지 않는다는 사실을 잘 알고 있었다. 그래서 모든 의장을 생략하고 한 대의 수레로 달려와 뵙기를 청했지만, 관란은 손을 내저으며 "자네와 나는 처세하는 방법이 다르니 만나볼 수 없네" 하고는 물리쳤다는 것이고, 그 관백은 자신의 출세를 부끄러워하면서 물러갔다는 이야기가 전한다.

관란은 이처럼 외부 사람들과의 접촉을 끊고 세상과는 등지고 살았는데, 이러한 생활태도를 후손들은 불출문외 부접친우(不出門外 不接親友)하였다고 적어놓았다. 또 「관란선생 행장」에서는 종신토록 숨고 묻혀 있으면서 조정에서 불러도 나아가지 아니하고 앉으면 반드시 동쪽을 향하여 앉고 누워도 반드시 동쪽으로 머리를 두며, 서쪽을 향하여 새 임금을 섬기지 않으니, 이것은 바로 중국의 기자가 새로운 임금의 신하가 되지 않았던 일과 같은 것이며, 백이가 수양산에 들어가 고사리 캐던 일과 함께 아름답고 빛나는 일이라고 적어놓았다. 이러한 충절이 인정되어 1699년(숙종 25)에는 원주의 고향 마을에 정려문이 세워졌고, 1784년(정조 8)에는 정간(貞簡)이란 시호를 받았다.

2) 작품 세계

관란은 그의 손자 숙강이 한림정언으로 있을 때 세조에게 타살되자, 그 원인이 글공부에 있다고 생각하고, 자신의 평생 저술한 글들과 소장한 책들을 모두 불살라 버렸다. 그리고 내 자손은 "글공부하지 말고 농사나 지으면서 편안하게 살라는 유언을 했다는 전설이 전한다. 그래서 관란의 작품으로 현전하는 것이 거의 없어 안타깝다는 생각이 들고, 그 와중에도 남아 전하는 것이 시조 2편, 한시 1편, 원생몽유록 1편이다. 원생몽유록에 대하여는 백호 임제가 지었다는 설도 있으나, 필자는 원호가 지은 것으로 생각한다.

그래서 이글에서는 시조 1편과 소설 원생몽유록을 중심으로 작품에 나타난 작가의식을 탐구해 보고자 한다.

> 간밤의 우던 여흘 슬피우러 지내여다
> 이제야 싱각ᄒ니 님이 우러 보내도다
> 져물이 거스러 흐르고져 나도 우러 녜리라
>
> (정주동・유창식 교주, 「진본 청구영언」, 신생문화사, 1957년, 434쪽)

이 작품에 대하여는 정주동・유창식이 교주한 「진본 청구영언」에 "① 작자는 대개 무명씨로 되어 있으나 가곡원류엔 생육신 원호로 되어 있다. ② 순 우리말로만 된 데에 유의할 것이다"라고 설명되었다. 먼저 초장을 보면 "지난밤에 밤새 울던 여울이 슬프게 울면서 지나고 있구나"라고 되어있다. 이 초장에서 중요한 것은 관란정 앞의 여울물이 울면서 흐른다고 인식한 점이다. 사실 조용한 시골에서 밤을 지내다 보면 유난히도 크게 들리는 것이 개울물 흐르는 소리다. 그 소리에 익숙하지 못한 사람은 잠을 이루지 못할 정도이다. 그 여울물 소리를 관란은 슬프게 운다고 표현했다. 그러나 필자의 단견으로는 밤새워 울던 존재는 그 여울물뿐만 아니고 관란 자신도 임 생각에 밤새워 울었다고 보아야 한다. 왜냐하면 삼라만상은 보는 이의 기분에 따라 그 감정이 다르게 나타난다고 보기 때문이다. 가을 하늘에 높이 뜬 달도 즐거운 사람이 보면 즐겁게 표현되고 슬픈 사람이 보면 슬프게 표현되지 않는가. 새소리도 마찬가지다. 즐거운 사람이 들으면 노래 소리로 들리고 슬픈 사람이 들으면 우는 소리로 들리게 마련이다. 그러나 관란은 설명하기를 이제야 생각해보니 임이 울어 보낸 것이라 했다.

중장에서의 <임>은 바로 세조에게 왕위를 빼앗기고 영월에서 귀양살이하던 어린 단종이다. 단종은 하류 지역 영월의 청령포에 계시고 관란은 상류 지역 제천의 장곡리에 있었으나, 그 흐르는 강물 소리를 단종의 억울한 울음소리로 인식했던 것이다. 이곳 제천의 관란정 있는 곳에서 영월의 청령포까지는 물길로 백리 가량은 된다고 한다. 그 백리 가량의 물길을 울면서 흐른다고 표현한 것은 그 임을 생각하는 관란의 비통함과 슬픔이 백리 이상 뻗쳐 있었기 때문이다.

그런데 종장에서는 "저 물을 거슬러 흐르게 하고 싶구나. 그러면 나도 울면서 흘러가리라"라고 했다. 이것은 관란의 충절의 뜻과 임 생각하는 슬픈 마음을 그대로 단종에게 전해 올리고 싶다는 이야기다. 지리상으로 관란은 비록 상류에 있었고 단종은 하류에 있었지만, 그 심리상으로는 군신관계를 나타내야 하기 때문에 단종이 상류에 있고 관란이 하류에 있는 것으로 표현해야 한다. 그러니 하류 지역에 있다고 생각한 관란으로서는 물이 거꾸로 흐르기 전에는 자신의 뜻을 온전하게 전할 방법이 없었을 것이다. 한마디로 이 작품 전체를 다시 음미해 보면 단종과 관란과 제천에서 영월로 흐르는 강물 모두가 삼위일체 되어 함께 밤새워서 슬프게 울었다는 의미가 된다.

그런 점에서 이 작품은 "임 향한 일편단심이야 가실 줄이 있으랴"라고 노래했던 정몽주의 <단심가>보다도 더 처절하다고 생각되고, 명실 그대로 충신연주지사(忠臣戀主之詞)라는 평가를 받아야 마땅하다고 본다. 또 유일하게 남아있는 관란의 한시 <歎世詞>와도 그 내용 주제가 일맥상통한다는 점에서도 의의가 있다.

그 다음은 관란 원호의 <원생몽유록>에 대하여 살펴보고자 한다. 시조 1편이 더 있지만, 다음에 논의할 김시습과 형평을 맞추기 위하여 1편만 살펴본 것이다. <원생몽유록>에서 가장 큰 쟁점은 아직까지도 그 지은이가 누구냐 하는 문제다. 이 문제에 대하여 김태준은 그의 「조선소설사」에서 "백호 임제가 추강 남효온의 인격을 사모하여 추강을 모델로 하고 원생몽유록을 지어 추강의 경우를 슬퍼하였다"(김태준, 조선소설사, 학예사, 1932, 76쪽)는 주장을 내세웠다.

그 이후 임제설은 많은 사람들에 의해 밑받침되면서 학계의 정설로 굳어지는 듯하다가, 1959년 장덕순에 의해 매월당 김시습설이 제기되었다. 그는 「몽유록소고」라는 논문에서 "원생몽유록의 내용적 특징에서 언급한 바와 같이 <원생몽유록>의 사상적 주조가 매월당 작인 「금오신화」의 <남염부주지>의 사상과 부합된다는 것은 이것이 매월당의 작품임을 강력히 설명하여 준다"(장덕순, 몽유록소고 「동방학지(4)」 연세대 동방학 연구소, 1959, 139쪽)고 하였다.

그 이후 1961년에는 이가원에 의해 또 다른 학설이 제기되었으니, 그는 「몽유록의 작자 소고」라는 논문에서, 몽유록의 작자는 백호(임제)가 아니요, 동봉(김시습)도 아닌 관란(원호)임을 내세웠다(이가원, 몽유록의 작자 소고, 「국어국문학」 제23호, 1961.5, 569쪽).

그러나 이글의 목적은 <원생몽유록>의 작자 문제를 논의하는 것이 아니므로, 더 이상의 논의는 하지 않고, 일단 관란 원호의 작품으로 간주하고 이야기를 진행하고자 한다.

강물도 한스러워 목메어 못 흐르고
갈대꽃 단풍잎엔 찬 바람 불어오네
알겠노라 여기는 장사 땅 언덕인데

임의 혼령 어디 갔나 달빛만이 밝게 비치네.
恨入長江咽不流, 荻花楓葉冷飀飀
分明認是長沙岸, 月白英靈何處遊

원생몽유록의 첫 부분을 보면 이 작품의 주인공이요, 몽유자인 원생에 대하여 다음과 같이 소개하였다. "세상에 성은 원씨요 자는 자허(子虛)라는 이가 있으니, 그는 비분강개하는 선비이다. 기개와 도량이 활달하고 사소한 일에 구애하지 않기 때문에 세상에 용납되지 못하여 여러 번 나은의 한을 품고 원헌의 가난을 견디기 어려웠다." 그러면 여기서 나은(羅隱)은 어떤 인물인가? 중국 당나라 말기의 어진 신하로 주전충(朱全忠)이 당나라 임금을 죽이고 새로 양나라를 세우자 오월왕을 권하여 양나라를 치게 했던 충의지사이다.

그리고 원헌(原憲)은 중국 고대 노나라의 청빈한 관원이요 공자의 제자라고 한다. 이런 내용들은 그대로 생육신 관란 원호의 생애를 옮겨놓은 것과 마찬가지이다. 그러니까 작품 속에 원생이 읊은 시는 바로 원호의 인생관이나 세계관이 담겨 있는 것으로 보아야 한다. 그래서 한시의 "강물도 한스러워 목메어 못 흐르고"는 그의 시조 초장 "간밤의 우던 여흘 슬피우러 지내여다"를 연상케 한다. 그리고 "임의 혼령 어디 갔나 달빛만이 밝게 비치네"는 죽은 단종을 찾는 내용이다.

이처럼 죽은 단종의 혼령을 찾는 것은 생육신 원호의 입장에서는 가능한 이야기지만, 선조 때의 호걸남아 백호 임제와는 아무런 상관이 없다는 것을 밝혀두는 바이다. 어떻든 위의 한시만 읽어보아도 관란의 단종에 대한 충성심이 어느 정도인가를 미루어 짐작케 한다. 그리고 다시 한 번 원자허의 노래를 인용하면 다음과 같다.

지나간 일을 누구에게 물어보리

황폐하고 처량한 산에는 흙언덕이 하나뿐일세

깊은 한은 정위의 죽음이요

애닲은 넋은 두견의 수심이네

고국에는 언제나 돌아갈고

강루에 올라 이날을 같이 지내네

슬프고 처량한 노래 두서너 곡을 마치니

갈대꽃에 어스름 달이 비친 쓸쓸한 가을이로세.

往事凭誰問 荒山土一丘

恨深精衛死 魂斷杜鵑愁

故國何時返 江樓此日遊

悲凉歌數関 殘月荻花秋

　이 노래에 대하여 자허는 원래 세상일을 분개하고 한탄하는 사람이라 눈물을 닦고 슬픈 음성으로 불렀다고 되어있다. 위의 한시 제1행을 보면 "지난 일 아득하니 누구에게 물어보리"라고 되어 있다. 이것은 계유정란과 병자사화가 일어나고 얼마 안 있다가 이 작품이 쓰여졌기 때문에 표면상으로 보면 앞뒤가 안 맞는 이야기 같다. 그러나 병자사화에서의 참극은 그들이 생존 시에 일어났던 것이고, 이 꿈의 세계에서는 단종이나 사육신들의 혼령들만 모여 앉아서 이러한 성토를 하는 것이니, 이승과 저승이 너무 다르고 아득하기 때문에 누구에게 물어야 되느냐고 한탄했던 것이다. 그런 의미에서 그 비참하게 죽어간 혼령들만 모여 있는 곳을 제2행 "荒山土一丘"란 말로 표현해서 그 주위 환경마저 황폐하고 처량하다는 느낌을 갖게 하였다.

　그리고 제3행에서는 <恨深>이란 말이 나오고 제4행에서는 <魂

斷>이라는 말이 나온다. 이 말뜻은 "원한은 깊다", "영혼은 끊어졌다"라는 의미인데, 이 또한 세조 왕위찬탈 사건과 사육신들의 참살 당함을 직접 목격하고 체험한 관란 원호는 이런 이야기를 할 수 있지만, 그 사건이 일어나고 100여 년 이후에 출생한 임제 당시에는 이러한 비극적 사건이 일어나지도 않았고 그러한 사건을 목격하거나 체험한 바도 없는데, 어떻게 몽유자 원자허를 임제를 가탁시킨 인물이라고 해석할 수 있다는 것인지 이해가 안 간다.

그리고 제5행에서는 "고국에는 언제나 돌아갈고"라고 했고, 제6행에서는 "강루에 올라 이 날을 같이 지내네"라고 했는데, 이 또한 이승 세계가 아니라 죽은 이들만 모여 있는 저승 세계에서 몽유자 원자허가 보고 느끼고 경험한 바를 노래한 것이다. 특히 제6행에서는 "江樓此日 遊"라고 했는데 단종 때 생존한 인물이 아니고, 선조 때 생존한 백호 임제가 어떻게 그 자리에 참여해서 함께 노닐 수 있다는 것인지 이해가 안 간다.

제7행에서는 "슬프고 처량한 노래 두서너 곡을 마치니"라고 했는데, 이 또한 생육신 원호의 입장에서는 세조왕위 찬탈사건에 대하여 평생 원한을 품고 살았으니까 이에 해당하지만, 그 사건보다 100여 년 뒤에 태어난 백호 임제는 누구의 무슨 사건에 평생 원한을 품고 살았기에 슬프고 처량한 노래를 두서너 곡조 불러보자고 했다는 것인지 이해가 안 간다. 마지막으로 제8행에서는 "갈대꽃에 이지러진 달 쓸쓸한 가을이로세"라고 했는데, 여기서 '이즈러진 달'과 '늦가을'이 갖는 상징적 의미는 이미 대세는 세조에게 기울어졌고, 단종의 시대는 종말이 다가왔다는 것을 암시적으로 표현했다고 보아야 한다.

이제까지 관란 원호의 시조 1편과 <원생몽유록>의 주인공 원자허의 노래 두 편을 해설하고 논의해 보았다. 그 결과 시조에서는 충신연군의 의미가 강하게 나타났고, 원생몽유록의 한시에서는 비참하게 죽은 단종과 사육신들의 혼령을 만나서 당시의 세태를 풍자하면서 세조에 대한 저항의지를 나타내었다. 한마디로 관란 원호의 작품세계에서는 충신연군의 의미, 비통한 감정, 저항 의식, 역사의식 같은 것을 점쳐 볼 수 있었던 것이다.

14. 매월당 김시습의 생애와 문학

1) 생애

매월당 김시습은 1435년(세종 17)에 서울 반궁(泮宮)의 북쪽에서 충순위(忠順衛) 김일성(金日省)의 아들로 태어났다. 자를 열경(悅卿), 호를 매월당(梅月堂)・동봉(東峯)・벽산청은(碧山淸隱)・청한자(淸寒子)・설잠(雪岑) 등으로 불렸다. 본관은 강릉이며 알지왕(閼智王)의 후손이다. 그는 낳은 지 여덟 달만에 능히 글을 깨쳐 그의 족조(族祖) 최치운(崔致雲)이 이름지어 시습(時習)이라 하였는데, 이는 논어(論語) 학이편(學而篇)의 "學而時習之 不亦悅乎"에서 따온 것이다. 3세 때는 이미 시를 지었고, 5세 때는 중용과 대학을 배워 세종대왕에게까지 문명(文名)이 알려지면서 신동으로 불리었다. 13세 때는 김반(金泮)에게서 사서를 배우고 윤상(尹祥)에게서 칠서를 섭렵했다.

이처럼 신동으로 이름이 퍼지면서 주위 사람들의 기대와 칭찬을 받았다. 그러나 그에게도 액운이 닥치기 시작했던 것이다. 15세에 어머니 장씨가 세상을 떠났다. 따뜻한 어머니의 사랑을 잃은 김시습의 비애는 말할 수 없이 컸던 것이다. 어머니의 무덤 옆에 여막(廬幕)을 짓고 어린 상주는 3년 상을 치루었다. 20세 때는 남효례(南孝禮)의 딸을 맞아 아내로 삼고, 그 이듬해는 삼각산(三角山)의 중흥사(中興寺)에서 학문에 뜻을 세우고 독서에 열중하였다. 그리고 단종의 손위 소식을 듣고는 충격을 받아 책을 불사르고 삭발위승(削髮爲僧)하여 방랑의 생활을 시작한다.

그는 먼저 노량진 형장에 나타나 사육신의 시체를 매장하고는 계룡산 동학사로 내려갔다. 다음은 고려왕조의 구도인 송도를 찾아 명승고적을 둘러보며 감상에 젖었다. 김시습이 송도유람을 마치고는 신춘(新春)을 기하여 관서유람의 길을 떠났다. 평양에 도착하여 기자 천년의 유풍을 맛보았고, 단군이 하강했다는 묘향산을 찾아 보현사에 머물렀다.

그리고는 관동유람의 길을 떠나 김화(金化)를 거쳐 금강산으로 들어가서 자연에 도취하며 금강의 장관을 탄복하였다. 강릉 방면의 승경을 찾아가서 오대산의 월정사·상원사를 구경하고, 경포대·낙산사 등지를 찾았다. 이렇게 하여 관동유람을 마친 김시습은 발을 남방으로 돌려 호남유람의 길을 떠났다. 은진(恩津), 청주(淸州) 등 충청도를 거쳐 정읍(井邑), 영광(靈光)을 비롯한 전라도 일원을 빠짐없이 찾았다.

이와 같이 김시습은 20대를 유랑의 생활로 보내면서, 1457년(세조 3)에는 '탕유관서록'(宕遊關西錄)을 지었고, 26세 되던 1460년(세조 6)에는 '탕유관동록'(宕遊關東錄)을 지었으며, 29세 되던 1462년(세조 8)에는 '탕유호남록'(宕遊湖南錄)을 지었던 것이다. 김시습은 29세 되던 1462년(세조 8)에 책을 사기 위하여 상경했다가, 효령대군의 간청에 따라 세조의 불경언해 사업을 잠시 도왔으며, 마지막으로 영남유람의 길을 떠나 경주의 금오산(金鰲山)을 찾았다.

여기서 방랑의 생활을 청산하고 금오산실(金鰲山室)을 복축(卜築)하였다. 건강이 좋지 않아 질병이 잇달았지만 수많은 책을 사가지고 금오산에 지내면서 유유자적할 수 있었던 비교적 안정된 시기가 이 금오기 (金鰲期)라 할 수 있는 것이다. 여기서 그는 주로 용장사(茸長寺)에 거처했는데, 매월당(梅月堂)이란 당호를 내어 걸었다. 이 금오기는 그의 나이로 보나 객관적 정황으로 보나 그의 생애 중 매우 활동적인 시기였던 것으로 보여, <금오신화>도 이 시기에 지은 것으로 보인다. 그리고 그는 이 시기에 성리학과 불교에 대한 연구를 깊이 한 것으로 보인다.

금오산실의 생활을 끝내고 서울에 돌아와 성동에 폭천정사(瀑泉精舍)를 짓고 안주한 것은 그의 나이 37세 봄이니, 이 무렵은 김시습이 정신적으로 몹시 갈등을 느끼던 때라고 생각된다. 이때는 세조·예종의 뒤를 이어 성종이 즉위하여 숭유억불책을 내세워 널리 인재를 구할 무렵이다. 김시습은 이러한 시대적 변화에 편승하여 현실에 대한 긍정적 사고를 가져보기도 하였다.

그러나 현실은 자신의 생각과 거리가 너무나 멀었고 뜻과 같지 못했다. 이미 그와 교분이 두텁던 서거정은 달성군(達城君)에 봉작되고, 아울러 예문관 대제학(藝文館大提學)을 하고 있었으며, 정창손은 영의정, 김수온은 영돈령부사(領敦寧府使) 등으로 되어 있었다. 이런 가운데 도성을 출입하면서 그는 기행(奇行)·광태(狂態)를 자행하였고, 47세 때는 환속하여 과부로 있던 안씨(安氏)와 결혼을 하였다. 그러나 그 결혼 생활도 3년을 못 가서 상처를 하고, 다시 방랑의 길을 떠나게 된다.

인생의 허무를 뼈저리게 체험한 김시습은 다시 삭발하고 방랑의 생활을 하지 않을 수 없었으니, 천애의 기구한 운명을 타고났다고 할 수밖에 없다. 김시습은 2차로 관동 유람의 길을 떠나 양양지방으로 가서 만경대(萬景臺)에 오세암(五歲庵)이란 암자를 짓고 산전을 일구어 생활하였다. 그곳에서 당시 양양부사로 있던 유자한(柳自漢)과 교유했고 육경자사(六經子史)를 짊어지고 춘천의 청평산 설악 등지를 전전하다가 마지막 기착지가 충청도 홍산의 무량사(無量寺)였다. 이곳에서 와병하다가 1493년(성종 24)년 3월 59세를 일기로 세상을 마치었다.

이처럼 60평생을 단란한 가정을 가져보지 못하고 방랑생활로만 일관한 데는 그가 충심으로 받들고자 했던 단종이 폐위되고, 세조가 왕위를 찬탈한 세변(世變)에 두어야 할 것이다. 그는 평생 유교사상을 간직하고 있었으면서도 숭유억불 정책으로 유교와 상극하고 있는 불승의 행색을 하여 방랑하였고, 불사(佛寺)에 거주하면서 독경과 참선과 승려생활을 하였다. 그리고 그는 뛰어난 문학가로서 고려시대 이미 패관문학에서 싹트고 있던 소설적 창작활동을 발전시켜 고소설을 개척한 공적은 우리 문학사에 길이 칭송을 받을 것이라 생각된다.

2) 작품 세계

현존하는 매월당집(梅月堂集)은 모두 23권으로 그 중 15권이 시집이며, 여기에 수록되어 있는 시는 2,200여 수에 이르고 있다. 남효온(1454~1492)의 사우명행록(師友名行錄)에는 매월당의 시는 수 만여 편에 이르나 거의가 흩어져 사라졌으며 조신(朝臣)과 유생(儒生)들이 모두자기들의 작품으로 만들어 버렸다고 하였다. 그리고 동경지(東京誌)에는 사유록(四遊錄)·태극도설(太極圖說)의 판목이 경주 정혜사에 있다 하였고, 매월당은 성리·음양·복서 등에 달통하였다는 기록이 있다. 그러나 이글에서는 그의 시문을 모두 살펴볼 수 없으므로 다만 그의 시조 1편과 금오신화 중에서 <남염부주지>를 중심으로 작품 세계를 탐색해 보고자 한다.

孟子 見梁惠王ᄒᆞ신ᄃᆡ 첫말ᄉᆞᆷ에 仁義로다

朱文公 註義에 긔 더욱 誠意正心
우리는 히울 일 업스니 孝悌忠信 호리라

　김시습의 작품이라고 하는데, <악학습령>과 <동가선>에 실려 전
한다. 여기서 초장은 「孟子」의 "孟子 見梁惠王 王曰 叟不遠千里而來
亦將有以利吾國乎 孟子對曰 王何必曰利 亦有仁義而已矣"(양혜왕이
맹자의 내방을 받고 「우리나라를 이롭게 해주려 오셨습니까.」라고 물
은 말에 대해, 맹자가 「하필이면 이를 논하십니까, 오직 인의가 있을
뿐입니다.」)라는 구절을 축약해서 옮긴 것이다. 중장의 주문공(朱文公)
은 성리학을 대성한 남송의 유학자 주회로서 <孟子>라는 책에 주석
을 붙인 분이다. 그리고 성의정심(誠意正心)이란 뜻을 정성스럽게 하고
마음을 바르게 한다는 말이다. 종장에서의 효제충신(孝悌忠信)에서 효
제는 부모에 대한 효도와 형제에 대한 우애란 뜻이고, 충신은 충성과
신의를 뜻하는 말이다.

　그러니까 이 작품에서 강조하는 것은 인의, 성의정심, 효제충신이
니, 그 밑바탕에는 유교도덕적인 내용을 전파하려는 의도가 담겨 있다
고 보아야겠다. 매월당 김시습이 비록 불승(佛僧) 행세를 하면서 평생
방랑생활을 했지만 그의 기본적인 인생관은 유교사상이라고 할 수 있
다. 그런 점에서 단종에 대한 충성심을 직접 표출하고 세조에 대하여
저항의지를 나타냈던 관란 원호와는 같은 생육신이면서도 차이점이
있다고 보는 것이다.

　다음은 김시습의 유명한 한문소설 「금오신화」를 살펴보자. 금오신
화는 <만복사저포기>, <이생규장전>, <취유부벽정기>, <남염부
주지>, <용궁부연록> 등 5편의 단편소설로 이루어졌다. 지면 관계
상 이 모두를 살펴볼 수는 없고, 원호의 <원생몽유록>처럼 꿈의 세계

를 다룬 <남염부주지>를 살펴보는 것으로 만족하고자 한다. 작품의 내용과 줄거리를 소개하면 다음과 같다.

> 염부주는 남쪽 지옥의 명칭이다. 경주에 사는 유생 박생(朴生)은 어느 날 불승과 불교에 관한 문답을 하였는데, 그는 '一理論'이란 논문을 지어 천당과 지옥설을 부인하였다. 그 후 박생은 어느 날 밤 저승의 사자를 따라가 염라왕(閻羅王)과 상면하고 세상을 미혹시키는 여러 사물에 대하여 문답하였다. 염라왕은 박생이 강직하고 천지이치에 통달하고 불의에 굴복하지 않는 기백을 높이 사 명국(冥國)의 선위문(禪位文)을 내려줄 터이니 잠시 인간세계에 다녀오라고 하였다. 그는 돌아오는 도중에 깨어보니 침상일몽(枕上一夢)이었다. 박생은 자기가 오래 살지 못할 것을 미리 알고 가사를 모두 정리한 후 병이 들어 의원과 무당을 물리치고 세상을 떠난다. 그가 염라왕이 된 것은 이웃 사람들의 꿈을 통해 확인된다.
>
> (소재영, 「고소설 통론」 반도출판사, 1995, 92쪽)

이 작품은 경주를 지리적 배경으로 설정하였다. 그러나 주인공을 경주인으로 했을 뿐, 경주와 소설의 전개에는 아무런 상관이 없다. 왜냐하면 모든 내용이 꿈속에서 전개되고 있기 때문이다. 그리고 이 세상의 인물로는 박생이란 유생만을 등장시켰다. 주인공 박생은 유학에만 뜻을 두었으며, 세속의 종교인 불교나 무속에 대하여는 반대의사를 지니고 있었다. 그러한 박생이 하루는 주역을 읽다가 가상의 세계인 염라국으로 들어간다. 그곳에서 수문장의 안내를 받아 염라왕 앞으로 가서 염라왕의 후대를 받고, 염라왕과 문답을 벌이는 것이 작품의 중심을 이룬다.

박생은 어느 날 중과의 대화에서 천당과 지옥에 대해 "천지에는 다만 음과 양이 있을 뿐이니, 어찌 천지 밖에 다시금 천지가 있겠는가"라고 한 뒤,「一理論」이란 것을 지었다.

내 일찍이 들으니 천하의 이치는 하나가 있을 뿐이라고 했다. 하나라는 것은 무엇인가? 그것은 둘이 아님을 말한다. 이치란 무엇인가? 그것은 천성(天性)을 이름이다. 천성은 무엇인가? 하늘이 내린 명(命)이다. 하늘이 음양오행으로 만물을 만들어 낼 때 기(氣)로서 형체를 이루었는데, 이(理)도 또한 품부했던 것이다. 소위 이치라는 것은 일용사물에 있어서 제각기 조리를 가지는 것이니 예컨대 부자 사이에는 사랑을 다해야 한다는 것을 말함이요, 군신 사이에는 그 의를 다해야 함을 이름이고…

인용 부분은「일이론」이란 것인데, 유교철학 즉 성리학에 대한 설명이다. 그래서 <천성>, <명>, <이>, <기>라는 용어를 동원했던 것이다. 위의 글에서 비록 박생의 입을 빌려 성리학에 대한 이론을 전개했지만 그것은 그대로 지은이 김시습의 인생관이요 세계관이라고 할 수 있는 것이다.

그러면 성리학이란 어떤 학문인가. 그것은 우주자연과 만물의 이치를 궁구하는 학문이라고 생각한다. 그래서 천지인 삼재설과 음양오행설이 핵심을 이룬다. <성리>란 말에서 <성>은 곧 이치이다. 그러나 왜 이치라 하지 않고 성(性)이라 말했는가? 이치란 대체로 하늘과 땅 사이에 존재하는 인간과 만물의 공공적인 것을 말하지만, 본성이란 나에게만 있는 이치이니, 이 이치는 하늘에서 받은 것으로서 나의 소유이기 때문이다.

그러나 사람이 태어날 때 한낱 이치만 얻은 것이 아니다. 반드시 형체가 있어야만 이치를 탑재할 수 있고, 또 실제로 이치란 기운을 벗어날 수 없다. 천지의 기운을 얻어 형체를 이루고 천지의 이치를 얻어 본성을 이루었으므로, 천지의 충만한 기운은 사람의 몸이 되고, 천지를 주재하는 이치는 사람의 본성이 된다고 할 수 있는 것이다.

다음은 박생과 염마왕과의 대화중에서 주공, 공자, 석가에 대한 설명을 염마왕의 입을 통해서 알아보자.

주공·공자는 중화 인물 가운데서 태어난 성인이요, 석가는 간흉한 나라인 인도에서 태어난 성인이다. 문물이 비록 뛰어났다 해도 그 성품이 박잡한 사람도 있고, 순수한 사람도 있으므로 주공과 공자는 그들을 인도하는데 힘썼고, 또 간흉한 사람들이 비록 몽매하다 해도 그 기질이 민첩한 사람도 있고, 둔한 사람도 있으므로 석가는 그들을 깨우치는데 힘썼다. 주공과 공자의 가르침은 정도로써 사도를 물리치는 것이었고, 석가의 법은 사도로써 설문하여 사도를 물리치는 일이었다. 그러므로 주공과 공자의 말씀은 올바랐으므로 군자가 따르기 쉬웠고, 석가의 말씀은 허황했으므로 소인이 믿기가 쉬웠다.

이 부분 또한 염라왕의 입을 통해 한 이야기지만, 바로 김시습의 유교와 불교에 대한 생각을 대변한 것이라 보아도 된다. 그러니까 유교를 정도로 보고 불교를 사도로 보았으므로 유교가 불교보다 우위에 있음을 드러낸 것이다. 이러한 작품세계 때문에 많은 사람들이 김시습을 가리켜 '儒心佛跡'한 인물이라고 평가했던 것이다. 이외도 박생과 염마왕은 귀신과 극락의 문제를 질문하고 답변한다. 여기서 염마왕의 답변은 천지건곤 즉 현실세계 밖에 또 다른 세계, 초월적 세계가 존재하

지 않음을 명확히 한다. 그러므로 천당지옥의 존재가 부정되고 설제천
혼(設祭薦魂)과 같은 불교제의도 부정된다. 이런 점들로 미루어볼 때
<남염부주지>는 매월당의 유교, 불교, 현실계와 초월계에 대한 견해
가 집약되어 있는 작품이라고 할 수 있다.

이처럼 <남염부주지>의 작품세계를 논의해 보았지만, 나머지 4작
품의 내용을 최삼룡은 다음과 같이 설명하였다.

> <만복사저포기>에서는 여귀(女鬼)와 얽혀있던 애정의 인연을
> 청산하고 영원한 삶을 찾아 입산수도하는 은자의 최후를 그리었다.
> <용궁부연록>에서는 용궁을 다녀온 후로 명리를 탐하지 않고 정
> 화된 세계를 찾아 은자의 길을 떠나는 주인공의 모습을 볼 수 있었
> 다. <취유부벽정기>에서는 주인공 홍생이 피상적인 죽음으로써
> 최후를 장식하나, 불사(不死)의 영원한 나라로 선거(仙去)한다. <이
> 생규장전>은 애정 때문에 병들어 죽고 마는 자의 최후를 그렸다.
> 사랑의 파탄을 보여준 이 작품은 현실을 초월하지 못하는 범인들의
> 삶이 비극적인 것이라는 전제를 보여주는 것으로 마무리 지었다.
>
> (최삼룡, 금오신화의 비극성과 초월의 문제「한국고소설 연구」이우출
> 판사, 1983, 319쪽)

본장에서는 김시습의 시조 1편과 금오신화의 작품 세계를 알아보았
는데, 매월당은 자신의 이념과 그를 둘러싼 객관적 현실 사이의 갈등
과 부조화 속에서 자신의 이념을 지키면서 독자적인 사상체계와 문학
세계를 형성해 나간 사상가요 문인이라 할 수 있다. 그가 이처럼 현실
세계와 갈등을 빚고 실의와 방랑으로 한평생을 마친 것은 바로 세조의
단종에 대한 왕위찬탈 사건 때문이었다.

그 때문에 기행(奇行)과 광태(狂態)를 일삼으면서도 세조에 대한 적개

심이나 저항의지를 나타낸 행동은 보여주지 않았다. 오히려 1462년 그의 나이 29세 때는 효령대군의 간청에 따라 세조의 불경언해사업을 도와 내불당에서 교정을 맡아본 적도 있다고 하니, 지조와 일관성을 유지해야 하는 선비의 태도로서는 문제가 있다고 생각한다. 이러한 삶의 자세는 그의 작품 세계에도 그대로 반영되어 시조 1편과 소설 <금오신화> 속에는 단종에 대한 연군의 정이나 당시 집권층에 대한 저항의식 같은 것은 찾아볼 수 없었다. 한편 그의 한시 가운데는 당시 집권세력에 대한 불만과 반항 그리고 농민에 대한 동정과 이해를 대변하는 농민시(農民詩)들이 많다(소재영, 앞의 책, 98쪽)고 하니, 시조와 소설만 가지고 그의 작품세계를 속단하는 것은 무리라고 생각한다.

15. 율곡 이이의 생애와 문학

1) 율곡의 생애

강릉의 오죽헌(烏竹軒)은 율곡의 외할머니가 살던 곳이요, 율곡이 태어난 곳이다. 때는 1536년(중종 31년) 12월 26일 이른 새벽에 태어났다. 지금으로부터 460여 년 전의 일이다. 성은 이(李)씨, 이름은 이(珥)요, 자는 숙헌(叔獻), 호는 율곡(栗谷)이다. 아버지는 증좌찬성 원수(元秀)이며, 어머니는 사임당 신씨(師任堂申氏)이다.

율곡이 출생하던 날 밤 신사임당의 꿈에 검은 용이 바다에서 집으로 날아 들어와 서렸다고 하여 아명을 현룡(見龍)이라 하였으며, 그 때의 산실(産室)을 몽룡실(夢龍室)이라 하였다.

율곡이 겨우 세 살밖에 안 되는 어렸을 때의 일이다. 외할머니가 석류 열매를 보이며 무엇 같으냐고 물었다. 이에 율곡이 "부서진 빨간 구슬을 껍질이 싸고 있다"(皮裏碎紅珠)라고 옛날의 시에 나오는 말로 대답하니, 그의 총명함을 보고 모두가 감탄하였다고 한다.

여섯 살 때 율곡은 양친을 따라 서울로 올라왔다. 이때 상경하는 길에 대관령에서 사임당은 홀로 강릉에 남게 된 어머니, 즉 율곡의 외할머니를 생각하는 애절한 정을 시로 읊었다. 이 시는 후세 사람들로 하여금 눈시울을 뜨겁게 하여 지금까지도 애송된다. 8세 때에 파주의 율곡이라는 곳으로 내려가 살았는데, 여기에 율곡의 조상들이 살던 옛집이 있었기 때문이다. 그 해 가을 율곡리에 있는 화석정에 올라 시를 지었다. 어려서부터 어머니에게 학문을 배웠고, 1548년 13세 때 진사시에 우수한 성적으로 합격하였다.

16세 때 어머니가 죽자 파주 두문리 자운산에 장례하고 3년 간 시묘(侍墓)하였다. 18세 되던 어느 날 울적한 심사도 풀겸 뚝섬 강 건너 봉은사에 들렀다가 우연히 불교 서적을 보게 되었다. 우암 송시열이 전하는 바에 의하면 율곡은 어린 시절에 불교와 노장(老莊)의 많은 책을 읽었는데, 그 중에서도 능엄경을 제일 좋아하였다 하며, 이런 책을 읽고 생각함으로써 자기가 몰라서 애쓰던 문제들이 풀린다고 생각하였다.

율곡은 19세 되던 봄에 불교 공부를 위하여 금강산으로 들어갔다. 원래 우리나라 유가(儒家)에서는 불교를 삼강오륜의 인륜에서 벗어난 그릇된 도(道)라 하여 꺼려하고, 그 분야의 서적을 읽는 것조차 금하였다. 그럼에도 불구하고 율곡은 책을 읽고 그것을 연구하며 깨치기 위하여 금강산으로 들어갔던 것이다. 금강산에 들어가서 중 생활을 했는지 안 했는지는 정확하지 않지만, 얼마 되지 않아서 자신의 생각이 잘못 되었음을 깨닫고 하산 길에 오르게 되었다.

그리고 율곡은 외할머니가 있는 오죽헌의 외가로 갔다. 신사임당이 세상을 떠난 후 율곡까지 금강산으로 들어가 더욱 앞이 허전하고 쓸쓸함을 금치 못하던 외할머니의 반가워하는 양은 말로 나타낼 수 없을 정도였던 것이다. 율곡은 다시 이 따스하고 고요한 분위기 속에서 모든 슬픔과 고민을 벗어나 안정된 마음의 자세를 가누며 새로운 출발의 의지를 굳게 하였다. 장차 걸어갈 일생의 목표를 뚜렷이 정하고 구체적인 방법까지 세밀하게 계획하였다. 그때에 쓴 것이 자경문(自警文)인데 요지는 다음과 같다. ① 그 뜻을 크게 가지자. ② 마음을 안정시키자. ③ 혼자를 삼가자. ④ 언제나 실제로 할 일을 생각하자. ⑤ 참된 뜻을 다하도록 하자. ⑥ 방심하지 말고 서둘지 말자.

위에서 이야기한 바와 같이 20세에는 하산하였고, 22세에 성주목사 노경린(盧慶麟)의 딸과 결혼하였다. 23세가 되던 봄에 예안(禮安)의 도산(陶山)으로 이황(李滉)을 방문하였고, 겨울에 별시에서 천도책(天道策)을 지어 장원하였다. 전후 아홉 차례의 과거에 모두 장원하여 구도장원공(九度壯元公)이라 일컬어졌다. 29세에 호조좌랑에 임명되고 예조좌랑·이조좌랑 등을 역임했다. 33세에는 천추사(千秋使)의 서장관으로 명나라에 다녀왔고, 춘추기사관을 겸임하여 <명종실록> 편찬에 참여하였다. 39세에 우부승지에 임명되고, 42세에 <격몽요결>을 지었고, 47세에 이조판서에 임명되고, 48세에 십만 양병설을 주장하고, 49세에 세상을 떠났는데, 파주 자운산 선영에 안장되었다.

2) 율곡의 사상

육곡의 사상은 한마디로 성리학에 바탕을 두었다. 성리학은 우주자연과 만물의 이치를 궁구하는 학문이라고 생각한다. 그래서 천지인 삼재설과 음양오행설이 핵심을 이룬다. 이런 학문은 고려 말엽 중국에서

들어왔고, 차츰차츰 발전하여 조선 중기의 퇴계 이황이나 율곡 이이에 이르러 절정을 이룬 것으로 안다. 율곡이 주장했다는 학설을 보면 <이기론>, <이통기국설>, <기발이승일도설> 등이 있는데, 이런 것들은 너무 심오해서 설명하기도 힘들고 이해하기도 힘들다. 그러나 앞으로도 <성리학>이니 <성리>이니 하는 말들은 자주 들을 것이고, <이>이니 <기>이니 하는 말들을 접할 것이기에, 이런 말들의 뜻을 알아보고자 한다.

본성(性)이란 곧 이치이다. 그러나 왜 이치라 말하지 않고 성(性)이라 말했는가 하는 점이다. 이치란 대체로 하늘과 땅 사이에 존재하는 인간과 만물의 공공적인 것을 말하지만, 본성이란 나에게만 있는 이치이니, 이 이치는 하늘에서 받은 것으로서 나의 소유이기 때문이다. 그러므로 이를 본성이라 한다. 반복해서 말하면 본성이란 이치이다. 그러나 사람이 태어날 때 한낱 이치만 얻은 것이 아니다. 반드시 형체가 있어야만 이치를 탑재할 수 있고, 또 실제로 이치란 기운을 벗어날 수 없다. 천지의 기운을 얻어 형체를 이루고 천지의 이치를 얻어 본성을 이뤘으므로, 장횡거라는 사람은 "천지에 충만한 기운은 나의 몸이 되고, 천지를 주재하는 이치는 나의 본성이 된다"고 하였다.

사람과 만물, 이 모두가 천지의 기운을 얻어 태어났는데, 천지의 기운은 한가지이지만 사람과 만물이 받은 것은 각기 다르다. 사람은 빼어나고 올바른 오행의 기운을 얻어 태어났기에 막힘이 없이 통하고, 만물은 편벽된 기운을 얻고 형체에 구애받은 까닭에 그 이치가 폐색되어 통하지 않는다. 때문에 사람과 만물이 부여받은 이치는 한가지이지만, 기운의 편벽됨과 온전함이 다르기 때문에 이치의 통함과 막힘이 있게 된 것이다.

율곡은 이러한 원리에 대하여 가장 친한 벗인 우계 성혼과 서신 왕래를 통하여 논의하였다. 율곡이 우계에게 준 이기영(理氣詠)이란 시를 보면 이와 기의 의미를 쉽게 알 수 있다.

"물은 그릇의 모양에 따라 모나기도 하고 둥글기도 한 것이요(水逐方圓器). 허공은 병의 크기에 따라 작기도 하고 크기도 하다(空隨小大甁)."

이(理)를 물과 허공에 비유하여 그것이 어떤 일정한 모양을 가진 것이 아니나 기(氣)에 비유된 그릇의 모양이나 병의 크기에 따라 국한되어 이리저리 다르게 나타나고 통한다는 것이다. 다시 말하면 일(一)의 원리는 이(理)에 있고 다(多)의 원리는 기(氣)에 있다고 보는 것이다. 그래서 모든 현상계의 차별상이 기에 의하여 만들어진다는 생각이다.

3) 율곡의 문학

율곡의 문학 작품은 한문 작품과 국문 작품으로 대별된다. 한문 작품은 이다음 지면을 달리하여 논의하기로 하고, 이 글에서는 국문 작품에 한정하여 소개해 보고자 한다. 국문 작품으로는 가사와 시조가 있는데, 가사에는 <자경별곡>, <낙빈가>, <낙지가> 등 3편이 있다. 이 가사 작품들의 특징은 중국의 한시나 한문 어구가 많고 고사성어가 많다는 점이다. 이 중에서 길이가 짧고 한문 냄새가 덜 나는 것이 <낙빈가>이다.

그리고 시조에는 연시조인 <고산구곡가> 한편이 있는데, 이 글에서는 시조 한수 감상하는 것으로 만족하고자 한다. 고산구곡가는 율곡이 42세 때 황해도 해주 석담에서 지은 작품이다. 당시는 율곡이 제자들의 교육에 힘쓰고 있었으며, 여가를 빌어 그곳의 수양산에 들어가 자연 경치를 노래한 것이다. 구성은 서곡 1수, 본문 9수로 모두 10수로 되었다. 주자의 <무이구곡>을 본받아서 지었다고 하나 시상에 있어서는 독창적인 면이 엿보인다. 내용을 보면 그 첫째는 서곡(序曲), 제1곡은 관암(冠岩), 제2곡은 화암(花岩), 제3곡은 취병(翠屏), 제4곡은 송애(松崖), 제5곡은 은병(隱屏), 제6곡은 조협(釣峽), 제7곡은 풍암(楓岩), 제8곡은 금탄(琴灘), 제9곡은 문산(文山)이다. 바로 이런 곳의 풍광과 흥취를 읊은 것이다.

高山九曲潭을 사람이 모르더니
誅茅卜居하니 벗님네 다 오신다
어즈버 武夷를 想像하고 學朱子를 하리라.

이 작품은 <고산구곡가>의 서곡이다. 고산에 있는 석담(石潭)을 사람들이 몰랐는데, 내가 풀을 베어내고 집을 짓고 살게 되니, 벗님네들이 찾아온다. 그 옛날 주자는 무이산(武夷山)에서 정사(精舍)를 짓고 학문을 닦았는데, 우리들은 그것을 상상하면서 그 주자의 학문을 배우리라. 아름다운 자연을 벗하면서 주자학을 탐구하고 본받겠다는 의지가 강하게 나타난 것으로 이해된다. 다시 말해서 율곡의 학자다운 면모, 교육자다운 면모를 실감시켜 주는 작품이라고 생각한다. 그러나 이 서곡을 제외한 나머지 구곡(九曲)은 학문 수양과는 거리가 멀고 춘하추동의 계절을 배경으로 풍류를 노래하고 있다는 점을 아울러 밝혀둔다.

이제까지 율곡선생의 생애, 사상, 문학에 대하여 고찰했는데, 이러한 작업은 단순히 과거를 회고하고 감탄하는 선에서 그쳐서는 안 된다고 생각한다. 선현들의 좋은 점을 본받아서 훌륭한 인물이 되고 지혜롭게 살 수 있는 방법을 배우자는 데 목적이 있다. 율곡은 어렸을 때 스승을 따로 두지 않고 어머니한테 글과 예의범절을 배웠다. 훌륭한 율곡이 존재하기까지는 훌륭한 어머니 사임당신씨가 있었던 것이다. '맹모삼천지교'라는 말이 있듯이, 자녀를 훌륭하게 키우는 데는 그 뒷바라지하는 어머니의 공이 크다는 것을 인식해야겠다.

요즘도 자녀들의 교육환경을 좋게 해주기 위하여 서울의 강남으로 이사 가는 사람들이 많은데, 덩달아 강남의 집값을 천정부지로 올려놓고 투기의 대상이 되게 하는 것은 바람직하지 않다고 본다. 그리고 율곡이 훌륭한 인물이 되는 데는 자신을 스스로 경계하는 <자경문>을 써놓고 이것을 실천하는데 있었다고 본다. 그런 점에서 여러분들도 생활의 계획을 세밀하게 잘 짜고 철저하게 실천한다면 자신의 목표를 달성하고 성공할 수 있을 것이다. 또 한 가지 율곡이 훌륭한 학자가 되고 모든 사람들에게 존경을 받는 것은 공부를 많이 한 것이 원인이겠지만, 학업 이외에 심신의 수양을 많이 쌓았기 때문이라고 생각한다. 그러니 여러분들도 율곡의 이러한 삶의 방법을 배워서 훌륭한 인물이 되어주기를 간절히 부탁한다.

Ⅱ. 작품 해설편

Ⅱ. 작품 해설편

1. 여심(旅心)과 시심(詩心)의 조화로운 경지

- 김재춘의 시조세계

어느 분야나 마찬가지겠지만 시조를 쓰는 일도 생활화가 되어야 한다. 이것을 업으로 삼고 열심히 노력하면 잘 쓰게 되고, 옛날 어른들처럼 여기(餘技)로 하면 시조인이란 칭호를 듣는 것으로 만족해야 한다. 다시 말해서 장인정신(匠人精神)이 있으면 잘한다는 소리를 들을 수 있고, 그것이 없으면 평범한 시인이 될 수밖에 없다는 이야기다. 송원(宋元) 김재춘(金在春) 시인은 그의 연령에 비하여 문학의 도에 입문한 연조는 얼마 되지 않는다. 그러나 누구보다도 열심히 하고 문학수업을 부지런히 해서 「한맥문학」에 현대시로 등단하고, 「조선문학」에 시조로 신인상을 수상한 바 있다. 그 외도 전국 규모의 시조백일장에 참가하여 좋은 성적으로 입선한 경력이 여러 번 있다. 이러한 실적은 그의 부단한 노력과 도전정신에서 기인한 결과로 너무나 자연스러운 결실이라고 생각한다.

이 글의 제목을 「여심과 시심의 조화로운 경지」라 붙인 것은 그는 누구보다도 여행을 많이 하고 문학기행을 많이 해서, 바로 그러한 나들이를 통해 작품의 소재를 얻는 일이 많다고 생각되기 때문이다. 특히 이 시집의 제5부는 기행시류의 작품이 많은데, <땅끝 전망대에서>, <해남 가는 길>, <신비의 바닷길>, <소래사의 가을 단상>, <미당 문학관을 찾아서>, <김유정 문학관에서>, <휴전선에서> 등 직접 가보지 않고서는 쓸 수 없는 시조들로 채워져 있다. 해외 나들이를 통해서 형상화된 작품으로는 <백두산 등반>, <상하이의 꿈>, <중원 실크로드>, <라인강>, <나폴리>, <몽마르트 언덕>, <바티칸 씨티>, <런던에서> 등 그 외도 많은 예를 들 수 있다. 이처럼 여행을 좋아하기도 하지만 어떤 곳을 다녀오는 것으로 만족하지 않고, 반드시 다녀와서는 그 본 것을 소재로 하여 작품을 쓴다는 데에 송원 선생의 남다른 특징이 있는 것이다. 여행도 해서 즐기고, 거기서 소재를 얻어 작품도 쓰고 그야말로 일석이조(一石二鳥)란 말이 이런 경우를 두고 일컫는 말일 것이다.

또한 송원 시인은 말을 다루는 솜씨가 남다르다. 도공은 흙을 잘 다루어야 하고, 석공은 돌을 잘 다루어야 하고, 성악가는 음성으로써 묘기를 나타내야 한다. 마찬가지로 시인은 말을 잘 다루어야 하는데, 송원 시인은 그 말 다루는 솜씨가 예사롭지 않다. 그 나름의 특징 있는 말을 잘 골라서 쓰고, 긴축미와 함축미가 있고, 거기에 참신성까지 더하여 읽는 이에게 신선한 느낌을 준다. 실제로 작품을 감상하면서 그의 시세계를 탐구해 보고자 한다.

1) 자연적 소재의 형상화

곧은 몸 바로 세워
활짝 핀 가지마다

갈바람 불어와도 모진 유혹 물리치고
묵묵히 창창한 기상 노래하는 천연(天然) 경(經)

긴 세월 쌓인 경륜 나이테로 키우면서
푸른 빛 한결같이 마디마디 다짐하고
철갑 옷 씽씽한 눈빛 자리 지킨 그 위용

하늘로 향한 머리
팔 벌린 날개 동산
따뜻한 품안으로 새들도 안아주고
솔방울 송알송알 맺혀 대를 이은 수호신

－「소나무」 전문

　　예로부터 '소나무'는 지조 있는 선비나 절개를 지키는 의인(義人)에
비유하였다. 특히 성삼문이 단종 복위운동을 하다가 발각되어 죽음을
당하면서, "봉래산 제일봉에 낙락장송 되었다가/ 백설이 만건곤할 제
독야청청하리라"라고 노래한 것은 너무 유명하다. 여기서 독야청청하
겠다는 것은 '홀로 푸르고 푸르겠다'는 의미인데 그의 충의정신을 비
유한 것으로 해석된다. 또한 김재춘 시인도 이러한 소나무의 정신을
이어받아 호를 송원(宋元)이라고 했으니, 김시인과 소나무와도 깊은 인
연이 있는 것으로 사료된다.

　　제1수 초장에서는 키가 크고 가지가 쭉쭉 뻗은 소나무의 모습을 그
렸다. 그 소나무는 계절의 변화에 따른 모진 유혹을 다 물리치고 창창
한 기상을 드러낸다. 그 뿐만 아니라 천연경을 노래한다고 보았으니,
그 소나무를 도를 닦는 도인(道人)으로 인식했다는 해석이 가능하다. 제
2수에서는 그 소나무가 작은 나무가 아니고 낙락장송과 같은 큰 소나

무라는 것을 은유하였다. '긴 세월 쌓인 경륜', '나이테로 키우면서', '철 갑옷 씽씽한 눈빛'이란 구절들이 그것을 증명해 준다. 그래서 그 낙락 장송의 위용(威容)이 대단하다는 것을 형상화한 것이다.

　제3수에서는 그 소나무의 가지가 쭉쭉 뻗은 것을 '팔 벌린 날개 동산'으로 표현하였다. 거기에는 새들도 날아들고 솔방울도 많이 매달려 있다는 것이다. 어떻든 소나무가 천연경을 외고 있는 것으로 보고, 철 갑옷 입은 장군처럼 위용이 대단한 것으로 보고, 대를 이어서 수호신 역할을 하는 것으로 본 것은 남들이 미처 생각하지 못한 것을 김시인의 심안(心眼)으로 인식한 결과라고 생각한다. 이처럼 작품은 시적 소재를 어떠한 시각으로 보고, 어떻게 해석하느냐에 따라서 작품의 수준과 평가가 달라지게 마련이란 것을 예증해 보았다.

　　　따뜻한 화로 불에 알밤을 구워먹다
　　　시린 손 잡아주고/ 사랑도 달구어져
　　　첫눈이
　　　달고 온 미소 사르르 깃든 사랑

　　　이 밤에 저 눈발을 그대도 보고 있나
　　　뜰 앞에 눈 쌓이듯/ 그리움 날아 앉아
　　　이 마음
　　　감고 돌다가 소복소복 쌓인 얼굴

　　　시나브로 깔린 눈길 옛 추억 펼친 걸까
　　　달래어 쓸어보면/ 싸락눈 비껴나고
　　　햇살에
　　　눈발 사라지듯 흐려지는 그 눈빛

　　　　　　　　　　　　　　　　　　－「첫눈」 전문

이 작품에는 송원 시인의 사랑과 추억이 담겨 있다. 제목이 「첫눈」인데, 그 첫눈은 계절적인 현상에서 오는 첫눈일 수 있지만, 그 속에는 첫사랑의 의미도 내포되어 있음을 감지할 수 있다. 이 작품의 내용은 김시인의 유소년 시절에 있었던 체험세계를 그리고 있지만, 시골에서 출생하고 성장해서 외지 생활을 하다가 60~70대 나이가 든 남정네들은 모두 이런 경험을 하면서 가슴 설레던 시절이 있었음을 부인하기 어렵다.

기나긴 겨울밤이면 따뜻한 화로 가에 앉아 알밤을 구워먹으면서 이야기꽃을 피운다. 시린 손 잡아주다 보니 사랑의 감정까지 달구어졌다고 해서, 그 당시 사춘기 시절의 미묘한 감정까지 잘 묘사하는 솜씨를 발휘하였다. 종장 후구에서 "사르르 깃든 사랑"이라 표현한 것으로 보아, 화롯가에는 두 남녀가 앉아 있었다는 것을 쉽게 간파할 수 있다. 제2수 초장을 보면 "이 밤에 저 눈발을 그대도 보고 있느냐"라고 했다. 현재 내리는 첫눈을 보고서 유소년 시절 첫눈이 내릴 때 있었던 일을 상기시키고 있는 것이다. 그래서 "그리움이 날아 앉는다" 하였고, "소록소록 쌓인 얼굴"이라 표현했던 것이다.

제3수에서 눈이 깔려 있는 '눈길'을 추억이 펼쳐져 있는 것으로 본 것은 절묘한 표현의 묘미를 느끼게 한다. 그리고 종장에서는 "햇살에/눈발 사라지듯" 그 눈빛이 흐려진다고 하였다. 어디 눈빛뿐이겠는가? 비록 아름다운 추억이 담긴 사연이기는 하지만, 그 시간적 거리가 너무 멀어서 여주인공의 존재 자체가 희미해졌을 것이라 상상해 본다. 이 작품의 소재는 시간상으로 60년 이상을 넘나들었다고 생각되는데, 그러면서도 어색하지 않고 자연스럽게 이미지가 연결되어 읽는 이에게 잔잔한 감동을 주고 있다.

2) 회고의식과 역사의식이 나타난 작품

찬바람 단비 내려 흠씬 젖은 마른 들녘
허기진 숨결들은 산 들 나물 헤집어도
뻐꾹새 울고 울어서
익어가는 보리 밭

보리 밭 아지랑이 바스락 몸놀림에
어머니 호미 결이 가난을 뽑아내도
철없는 망아지들이
뛰고 놀던 보리 고개

풋보리 한 묶음 가마솥에 가득 쪄서
멍석에 봄볕 담아 디들 방아 깨인 알곡
고소한 보리 가루 맛
잠자는 듯 넘는 고개

― 「보리 고개」 전문

이 '보리 고개'란 말은 우리나라 사람들이 너나 할 것 없이 어렵게 살던 시절에 유행하던 말이다. 1년 농사를 지어서 겨울을 나고 봄을 지나면서 양식이 다 떨어져 산에 가서 송피(松皮)를 벗겨서 먹고 살던 시절이 있었다. 그 때 아직 익지 않은 풋보리를 베어다 가마솥에 쪄서 먹으며 연명하였는데, 바로 이러한 춘궁기를 '보리 고개'라고 했던 것이다. 이 보리 고개는 50년대 또는 60년대 초반까지 존속하다가 농촌에 '새마을 운동'이 전개되면서, 사람들의 생활수준이 향상되면서 먹을 것이 넉넉하게 되니까 사라진 것이다. 이 작품은 바로 우리 농촌이 아주 가난했던 시절의 '보리 고개'를 소재로 하여, 당시의 생활상을 여실하게 그려나갔다는 데에 의미가 있는 것이다.

제1수 중장에서는 "허기진 숨결들은 산 들 나물 헤집어도"라고 하였는데, 먹을 양식이 없어 허기진 사람들이 산이나 들에 가서 나물을 캐다 먹었다는 이야기다. 그래도 세월은 흘러서 보리밭은 익어갔는데, 그냥 익는 것이 아니라, 뻐꾹새가 울고 울어서 보리밭이 익어간다고 한 데에 시적 표현의 묘미가 있다. 제2수에서도 어머니의 호미가 잡초만 뽑는 것이 아니라, 가난을 뽑아낸다 하였고, 제3수에서도 고소한 보리 가루 맛 때문에 잠자는 듯 그 보리 고개를 넘는다고 한 데에 표현의 묘미가 있다. 필자가 이 글의 모두(冒頭)에서 송원 시인의 말 다루는 솜씨가 남다르다고 이야기한 바 있는데, 바로 이러한 표현의 솜씨를 보고서 한 이야기라는 것을 밝혀둔다.

> 왜적을 물리치려 의지(意志)를 쌓은 성벽
> 고색이 창연(蒼然)하니 옛정을 먹고 살까
> 전사(戰士)들 가고 없어도 그 기상 높푸르다
>
> 모양지관(牟陽之館) 뜨락에서 옛 정취 젖어보니
> 새하얀 억새꽃이 갈바람에 하늘하늘
> 그 옛날 민초들처럼 갈 곳 몰라 서성인가
>
> 발걸음 뛸 때마다 이끼 긴 피땀방울
> 호랑가시 빨간 열매 못 이룬 애정일까
> 그리움 마디마디 걸려 가슴 타는 노송(老松)이여
>
> ─「모양성」 전문

이 작품에는 전북 고창군 고창읍성이라는 부제(副題)가 달려 있다.

그러나 이 작품의 제목인 '모양성'에 대하여는 이홍식 편저 『국사대사전』에 나오지 않아, 그 자세한 내력에 대하여는 상고하기가 어렵다. 그렇더라도 이 작품 초장에서 "왜적을 물리치려 의지를 쌓은 성벽"이라 하였으니, 임진왜란 때 왜적을 물리치기 위하여 큰 뜻을 가지고 쌓은 성이란 것을 알 수 있다. 임진왜란은 1592년부터 1598년까지 2차에 걸쳐서 우리나라에 쳐들어온 일본과의 싸움이다. 그 당시 쌓은 성이라면 4백여 년의 역사를 가지고 있다는 이야기인데, 고색이 창연할 수밖에 없다. 그뿐만 아니라 이곳을 찾는 사람들에게 옛정을 느끼게 한다. 또한 그 당시 성을 지키면서 싸웠던 군사들의 높은 뜻을 상상해 볼 수 있었기에 "전사들 가고 없어도 그 기상 높푸르다"는 표현을 할 수 있었던 것이다.

제2수에서는 이 작품의 공간적 배경과 계절적 배경을 알 수 있게 해준다. 공간적 배경은 모양성 안에 있는 '모양지관'이고 계절적 배경은 가을철이다. 새하얀 억새꽃이 갈바람에 하늘거린다는 묘사에서 그러한 배경을 감지할 수 있다. 그 가을바람에 하늘거리는 억새꽃은 다름 아닌 그 옛날의 민초들이라고 하였다. 새하얀 억새꽃과 새하얀 옷을 입고 다녔을 우리의 선조들에게서 동질적인 요소를 찾아낸 것이다. 모진 비바람을 맞으면서 꿋꿋하게 살아가는 억새꽃이나, 폭압과 착취에 시달리면서 살아갔을 당시의 민초들이나 어떤 면에서는 유사점이 많다고 하겠다.

제3수는 모양성 내에 있는 경관을 묘사하였다. 호랑가시의 빨간 열매는 못다 이룬 사랑이란 것이고, 그곳의 노송은 그리움이 마디마디 걸려서 가슴을 태우는 존재라는 것이다. 한마디로 이 작품은 송원 시인의 역사의식을 찾아볼 수 있는데, 역사의식이란 그 사람이 갖고 있는 역사에 대한 바른 이해와 실천 의지를 나타내는 말이다. 단순히 역사를 아는데 그치지 않고, 그 역사를 귀감으로 삼아 현재의 생활을 영위해 나가고, 미래의 나아갈 방향을 설정하는 하나의 인생관이라 이야기할 수 있다.

3) 의인법을 구사한 작품

시원한 들길 따라
서있는 너의 모습
날씬한 몸매에 수다스런 옷자락은
나그네 눈 맞추려고
장난 걸은 술책이냐

스치는 바람결로
긴 머리 곱게 빗고
세모시 고운 맵시 수줍음 가렸어도
겹겹이 속옷 차림은 청승과부 맵시라

알차게 가꾸어진
속마음 백옥 구슬
영롱한 햇살 담아 사랑 빛 영글어져
솔직한 너의 속마음은 새콤달콤 신방일까

-「옥수수」 전문

이 작품은 옥수수에 감정이입 시켜서 의인법(擬人法)을 구사하였다. 의인법은 사물(事物)을 인격화하는 경우다. 우리나라의 시에서 파초를 여인에 비유한 김동명의 「파초(芭蕉)」는 널리 알려진 의인화의 수법이다. 김동명이 파초를 여인에 비유했던 것처럼 김재춘은 '옥수수'를 여인에 비유하였다. 그 옥수수가 시원한 들길을 따라서 서있는데, 마치 여인이 서있는 것과 같다는 시각이다. 그래서 날씬한 몸매에 수다스런 옷자락을 걸치고 있는 것으로 묘사하였다. 또한 그 몸가짐은 나그네의 눈길을 끌기 위하여 장난 거는 술책이라고 인식했던 것이다.

제2수에서는 빗으로 머리를 빗지 않고 바람결에 긴 머리를 곱게 빗는다고 하였다. 세모시를 입고서 수줍음을 가리고 있는 것으로 인식하였다. 그런데 그러한 옥수수의 옷차림과 맵시를 보고서 청승과부라 한 데에 묘미가 있다. 그처럼 옥수수를 청승과부로 인식했다는 것은 김시인이 사물을 개성적인 눈으로 바라볼 수 있었기 때문에 가능한 것이다. 제3수에서는 하얗게 잘 익은 오수수를 "속마음 백옥 구슬"이라 하였다. 그 옥수수 알을 "사랑의 빛이 영근 것"으로 보았다. 그러면서 너의 속마음은 '신방'을 꾸며보자는데 있는 것이 아니냐고 하였다. 하여간에 옥수수를 보고 한 여인의 '신방'까지 연상했다는 것은 그 상상력의 폭이 넓다는 것을 의미한다. 이처럼 상상력의 폭이 넓으면 독자들에게는 호기심과 긴장감과 새로운 맛을 느끼게 한다는 점을 강조하고 싶다.

　　봄볕에 밀알 되어 텃밭에 묻힌 소망
　　샛노란 고개 들고 햇살을 쪼아 먹고
　　넝쿨손 거북이처럼 모질음 뻗어간다

　　세월이 다진 열로 그렁그렁 정이 얽혀
　　호롱불 밝힌 임 살갑게 다독이니
　　사랑이 주렁주렁 맺어 그 눈빛이 즐거워

　　갈바람 불어오고 가을 햇귀 시들하면

풍요를 가득 안고 가마 타고 시집 들어
남은 날 한 몸 살아서 새싹 키울 꿈을 꾼다

　　　　　　　　　　　　　　　－「호박」 전문

　의인법이란 사람이 아닌 것을 사람처럼 표현하는 방법이다. 또 생명이 없는 사물을 생명이 있는 것처럼 표현하는 것을 활유법(活喩法)이라 한다. 더 자세히 설명하면 무생물을 생물로, 비정물(非情物)을 유정물(有情物)로 나타내는 기법을 활유법이라고 한다. 의인법도 활유법의 한 갈래로서 이 양자를 반드시 구분할 필요는 없다고 생각한다.

　상기 작품에서 제1수만 보면 활유법에 해당한다. 그러나 작품 전체를 놓고 보면 의인법을 구사했다는 것을 알 수 있다. 제1수의 내용은 봄철에 호박씨를 땅에 심어, 그것이 햇살을 받아 새싹을 틔우고, 나중에는 덩굴이 크게 뻗어나가는 모습을 은유적으로 표현하였다. 그 덩굴이 질기기 때문에 "모질음 뻗어간다"고 표현했던 것이다. 제2수에서는 세월이 흐른 다음에 호박꽃이 핀 모습을 "호롱불 밝힌 임 살갑게 다독인다" 하였고, 거기에 호박이 주렁주렁 달린 모습을 "사랑이 주렁주렁 맺었다"고 하였다.

　제3수에서는 햇귀가 시들해지는 늦가을에 집안으로 들여와서 보관하는 것을 "가마 타고 시집 들어"라고 표현하였다. 그런 후에 사람들의 식용으로 쓰이거나, 이듬해 울타리 주변에 심을 씨앗으로 쓰이거나 한다. 바로 이 후자를 염두에 두고서 "새싹 키울 꿈을 꾼다"고 은유적 표현을 하였다. 이 작품은 제목을 「호박」이라 했지만, 사실은 호박이 싹을 틔우고 성장해서, 큰 열매를 맺고 하는 과정을 그렸다. 그래서 송원 시인은 이 작품을 통하여 자연 순환의 원리를 제시해 보려고 했던 것이 아닌가 하는 생각을 가져본다.

4) 여심(旅心)과 시심(詩心)의 만남

산 까치 반겨주던 비자골 깊은 정분
옛 빛은 더 짙어서 서리서리 얽혔는데
까치는 어디로 가고 노을빛이 흐려지냐
오백 년 긴긴 사연 은행나무 안고 서서
고산을 기다리다 회양목은 허리 휘고
뜨락에 창창한 노송(老松) 기품어린 혼빛이여

땀으로 일구어낸 알알 든 풍요로움
고색(古色) 짙은 담장 위에 그리움이 영글어서
갈바람 여울 자락에 뚝! 뚝! 지는 아쉬움일까

― 「녹우당에서」 전문

이 작품의 제목인 「녹우당」은 해남 연동에 있는 고산 윤선도의 종가이다. 고산 윤선도는 성격이 곧고 강해서 그의 전 생애의 20여 년을 귀양살이로, 19년간을 은거생활로 보냈다고 한다. 그의 문집인 「고산유고」에는 시조 77수와 한시문(漢詩文)이 전하며, 전남 해남 종가에는 고산의 친필로 된 가첩(歌帖)으로 「산중신곡」과 「금쇄동집고」 2책이 전한다. 가사문학의 대가인 정철(鄭澈)과 더불어 시조문학의 대가로 국문학사상 쌍벽을 이룬다. 송원 시인은 바로 시조문학의 대가인 고산 윤선도의 문학관과 녹우당을 다녀왔던 것이고, 이 작품은 그 초점을 녹우당 쪽에 맞추었다.

제1수에서는 녹우당에 가면 산까치가 반겨주던 비자골이 있다는 것이고, 오랜 역사를 지녀 고색창연한 모습을 띠고 있다고 하였다. 그러한 모습을 "옛 빛이 더 짙어서 서리서리 얽혔다"고 표현했던 것이다.

그리고 종장에서는 무엇인가 허전하고 아쉬운 감정을 "노을빛이 흐려지나"라고 표현했다고 본다. 노을빛이 흐려진다고 한 것은 시적 자아의 마음이 무언가 밝지 못하다는 것을 간접적으로 나타낸 것이라 보기 때문이다. 제1수가 녹우당의 고색창연한 모습을 그렸다면 제2수는 집 주위의 환경을 묘사하였다. 오백년 가량 된 은행나무가 있고, 허리가 휜 회양목이 있고, 선비다운 기품을 지닌 노송이 뜨락에 서있다는 것이다. 이러한 주변 환경이 녹우당의 역사와 문화적 가치를 상승시켜 주는 역할을 해준다고 보아야 할 것이다.

제3수에서는 이곳을 찾아간 때가 가을이었음을 짐작케 해준다. 힘들여 농사지어 놓은 곡식들이 결실을 맺고 풍요로움을 느끼게 해주었다. 집을 둘러싸고 있는 담장에는 과실들이 주렁주렁 달려 있는데, 그러한 모습을 '그리움이 영글어서'라고 표현하였다. 그러한 과실들이 무르익을 대로 익어서 가을바람에 뚝뚝 떨어지고 있었다는 이야기다.

이러한 작품은 일종의 기행시로 보아도 좋다. 송원 시인은 관광명소나 문화유적이 있는 곳을 자주 찾아간다. 그러한 사실은 이 작품 외에도 「세종대왕」, 「왕꽃 피네」, 「메밀꽃」, 「벽골제」, 「남한산성」 등 일련의 작품들이 예증해주고 있기 때문이다. 이처럼 그는 여행을 즐겨하는 마음이 있고, 여행을 하면서 얻은 중요한 소재들을 시로써 형상화해 보는 시심이 있어서, 이러한 기행시류의 작품들을 많이 생산했을 것으로 사료된다.

조국을 찾겠다고
꿈꾸던 그 선열들
고뇌와 피땀 어린 얼룩은 짙푸르러도
그 체취 담긴 방마다 눈물도 말랐어라

그날 밤 창창한 꿈
마지막 접은 결심
대한의 남아 기상 물통에 폭약 되어
그 외침 하늘도 울던 홍구공원 노을빛

반세기 자나가도
조국은 갈라 있어
선열님 그 자리에서 고개가 숙여져도
바라본 임시정부청사 활활 타는 독립불길

– 「상하이의 꿈」 전문

송원 시인은 국내에 있는 문학관이나 문화유적 답사도 많이 했지만, 해외의 관광명소나 문화유적을 탐방하는 일도 많이 하였다. 「꿈꾸는 백두산」, 「라인강」, 「나폴리」, 「몽마르트 언덕」, 「런던에서」 등의 작품이 그러한 사실을 증명해 준다. 위에 인용한 작품은 중국 상하이에 있는 대한민국 임시정부청사와 홍구공원을 탐방하고서, 보고 듣고 느낀 바를 중요 소재로 삼고 있다.

제1수는 독립운동가들이 임시정부 청사로 썼던 건물을 돌아보고 그 감회를 적은 것이다. 조국의 광복을 위하여 몸과 마음을 바쳤던 선열들, 그분들의 고뇌와 피땀 어린 자취는 아직도 없어지지 않고 짙푸르다고 하였다. 그러나 그분들이 쓰던 방마다 눈물이 말랐다고 했으니, 그만큼 많은 세월이 흐르고 세상이 달라졌다는 것을 실감케 해준다.

제2수는 윤봉길의사가 홍구공원에서 일으킨 의거에 초점이 맞추어졌다. 일본은 1932년 4월 29일 천장절(天長節)을 기하여 일본이 상해사변에서 승리한 전승 축하회를 상해의 홍구공원에서 열었다. 이날 오전 11시 40분 윤봉길은 폭탄을 몸에 품고 경비가 삼엄한 식장에 뚫고 들어가 식장 정면을 폭파시켰다. 당시 중국에 있던 최고위급 왜인들이 이곳에 모여 있었는데, 이 거사로 인해서 일본 거류민단장 가와바다(河端)는 즉사하고 이 외도 많은 일인들이 죽거나 중상을 입었다. 이러한 역사적 사실을 송원 시인은 종장에서 "그 외침 하늘도 울던 홍구공원"이라고 감격 어린 표현을 하였다.

제3수에서는 우리나라의 남북 분단의 현실을 생각하면서 선열들을 추모하는 내용이 담겨져 있다. 순국선열들을 위해서 고개를 숙였다는 내용이 그것이다. 아마도 잠시 묵념의 시간을 가지지 않았나 생각된다. 그리고서 임시정부 청사를 바라보니 아직도 독립의 불길이 타오르는 것을 볼 수 있었다고 하니, 시적 자아의 조국애(祖國愛) 정신이 어떠한 지를 가늠케 해준다. 송원 시인은 이처럼 여행을 하면 중요한 소재를 얻어서 시를 쓰고, 또 시의 소재를 얻기 위하여 다시 여행을 하는 등 이 두 가지 사항은 불가분의 관계에 있다고 생각한다. 그래서 이 단락의 제목을 '여심과 시심의 만남'이라고 붙였던 것이다.

송원 김재춘 시인의 작품 세계는 그 소재가 다양하고, 표현기법이 남달라서 한마디로 정의 내리기는 어렵다. 그가 사용한 소재에는 추억, 역사, 생활 서정, 사랑, 여행, 자연애, 가족애 등 다양하기 이를 데 없다. 위와 같이 다양한 소재들을 3장 6구 12절의 짧은 형식에 무리 없이 담아내는 것을 보면, 그 외 무슨 소재나 무슨 내용이라도 다 소화해 낼 수 있는 능력이 있으시리라고 본다.

그리고 서두에서 이미 밝힌 것처럼 '살갑다', '햇귀' 등 그 나름의 특징 있는 말들을 골라서 쓰고, 긴축미와 함축미가 있는 말들을 사용해서 한층 시의 맛을 돋구어준다. 거기에 은유적인 말법과 참신한 시상을 구사해서 시적 성과를 거두고 있다.

필자는 논의의 편의상 4가지 항목으로 나누어 작품을 감상하였다. ① 자연적 소재의 형상화, ② 회고의식과 역사의식이 나타난 작품, ③ 의인법을 구사한 작품, ④ 여심과 시심의 만남 등으로 나누어 살펴보았으나, 그 밖에도 얼마든지 다른 항목을 추가할 수 있다는 것을 전제해 둔다. ① 에서는 「소나무」와 「첫눈」을 다루었는데, 전자에서는 소나무가 천연경 외는 것으로 보고, 철갑옷 입은 장군처럼 위용 있는 것으로 보고, 대를 이어서 수호신 역할을 한다고 본 것은 김시인 특유의 심안(心眼)으로 사물을 바라본 결과라고 하였다. 후자에서의 '첫눈'은 계절적인 현상에서 오는 첫눈일 수 있지만, 그 속에는 첫사랑의 의미도 내포되어 있다고 보았다. 그리고 시의 내용이 시간상으로 60여 년을 왔다 갔다 하면서도 이미지가 자연스럽게 연결되어 읽는 이에게 잔잔한 감동을 주는 것으로 이해하였다.

　② 에서는 작품 「보리 고개」와 「모양성」을 다루었다. 전자는 회고의식이 나타난 작품으로, 우리의 농촌이 아주 가난했던 시절의 '보리 고개'를 소재로 하여, 당시의 생활상을 여실하게 그린 것으로 보았다. 후자의 '모양성'은 역사의식이 나타난 작품으로, 그 역사의식이란 단순히 역사를 아는데 그치지 않고, 그 역사를 귀감으로 삼아 삶의 질을 향상시키는 데 그 의미가 있다고 논의하였다.

　③ 에서는 「옥수수」란 작품과 「호박」이란 작품을 다루었다. 이 두 작품은 대상에 감정이입 시켜서 의인법을 구사한 작품으로 간주하였다. 앞의 작품에는 상상력의 폭이 넓은 것으로 보았고, 이런 작품은 독자들에게 호기심, 긴장감, 새로운 맛을 느끼게 한다고 논의하였다. 후자는 제목을 '호박'이라 했지만, 사실은 호박이 싹을 틔우고, 나중에는 꽃을 피우고, 열매를 맺고 하는 일련의 과정을 그린 작품이라 하였다. ④ 에서는 「녹우당에서」와 「상하이의 꿈」이란 작품을 다루었다. 전자

는 시조의 대가인 고산 윤선도선생과 관련이 있는 작품으로 일종의 기행시로 간주해도 좋다고 하였다. 이런 작품들을 볼 때 송원 시인은 여행을 즐겨하는 마음이 있고, 여행에서 얻은 소재를 시로써 형상화하는 등 시심과 여심을 함께 지니고 있는 시인이라 하였다. 후자 역시 기행시로 중국 상하이에 있는 임시정부청사와 홍구공원을 중요 소재로 하였다. 이 작품을 통하여는 송원 시인의 나라사랑 정신 즉 조국애 정신이 어떠한 지를 가늠해 볼 수 있다고 하였다.

이처럼 앞 단락의 내용을 요약해 보았거니와, 송원 시인은 한마디로 부지런한 사람이다. 부지런히 찾아다니고, 부지런히 작품을 쓰고, 부지런히 문단 활동을 한다. 그러면서 시정신을 가열차게 달구고 있다. 현재도 괄목할 만한 시세계를 이루었지만, 앞으로도 더 큰 발전이 있으시기를 기대하면서, 이 시조집의 발간을 축하드린다.

2. 고향 사랑 정신과 그리움의 서정미학
— 성홍환의 시세계

성홍환 시인은 경기도 여주 출신이다. 그래서 그의 작품을 통람하면 여주와 관련된 제목이 많고, 특히 고향 마을이 이천과 경계에 있어 이천과 관련된 지명이나 고유명사가 많이 보인다. 예를 들면 <신륵사 풍경>, <이포 풍경>, <설봉산 성터>, <청심루 터>, <육괴정의 봄>, <이포나루 추억>, <복하천>, <파사성 터> 등이 이에 해당한다.

사람은 자신을 낳아준 이를 어머니라 부르고, 자기를 낳아준 고장을 고향이라 부른다. 어머니를 영원히 잊지 못하듯이, 누구나 자신의 고향을 영원히 잊지 못한다. 이처럼 잊을 수 없는 고향이기에 사람들은 항상 고향을 그리워하면서 살아간다. 그런데 그 고향을 가고 싶어도 갈 수 없는 사람, 마음만 먹으면 언제나 찾아갈 수 있는 사람, 일시 고향을 떠났다가 귀향해서 사는 사람, 아예 그 고향을 떠나지 않고 고향을 지키면서 사는 사람으로 대별해 볼 수 있다. 성홍환 시인은 고향을 지키면서 고향을 노래하는 시인이기에, 그에게 '향토 시인'이란 이름을 붙여주고 싶다.

그리고 성홍환 시인의 작품에 주류를 이루는 정서는 서정이라 할 수 있다. 서정시는 원래 악기에 맞춰서 부르는 노래 가사를 뜻했는데, 후대로 내려오면서 개인적인 감정을 표현하는 짧은 시를 의미하게 되었다. 여기서 개인적인 감정이란 개인의 정서, 상상 또는 사상까지를 내포하는 말이다. 따라서 서정시는 개인적이고 주관적이며, 정서가 중심이 되고, 시의 음악성 즉 리듬이 중요시된다. 이처럼 서정의 개념을 되살려 보았거니와, 성홍환의 작품 세계는 바로 이러한 범주에 속한다고 판단되어, 그를 달리 '서정 시인'이란 이름을 붙여 본다.

그는 누구보다도 작품을 진지하게 쓰고 각고의 노력을 아끼지 않는 시인이다. 그러면서도 여주문인협회에서 중요한 임무를 맡아 열심히 활동하고, 여강시가회에서도 임원을 맡아 봉사정신을 발휘한다. 이처럼 문단 활동을 하는 외에, 농부가 열심히 밭에 나가서 농사를 짓듯이, 시를 열심히 경작하는 시인이기에, 이런 면들을 작품을 읽어가면서 증명해 보고자 한다.

1) 고향 사랑 정신의 작품

고향은 날더러

흙과 더불어 살라 한다

산처럼 높고
들처럼 넓게
마음 눌러 앉아 살으란다

정든 얼굴 하나 둘씩
바람 타고 떠날지라도
뒷동산에 어버이 무덤 돌보면서
그저 뿌리 질긴 들풀처럼 살라 한다.

봄이 오면 꽃피듯 다시 태어나도
끝내 흙으로 돌아 간다고
고향은 날더러
논밭 갈며 살으란다.

—「고향은 날더러 1」 전문

이 작품에는 성홍환 시인의 고향 사랑 정신이 담겨져 있다. 고향은 날더러 흙과 더불어 살라고 했다는 것이다. 문장의 구조를 보면 고향이 성시인에게 한 이야기로 들리지만 사실은 성시인 자신의 생각을 '고향'에 의탁해서 자신의 인생관, 생활관 등을 펼쳐나간 것으로 이해된다. 그 다음 제2연의 내용도 마찬가지다. 자기를 낳아준 고향이 산처럼 높게 살고, 들처럼 넓게 마음을 눌러 앉아서 살라고 했다는 것이다. 고향이 시인을 이처럼 강하게 붙잡고 떠나지 못하게 하는데, 나 몰라라 하면서 그 고향을 떠날 사람은 아무도 없다고 생각된다. 아무리 떠나고 싶어도 어머니가 가지 말라고 말리면 선뜻 떠나지 못하는 것이 인지상정이다. 마찬가지로 아무리 떠나고 싶어도 고향 마을이 떠나지 못하게 말린다면, 그 간곡함을 뿌리치고 떠날 사람은 거의 없을 것이다. 그처럼 고향이 성시인을 사랑하듯이, 성시인 또한 고향을 너무 사랑해서, 떠나지 못하고 고향을 지키면서 현재까지 살아왔던 것이다.

정든 얼굴 하나 둘씩 떠나가더라도, 자신은 어버이 무덤, 조상님의 무덤 지키고 보살피면서, 이미 떠나간 자식들을 그리워하면서, 뿌리가 질긴 들풀처럼 살아가라고 했다는 것인데, 이 모두가 시인 자신의 생각을 고향에 감정이입 시켜서 술회한 것으로 풀이된다. 아울러 고향은 자신에게 '논밭 갈며 살으란다'고 했지만, 이 역시 농사 지어 먹고 살면서 살아가겠다는 자신의 의지를 나타낸 것이다.

우리나라는 70년대 이후 산업사회로 접어들면서, 농촌인구가 도시로 유입되는 경향이 짙었다. 웬만한 사람들은 노부모만 고향에 남겨두고, 서울이나 대도시로 떠났던 것이, 그 당시의 일반적 현상이었다. 이처럼 많은 사람들이 좀 더 잘 살기 위한 명분을 가지고 대도시로 떠났는데, 성홍환 시인은 그러한 유혹을 물리치고, 고향을 지키면서 농사를 짓고, 한편으로는 시를 쓰면서 살아왔으니, 그의 애향심은 타의 추종을 불허한다고 보기에 나는 서슴없이 그를 일러 '향토 시인'이란 칭호를 붙여주는 것이다.

> 사시사철
> 예나 지금이나
> 푸른 강물 유유히 흐르건만
> 바람은 구름 불러 비가 오누나
> 마음 누워진 내 고향 고만 고만한 집에
> 슬픈 꽃이 피누나
> 사정에 못 이겨 목부터 앞세워

시집 왔던 옆집 며누리
옷꼴이 저래고
손결이 이러니
농사일은 말자고 신랑을 달달 볶는다
요래고 조래서
자기 고향 아닌 신랑 고향
시부모랑 다 팽개치고
어서 끼리끼리 헤어지잔다
읍내서 동창회랍시네
훌쩍 집 나간 며느리는
밤늦어도 돌아올 줄 모르고
홀아비 같은 아들과 어린 것이 애처로워
뒷바라지 설거지로
시어머니가 입을 꽉 다문다.

ㅡ「내 고향 얘기 꽃 2」 전문

이 작품을 읽으면 우리나라 농촌의 현실이 잘 나타나 있다. 사실 인간이 모여 사는 곳이면 이런 이야기 저런 이야기들이 얼마나 많이 있겠는가. 그 많은 이야기, 무성한 말들을 꽃에 비유하여 작품의 제목을 「내 고향 얘기 꽃」이라 하였다. 성시인이 사는 마을 앞에는 푸른 강물이 유유히 흘러간다. 남한강 하류쯤 되는데, 이포나루가 있던 곳이라 이포강이라 불러도 좋을 것이다. 그런데 고만 고만한 집들이 옹기종기 모여 사는 마을에 '슬픈 꽃'이 핀다고 하였다. 즉 좋지 않은 이야기, 슬픈 이야기가 떠돈다는 것이다.

사정에 못 이겨 목부터 앞세워 시집온 옆집의 며느리 이야기다. 사람이 로마에 가면 로마법을 따라야 하듯이, 농촌으로 시집 왔으면, 농촌 현실에 적응하면서 농사를 짓고 살아가는 것이 마땅하다. 그런데 이 며느리는 옷 꼴을 문제 삼고 손결을 문제 삼으면서 농사짓지 말자고 신랑을 달달 볶는다는 것이다. 우리나라 젊은 여성들이 농촌으로 시집을 가지 않아서 농촌 총각 장가들기 힘들다는 이야기는 오래 전부터 있었다. 부득이해서 농촌으로 시집간 여성도 농사를 팽개치고 도시로 가고 싶어 하고, 사정이 여의치 않으면 이혼을 하는 경향이 있었는데, 바로 이러한 현상이 성시인의 고장에서도 벌어졌던 것이다. 그래서 동창회 모임에 나간다는 핑계를 대고, 시부모를 다 팽개치고, 남편과 자식을 팽개치고 가출을 해버렸다는 이야기다. 그러니 시어머니는 가슴을 꿍꿍 앓으면서 홀아비가 된 아들과 어린 것들 뒷바라지하기에 여념이 없다니 얼마나 슬픈 이야기인가?

이러한 사정을 성시인은 위 작품에서 "마음 누워진 내 고향 고만 고만한 집에/ 슬픈 꽃이 피누나"라고 노래했던 것이다. 그래서 요즘은 신부 감을 해외에서 수입하여 결혼하기에, 외국인 여성의 적응 문제, 그런 가정에서 태어난 아이들의 교육 문제 등 다문화 가정의 현안이 사회적 이슈로 떠오르고 있는 것이다. 한마디로 이처럼 고향에서 일어난 사건을 이야기하는 것도 그 바탕에는 고향을 사랑하는 애향의식이 깔려 있기 때문에 작품화한 것으로 간주된다.

> 뜬 구름 바람 겨워
> 청심루 터 쓸쓸하다
>
> 여강 맑아
> 하늘에 푸르러
> 사방을 둘러볼 제
> 마음마저 깨끗하여

청심루라 불렀을레.

홍얼홍얼 읊조리던
여운 그리워
누각은 구름 골짝
어드메로 떠도는가.

청심루야 청심루야
가버린 청심루야

－「청심루 터」전문

청심루는 여주 읍내에 있던 중요한 문화재다. 그것이 해방 직후 소
실되어 청심루 터만 남아 있는 상태다. 그 문화재를 복원하려는 움직
임이 있었지만, 아직도 복원되지 않아 뜻있는 분들에게 안타까움을 더
해준다. 이 누각에 대하여 자세히 알아보면, 청심루는 여주초등학교
건물 바로 뒤편에 있었던 누정으로, 여주 관아의 객사 북쪽에 있는 부
속 건물이었다. 해방 전까지는 관상목이 많이 있어 고색창연한 옛 모
습을 간직하고 있었는데, 1945년 8월 22일 군수 관아의 화재로 인해
소실되고, 지금은 1987년 경기도에서 "청심루터"라는 표석만 세워 놓
은 상태다. 이 청심루는 경관이 너무 뛰어나서 예로부터 시인묵객들이
많이 찾아왔고, 그들이 남긴 작품들이 목판에 새겨져 걸려 있었다고
한다. 여주의 청심루는 서울의 낙천정과 세검정, 광주의 청풍루, 파주
의 화석정, 청풍의 한벽루, 남원의 광한루, 제주의 관덕정과 더불어 유
명한 정자 가운데 하나로 시인묵객들이 남한강을 지나다가 반드시 둘
러보는 명소였다.

이러한 청심루에 대하여 성홍환 시인은 구름과 바람이 겨워서 그 터

만 쓸쓸하다고 했던 것이다. 그 문화재가 원형대로 잘 복원되어 있었다면 굳이 '쓸쓸하다'는 표현은 하지 않았을 것으로 사료된다. 그러면 그 누각의 이름을 왜 '청심루'라 했는가? 여강은 맑고 하늘을 푸르러 사방을 둘러볼 제, 마음마저 깨끗해져서 '청심루'라 불렀을 것이라는 이야기다. 그리고 이곳을 다녀간 시인들의 이름을 들어보면 이곡, 이색, 정자후, 도원흥, 김종직, 최숙정, 서거정, 김안국, 이황, 유성룡, 노수신, 송시열, 홍양호, 이항로, 김좌근 등 헤아릴 수 없을 정도로 많다. 이처럼 많은 시인들이 이곳을 다녀가면서 시를 읊조렸는데, 그러한 장면을 위 작품 제3연에서는 흥얼흥얼 읊조리던 여운이 그립다고 하였다. 그러나 그 누각은 소실되어 실체가 없어졌기에 구름 골짝 어드메로 떠도느냐? 라고 했고, '가버린 청심루야'라고 안타깝게 불러본 것이다. 역시 이러한 문화재를 소재로 시를 쓴 것도 고향 여주를 사랑하는 애향의식을 그대로 나타낸 것이라고 감히 단언하는 바이다.

2) 유년의 추억을 나타낸 작품

풋머리에
긴 하루가 애를 태워도
보리밭 이랑 따라
나긋한 풋내

그 옛날 뛰고 구르며
철없이 놀던 순희야

우거진 덤불속에
우쭉 자란 찔레순을
꺾던 시절 잊을 수 있나

뻐꾹새 울어울어
찔레꽃 피면
네가 그립다.

—「찔레꽃 1」 전문

이 작품의 시간적 배경은 성홍환 시인의 유년 시절이다. '긴 하루
해', '보리밭 이랑', '나긋한 풋내', '찔레순', '뻐꾹새', '찔레꽃'이란 소재
들을 볼 때, 유년시절의 초여름을 배경으로 한 것이다. 그 내용은 고향
마을에서 또는 고향산천에서 철없이 뛰어놀던 옛 추억을 상상하고 되
살려서 쓴 것이다. 그 중에서도 여주인공 '순희'는 너무 단정하고 예뻐
서 시적자아의 마음에 환상적인 추억으로 남아 있다. 또한 '철없이 뛰
어놀던 순희야'라는 구절을 통해서 보면, 그 내용이 유년의 추억이란
사실을 증명해 준다.

그 순희를 생각하면서 "우거진 덤불속에/ 우쭉 자란 찔레 순을/ 꺾던
시절 잊을 수 있나"라고 했다. 그러니까 순희와 함께 놀던 유년의 추억
을 도무지 잊을 수 없다는 이야기다. 그래서 뻐꾹새가 울고 찔레꽃이
피는 계절이 돌아오면 '네가 그립다'고 했던 것이다. 또한 이러한 추억
과 이야기는 성시인 개인의 추억이지만 그 옛날 시골에서 자란 모든
사내와 계집애들이 가졌던 공통적이고 보편적인 경험담이라고 생각
한다. 이러한 내용은 <찔레꽃 2>에도 그대로 이어지는데, 제1연에서
"징검다리 건너가서/ 얼레 껄러리/ 오솔길 따라 그리운/ 못 잊을 얼굴/
지금은 어디에 있나/ 내 어린 소꿉친구야"라고 노래했는데, 이 역시 순
희를 그리워하면서 보고 싶은 마음에 형상화한 작품으로 이해된다.

내 어릴 적 알 몸뚱이로

덤벙덤벙 뛰어 놀던 냇물이여
송사리 떼 활개치던 시냇물이여.

번쩍번쩍
은빛으로 피라미 뛰던
고추자지 뒤흔들어 우리들 뛰고
덩달아 뛰던 계집애들
밋밋한 젖가슴만 그저 선한데

달이 가고 해 바뀌며
오염으로 얼룩지는 온갖 찌꺼기
고약한 냄새 견딜 수 없어
복하천이 몸살로 뒹굴 적이면

거기
내 어린 추억을 하나 둘…
세월은 슬그머니 삼키고 있다.

- 「복하천」 전문

　　사람이 나이를 먹게 되면 미래를 바라다보는 것이 아니라 지나온 과
거를 되돌아보고 반추하면서 사는 경우가 많다. 특히 어린 시절 고향
에서의 여러 가지 추억은 가슴속에 각인되어 사라지지 않고 영원한 그
리움과 아름다움의 정서로 남아 있는 것이다. 성홍환 시인도 이제 노
년기에 접어들었다. 그러니 그 옛날을 생각하고, 그 옛날 생각 중에서
도 아름다운 기억만 되살려서 행복감을 느끼고 싶었을 것이다. 어릴
적 알 몸뚱이로 덤벙덤벙 뛰어놀던 시냇물, 송사리 떼 활개 치던 시냇
물은 그야말로 그리움의 정서를 불러일으키기에 아주 좋은 소재다. 은

빛으로 피라미 뛰면 고추자지 뒤흔들면서 사내애들 뛰어다니고, 덩달아 계집애들까지 즐거워하면서 함께 뛰고 놀았다는 것이다. 아마도 어린 시절의 이러한 추억을 간직한 사람은, 노년에 이런 추억을 회상하면서 공연히 혼자 즐거워하고, 다시 그 시절로 돌아가고 싶은 충동마저 느끼게 되는 것은 어쩔 수 없는 일이다.

그러나 우리나라 농촌은 1970년대 새마을운동이 전개되면서 그 옛날의 고전적인 모습을 잃어버리게 되었다. 산업화, 기계화가 되면서 이농현상이 빚어지고, 하천이 오염되고 공해가 심해져서 그 옛날의 청정한 모습을 찾아볼 수 없게 된 것이다. 이러한 현상을 성시인은 이 작품의 제3연에서 달이 가고 해가 바뀌어 오염으로 얼룩지게 되었다 했고, 온갖 찌꺼기와 고약한 냄새로 견딜 수 없는 사태에 이르렀다고 하였다. 그래서 거기에 있는 어릴 적 추억을 세월이 슬그머니 삼켜버렸다고 했는데, 그만큼 도시나 농촌이나 우리들의 삶의 모습이 많이 달라졌다는 이야기다. 하여간에 시골의 환경이 오염되고 고약한 냄새 나는 곳으로 바뀌었지만, 그 옛날의 아름다운 추억마저 앗아갈 수는 없다는 것이 필자의 생각이다.

3) 그리움의 정서를 나타낸 작품

아무리 가슴 터지도록
소리쳐 불러 봐도
되 올 길은 멀기만 한데
어디선가/ 들릴 듯 말듯 한
실낱같은 메아리

아련히 떠오르는

네 목소리 그리워
별을 세며 기다리다
아주 굳어버린 돌이 되어
까마득하리 만큼
맘속 깊이 갈아 앉혀
그냥 꽉 묻어두고 살려네

소리친 메아리는 길다 해도
짧아지는 삶의 오솔길에서
어찌하면 기다림을 버리고
그리움을 잊을 수 있을까

그 듣고 싶은 소리를

― 「머나 먼 메아리」 전문

　성홍환 시인의 작품을 읽어보면 그리움의 정서를 함축한 작품들을 많이 대하게 된다. 사람은 이 세상을 살면서 막연하게 어떤 대상을 그리워하면서 살게 되는 경우가 있다. 사람을 그리워하면서 살기도 하지만 종교인은 하나님 또는 부처님을 그리워하고 찾고 기도하면서 살아간다. 또한 구체적으로 지정된 어떤 사람을 그리워하면서 보고 싶어하는 경우도 있다. 얼마나 그리웠으면 가슴이 터지도록 불러본다고 했겠는가. 그런데 되돌아 올 길은 멀기만 하니, 다시 그 대상을 만나기는 애초부터 틀린 것이다. "들릴 듯 말 듯한/ 실낱같은 메아리"라고 했는데, 이것은 실제 상황이 아니라 환상이라는 이야기다.

　그리고 둘째 연에서 "아련히 떠오르는/ 네 목소리 그리워"라고 했는데, 여기서 "네"라고 하는 인물은 일찍이 성홍환 시인이 편지를 주고받은 바 있는 문학소녀라는 생각이 든다. 다음은 성홍환 시인이 한 이야기를 직접 들어보자. 그는 <나의 시세계>라고 하는 글에서 "내가 시를 쓰고 싶었던 것은 아마도 20세 무렵에 어느 순간 삶의 외로움을 느끼면서 그리움으로부터 비롯되지 않았나 생각된다. 그것은 아기자기한 언어로만 채워주던 편지 친구가 그리웠고, 한때 마음 아픈 사정으로 고향에 갈 수 없던 때가 그랬다. 내 편지 친구는 문학소녀였다. 글씨도 예쁘게 잘 썼지만 문장력이 참 좋았던 것 같다. 왜냐 하면 단순한 서신 교환이라기보다 그의 글귀 매력에 감동되어 나는 책을 읽어야 했고, 내 표현매체를 동원해 주다가 알게 모르게 글에 맛 들여진 듯하다." 여기 편지 친구로서의 문학소녀가 등장하는데, "아련히 떠오르는 네 목소리"란 바로 그 문학소녀의 목소리를 지칭한 것으로 풀이된다.

이처럼 마음속에 절실하게 그리워하는 여성이 있지만 다시 재회한다는 것은 불가능하기에, "맘속 깊이 갈아 앉혀/ 그냥 꼭 묻어두고 살겠다"고 한 것이다. 또한 작품의 끝 부분에서 "어찌하면 기다림을 버리고/ 그리움을 잊을 수 있을까"라고 했는데, 이것은 앞에서도 누누이 말했지만 현실적으로 불가능하다. 그러니 영원히 가슴속에 묻어두고 그리워하면서 사는 수밖에 별 도리가 없을 것 같다.

> 늦은 밤 기적소리
> 금호강에 부서지고
> 멀고 먼 철길만큼
> 시름겹던 아픈 기억
> 언제나 되돌아 보면
> 손 흔드는 네 모습.
>
> 헤어질 운명 앞에
> 따뜻했던 짧은 행복

정겨운 사투리 마저
고대로 남겨둔 거기
그 때에 말 못할 사연
허공 속을 맴돈다.

아득한 하늘 끝에
먼 산을 보기도 겨워
수그린 들풀처럼
다시 가을 몇 해던가
어느덧 검은 머리가
저녁놀에 젖는다.

- 「슬픈 인연 1」 전문

이 작품은 우선 시조 형식으로 썼다는 특징이 있다. 성홍환 시인은 이미 「문예춘추」에 시조로 등단을 하였기에, 그가 시조 작품을 쓰는 것은 당연하다고 생각한다. 시조의 형식은 3장 6구 12절로 구성되었다. 그 3장을 초장, 중장, 종장이라 하는데, 시조의 생명은 특히 종장에 있다고 이야기한다. 종장의 음보율이나 음수율은 3·5·4·3조를 지키는 것이다. 상기 작품의 제1수 종장은 3·5·4·3조로 되어 있고, 제2수 종장도 3·5·4·3조, 제3수 종장도 3·5·4·3조로 되어 완전히 정격시조를 쓴다는 평가를 내릴 수 있다.

상기 작품의 제목은 <슬픈 인연 1>이다. 이 제목만 보아도 자아와 타아의 관계가 화합과 조화를 이룬 것이 아니라, 이별하였거나 서로 만날 수 없는 상태라는 것을 짐작케 한다. 둘의 관계가 좋은 상태라면 '슬픈'이라는 형용사를 쓰지 않았을 것이기 때문이다. 그것을 증명해 주는 것이 제1수에서는 "멀고 먼 철길만큼/ 시름겹던 아픈 기억"이란 구절이다. 그리고 "언제나 되돌아보면/ 손 흔드는 네 모습"이란 구절은 여주인공과 이별할 때의 모습을 그대로 떠올리게 한다. 또한 "헤어질 운명 앞에/ 따뜻했던 짧은 행복", "그 때에 말 못한 사연/ 허공 속을 맴돈다", "아득한 하늘 끝에/ 먼 산을 보기도 겨워"라는 구절들도 모두 이별의 상태임을 암시해 주고, 시적자아의 안타까운 심정을 그대로 드러낸 것이라고 하겠다. 이별한 지가 너무 오래 되었기에 "수그린 들풀처럼/ 다시 가을 몇 해던가"라 노래했고, 어느덧 검은 머리가 저녁놀에 젖는 상태까지 이르렀다고 하였다. 그러면서도 그 <슬픈 인연>을 잊지 못하고 늘 그리워하면서 아름다운 추억으로 간직하고 있는 것이다.

4) 여행의 즐거움을 나타낸 작품

설천을 거슬러 올라
구불구불 구천동 가는 길
서벽정을 끼고 돌다 멈칫하여
우와 입 벌려 계곡을 본다.

옥구슬 쏟아지듯 살여울 소리
천년 세월 목 놓아 굽이치는데
돌 틈바귀 딛고 선 저 소나무
그 무슨 사연 품어 홀로 푸를까.

옛날 티끌세상 등진 나그네
눈물로 도포소매 적셔 가며
걷고 걸은 칠백 리
시름을 달래보던 구천동일레.

무주에 눈 덮이면 새들은 잔치

어느 규중처녀 살처럼

깊고 깊은 하얀 산골짝

그예나 더러워지면 어쩌나.

ㅡ「무주구천동 소감」 전문

무주구천동은 전북의 무주군, 장수군과 경남의 거창군, 함양군에 걸쳐 있는 덕유산 내의 계곡이다. 높이는 1,614m로 북덕유산이라고도 하며, 소백산맥의 중앙에 솟아있다. 주봉인 향적봉과 남서쪽의 남덕유산을 잇는 능선은 전라북도와 경상남도의 경계를 이룬다. 이 능선을 따라 적성산, 두문산, 거칠봉, 칠봉, 삿갓봉, 무룡산 등 1,000m 이상의 높은 산들이 하나의 맥을 이루고 있다.

이러한 덕유산의 절경과 무주구천동 계곡 및 산정, 사찰 등의 문화 유적이 있어 무주군을 중심으로 한 이 일대를 1975년에 덕유산 국립 공원으로 지정했다. 이 공원의 대표적 경승지는 나제통문에서 북덕유 산 중턱 아래 백련사까지 28km에 이르는 무주구천동이다. 기암괴석, 폭포, 벽담 등과 울창한 수림 경관이 조화되어 절경을 이루었다고 한다.

성홍환 시인은 이처럼 아름다운 무주구천동을 기행하고 그 소감을 자유시 형식으로 적었다. 그 얼마나 절경이 아름다웠으면 "우와 입 벌려 계곡을 본다"고 감탄사를 자아냈겠는가. '옥구슬', '살여울 소리', '천년 세월 목 놓아 굽이치는데', '돌 틈바귀 딛고 선 소나무' 등을 소재로 하여 한 폭의 산수화를 연상하게끔 작품을 써 나갔다.

그리고 옛날에는 티끌세상 등진 나그네가 눈물로 도포소매 적셔가며 이 무주구천동을 걸어갔을 것이라는 이야기다. 또한 무주에 눈 덮이면 어느 규중처녀 살처럼 깨끗한 이곳이 더러워지고 오염되지 않을까 걱정된다는 것이다. 그러나 필자의 생각에는 이 무주구천동만은 더러워지지 않고 영원히 청정 지역으로 남을 것만 같은 느낌이 든다. 한마디로 이 작품은 시적자아의 여행의식과 즐거운 감정을 가감 없이 잘 표현한 작품으로 평가된다.

> 오사카 높은 빌딩 저녁놀이 사라지면
> 꽃 피는 도톤보리 네온 불빛 만발하고
> 손짓은 가나 문자로 타국 땅을 알리네.
>
> 유흥장 먹거리로 노랫소리 풍기는데
> 청바지 쌍쌍이들 속삭이며 어딜 가나
> 밤이면 불빛 찬란한 젊은이의 거리여.
>
> 그 뭣이 오라 하는 건가 기다리는 건가
> 물에 뜬 불빛 속에 밤은 깊어 가는데
> 오늘밤 머물러야 할 도톤보리 나그네.
>
> ─「도톤보리 불빛」 전문

성홍환 시인은 국내 여행한 것을 기행시로 썼을 뿐 아니라 외국여행에서의 감흥도 기행시 또는 기행시조로 남겼다. 그는 일본의 오사카를 다녀와서 <오이타 어디에서>, <벳부에 서성이며>, <시장 골목 스케치>, <유후인 스케치>, <도톤보리 불빛>, <오사카에서> 등 여러 편의 작품을 남겼다. 상기 예로 든 작품은 오사카의 도톤보리를 배경으로 하였다. 오사카[大阪]는 혼슈[本州] 중앙보다 약간 서쪽에 위치해 있다. 긴키지방에서 제일 넓은 오사카 평야를 중심으로 동쪽으로는 나라 현, 북동쪽으로는 교토부, 북서쪽으로는 효고현, 남쪽으로는 와카야마 현에 인접했다. 오사카의 명물은 오사카성이다. 임진왜란의 장본인인 도요도미 히데오시가 1583년 일본 통일을 목표로 안정적 기반을 다지기 위해 난공불락의 요새를 만들었던 것이다.

그러나 2차 세계대전으로 인하여 대부분의 건물은 파괴되어 원형의 모습을 볼 수 없지만 1948년 재건된 천수각에서 당시의 모습을 유추해 볼 수 있다. 이 외에도 볼만한 곳은 신시바시 거리, 덴덴타운, 도톤보리 등이 있는데, 성홍환 시인이 시의 소재로 삼은 곳은 도톤보리이다. 이곳은 원래 물자 수송용으로 쓰인 인공 호수였는데, 바다를 끼고 있어서 싱싱한 해산물 등 상업이 발달하였다고 한다.

이 작품의 공간적 배경은 오사카의 도톤보리이지만 시간적 배경은 밤이다. 그러한 모습을 꽃 피는 도톤보리 네온 불빛 만발한다고 했던 것이다. 그러나 도시의 야경은 우리나라나 일본이나 별로 다르지 않다는 것을 위 작품은 증명해 준다. 유흥장에서는 흥겨운 노랫소리 들려오고, 청바지 입은 쌍쌍이들이 거리를 걸어간다. 그 활기찬 모습을 "밤이면 불빛 찬란한 젊은이의 거리"라고 표현하였다. 이러한 모습은 서울의 강남이나, 신촌의 대학가 주변, 건대역 주변에서도 흔히 목격되는 광경이다. 속내를 들여다보면 문화적 차이를 느낄 수 있겠지만 외관상으로는 큰 차이가 없어 보인다는 것이다. 그리고 마지막 구절 "오늘 밤 머물러야 할 도톤보리 나그네"라 한 것은 성시인 자신을 가리킨 것일 수도 있고, 그 당시 동행한 일행 모두를 가리키는 구절로 해석할수도 있다. 또한 이러한 작품들은 '여행의 즐거움'을 나타내기 위하여 의도적으로 썼을 것이라는 해석이 가능하다.

이제까지 성홍환 시인의 작품 세계를 알아보았는데, 그는 필자가 서두에서 언급한 것처럼 향토시인이요 서정 시인이다. 향토시인이란 그만큼 고향을 노래한 작품이 많다는 것이고, 실제로 고향을 지키면서 살아오고 열심히 시작(詩作)에 몰두해 왔기 때문이다. 그를 서정 시인이라 한 것은 작품의 대부분이 시인 자신의 주관적 정서를 표출했기 때문이다. 물론 개중에는 역사의식이나 현실 참여의식의 작품을 접할 수 있었지만 대부분이 개인적이고 주관적이며 정서가 중심이 되는 작품을 생산해 왔기 때문이다. 이처럼 그를 일러 향토 시인, 서정 시인이라 칭했지만, 그가 사용한 시적 소재는 다양하다. 어머니, 꽃, 식물, 고향, 친구, 문화유산, 해변, 자연, 복놀이, 그리움 등 다양한 소재들을 시의 틀에 용해시켜 작품화한 것이다.

필자는 성홍환의 시세계를 ① 고향 사랑 정신의 작품, ② 유년의 추억을 나타낸 작품, ③ 그리움의 정서를 나타낸 작품, ④ 여행의 즐거움을 나타낸 작품 등으로 나누어 살펴보았는데, 이러한 작품 세계를 통해서 보면, 성시인은 긍정적 인생관을 지녔고, 열심히 노력하는 시인이고, 자기 발전을 위해 꾸준히 공부하는 시인이란 것을 알았다. 앞으로 더 정진해서 좋은 작품 많이 생산해 주시기 바라고, 문단 활동 또한 왕성하게 전개해 주시기 바라고, 건강과 문운이 함께 하시기를 빌면서 이만 무사(蕪辭)를 마친다.

3. 신앙의 뿌리 위에 자라난 시조나무

- 정순량의 시조세계

우선 소천 정순량 시인의 아홉 번째 시조집 「한 살이도 물 같아야」의 출간을 진심으로 축하드린다. 정시인은 1976년 「대구매일신문」 신춘문예에 시조로 당선했고, 같은 해 「시조문학」지에 작품 <향일화>로 추천을 완료했다. 그러니까 등단 이후 30여 년간 꾸준히 작품 창작을 해오고 문단활동을 해왔으니, 그의 시조에 대한 열정이 어느 정도인지는 미루어 짐작된다. 더군다나 아홉 번째 시조집을 발간한다는 것은 그가 얼마나 부지런하고, 주어진 일에 최선을 다하고, 무슨 일이든지 한번 마음먹으면 끝까지 붙들고 늘어지는 승부 근성이 강하다는 것을 대변해 주는 것이다.

정순량 시인은 다 아는 바와 같이 평생 교회를 다니고, 교회 내에서는 중요한 직책을 맡아서 수행한 신앙인이다. 덕망과 존경의 대상인 장로 직을 수행하고 현재도 원로장로로서 맡은 바 직분을 다하고 있다. 우석대학교 재직 시에는 기독교수회 회장을 역임한 바 있다. 또 그의 작품을 보면 "예수 이름으로/ 겸손하게 무릎 꿇어// 하나님의 자녀가 된/ 권세를 누리면서// 죽어도 영원히 사는/ 구원의 특권 받았다"(예수 이름으로, 첫째 수)라고 하였으니, 그가 신앙인이 된 것을 얼마나 자랑스럽게 생각하고, 자긍심을 갖고 있는 지를 유추해 볼 수 있는 것이다.

정순량 시인은 교육자이다. 평생을 교육계에 봉사하고 정년퇴임하였다. 교육자에게 필요한 덕목은 첫째가 실력이고, 둘째가 인격이고, 셋째가 성실성이다. 하여간에 교육자는 남을 가르치는 입장에 있기 때문에 그 마음가짐이나 행동이 바르고 반듯해야 한다. 그 어느 분야보다도 도덕성이 요구되고 봉사정신이 요구된다. 바로 이러한 덕목을 고루 갖추고 평생을 교육에 몸 바친 이가 소천 정순량이다. 그가 우석대학교 재직 시에는 지도력까지 인정받아 중요 보직을 두루 역임하였다. 화학과 학과장, 이학부장, 대학원 주임교수, 도서관장, 대학원장, 교육대학원장 등을 두루 역임한 것을 보면, 우선 지도력과 능력을 인정받았고, 책임감이 강하다는 것을 인정받았고, 학교 경영자들에게 무한 신뢰를 받았다는 것을 예증해 준다.

정순량 시인은 학문을 연구하는 학자이다. 학자란 계속해서 공부하고 연구하는 사람이다. 그래서 누구보다도 끈기, 인내, 노력이 요구되는 사람들이다. 실험과 연구를 통해서 논문을 쓰고, 이것을 학술지에 발표한다. 또한 자기가 전공한 분야의 업적을 책으로 묶어내기도 한다. 정순량 시인은 「생화학」, 「유기화학」, 「현대 일반화학」, 「대학 유기화학」, 「자연과학」, 「일반 화학」 등 다수의 전공도서를 출간하였다. 그러니까 정시인은 학자로서도 성공하고 뛰어난 업적을 남긴 분이라 할 수 있는 것이다.

이제까지 소천 정순량을 시인, 종교인, 교육자, 학자라는 측면에서 논의하였는데, 이처럼 여러 각도에서 접근한 것은 그가 어떤 인물인지를 정확하게 파악하기 위해서다. 시인, 종교인, 교수, 학자라는 신분을 지녔으면 우리 사회에서는 존경받고 신뢰하고 도덕적 결함이 없는 인물로 간주한다. 그런 점에서 정시인은 의인(義人)이요 양심가요 정도를 걷는 사람, 공부를 직업으로 하는 선비라는 결론이 나온다.

하여간에 특수한 것은 정순량 시인의 전공이 '화학'이라는 점이다. 일반적으로 시는 인문과학을 하는 사람이 쓰는 것으로 알려졌는데, 자연과학을 전공한 분이 어떻게 시를 쓸 수 있을까 하고 의아하게 생각할 사람도 있다. 그러나 시나 시조는 인간학이기 때문에 전공이 여하하건 간에 관심만 두면 누구나 쓸 수 있고, 시인이 될 수 있다는 것을 밝혀두면서, 본격적으로 정시인의 작품을 읽어나가고자 한다.

1) 삶의 지혜를 주는 작품

아프지 않았다면 감사할 줄 몰랐을 거야
내 몸의 소중함도, 한 끼 밥이 귀한 것도
'범사에 감사하라'는 그 말씀의 깊은 뜻을.

아프지 않았다면 고귀한 걸 몰랐을 거야
의과학의 경이로움, 의료진의 애정과 수고를
두려움 깊은 수렁에서 날 건져낸 은혜를.

아프지 않았다면 순종할 줄 몰랐을 거야
전심으로 회개하고, 온전히 의탁할 줄도
길이요 생명이신 주님을 성경에서 만날 줄을.

아프지 않았다면 애틋함을 몰랐을 거야
가족의 보살핌도, 지인들의 중보기도를
'이웃을 내 몸같이 사랑하라' 실천하여 복 받음을.
~이하 생략~

-「아프지 않았다면」 1, 2, 3, 4수

　　문학의 기능을 쾌락설(快樂說)과 공리설(功利說)로 나누기도 한다. 공리설 대신 교훈설(教訓說)이라 말하는 이도 있다. 문학작품은 독자에게 즐거움을 줘야 한다는 쪽은 쾌락설이고, 어떤 교훈적 가치나 깨달음을 주어야 한다는 쪽은 교훈설이라고 본다. 사실 인간은 어떤 일이든지 자기가 직접 체험하지 않으면 잘 모르고, 그 내용을 부정하는 수가 많다. 물에 한 번도 빠져보지 않은 사람이 그 고통을 상상으로 아는 것과 직접 깊은 물에 빠져서 죽을 뻔한 경험이 있는 사람하고는 그 느낌의 정도가 전혀 다른 것이다.

　　예로 든 상기 작품은 여섯 수로 되어 있는 것을 논의의 편의상 네 수만 인용하였다. 제목에 나오는 대로 "아프지 않았다면" 모르고 지내게 될 내용들을 작품으로 형상화한 것이다. 어떻게 어디가 아팠는지 자세히 모르지만 정순량 시인은 크게 아팠던 적이 있었고, 그 병을 치료하기 위하여 입원 생활을 한 적이 있었던 것이다. 필자도 큰 사고로 다쳐서 입원 생활을 오래 한 경험이 있는데, 그 때 절실하게 깨달은 것이 완쾌되어 사회에 나가 정상적인 생활을 하게 되면 "매사에 감사하면서 살겠다"는 각오를 한 적이 있었다.

소천 정시인도 바로 그런 점을 깨달았다는 것이다. 그래서 그는 "범사에 감사하라"는 그 말씀의 깊은 뜻을 알게 되었다고 하였다. 또한 아파보지 않았다면 '의과학의 경이로움', '의료진의 애정과 수고'를 모르고 지냈을 것이라는 이야기다. 아파보지 않았다면 진심으로 회개하고, 온전히 의탁할 줄도 모르고, 길이요 생명이신 주님을 만나 뵐 수도 없었을 것이라는 내용이다.

그 밖에도 '가족들의 보살핌', '지인들의 중보기도', '이웃을 내 몸같이 사랑하라'는 말씀도 몰랐을 것이라고 한다. 바로 이러한 진술들은 정시인이 자기 자신에게 한 이야기 같지만, 사실은 우리 인간들 모두에게 전하는 이야기로 들린다. 이런 작품들을 통해서 우리들은 모르고 지내게 될 사실들을 깨닫게 되고, 앞으로 인생을 살아가는데 큰 지혜를 얻을 수 있기 때문에, 이 작품의 의미와 가치는 한층 업그레이드되는 것이라 본다.

갈기 세운 강바람이
갈대밭을 휘젓는다

뻣뻣하던 허리 굽혀
절절매는 저 정경이

권력가 무너지는 모습을
눈앞에서 보는 듯.

강바람에 휘둘리는
갈대의 신음 소리

당당하던 갈잎들이
축 늘어져 볼품없고

깃들던 새떼도 떠나
노을빛에 처량하다.

—「강바람」 전문

이 작품은 외적인 면만 보고서 읽으면 '강바람'과 '갈대밭'의 관계성을 이야기한 것 같다. 그러나 제1수의 종장 "권력이 무너지는 모습/ 눈앞에서 보는 듯"이란 구절을 상고하면 우리 인간에게 큰 깨달음을 주려는데 목적이 있음을 알게 된다. 옛말에 권불십년(權不十年)이란 말이 전하는데, 바로 그런 모습을 비유적으로 나타낸 것 같다. 비유는 자신의 생각이나 느낌을 어떻게 하면 정확하게 나타낼 수 있을까 하고 상상적 묘사를 이용하는 표현방법의 하나이다. 어떤 사물을 전달하려고 할 때, 그것을 직접적으로 설명하지 않고 전혀 다른 사물을 빌어 암시하는데 그 특징이 있다.

이 작품은 제1수 초장의 "갈기 세운 강바람이/ 갈대밭을 휘젓는다"라는 상황을 제시한 데서 다음에 전개될 내용이 유추된다. 갈대들이 그 뻣뻣하던 허리를 굽히면서 절절매는 모습이 연출되고 있었던 것이다. 그것은 마치 권력가가 무너지는 모습을 눈앞에서 보는 것과 마찬가지라는 이야기다. 그 무너지는 모습이 얼마나 비참했으면 "강바람에 휘둘리는/ 갈대의 신음 소리"라고 표현했을까. 우리의 현대사를 보면 전직 대통령 재임 시 천하를 호령하고 서슬이 시퍼렀지만, 그가 퇴임

후에는 그 권력이 송두리째 무너지고 백담사에서 귀양살이하는 신세가 되었다. 그렇게 된 연유는 본인이나 주변 인물들이 부정부패해서 돈의 노예가 되었기 때문이다. 그런 경험을 불과 20여 년 전에 했는데, 바로 그와 똑같은 상황이 현재도 벌어지고 있으니 '안타깝다'는 말 이외는 표현할 방법이 없다. 현재도 사정의 칼날이 참여정부의 핵심부를 향하고 있어 더욱 실감나게 느껴진다.

제2수 중장에서는 "당당하던 갈잎들이/ 축 늘어져 볼품없다"고 하였다. 몰락한 권세가의 모습이 그대로 연상된다. 그러니 깃들던 새떼도 모두 떠날 수밖에 없었던 것이다. 그 모습을 '노을빛에 처량하다'고 했는데, 그야말로 염량세태(炎凉世態)란 말을 실감시켜 준다.

> 족히 자랑할 만한 위대한 삶 아니어도
> 떳떳하고 당당했던 한 살이를 회고하며
> 먼 훗날 누군가 펼쳐들
> 자서전을 써야겠다.
>
> 인간이 계획해도 이루신 분 따로 있어
> 지난 세월 돌아보면 은혜요 사랑의 빛
> 그래도 내 몫의 삶을
> 정리해야 옳거니.
>
> 살다보니 하 많은 실수 후회한 일 많다 해도
> 그마저 교훈되어 바른 길로 인도하는
> 일대기(一代記) 한 권 책으로
> 꼭 남기고 가야겠다.
> ~이하 생략~

-「자서전」1, 2, 3수

저서전과 전기문은 그 내용이나 성격이 대동소이하다. 어떤 사람의 생애와 업적 또는 일대기를 남이 썼으면 전기문이고, 작자 자신이 자신의 일대기를 썼으면 자서전이다. 그래서 전기문이 어떠한 것인가를 알아보면 자서전의 성격도 미루어 유추할 수 있는 것이다. 전기문은 특정 인물의 남다른 경험이나 업적에 대하여 그 인물이 겪은 실제 사실을 바탕으로 기록한 글이다. 그래서 전기문 속의 모든 인물, 장소, 사건 등은 실제로 있었던 내용들이다. 전기문은 중심인물의 활동과 그 동기, 활동에 참가하거나 관계한 다른 인물에 의하여 전개되므로 소설과 같이 일정한 '줄거리'를 가진다. 전기 속의 사건들은 작자가 드러내려는 주제와 연관 있는 것들이 선택된다. 전기는 실재했던 인물의 이야기라는 점에서 독자들에게 감동적인 교훈을 준다. 이러한 전기문에는 전기, 자서전, 회고록, 평전, 열전 등 여러 가지가 있다. 이에 비하여 자서전은 자신의 생애에 대해 스스로 쓴 전기이다. 전기를 쓰는 작가는 많은 자료에 의존하지만 자서전은 지은이 스스로의 기억에 의존하는 수가 많다.

정순량 시인은 전기문을 쓰는 것이 아니라 자서전을 쓰겠다고 하였다. 떳떳하고 당당했던 한 살이를 회고하면서 먼 훗날 누군가는 읽어줄 자서전을 쓰겠다는 것이다. 한마디로 자신의 생애를 누군가에게 알리고 전하고 싶다는 이야기인데, 그만큼 감동적이고 모범적이고 역경을 딛고서 성공한 삶을 살아왔다는 이야기도 된다. 지난 세월을 돌아보면 하나님의 은혜와 사랑의 빛을 지고서 살아왔다고 할 수 있지만, 그래도 자신 몫의 삶을 정리해야 마땅하다는 것이다. 그 동안 실수한 일, 후회한 일 많았지만, 그마저 교훈이 되고 바른 길로 인도하는 지침이 되었으니, 자신의 일대기를 반드시 책으로 남겨야겠다는 것이다.

필자의 생각으로는 성공적인 삶을 산 사람은 자신의 자서전을 남기고 싶어 하지만, 실패한 삶을 산 사람은 굳이 자서전을 남길 필요성을 느끼지 않는다고 본다. 실패한 사람은 자신의 과거를 되도록 잊어먹거나 지워버리고 싶은 심정이 들 것이다. 그래서 이 작품을 통하여 볼 때, 정순량 시인은 성공적인 삶, 누군가에게 보여주고 싶은 삶, 영원히 기록으로 남기고 싶은 삶을 살아온 입지전적인 인물이라는 것을 알 수 있고, 그의 자서전이 나오게 되면 많은 사람들에게 감동을 주고 깨달음을 주는 등불이 되리라 믿어 의심치 않는다.

2) 비유의 묘미를 나타낸 작품

채우고 또 채워도
만족 없는 욕망의 깊이

차라리 비우면
비울수록 모자람 없고

생명수 마르지 않는
옹달샘의 작은 행복

－「마음」전문

문학작품과 일반문장과 다른 점을 들면 상상이나 함축성이 있으면 문학작품이고, 그냥 의미전달에만 충실하면 일반문장이라 할 수 있다. 또 한 가지는 문학작품에서는 비유법을 즐겨 쓰고 일반문장은 산문적인 서술에 치중하기 마련이다. 그만큼 문학작품에서 커다란 비중을 차지하고 있는 것이 비유이다.

비유는 사물을 설명함에 있어서 다른 사물을 빌어서 하는 수사법을 말하는데, Moulton은 "비유란 회화적인 비교"라고 하였다. 그렇다고 비유가 시에서만 쓰이는 것은 아니고, 일상생활에서도 쓰이는 경우가 자주 있다. 예를 들면 "부모의 은혜는 태산 같다"는 말이 있는데, 이런 말은 일상생활에서 쓰인 예이다. 그러나 시에서는 이러한 일반적 비유보다는 개성적인 비유를 요구하고 있는 것이다. 시인 나름대로의 독창적인 비유를 더 높게 평가한다는 이야기다.

상기 작품의 제목은 "마음"인데, 사실 이러한 추상명사를 주제로 하여 작품을 쓰기는 쉽지 않다. 그래서 적당한 사물을 빌어서 그 뜻을 이해시킬 수밖에 없다. 이 작품에서는 "마음"을 "옹달샘"에 비유하였다. 마음도 끝없이 계속 샘솟지만 옹달샘도 마르지 않고 계속해서 샘솟는 속성이 있기 때문이다. 초장에서는 "채우고 또 채워도/ 만족 없는 욕망의 깊이"라 하였고, 중장에서는 비우면 비울수록 모자람이 없다고 하였다. 채워도 만족함이 없고 비워도 모자람이 없다는 것이다. 인간의 욕망은 끝이 없어서 아무리 많은 돈을 가져도 더 갖고 싶어 하고, 반대로 모든 것을 털어버리고 비워도 얼마든지 더 비울 수가 있기에, 마음을 옹달샘에 비유한 것은 착상이 좋고 독자에게 신선한 느낌을 준다고 본다.

　　　햇살 당겨 자랑스레
　　　황금 빛 번쩍이더니

　　　갈바람에 버둥대며
　　　가지 끝에 매달리는

　　　순리를 거스르는 몸짓
　　　안타까운 인간상(人間像).

　　　선방(禪房)에 정좌(正坐)한 비구니

묵언수행(黙言修行) 정진하듯

잎 다 떨군 은행나무
의연한 구도(求道) 자세(姿勢)여

설한풍(雪寒風) 홀로 견디며
새 봄날을 꿈꾸는.

−「은행나무」전문

　동서고금을 막론하고 시에 대한 정의는 다양하다. 공자는 "詩三百
一言而蔽之曰 思無邪"라 하였고, 시경에서는 "詩者 志之所之也 在心
爲志 發言爲詩"라 하였다. 그리고 아리스토텔레스는 "시는 율어(律語)
에 의한 모방(模倣)이다"라 하였고, P. Sidney는 "시는 가르치고 즐거움
을 주려는 의도를 가진 말하는 그림이다"라고 하였다. 또한 한국에서
는 조지훈이 "시는 우주의 생명적 본질이 인간의 감성적 작용을 통하
여 표현되는 언어의 통일한 구상(具象)이다"라 하였고, 김용호는 "시는
인간의 사상 감정을 율동적인 운문으로 표현한 문학의 한 장르이다"라
고 하였다.

　이외도 많은 분들이 시의 개념이나 정의를 이야기해서 혼란스러울
정도이다. 그러나 필자의 단견으로는 "시는 인생학이다"라고 정의하
고 싶다. 시는 인생을 공부하고 인생을 논의하고 인생을 표현하는 하
나의 방편이기 때문이다. 물고기가 물을 떠나서 살 수 없듯이 시는 인
생을 떠나서 존재할 수 없다. 그래서 시를 공부하거나 짓게 되면 인생
의 진리를 알게 되고, 지혜롭게 사는 방법을 알게 되고, 참다운 삶의 가
치를 발견하게 된다.

　위에 예로 든 <은행나무>라는 작품도 자세히 읽어보면 인생의 의

미를 발견하게 되고 삶의 가치를 느끼게 된다. 그냥 은행나무를 소재로 해서 쓴 것 같지만 사실은 우리 인간들의 삶의 모습을 반영하고 있는 것이다. 상기 작품은 2수로 된 연시조인데 제1수는 은행나무의 잎을 소재로 하였고, 제2수에서는 그 잎이 다 떨어진 은행나무를 소재로 하였다. 제1수의 '잎'은 가을바람에 바둥대며 가지 끝에 매달려 있는 그런 나뭇잎이다. 그런 나뭇잎을 순리를 거스르는 몸짓으로 보았고, "안타까운 인간상"에 비유하였다. 제2수의 은행나무는 잎이 다 떨어진 은행나무를 소재로 하였는데, 이것을 "구도하는 자세"로 보았고, 설한풍을 혼자 견디면서 새 봄날을 꿈꾸는 것으로 해석하였다. 이 작품의 특징은 은행나무를 사람에 비유해서 의인법을 구사한 데에 묘미가 있다고 본다.

> 은혜로 내린 빗물 바다 향해 흘러가듯
> 인간 역시 나그네요 한 살이도 물 같구나!
> 조용히 일깨워주는
> 산골물의 가르침.
>
> 명사(名詞) 아닌 동사(動詞)인 삶이 신앙의 본질이듯
> 믿음도 사랑도 행함으로 본보이며
> 물처럼 소명 다하여
> 흘러 흘러가리라.
>
> 낮은 데로 흐르면서 모든 것 수용하되
> 스스로 맑히며 장애물엔 돌아가고
> 진행을 멈추지 않는
> 상선약수(上善若水) 아니던가.

물과 얼음 수증기도 그 본성은 변함없고
상상을 초월하는 숨겨진 초능력이
세상을 이롭게 하는
에너지로 거듭난다.

—「한 살이도 물 같아야」 전문

정순량 시인은 '물'에 대한 관심이 많다. 이 책의 서문격인 "책을 펴내면서"를 읽어보면 물에 대하여 다음과 같이 이야기하였다. "유엔은 1992년 제47차 총회에서 심각해지는 물 부족과 수질오염 문제를 해결하고 물의 소중함을 강조하기 위하여 매년 3월 22일을 '세계 물의 날'로 정했다. 나는 물에 대하여 관찰하는 동안 나그네의 삶을 살아가는 우리 인간에게 일깨워주는 많은 가르침을 얻게 되었다. 인간은 물론 모든 생물은 물이 없으면 존재할 수 없다. 물은 화학적으로 수소 2원자와 산소 1원자가 공유결합으로 이루어진 화합물인데, 환경에 순응하여 물질의 삼태인 액체, 기체, 고체의 형태로 존재하되 그 본성을 잃지 않는다."

이러한 내용들이 인용 작품의 제1수를 이룬 것 같다. 정순량 시인은 물에 대하여 관찰하는 동안, 나그네의 삶을 살아가는 우리 인간에게 일깨워주는 많은 가르침을 얻게 되었다고 했는데, 예(例)의 작품에서는 이러한 내용이 제1수의 중장과 종장을 이루었다. "한 살이도 물 같아야 된다"고 했고, "조용히 일깨워주는/ 산골물의 가르침"이 있다고 했던 것이다. 그리고 중장의 "한 살이도 물 같구나"라는 구절은 우리 인간의 삶을 '물'에 비유함으로써 '물'의 장점을 본받고 그대로 실천해야 되겠다는 의미를 내포하고 있는 것이다.

또한 서문에서는 물에 대하여 "물은 낮은 데로 흐르면서 모든 것을 받아들이되 스스로 맑히며 목표를 향하여 진행을 멈추지 않는다. 장애물을 만나면 피하여 가되 서두르지 않고 언젠가는 그 장애를 제거한다"라 하였고, 성경의 말씀을 인용하면서 "오직 정의를 물같이, 공의를 마르지 않는 강같이 흐르게 할지어다"라고 했는데, 물의 이러한 장점을 살리고 본받겠다는 의미로 제2수 종장에서는 "물처럼 소명 다하여/ 흘러 흘러가리라"는 의지를 나타내었다. 또한 서문에서는 "上善若水 水善利萬物 而不爭(老子 第八章)"이란 경구를 인용했는데, 이 말의 의미는 "상선은 물의 작용과 흡사하다. 물은 만물에게 절대한 이익을 주면서도 자기를 주장하여 다투지 않는다"는 뜻이다. 이러한 의미를 함축해서 표현한 것이 위에 예로 든 작품 제3수의 종장을 이루었다.

다시 서문을 보면 "물이 약한 듯 보여도 그 잠재된 힘은 상상을 초월하여 수차를 돌려 전기를 만들고 바위를 쪼갠다"고 했는데, 예의 작품 제4수 종장에서는 "세상을 이롭게 하는/ 에너지로 거듭난다"라고 표현하였다. 이렇게 해석하고 보면 이 시조집의 서문을 축약하여 표현한 것이 "한 살이도 물 같아야"라는 시조가 되고, 이 작품을 자세하게 풀이한 것이 "책을 펴내면서"라는 이 책의 서문이라는 생각이 든다. 이처럼 물에 대하여 좋은 이미지를 가졌기 때문에 "물 이미지"라는 연작시조도 발표했을 것으로 사료된다.

이외도 '물'에는 "부드럽다", "깨끗하다", "푸르다", "영원하다", "우리 몸의 일부를 이룬다" 등 여러 가지 속성을 생각할 수 있다. 이처럼 물의 좋은 이미지를 살려서 이 작품의 제목을 "한 살이도 물 같아야"라 했고, 이 시조집의 표제 또한 "한 살이도 물 같아야"로 정한 것으로 안다. 다시 말하면 우리 인생은 물처럼 일깨워주는 것이 많고, 자신의 소명을 다하고, 상선약수(上善若水)처럼 살아가고, 세상을 이롭게 하는 에너지로 거듭 나야 한다는 것이다. 바로 이런 내용들을 함축시켜서 위의 작품을 이루었다고 보는 것이 필자의 견해이다.

3) 기독교 신앙을 주제로 한 작품

태초에 말씀이 있어
그 말씀이 육신이 되고

참 빛으로 이 땅에 온
길과 진리, 생명이신

예수는
그리스도시요
하나님의 본체로다.

－「로고스」전문

정순량 시인은 그의 신앙시조집 「일어나 빛을 발하라 큰 빛살로 퍼져라」에서 "힘들고 어려울 때 그 짐을 예수님께 맡기고 그리스도의 평안을 누리는 신앙생활의 감격과 기쁨을 찬양하고, 더불어 살아가야 할 이 세상에서 빛과 소금의 역할을 다하려는 신앙인으로서의 고뇌와 다짐을 시조작품으로 표현하려고 했습니다"라고 말한 바 있는데, 이번의 아홉 번째 시조집도 그런 맥락에서 기독교 신앙이 배경이 되고, 신앙과 시조를 조화시키고 합일시키려 한 점이 눈에 띤다.

상기 예로 든 작품 <로고스>는 요한복음의 내용을 축약해 놓은 것 같다. 성경 요한복음의 첫머리에 "태초에 말씀이 계시니라. 이 말씀이 하나님과 함께 계셨으니, 이 말씀은 곧 하나님이시니라"라고 되어 있고, 그 다음 14절을 보면 "말씀이 육신이 되어 우리 가운데 거하시매 우리가 그 영광을 보니 아버지의 독생자의 영광이요"라고 되어 있는데, 상기 작품의 초장은 이러한 내용들을 축약시켜 표현한 것이다. 요한복음 10절에는 "참빛 곧 세상에 와서 각 사람에게 비취는 빛이 있었나니, 그가 세상에 계셨으며 세상은 그로 말미암아 지은 바 되었으되"라는 구절이 있는데, 이것은 상기 작품의 중장과 관련이 있는 것 같다.

그리고 어떤 책을 보면 "말씀"은 "말씀, 진술, 연설, 교리, 명예의 뜻이 있지만, 영원성, 인격성, 신성을 부각시킴으로써 계시의 완성자이시자 곧 그가 그리스도임을 말한다"라고 되어 있다. 위의 작품 종장에서도 "예수는/ 그리스도시오/ 하나님의 본체로다"라고 한 것을 보면 예수가 어떤 분이신가를 밝히기 위하여 이 작품을 쓴 것으로 이해된다. 예수가 곧 하나님이요 하나님이 곧 예수라는 해석이 가능하다. 이러한 작품을 보면 정순량 시인은 시조라는 형식에 기독교 신앙이라는 내용을 담는데, 부단히 노력하고 실제로 성공을 거둔 것으로 평가된다.

어제도 계시었고
오늘도 함께 하며

내일도 여전히
동행하실 하나님은

내 노래 글귀 속에도
그 존재를 드러낸다.

시대를 초월하고
공간도 뛰어 넘어

말씀으로 영존(永存)하실
전능하신 하나님은

값없이 베푸는 그 사랑
햇살처럼 퍼져간다.

-「동행자 1」전문

정순량 시인의 신앙심이 얼마나 깊은가는 그의 <신앙생활>이란 작품 속에 잘 나타나 있다. "삶의 무거운 짐/ 어깨를 짓누를 때/ 오직 한 분 예수 만나/ 그 사정 모두 아뢰면/ 내 대신/ 짐져 주시고/ 마음 편히 쉬게 한다.// 항상 기뻐하면/ 웃을 일 또 생기고/ 범사에 감사하면/ 감사할 일 끊이지 않고/ 마귀들/ 시험에 들지 않도록/ 쉬지 않고 기도한다." 이런 작품을 통해서 우리는 소천 정순량 시인의 인생관이나 종교관을 그대로 인지할 수 있게 된다.

그런데 위에 예로 든 작품에서는 "예수"가 아니라 "하나님"을 동행자라고 하였다. 그 하나님은 어제도 계시었고, 오늘도 함께 하시고, 내 일도 여전히 동행하실 하나님이란 것이다. 이처럼 하나님께서 늘 동행하고 계시니 어려운 일도 쉽게 풀리고, 좋은 일이 많이 일어나서 언제나 행복감에 젖어 있게 된다는 이야기이다. 그 하나님은 시대를 초월하고 공간도 뛰어 넘어 말씀으로 영존하시는 하나님이시다. 그 하나님께서 베푸시는 사랑이 햇살처럼 퍼져간다고 했으니, 하나님의 사랑은 정시인 자신에게만이 아니라 모든 인간에게 골고루 베푸신다는 사실을 깨닫게 해준다.

한마디로 정순량 시인의 신앙시조는 성경책을 읽는 듯한 느낌이 들고, 목사님의 설교를 듣고 있는 듯한 느낌이 들기도 한다. 그만큼 신앙심과 시조형식이 한데 어우러져 조화와 합일의 경지를 이루었다. 이기반 교수는 정시인의 작품을 해설하면서 "시적 체험이 근원적으로 종교적 경험과 합일된 것이라 생각한다"고 이야기한 바 있는데, 필자도 이러한 이기반 교수의 견해에 전적으로 동감하는 바이다.

4) 생태계 변화에 관심을 둔 작품

애당초 미나리꽝, 지하수 펑펑 솟던
온 고을 청정 미나리 그 향기가 아련한데
다투어 고층 건물이 그 자리를 메꾼다.

짝짓는 장마철엔 울음소리 시끄러워
밤마다 잠 못 이루고 무던히도 욕했는데
웅덩이 메워진다니 맹꽁이는 어디로.

도심 속 맹꽁이 소리 추억의 멜로딘데
문화의 뒤안길로 흔적 없이 사라지면
다시는 복원할 수 없는 생태계의 하모니.

— 「맹꽁이는 어디로」 전문

이 작품은 오늘날 우리들이 당면한 생태계 파괴에 대하여 관심을 나타내고 안타까운 심정을 표현하였다. 미나리가 자라고 맹꽁이가 살던 웅덩이가 메워져서 고층건물이 들어서는 현실을 좋은 쪽으로만 바라다볼 수 없다는 이야기다. 고층건물이 들어서서 사람들의 주거문제를 해결해 주니 좋은 점도 있지만, 맹꽁이 소리도 들을 수 없고, 청정 미나리도 맛볼 수 없게 된 것은 개발에 대한 부작용으로밖에 볼 수 없다는 내용이다.

최근 모 신문에 난 기사를 보면, 표제가 "지난 해 여의도 면적의 21배 규모의 농지가 사라져"라는 제목이 있었다. 농림수산식품부는 2008년 1만 8215ha의 농지가 다른 용도로 전환되었다고 밝혔다. 용도별로는 도로 철도 등 공공시설로 전용된 면적이 8369ha로 가장 많았다. 산업단지 등 광공업시설로 2490ha, 아파트 등 주거시설로 2424ha, 농어업 시설로 893ha, 근린생활 시설 등 도시 용지로 4039ha가 각각 전용되었다는 것이다. 이처럼 농지가 매년 크게 사라진다면 맹꽁이는 이차 문제고 사람들의 먹고 사는 문제가 더 큰 위기에 봉착할 수 있다는 결론이 나온다.

그러나 정순량 시인은 맹꽁이가 살아가는 웅덩이가 메워지는데 더 관심을 쏟고 있다. 장마철에는 맹꽁이 울음소리가 시끄러워 잠 못 이루고 어지간히 욕을 했는데, 그 웅덩이가 메워진다니 맹꽁이는 어디로 가야 좋으냐는 이야기다. 어디 맹꽁이 뿐이겠는가. 그 웅덩이에 살던 수중동물, 미생물, 물고기류 등이 모두 삶의 터전을 잃고 죽을 수밖에 없는 경지에 이른 것이다. 문제는 한번 파괴된 생태계는 다시 원형대로 복원할 수 없다는 점이다. 이렇게 생태계가 마구잡이로 파괴되면 자연 생물뿐만 아니라 인간의 생존에도 큰 위협이 된다는 사실을 우리는 깨달아야겠다. 요즘 생태문학이니 생태시니 하면서 생태계 파괴에 대한 관심이 높아지고, 그런 문제를 소재로 해서 쓴 작품을 많이 대하게 되는데, 정순량 시인의 이 작품도 그런 맥락에서 시대성을 잘 반영한 좋은 작품이라고 평가된다.

한 순간 부주의로 유조선이 충돌하여
검은 기름띠 조류 따라 퍼져가고
갈매기 기름 범벅되어 가쁜 숨을 몰아쉰다.

바다가 일터였던 어민들은 한숨 깊고
즐겨 찾던 관광지엔 황량한 바람 일어
서해안 태안반도가 재앙으로 시달린다.

수십 척 배를 띄워 기름띠를 제거하고
봉사 인력 수십 만 명 해변을 닦아내어도
또 다시 밀려온 파도에 백사장이 까맣다.

태풍이나 지진과 달리 인간이 자초한 재앙
깨끗한 해양을 훼손하고 교란시켜
그 죄 값 갚아야 할 세월에도 해는 뜨고 지겠지.

—「재앙 4」 전문

정순량 시인은 우리 주변에서 일어나는 갖가지 재앙에 대하여 지대한 관심을 두었다. 그래서 재앙 시리즈로 연작시조를 썼는데, 그 대상을 소개하면 '지구 온난화', 'AI', '광우병', '태안반도 해양오염', '미안마의 태풍', '스촨성 지진' 등이다. 위에 예로 든 작품은 <재앙 4>로서 '태안반도 해양오염'을 소재로 하였다. 정시인은 이 작품 말미에 다음과 같이 사건의 개요를 적어놓아서 그 이해에 큰 도움을 준다. "국립공원으로까지 지정될 정도로 아름다웠던 태안반도가 2007년 12월 7일 서해안의 태안 앞 바다에서 유조선인 허베이스피릿 호와 삼성중공업 소속 대형 해상 크레인선이 충돌하여 1만 톤이라는 엄청난 양의 기름이 유출되었다. 해양환경이 전처럼 회복되려면 향후 20년 이상의 긴 시간이 걸린다고 한다." 이처럼 사건의 개요를 알아보았지만, 그 기름의 유출량은 1995년 유조선 '씨브린스호' 침몰 당시 기름 유출량의 2배가 넘는다고 한다. 얼마나 큰 재앙이었으면 그 당시 정부가 충남 태안군, 서산시, 보령시, 서천군, 홍성군, 당진군 등에 대하여 재난지역으로 선포하였겠는가.

상기 예로 든 작품에서는 그 당시의 상황을 검은 기름띠 조류 따라 퍼져가고 갈매기가 기름 범벅이 되었다고 하였다. 어업을 생업으로 하는 어민들은 한숨이 깊고 즐겨 찾던 관광지에 황량한 바람이 인다고 하였다. 얼마나 기름띠가 넓게 퍼져갔으면 봉사 인력 수십 만 명이 해변을 닦아내어도 밀려오는 파도에 백사장이 시커멓게 덮였다고 했겠는가. 정시인은 이것을 태풍이나 지진과는 달리 인간이 자초한 재앙이라 보았던 것이다. 한마디로 인간의 잘못 때문에 생태계가 크게 오염되어서 어패류나 조류는 물론 인간도 생업을 유지할 수 없게 만들었다는 것이다. 정순량 시인이 이처럼 생태계 훼손에 대하여 지대한 관심을 표명한 것은 이러한 재앙이 다시는 되풀이 되지 말아야 한다는 시인 나름의 자연 사랑 정신이 작풍으로 승화된 것이라 해석된다.

필자는 정순량의 인간적 면모를 시인, 종교인, 교육자, 학자라는 면에서 접근하였다. 그는 이중에서 어느 것 한 가지도 소홀히 하거나 적당히 한 것이 없다. 시조를 열심히 써서 아홉 번째 시조집을 낼 정도면 누가 그를 적당히 쓰는 시인이라 보겠는가. 누구보다도 열심히 시조공부 하고 열심히 쓰는 프로 시인이라 불러 마땅하다. 이런 면은 종교인으로서도 마찬가지다. 평생 하나님을 믿고 의지하면서 살아왔고, 교회 내에서도 중요한 직책을 맡아 다른 사람들에게 지대한 영향을 끼쳤다. 그의 작품을 보면 그는 하나님과 동행하는 사람이라 하였으니, 이보다 더 깊은 신앙심을 가진 이는 없다고 본다. 교육자라는 면도 마찬가지다. 평생 교육계에 종사하면서 학생들을 가르쳤다. 특히 대학에 재직하면서 교수생활을 하였다. 그런 점에서 그를 교육자라 부르는데 이의를 달 사람은 없다고 생각한다. 또한 학생들을 열심히 가르치는 한편 다른 한편으로는 열심히 연구하여 많은 논문을 쓰고 저서를 집필하였으니 학자로서도 성공한 편에 들어간다. 1인 2역을 한다는 말을 가끔 들었는데 소천은 1인 4역을 한 사람이다.

정순량의 작품 세계도 너무 다양하여 전체를 종합적으로 언급하기에는 역부족이다. 그래서 논의의 편의상 ① 삶의 지혜를 주는 작품, ② 비유의 묘미를 나타낸 작품, ③ 기독교 신앙을 주제로 한 작품, ④ 생태계 변화에 관심을 둔 작품 등 4부로 나누어 살펴보았다. 그 결과 ①의 <아프지 않았다면>에서는 우리들이 모르고 지내게 될 사실들을 깨닫게 되고 앞으로 인생을 살아가는데 큰 지혜를 얻을 수 있게 해주었다고 보았다. 또한 <강바람>이란 작품에서는 갈대가 강풍에 휘둘리는 모습을 인간세계에서의 권력가가 무너지는 모습에 비유하여 우리들이 어떻게 살아가야 하는지를 깨닫게 해주었다. 작품 <자서전>을 통하여는 정시인의 성공적인 삶, 누군가에게 보여주고 싶은 삶, 영원히 기록으로 남기고 싶은 삶을 살아온 입지전적인 인물이라는 것을 증명해 보았다. ②의 <마음>이란 작품에서는 '마음'을 옹달샘에 비유한 것은 착상이 좋고 독자에게 신선한 느낌을 준다고 하였고, <은행나무>란 작품의 특징은 '은행나무'를 사람에 비유해서 의인법을 구사한 데에 묘미가 있다고 보았다. <한 살이도 물 같아야>에서는 우리 인생은 물처럼 일깨워주는 것이 있어야 하고, 자신의 소명을 다해야 하고, 상선약수(上善若水)처럼 살아가고, 세상을 이롭게 하라는 의미가 함축되었다고 보았다. ③의 <로고스>에서는 정순량 시인은 시조라는 형식에 기독교 신앙이라는 내용을 담는데 부단히 노력하고 성공을 거둔 이라 하였고, <동행자 1>에서는 정시인의 신앙시조는 성경책을 읽는 것 같고, 목사님의 설교를 듣는 것 같은 느낌이 든다고 하였다. ④의 <맹꽁이는 어디로>에서는 요즘 생태문제를 소재로 해서 쓴 작품을 많이 대하게 되는데, 정순량 시인의 이 작품도 그런 맥락의 시대성을 잘 반영한 작품이라 보았고, <재앙 4>에서는 정순량 시인이 생태계 훼손에 대하여 지대한 관심을 표명한 것은 다시는 이런 재앙이 되풀이 되지 말아야 한다는 자연 사랑의 정신을 승화시킨 것이라 보았다.

지금까지 본론에서 논의한 내용을 요약해 보았거니와, 정순량 시인의 작품세계는 소재나 주제가 다양해서 종합적으로 파악하지 않고는그 실체에 접근하기가 어렵다고 생각하였다. 그렇더라도 그의 작품을이루는 밑바탕에는 '하나님'과 '예수님'의 사랑, 그 은혜에 대하여 감사하는 마음, 절대자를 믿는 신앙심이 자리해 있는 것으로 보이고, 그런관점에서 이글의 제목을 "신앙의 뿌리 위에 자라난 시조나무"라고 붙였다. 그렇더라도 장님이 코끼리 만지듯이 어느 한 면만 이야기해서아쉬운 감이 있음을 인정하고, 앞으로 이글이 정순량 시인의 작품세계를 이해하는데 조금이나마 보탬이 되었으면 하는 바램을 가져본다. 또한 이번의 작품집이 그의 고희를 기념하는 큰 의미가 있음을 부언하고, 그의 고희와 작품집 발간을 진심으로 축하드린다.

4. 그리움의 정서와 향토애의 정신

— 김문자의 시조세계

Aristoteles는 "시는 율어에 의한 모방이다"라 하였고, P. sidney는"시는 가르치고 즐거움을 주려는 의도를 가진 말하는 그림이다"라고하였다. 또한 Wordsworth는 "시는 강한 감정의 발로다"라고 하였고,Hudson은 "시는 사상과 감정을 통한 인생의 해석이다"라고 하였다.이러한 제가들의 시에 대한 정의는 시와 인생과는 깊은 관련이 있다는것을 암묵적으로 나타내었다고 본다.

그래서 필자는 "시는 인생학"이라 생각했고, 시 공부는 인생 공부라고 나름대로 정의하였다. 흔히들 시는 인간의 사상과 감정과 체험 등을 나타낸 운문의 한 형식이라고 한다. 여기서 사상, 감정, 체험 등이 모두 사람에게서 나오는 내용물이기에 시를 인생학이라 보는 것은 당연하다고 하겠다. 그리고 시는 무엇을 쓸까 하는 문제도 중요하지만 어떻게 쓸까 하는 문제가 더 중요하다고 본다. 이 문제는 시를 쓰는 분들이 평생 동안 고민하고 해결해야 할 과제이다. 어떻게 쓸까 하는 문제는 표현과 관련된 것이니, 우리는 좀 더 좋은 표현을 하도록 노력하고 수련하는 수밖에 달리 방법이 없는 것이다.

김문자 시인은 여주에서 출생해서 성장하고 학교 교육을 받고 가정생활을 하고 여주를 지켜온 토박이시인이다. 한국문인협회 여주지부가 창립된 것은 1994년 8월이고, 이 당시 참여한 문인은 원용문, 강태희, 이일섭, 박찬수, 정기명, 김문자, 김정인, 박광태, 이문현, 임춘봉, 성홍환 등이다. 이처럼 김문자 시인은 여주문협이 출발할 당시부터 참여하여 적극적인 문단 활동을 하였고, 한편으로는 작품을 열심히 써서 여러 권의 시집을 상재하였다. 그가 첫 번째 시집에서 다룬 소재들은 사랑, 그리움, 어머니, 꽃, 아카시아 꽃, 장미 등 다양하다. 그리고 그의 시집 모두를 살펴볼 수는 없는 일이기에 이번에 상재하는 작품집을 살펴보면 역시 사랑, 그리움, 기다림, 자아성찰, 깨달음, 고향 등 인간과 관련된 것들이 많다. 한마디로 김문자의 시집들은 그대로 인생교과서라 할 수 있고, 그런 의미에서 "시는 인생학"이란 말을 다시 한 번 강조하고 싶은 것이다.

요즘 발표되는 작품들을 읽어보면 쓰기는 너무나 잘 썼는데, 독자가 공감하거나 독자의 가슴에 울림을 주는 작품들은 찾아보기 힘들다. 같은 시인이 봐서도 이해가 안 가는 것들이 많으니, 일반 독자가 외면하고 가까이 다가가지 않을 것은 뻔한 일이다. 그런데 이런 것들을 굉장한 작품인 양 추켜세우는 부류들이 있으니, 다 같은 패거리로 북치고

장구 치는 것들이라 생각하지 않을 수 없다. 그런가 하면 쉽게 이해가 가고 공감은 되는데 별로 재미없는 것들도 많다. 그것은 어느 정도 시의 문장에 표현기교가 있어야 하는데, 그냥 뜻만 전달하는데 만족하기 때문이다. 그런 점에서 김문자 시인의 작품은 독자들이 접근하기도 쉽고 감동을 주는 작품들도 많으니, 그의 부단한 노력이 시적 성과를 거둔 결과라고 평가된다.

1) 사랑과 그리움의 정서가 내포된 작품

사람 속에 있어도/ 사람이 그립다.

손가락 사이/ 무언가 다 빠져나간 자리
존재의 저편
홀로 된 섬

누구와 함께 할 수 없는 시간들이 있기에
더욱 가까운 심장의 고동소리 듣는다.

만남이 있으면 헤어짐도 있어/ 그것을 알면서도
하얗게 부서지는 파도처럼/ 번번이 아프다.

하늘이 너무 맑아/ 내 속에 숨겨진 아픔 드러날까
슬프던 날

실타래처럼 얽히고 설킨 응어리
저 바닷물에 풀어놓고서/ 돌아와 누울 때

삶은 끊임없이 이어지는
파도의 파장처럼/ 희비의 엇갈림

사랑을 주고받고/ 미워하던
그 많은 사람들은/ 어디로 갔을까

제 무게 어쩌지 못해
바닷물에 내려앉은 노을처럼

시간이 고여 있는 그 곳에
하얀 등대 하나 있었으면 좋겠다.

—「섬」 전문

사람에게 있어서 가장 기본 되는 정서가 사랑과 그리움이다. 그런데 이 사랑은 자아와 타아가 합일될 때만 이루어진다. 자아와 타아가 조화를 이루고 합일될 때는 좋지만, 그렇지 못한 경우는 이별의 슬픔을 맛보게 된다. 원래 사람의 삶 자체가 만났다가 헤어지고 헤어졌다 다시 만나는 순환의 원리로 되어 있다. 사람은 사랑하는 이와 함께 있을 때는 행복감을 느끼지만 그렇지 못한 경우는 그 대상을 그리워하면서 살아가게 마련이다. <사랑>이나 <그리움>은 같은 의미는 아니지만 동전의 양면 같아서 밀접한 관련이 있다. 대개 그리움의 정서는 사랑하는 사람을 만나지 못할 때 생기는 감정이지, 아무나 못 만난다고 해서, 그 아무개를 그리워하는 사람은 없다. 그래서 사랑과 그리움의 정서는 바늘의 실처럼 따라다니게 되어 있는 것이다.

상기 작품에서 제1연을 보면 "사람 속에 있어도/ 사람이 그립다"고 하였다. 어떻게 보면 아이러니이고 역설적이다. 그러나 앞의 '사람'과 뒤에 나오는 '사람'은 동일하지 않다고 본다. 전자는 자아와 깊은 관련이 없는 일반 사람이고, 뒤의 사람은 사랑하는 분이거나 자녀들을 지칭한다고 보아야겠다. '군중 속의 고독'이란 말이 있는데, 바로 이런 경우를 염두에 두고 생겨난 말이다. 제2연에서는 무언가 다 빠져나간 자리 같고, 존재의 저편 홀로 된 섬 같다고 하였다. 홀로 된 섬은 누구를 비유한 것이겠는가. 굳이 설명하지 않아도 짐작이 가는 바다. 현재 자아는 사랑하는 대상과 분리되어 있는 상태다. 그것을 "홀로 된 섬", "누구와 함께 할 수 없는 시간", "하얗게 부서지는 파도", "번번이 아프다"라는 말들로 표현하였다.

그 다음에도 "내 속에 숨겨진 아픔", "슬프던 날", "실타래처럼 얽히고 설킨 응어리", "희비의 엇갈림"이란 말들로 이어지는데, 이 모두는 사랑하는 대상이 없기에 "임의 부재"를 노래한 것이고, 그 임의 부재로 해서 밝은 면보다는 어두운 감정을 표출한 것이라 생각된다. 그래서 "사랑을 주고받고/ 미워하던/ 그 많은 사람들은/ 어디로 갔느냐"고 푸념을 하기에 이른 것이다. 그리고 "시간이 고여 있는 그 곳에/ 하얀 등대 하나 있었으면 좋겠다"고 하였다. 그러면 등대란 무엇인가? 위험한 곳을 피해가고, 목표 지점에 도달할 수 있도록 길을 밝혀주는 등불 같은 존재이다. 그러한 등불 같은 존재, 길을 밝혀주는 존재가 있었으면 좋겠다고 하였으니, 그처럼 어려운 상황에서도 희망을 갖고 살아간다는 것을 의미하는 것이다. 김시인의 앞날에 밝은 미래가 펼쳐지기를 기원해 본다.

밤이면
창 밖에서
떨며 기다리고 있을 것만 같아

문을 열었지
닫았지

기다리는 건
늘 싸늘한 바람 뿐

문고리를 걸면서 알았지
깨달음이란 늘 한 발 늦더군.

─「착각」전문

　이 작품은 그리움의 정서가 밑바탕에 깔려 있다. 밤이면 창 밖에서 떨며 기다리고 있을 것 같다고 하였다. 그 떨며 기다리고 있을 존재는 누구이겠는가? 시적 자아가 사랑하는 사람, 아니면 김문자 시인이 사랑하는 사람, 또는 사랑하던 사람이 아니겠는가? 이처럼 그는 그 사랑하는 사람이 찾아오기를 기다리고 있었던 것이다. 그 기다리는 사람이 창 밖에 와있다고 생각되었기에 문을 열었고, 밖에는 아무도 찾아온 이가 없기에 다시 문을 닫았다. 이럴 때의 허전함이 그 다음 연에 표출되었다. "기다리는 건/ 늘 싸늘한 바람 뿐"이라고. 이 작품에는 시적 자아의 묘한 심리상태가 그려져 있어, 마치 옛시조 서경덕의 작품을 다시 읽는 듯한 느낌을 갖게 한다.

　"ᄆᆞᆷ이 어린 後ㅣ니 ᄒᆞᄂᆞᆫ 일이 다 어리다/ 萬重雲山에 어늬 님 오리마ᄂᆞᆫ/ 지ᄂᆞᆫ 닙 부ᄂᆞᆫ ᄇᆞ람에 힝혀 귄가 ᄒᆞ노라" 이 서경덕의 작품은 구름이 겹겹으로 쌓인 산속에 어느 임이 찾아올 것이냐 마는, 지는 나뭇잎 소리와 부는 바람에 혹시나 임이 찾아오는 발자국 소리거나 치맛자락 스치는 소리가 아닌가 하고 가슴이 설렌다는 것이다.

　서경덕은 조선시대 전기의 이름 높은 도학자다. 그 유명한 도학자가 이처럼 임을 기다릴 정도이니 하물며 평범한 필부필부야 더 일러서 무엇 하겠는가. 그러니까 서경덕은 지는 잎 부는 바람에 혹시나 임이 찾아오는 소리가 아닌가를 착각했던 것이고, 이 작품의 시적 자아는 창 밖에서 누군가 떨며 기다리고 있을 것 같은 착각에 창문을 열고 나가 보았던 것이다.

　그가 얼마나 임을 찾고 그리워하는지는 다음의 <반쪽>이란 작품 에서도 그대로 증명된다. "내 반쪽이 내게서 이탈했을 때/ 지구가 기웃 뚱해지는 것을 느꼈다./ 지금까지 나를 지탱케 하던 힘의 중심이/ 그 반 쪽의 무게였다는 사실을/ 그 때 비로소 알았다." 반쪽을 잃었을 때 그 충격이 얼마나 컸으면, 지구가 기우뚱 해진다고 느꼈겠는가. 위에 예 로 든 작품에서는 "깨달음이란 늘 한발 늦는다"는 것을 알게 되었다고 했는데, <반쪽>이란 작품에서는 자기를 지탱케 하던 힘의 중심이 그 반쪽의 무게였다는 사실을 알게 되었다고 했다. 이런 내용을 음미하면 서 "사람은 자기가 직접 겪어봐야 안다"는 이야기를 다시금 되새기게 된다.

　　　　이내 눈물
　　　　숨어 이는 바람이며
　　　　허공에 떠도는 그리움입니다.

　　　　한 순간의/ 눈빛으로
　　　　마음 밭을 태우고

　　　　눈 멀고
　　　　귀 먹어

　　　　어두운 밤
　　　　숨겨진 이름 하나
　　　　영혼의 별이 되어

오늘밤에도/ 나는

그 별을 우러러 서 있습니다.

-「사랑 3」 전문

　이 작품의 제목은 <사랑 3>이다. 그러니까 사랑이란 제목으로 연작시를 썼다는 것을 알 수 있다. 이 사랑에 대하여는 고금을 통틀어서 너무 많은 사람들이 시로 쓰고, 노래해 왔기에 식상할 때가 된 것 같은데, 아직도 사랑을 주제로 시를 쓰는 사람이 많이 있고, 앞으로 미래세계에서도 여전히 사랑을 주제로 글 쓰는 사람들이 많이 나오리라 예견된다. 그만큼 사랑의 정서가 사람이 살아가는데 없어서는 안 될 중요한 요소이고, 인류의 보편적 정서이기에 많은 사람들의 관심을 끄는 것으로 이해된다. 하여간에 사랑이란 단어는 추상명사다. 그래서 사랑에 대하여 시를 쓰게 되면, 사랑에 대하여 설명하거나, 자신의 감정을 나열해 놓을 가능성이 높은 것이다. 그런데도 김문자 시인은 사랑을 제목으로 또는 주제로 하면서도 비유법을 구사해서 읽는 이에게 새로운 느낌을 갖게 하였다.

　김문자 시인은 사랑을 눈물이고, 숨어 이는 바람이고, 허공에 떠도는 구름이라 인식하였다. 한순간의 눈빛으로 마음 밭을 태우는 것이고, 그 사랑을 하게 되면 눈이 멀고 귀가 먹게 된다고 하였다. 어두운 밤 숨겨진 이름 하나가 영혼의 별이 된다고 하였다. 그래서 시적 자아는 "오늘 밤에도/ 나는/ 그 별을 우러러 서 있다"고 토로하기에 이른 것이다. 사랑의 대상을 별에 비유하고, 그 별을 우러러 서 있다고 한 것은 그만큼 사랑을 귀한 존재로 또는 반짝이는 존재로 인식했기에 가능한 것으로 본다. 그래서 <사랑 1>이란 작품에서는 "내 생명/ 하나뿐이듯/ 내 사랑도/ 하나입니다./ 오매불망/ 내 열망은/ 당신입니다"라고 분명하게 자아의 소회를 밝히기에 이른 것이다.

2) 꽃을 소재로 형상화한 작품

이른 봄/ 온 산 만개하는
진달래 꽃

나라 잃은 설움
달래주던 꽃

험하고 척박한 땅
뿌리내려 살면서도
해마다 연연이 붉은
희망의 꽃

척박한 땅 항거하다
피 멍울처럼 떨어져
죽어서도 다시 움 터

우리들 가슴마다의
민족정신으로
살아 피는 꽃

－「진달래 꽃 1」 전문

지금까지 많은 시인들이 자연을 노래하고 꽃을 노래하였다. 그만큼 자연은 아름다운 존재이고 우리들이 가까이 다가가고 싶어 하는 존재다. 그 중에서도 꽃은 어떠한 존재인가? 무슨 꽃이든지 보면 아름답고 꺾어서 갖고 싶어 하고, 그렇지 않으면 그냥 바라다보는 것만으로도 우리의 마음을 즐겁게 한다. 그 중에서도 진달래꽃은 우리나라 삼천리 방방곡곡 어디를 가 봐도 만날 수 있는 향토적인 꽃이요, 우리 민족과 애환을 함께 한 꽃이다.

이 꽃에 대하여 시적 자아는 이른 봄 온 산에 만개하는 아름다운 꽃이라고 하였다. 그리고 제2연에서는 나라 잃은 설움을 달래주던 꽃이라 하였는데, 그만큼 진달래꽃은 민중적이요 향토성이 짙은 꽃이라는 것을 암시해 준다. 이 꽃은 험하고 척박한 땅에 뿌리 내리고 사는 꽃이다. 그리고 그 척박한 땅에 항거하다 피 멍울처럼 떨어졌다가 다시 움터서 붉게 피는 꽃이다. 또한 우리들 가슴마다의 민족정신으로 살아 피는 꽃이다.

이 진달래꽃에 대하여는 김소월의 작품이 유명하다는 것은 우리 모두가 잘 안다. "나 보기가 역겨워/ 가실 때에는/ 말없이 고이 보내 드리우리다.// 영변에 약산/ 진달래 꽃/ 아름 따다 가실 길에 뿌리우리다.// 가시는 걸음 걸음/ 놓인 그 꽃을/ 사뿐히 즈려밟고 가시옵소서.// 나 보기가 역겨워/ 가실 때에는/ 죽어도 아니 눈물 흘리우리다." 이 소월의 작품에서 떠나는 임의 발 앞에 진달래꽃을 깔아준다는 것은 현실에 있는 사실이 아니고, 과장된 상상적인 사실인 것이다. 그러나 우리는 이러한 과장에서 어딘가 독특한 미를 느끼고 감동을 받게 된다. 이처럼 김소월의 <진달래 꽃>은 이별의 슬픔을 체념으로 승화시킨 데에 의미가 있는데 반하여, 김문자 시인의 <진달래 꽃>은 우리의 설움을 달래주던 꽃, 희망의 꽃, 우리의 민족정신으로 살아 피는 꽃이라 본 데에 의미가 있는 것이다.

　　가녀린 어깨
　　스산한 바람에게 내어주고

목긴 그리움
외로운 떨림으로
오늘은 창백한 시간을 주워
마지막 편지를 쓴다.

허기진 영혼
빛 고운 노래로
온몸 던져 불태우는 사랑

또 얼마나의 세월이 흘러서야
까마득히 잊을 수 있을까

깊어진 그대의 눈빛
혼자 남겨진다는 것이
얼마나의 외로움인지 알기에

이 저녁
빛나는 씨알 하나 입에 물고
저 화려한 들길을
웃으며 걸어가고 있구나.

—「코스모스」전문

　어떤 사람이든지 꽃을 싫어하는 이는 없다. 그러기에 꽃은 만인의
사랑을 받는다. 그 꽃이 아름답고 예쁘고 향기를 내기에 사람들은 꽃
을 아름다운 여인, 미인에 비유하는 것이다. 사람에게 등급이 있듯이
꽃에도 등급이 있다. 어떤 꽃은 사람들에게 사랑을 듬뿍 받는데, 외로
운 들녘이나 산모롱이에 핀 야생화는 사람들의 눈에 잘 띄지도 않고
외면당하고 있다.

그러나 이 작품의 제목 코스모스는 사람들의 눈에 잘 띄는 곳에 피고, 아름답고 청초한 여인 같아서 사람들에게 사랑을 받고 많은 관심을 끌고 있다. 필자도 일찍이 코스모스를 제재로 하여 단시조를 쓴 적이 있다. "아마도 높으신 분/ 지나가려나 보다./ 떼거지로 몰려나와/ 환영하는 인파들/ 얼굴엔 홍조를 띠고/ 발돋움해 기다리네." 필자는 코스모스가 길가에 많이 피어 한들거리는 모습을 높은 분이 지나갈 때의 환영 나온 인파로 보았다. 특히 여학생들에 비유하여 얼굴엔 홍조를 띠고 발돋움해서 기다린다고 보았던 것이다.

이에 비하여 김문자 시인은 코스모스를 가녀린 여인에 비유하였다. 그 여인이 목을 길게 내밀고 외로운 떨림으로 창백한 시간을 주워 마지막 편지를 쓰고 있는 것으로 그리었다. 코스모스 꽃이 발갛게 피어 있는 모습을 빛 고운 노래로 온몸을 던져서 사랑을 불태운다고 보았다. 그렇다면 이러한 여인상을 가진 여인은 누구란 말인가. 필자는 잘못 짚었다는 이야기를 들을 수 있지만, 코스모스 여인은 다른 사람 아닌 바로 김문자의 자화상이라고 단언한다. 김문자 시인은 자기가 하고 싶었던 이야기를 코스모스에 감정이입 시켜서 자기 이야기를 하고 있는 것이다. 그는 얼마의 세월이 흘러야 까마득히 잊을 수 있느냐고 했는데, 필자의 단견으로는 아무리 많은 세월이 흘러도 결코 잊지 못할 것이라는 생각이 든다.

그 다음 내용도 마찬가지이다. "혼자 남겨진다는 것이 외로움인지를 안다", "빛나는 씨알 하나 입에 물고/ 화려한 들길을 웃으며 걸어가고 있구나"라고 했는데, 이 모두가 남의 이야기가 아니고 김문자 자신의 이야기로 해석되어진다. 그런 점에서 이 <코스모스>란 작품은 김문자 시인의 자화상이라 평가해도 큰 무리가 없을 것이다.

3) 비유법의 묘미

지금은 공사 중

내 집은 70년 묵은 고옥

매일 수리 중이다.

　　　　　　　　 －「거울 앞에 앉아 화장을 하면서」 전문

　시는 그 길이로 문학성을 평가할 수는 없다. 길다고 좋은 시가 되는
것도 아니고, 짧다고 질이 떨어지는 시가 되는 것도 아니다. 시가 문학
적으로 성공했느냐 실패했느냐 하는 것은 그 길이에 있지 않고 시적인
표현을 했느냐 하는 문제와 응축과 함축성, 낯설게 하기, 이미지의 참
신성 등 시로서의 골격을 제대로 갖추었느냐 하는 것이 중요하다. 어
찌 보면 시는 짧을수록 좋다는 것이 필자의 생각이다. 시를 길게 쓰다
보면 의미가 중복되고, 설명하게 되고, 느낌이나 감정의 나열에 그칠
확률이 높다. 위에 예로 든 작품은 모두 3행, 23글자를 동원한 단시 중
의 단시다. 그러면서도 시적으로 성공한 작품이라 평가하고 싶다. 그
이유는 절묘한 비유법을 구사한 데에 묘미가 있기 때문이다.
　여자가 거울 앞에서 화장하는 것을 집 짓는 공사에 비유하였다. 그
래서 지금은 공사 중이라 했던 것이다. 그런데 그 다음 행에서 중요한
암시를 받게 된다. "내 집은 70년 묵은 고옥"이란 이야기다. 여기에서
내 집은 내 몸이고, 70년 묵은 고옥은 이제 고희를 맞은 김시인 자신을
빗대어 표현한 것이다. 누가 보아도 70세를 넘겨 사는 사람은 고옥에
해당한다고 보는 것이 맞는 것이다. 그 다음 3행에서는 "매일 수리 중
이다"라고 하였다. 여자가 화장하는 일은 하루 이틀 하고 그만두는 것

이 아니다. 매일 아침이면 거울 앞에 앉아서 화장하기에, 그 모습을 매일 수리 중이라고 하였다. 집으로 비유하면 70년 이상 된 고옥은 여기저기 하자가 생기면서 수리할 곳이 자꾸 생긴다. 그 고치는 것을 "매일 수리 중"이라 표현할 수 있다. 한마디로 이 작품은 비유로 시작해서 비유로 끝났다. 그래서 비유의 특징을 그 어느 작품보다도 잘 살린 수작이라고 생각된다.

한 때는
아침 햇살로
떠오르던 그대

오늘은
아무 바램도 없는
빈 마음 터에

홀로 이는
쓸쓸한 바람

−「당신은」 전문

우리가 동양화를 보아도 화면 가득하게 그림이 그려져 있는 경우보다는 여백이 있어 보는 이로 하여금 상상력을 발휘할 수 있게 만든 작품이 훨씬 낫다. 하여간에 그림이 화선지에 빽빽하게 차 있으면 무엇인가 답답함을 느끼게 된다. 사람이 살아가는 데도 무언가는 여유가 있어야 한다. 그냥 빽빽하게 일정이 짜여져 있어 정신 못 차리게 되면 삶이 피곤해지거나 아예 지쳐버릴 수도 있다. 그러니까 그림에는 여백이 있어야 하고 인간의 삶에는 여유가 있어야 된다는 이야기다. 마찬가지로 시에서도 무언가 여유 공간이 있어서 독자로 하여금 생각할 여지를 주는 것이 필요하다.

그런 점에서 위에 예로 든 작품은 여백이나 여유가 있어 한 가지 해석만 가능한 것이 아니라 독자 나름대로 여러 가지 해석을 할 수 있다. 그렇다면 상기 작품 제1연에 나오는 '그대'는 누구인가? 바로 제목에 나오는 '당신'과 동격이라고 생각한다. 그런데 그 당신은 "한때는 아침 햇살로 떠오르던" 바로 그 사람이었다는 이야기다. 여기서 '아침 햇살' 도 여러 가지 의미를 부여할 수 있다. '밝다', '맑다', '젊다', '희망적이다' 등 여러 가지로 생각해볼 수 있는 것이다.

그런데 오늘의 '당신'의 존재는 어떠한가? 제2연에서 "아무 바램도 없는/ 빈 마음 터"라고 이야기하였다. 다시 만나거나 다시 사랑할 수 있는 존재가 아니라는 의미이다. 우리는 '빈 마음 터'에 주목해볼 필요가 있는데, 그것은 단적으로 시적 자아의 심리 상태를 대변해 주고 있기 때문이다. 그 빈 마음 터에 홀로 이는 바람과 같은 존재가 '당신'이란 이야기다. 당신과 함께 할 수 없기에 '홀로'라는 표현을 썼고, 실체가 없는 존재이기에 '쓸쓸한 바람'이라 표현했던 것이다. '바람'에 대하여도 여러 가지 해석을 할 수 있다. 허무한 존재, 아무것도 아님, 실체가 없음, 지나가 버림, 잡히는 것이 없음, 그 외도 여러 가지 해석을 해볼 수 있는 것이다. 그 단어 자체가 다의적(多義的)이고 함축적(含蓄的)이고 비유적(比喩的)이다. 당신에 대한 그리움과 만나지 못하는 데서 오는 괴리감, 허무감 등이 복합적으로 잘 융합된 작품이라고 평가된다.

4) 고향 여주를 사랑하는 정신

날마다/ 눈 뜨면서

바라보는 산이지만/ 볼수록 좋다.

앞 강물
비에 씻긴 강바람

아득히/ 여울물 소리
들을수록 좋다.

내 할머니
그리고 어머니가
가꾸며 살아 묻힌 땅

그분들의/ 숨소리가 있어
더욱 좋다.

산 좋고 물 좋고
바람이 좋아

봄 여름 가을 겨울/ 꽃 피고 지는 세월

떠오르는 해를 바라보며/ 희망의 씨앗 뿌리고
지는 해를 바라보며/ 행복한 꿈을 꾸는

내 고향
여주

−「고향」 전문

　김문자 시인의 고향은 경기도 여주다. 그 고향을 얼마나 사랑하고
자랑스러워하는 지는 예로 든 작품을 읽어보면 짐작이 간다. 사실 고
향이란 어머니와 같은 존재다. 나를 낳아준 사람은 어머니다. 나를 낳

아준 고장은 고향이다. 어머니를 잊을 수 없듯이 고향을 잊지 못하는 것은 인지상정이다. 그래서 옛날부터 '고향'은 시인들의 중요한 작품 소재가 되고 주제가 되었다. 고향을 떠난 사람은 그 고향을 항상 그리워하고, 그 고향에 살고 있는 사람은 고향을 사랑하고 자랑스럽게 여긴다.

이러한 연유로 시적 자아는 날마다 눈 뜨면 바라다보는 산이지만 그 산을 볼수록 좋다고 했던 것이다. 앞 강물, 비에 씻긴 강바람 등 좋지 않은 것이란 없는 것이다. 그래서 여울물 소리도 들을수록 좋다고 하였다. 그 고향은 할머니와 어머니가 가꾸며 살아 오셨고, 또 묻혀 있기도 한 곳이다. 그분들의 숨소리까지 배어 있는 곳이다. 그러니 고향의 좋은 점만 생각하고 좋은 점만 이야기할 수밖에 없으리라. 산이 좋고 물이 좋고 바람이 좋다고 하였으니, 고향산천의 자연이 그대로 좋은 것이다. 봄, 여름, 가을, 겨울 사계절 내내 좋다. 떠오르는 해를 바라보면서 희망을 갖게 되고, 지는 해를 바라보면서 행복한 꿈을 꾸게 된다. 그러니 누가 뭐래도 김시인의 입장에서는 고향 여주가 최고로 사랑스럽고 자랑스러운 것이다. 그의 향토애 정신이 짙게 함축된 작품이라 평가해도 좋을 것이다.

자오록한 구름
여주를 품어 안은 싸리산
옛 이름은 수용산

그 산 암자 앞 마당 바위에서
매끼니 먹을 만큼의 쌀이 나왔다 하여
붙여진 이름 싸리산

어느 날 고승이 길 떠나면서
마당바위를 부탁했건만
한 처사가 더 많은 쌀을 얻으려
정으로 바위를 쪼아 넓혔더니
그로부터 쌀이 나오지 않아
먹을 것이 궁해진 암자 수행 스님
모두 떠나고 암자였던 빈 터엔
동강난 미륵만 서 있을 뿐

그 후로 마당바위 아래 쌀 대신
하얀 백토가 나와
오늘까지 여주가 도자기 고장으로 이름 높이네.
　　　　　　　　　　　　　 ─「싸리산의 전설」 전문

　이 작품은 제목에 있는 대로 여주지방에 전하는 싸리산의 전설을 시
적으로 형상화한 것이다. 원래 설화와 전설은 재미가 있는 것이 특징
인데, 그 재미있는 전설을 소재로 한 작품도 아주 재미있게 읽혀진다
는 점에서는 마찬가지다. 먼저「여주 군지」에 실려 있는 전설의 내용
부터 소개해 보자.

　"쪽리바위, 요령바위, 굴바위, 효자바위, 흔들바위 여기저기 산재
한 바위들이 모두 영릉 쪽을 향해 고개를 숙이고 있는 듯 자연과 조
화를 이룬 것이 기이하다. 옛날 암자가 있었다는 터에 이를 입증이
라도 하듯 여기저기 기와조각이 산재해 있다. 예부터 전해오길 이곳
에 있던 암자에는 고승과 수행자 몇 분이 단출하게 지내고 있었는
데, 이곳에 있는 마당바위에서 신기하게도 쌀이 겨우 요식할 만큼

또옥또옥 나왔다는 것, 어느 날 하루는 고승이 먼 길을 순행키 위해 길을 떠나며 함부로 이 바위를 다루지 말라고 신신당부를 하였는데, 그만 처사(處士)가 쌀 나오는 곳을 정으로 쪼아 넓혔더니 그나마 나오던 쌀이 뚝 그치고 말았다. 그때서야 고승의 타이름을 깨달았으나 이미 때는 늦어 어이할 수 없는 일이었다. 그 후 이 암자에는 먹을 것이 없어 수행자들도 떠나고 암자였던 빈 터에 동강 난 미륵만 서 있을 뿐이다. 그러나 우뚝 선 마당 바위 아래서 쌀 대신 하얀 백토가 나와 이 고장에서 도자기를 구울 수 있게 되어 처사의 잘못을 아무도 나무라지 않았다는 이야기가 전한다."

위의 작품에서 제1연은 싸리산의 모습과 옛 이름을 소개하였다. 자오록한 구름에 감싸인 첩첩한 영마루 용문산, 칠읍산 품에 담쑥 안긴 듯싶은 산이 싸리산이고, 옛 이름은 수용산이었다고 하는데, 바로 이런 내용이 첫째 연을 이루었다. 제2연은 왜 싸리산이라 이름 붙였는지 그 유래를 소개하였다. 암자 앞에 있는 마당바위에서 매끼 먹을 만큼의 쌀이 나와 싸리산이 되었다는 것이다. 제3연은 고승이 멀리 길을 떠나고 대신 처사가 절을 지켰는데, 욕심을 부려 바위를 훼손시켰기 때문에 그나마 나오던 쌀이 안 나오게 되었다는 것이다. 먹을 것이 없게 되니 자연적으로 중과 수행자들이 떠나고 빈 터에 동강 난 미륵불만이 서 있어 옛 절터이었음을 알게 해준다는 것이다. 제4연은 마당바위 아래서 쌀 대신에 백토가 나오게 되었고, 그래서 도자기 고장으로 유명하게 되었다는 내용이다.

김문자 시인은 이 싸리산 전설 외에도 치명나무에 얽힌 전설, 마암의 전설, 여계수의 혼귀수, 부처울의 전설, 신륵사의 전설, 신륵사 은행나무 전설, 마암 칼바위 등의 전설을 시형식에 담아서 소개하고 있다. 이처럼 전설을 모티프로 해서 작품화하는 것은 그만큼 여주가 유서 깊은 고장이고, 살기 좋은 고장이고, 이야기 거리가 많은 고장이고, 문화의 고장이란 것을 은근히 나타내기 위해서다. 그만큼 여주를 사랑하고 자랑스러워하고 칭송하고 싶은 의지 즉 향토애 정신이 밑바탕에 깔려 있기 때문에 이런 작품이 생산되었으리라 추정해 본다.

이제까지 김문자 시인의 작품 세계를 ① 사랑과 그리움의 정서가 내포된 작품, ② 꽃을 소재로 형상화한 작품, ③ 비유법의 묘미, ④ 고향 여주를 사랑하는 정신 등 4부로 나누어 살펴보았다. 편의 상 이렇게 나눈 것이지, 그의 작품세계는 폭넓고 다양하다. 자아 성찰의 작품, 가족 사랑의 정서를 담은 작품, 인생의 의미를 함축한 작품, 기행시, 별리의 정서를 담은 작품, 자연 사랑의 의미가 담긴 작품, 기독교 정신이 내포된 작품, 여강을 제재로 한 작품 등 소재와 제재가 다양해서 제한된 지면에 전부를 논하기는 어렵다고 생각되었다.

그리고 새로운 형식의 시도, 아주 짧게 쓰는 단시, 길게 늘여서 쓰는 장시, 시행 배열의 새로운 시도 등 나름대로 현실에 안주하지 않고 무엇인가는 새롭게 써보려는 노력을 작품으로 보여주었다. 그런데 단시는 시상을 압축시켜서 읽는 이로 하여금 긴장감을 느끼게 했는데, 장시는 늘어뜨려서 산문율을 느끼게 하였다. 그러나 작품 전체에 흐르는 정서는 <한>의 정서가 아닌가 생각된다. 이러한 한의 정서를 잘 표출시키고 성공한 시인이 김소월이라 생각되는데, 김문자 시인도 그 한의 정서가 작품 속에 면면히 흐른다고 생각되었다. 이 한의 정서는 우리 민족의 대표적인 정서이기도 하다. 사람은 누구나 자기 이상대로 살수 없고, 자기의 꿈을 모두 이루면서 살 수 없기 때문에 그 한계를 느끼게 되고, 그 한계를 느끼면서 일어나는 정서가 '한'이다.

그 다음으로 하느님과 주예수의 은혜에 감사하는 기독교 정신이 시의 내면을 형성하였고, 그 다음엔 고향 여주에 대한 애틋한 사랑을 담은 작품이 주종을 이룬다고 보았다. 그래서 이 글의 제목을 "그리움의 정서와 향토애의 정신"이라 이름 붙인 것이다. 한마디로 김문자는 아름다움을 추구하는 서정시인이다. 이 서정의 샘이 솟아오르기 때문에 그는 시를 쓰지 않고는 살 수 없으리라는 생각이 든다. 이번에 좋은 시집 상재하는 것을 축하드리고, 김시인의 고희를 축하드리고, 앞으로 건강하시고 문운이 왕성하시기를 빌면서 이만 무사(蕪辭)를 마치는 바이다.

5. 생활의 서정과 체험의 시학

― 예병태의 시조세계

시조는 우리의 전통문학이요 고유시가이다. 그렇기 때문에 다른 나라에는 시조가 없고 우리나라에만 있는 문학 장르이다. 좀 더 자세히 이야기하면 중국, 미국, 일본 등지에는 시조가 없다. 그 지역으로 이민 간 우리 동포들이 시조를 쓰는 것은 예외다. 이처럼 다른 나라에는 없고 우리나라에만 있기 때문에 고유시가라 한 것이다.

그리고 시조가 발생한 시기를 대체로 고려 말경이라 하는데, 대략 730여 년의 역사를 지닌 것으로 추정한다. 이처럼 장구한 세월을 지내면서 보존 계승 발전해 왔기 때문에 전통문학이라 하는 것이다. 우리 민족은 사대주의 사상을 지닌 면도 있지만, 민족자존을 지키려는 자긍심도 강한 편이다. 그러한 연유로 순수 우리문학인 시조를 사랑하고 계승하고 널리 보급하려 하는 것은 당연한 문제라고 본다. 무엇보다도 시조를 짓고 가르치고 연구하고 많은 사람들에게 전수하는 이는 애국자라고 보는 것이다.

그러면 다른 장르 예를 들면 향가, 별곡, 고속가, 가사, 창가 등은 우리 문학사에 나타나서 발전하다가 어느 시기에 와서는 자취를 감추고 사라졌는데, 어떻게 시조만은 사라지거나 없어지지 않고 현재도 발전의 발전을 거듭하느냐 하는 문제이다. 그에 대한 답은 시조는 우리 민족의 사상, 감정, 체험 등을 담기에 가장 알맞은 그릇이기 때문이다. 쉽게 이야기해서 시조와 우리 민족은 호흡이 잘 맞고 궁합이 잘 맞고 운율이 잘 맞기 때문에 장구한 역사를 지니게 됐고, 앞으로도 우리 민족이 존재하는 한 시조는 승승장구하면서 발전해 나가리라 확신하는 바이다.

예병태 시인은 누구보다도 시조를 사랑한다. 교원대에서 석사과정을 이수할 때도 우리 시조를 주제로 해서 학위 논문을 썼고, 대학원을 졸업한 다음에는 열심히 습작하고 창작하고 수련하는 과정을 거쳐서 「문예춘추」 신인상에 당선되어 문단에 나오게 되었다. 그리고 여강시가회 회원으로서 매년 동인지 발간에 참여하고, 다른 문학지의 동인순례 특집에도 참여하는 열의를 보여주었다.

그러나 그의 본업은 학생들을 지도하는 교사이다. 대구교육대학교를 졸업하고 교육계에 입문하여 사도의 길을 걸어 왔고, 열심히 학생들을 가르치고 솔선수범하고, 그의 능력을 인정받아 현재는 ○○초등학교 교장으로 재직 중이다. 예병태 시인은 교육자이면서 시인이고 시인이면서 교육자이다. 그리고 자신의 고향을 남달리 사랑한다. 이러한 정서가 그의 작품세계의 주류를 형성하였다. 이런 점들을 상고하면서 텍스트를 읽고 작품 분석에 임하고자 한다.

1) 계절 감각을 노래한 작품

산책로의 벚꽃들이 남실바람에 신이 나서
새하얀 이파리를 우수수 털어내면
영화 속 배경을 찾는 주인공들이 바쁘다.

더위 피한 시민들이 녹음 속에 여유롭고
오리 배들 이리 저리 페달 질에 신이 나면
분수(噴水)는 악곡에 따라 진폭을 그린다.

무지갯빛 빌려와 나뭇잎을 물들이고
연인들의 밀어(密語)가 벤치마다 익어 가면
기억(記憶)의 가장자리로 그리움이 묻어온다.

나목(裸木)과 빌딩 숲이 어우러져 비치고
퇴색(退色)한 욕망들이 망각 속에 침잠(沈潛)하면
호반(湖畔)은 휴화산 되어 새봄을 또 잉태(孕胎)한다.

－「수성못의 사계(四季)」 전문

이 작품은 사계절의 변화하는 모습과 감흥을 노래한 점에서 맹사성의 <강호사시가>나 윤선도의 <어부사시사>를 연상케 한다. 강호사시가는 작가가 만년에 벼슬을 그만두고 고향에 돌아가 한가한 세월을 보내면서 지은 것이다. 이 시조는 자연 속에 묻혀 살면서 각 계절마다 즐거운 생활하는 것이 모두 임금님의 은혜라고 하였다. 맹사성은 <강호사시가> 봄노래에서 시냇가에서 막걸리를 마시고 싱싱한 물고기를 안주로 먹고 흥겹게 지내는 것이 모두가 임금의 은혜를 입었기 때문이라고 하였다. 이에 비하여 예병태 시인은 산책로의 벚꽃이 만발하고 새하얀 꽃잎이 우수수 떨어지면 영화 속의 주인공들이 그 배경을 찾느라고 바쁘다는 것이다. 좋은 경치를 배경 삼아 촬영을 해야 하니 '주인공들이 바쁘다'는 이야기가 그대로 실감난다.

맹사성은 여름 노래에서 강호에 여름이 되니 할 일이 없다고 하였다. 그만큼 한가하게 지낸다는 것을 강조한 것이다. 믿을 수 있는 푸른 강물이 시원한 바람을 보내주니, 이 몸이 더위를 잊고 지내는 것도 역시 임금의 은혜 때문이란 이야기다. 이에 비하여 예병태 시인은 더위를 피해서 온 사람들이 녹음 속에서 여유롭게 지낸다고 하였다. 그 외도 오리들이 호수를 휘젓고 다니느라고 신이 나면 분수가 음악에 맞춰 춤을 춘다고 하였다. 이 역시 여름을 시원하게 지내면서 여러 가지 볼거리를 구경한다는 의미가 내포된 것이다.

맹사성은 가을 노래에서 대자연에 가을이 깊어가니 고기마다 살쪄 있다고 하였다. 조그만 배에 그물을 싣고서 물결 흐르는 대로 내맡겨 둔다고 하였다. 이처럼 뱃놀이하고 고기잡이하는 일도 역시 임금님의 은혜 때문에 가능하다는 이야기다. 이에 비하여 예병태는 나뭇잎이 아름답게 단풍 들고 연인들의 밀어가 익어가면 기억의 가장자리로 그리움이 묻어온다고 하였다. 그러니까 가을은 추억의 계절이요 그리움의 계절이라는 것을 은근히 나타내었다고 본다.

맹사성은 겨울 노래에서 겨울이 깊어가니 눈이 한 자 넘게 쌓이고, 삿갓을 쓰고 도롱이 입고 지내면서 겨울을 따뜻하게 지낸다고 하였다. 이런 생활이 모두 임금의 은혜 덕분이라는 이야기다. 이에 비하여 예병태 시인은 나목과 빌딩 숲이 어우러지고, 퇴색한 욕망이 망각 속에 잠겨버리면 자연은 또다시 새봄을 준비하기 위한 잉태에 들어간다고 하였다. 사실 우리의 고전시가를 보면 사계절의 변화에 따라 그 감흥을 노래하면서 스스로 만족하는 생활을 많이 노래하였다. 정극인의 <상춘곡>이나 정철의 <관동별곡>도 그러한 예의 작품이라고 생각한다. 예병태 시인 역시 계절 감각이 뛰어나서 춘하추동 사계절의 변화하는 모습을 그냥 지나치지 못하고, 그 감흥과 정서를 현대감각에 맞추어 시조 형식에 담은 것이, 바로 위에 예로 든 작품과 같은 것이라고 사료된다.

> 봄은 구부러진 할미꽃을 타고 와서
> 냇가에 남은 얼음 녹이다가 심심하면
> 대지를 도화지 삼아 고운 물감 칠해보고.
>
> 봄은 휘늘어진 수양버들을 타고 와서
> 가지 잡고 왔다갔다 그네 타다 지치면
> 색색의 꽃송이 접어 나무에도 매달고.
>
> 봄은 얼어붙은 내 마음 밭을 찾아와서
> 수많은 실핏줄들이 생명 날을 버리면
> 막혔던 혈관이 뚫리며 새 힘이 솟아나고.

> ―「봄은」 전문

이 시집에는 상기 예로 든 작품 외에 <주산지의 봄날 아침>, <가을>, <단풍>, <자목련>, <폭염>, <제비꽃>등 계절적인 소재를 작품화한 것들이 많이 있다. 그러면 위의 작품을 고산 윤선도의 <어부사시사>와 비교하면서 설명해보자. 윤선도는 그의 '봄노래1'에서 "앞개에 안개 걷히고 뒷산에 해 비친다. 밤물은 거의 지나고 낮 물이 밀려온다. 그리고 강촌의 온갖 꽃이 먼빛이 더욱 좋다"고 했는데, 예병태 시인은 봄이 할미꽃을 타고 와서 얼음을 녹이다가 심심하면 대지를 도화지 삼아 고운 물감을 칠한다고 하였다. 그러니까 봄의 아름다운 경치를 한 폭의 아름다운 그림으로 미화시켜 놓은 것이다.

　고산 윤선도는 그의 <어부사시사> '봄노래2'에서 "날씨가 더워지니 고기가 물 위로 뜬다. 갈매기가 한가롭게 오락가락 하는구나. 낚싯대는 준비되었다 탁주병은 실었느냐"라고 하면서, 봄날의 흥취와 풍류를 노래하였다. 이에 비하여 예병태는 봄은 휘늘어진 수양버들을 타고 와서 가지를 잡고 왔다갔다 그네타기를 한다고 보았다. 그러면서 색색의 꽃송이 접어 나무에다 매단다고 하였다. 그러니까 여러 가지 초목에 꽃이 만발한 것을 누가 색색의 꽃송이 접어서 나무에 매달아 놓은 것으로 비유했다는 사실이다. 시의 묘미는 이처럼 참신한 비유를 한 데에 있다는 것을 강조하는 바이다.

　고산 윤선도는 그의 <어부사시사> '봄노래3'에서 "동풍이 건듯 부니 물결이 고이 인다. 동호를 돌아보며 서호로 가자꾸나. 앞산이 지나가고 뒷산이 나아온다"고 하면서, 봄바람이 살랑살랑 부는 봄날에 고기잡이배를 타고 호수 위를 지나갈 때의 아름다운 서정과 흥취를 노래하였다. 이에 비하여 예병태 시인은 봄이 내 마음 밭을 찾아와서 실핏줄에다 생명의 날을 벼리면 막혔던 혈관이 뚫리면서 새 힘이 솟아난다고 하였다. 한마디로 예병태 시인의 봄에 대한 인식은 그림처럼 아름다운 계절이고 꽃이 핀 것도 누군가 색색의 꽃송이를 접어서 걸어놓은 것이고, 새 힘이 솟아나게 하는 희망의 계절이란 것을 비유적으로 표현한 데에 묘미가 있다.

2) 유년의 추억을 형상화한 작품

　　진드기 떼어주고 털가죽을 긁어주면
　　허리 한 번 쭉 펴고 가만히 있어도

속으로 노래하는 걸 눈을 보면 다 안다.

고삐를 늦춰 잡고 산으로 올라가서
부드러운 풀밭으로 데려다 놓으면
천국이 따로 없는 걸 입만 보면 다 안다.

천수답에 하루 종일 쟁기질 하고나서
정성들여 끓인 쇠죽을 남기지 않아도
얼마나 힘들었는지 다리 보면 다 안다.

애써 낳은 송아지 튼튼하게 자라서
코뚜레 꿰인 채로 오일장에 팔려갈 때
그토록 울지 않아도 마음으로 다 안다.

- 「소야, 다 안다」 전문

이 작품은 예병태 시인이 유소년 시절 고향에서 보고 경험한 추억을 담담한 심정으로 노래한 것이다. 그러나 이러한 경험이나 추억은 예병태 시인 개인에게만 국한된 것이 아니라, 그 옛날 우리나라가 산업화되기 이전에 농촌에서 성장한 사람이면 누구나 다 함께 공유하는 일반적 체험인 것이다.

제1수에서는 진드기를 떼어주고 털가죽을 긁어주면, 소가 너무 시원하고 좋아서 속으로 노래하는 것을, 소의 눈을 보면 다 안다고 하였다. 그 당시 농촌에는 웬만한 가정이면 소 한 마리 안 기르는 집이 없었고, 여유가 있고 잘 사는 집은 두세 마리씩 기르는 것도 보통이었다. 그런데 여름철에 소를 가장 괴롭히는 것이 진드기와 파리 떼다. 쇠파리가 얼마나 많이 날아와서 소를 괴롭히는지 그 광경을 목격한 사람은 다 알고 있는 사실이다. 더욱이 소의 엉덩이 부분이나 뒷다리에 붙은 진드기들은 소의 피를 빨아먹고 사는 흡혈귀다. 그 진드기를 떼어내주고 등허리를 긁어주면 소의 입장에서는 그 보다 더 시원하고 즐거운 일은 없는 것이다. 어쩌면 속으로 노래를 부르고 있을 것이라는 이야기다.

제2수에서는 고삐를 늦춰 잡고 산으로 올라가서 풀밭을 찾아가 소에게 풀을 뜯어먹게 한다고 하였다. 그러면 소는 배가 부를 것이고, 배가 부르니 부러운 것이 없을 것이고, 부러운 것이 없으니 천국이 따로 없다는 것을 소의 입만 보면 다 안다고 하였다. 우리 속담에 '금강산도 식후경'이란 이야기가 있다. 사람에게도 배불리 먹는 것이 이처럼 중요한데 짐승인 소라고 해서 예외는 아니다. 소의 입장에서도 배부르게 풀을 뜯어먹거나 쇠꼴을 먹으면 그 이상의 좋은 일은 없는 것이다.

그 다음 제3수에서는 소가 노역한 것을 형상화 하였다. 사실 소처럼 강제 노역을 하고 혹사를 당하는 짐승은 이 세상에 없을 것이다. 봄에는 논밭을 갈고, 여름에도 쉴 틈 없이 일을 하고, 가을에 추수할 때는 곡식을 마차에 싣고 끌거나, 등에 지고서 돌아와야 하는 임무를 띠었다. 그처럼 열심히 일을 해도 상을 받는 일은 없고, 도리어 무서운 채찍질을 가하니, 이보다 더 억울하게 살아가는 생물은 없을 것이다. 그러한 소가 하루 종일 천수답을 갈고 와서, 정성 들여 끓인 쇠죽을 남김없이 먹어치운다고 했다. 그처럼 먹는 것을 보니, 소가 얼마나 힘들게 노역을 했는지 떨고 있는 소의 다리를 보면 다 알 수 있다는 것이다.

제4수에서는 어미소가 송아지를 낳고, 그 송아지가 자라면 코뚜레 꿰인 채로 오일장에 팔려 나가는 장면을 묘사하였다. 이처럼 어미소와 새끼소가 강제로 이별할 때는 서로 떨어지지 않으려고 몸부림치며 울어댄다. 또한 그 소들이 울지 않더라도 그들이 얼마나 슬퍼하고 괴로워하는지를 이심전심으로 다 알게 된다는 것이다. 불교에서는 살생유

택(殺生有擇)이란 말을 자주 한다. 생명이 있는 것들은 짐승이라도 함부로 죽여서는 안 된다는 것이다. 이처럼 동물을 가엾게 여기고 사랑하는 정신이 작품을 통하여 형상화 되었는데, 이런 것이 모두 불교에서 말하는 자비정신에서 비롯되었을 것이라 추정해 본다.

> 골목 길 세 집의 생명줄인 공동 우물
> 하루도 빠짐없이 늘 보던 얼굴들이
> 두레박 부딪치면서 정을 길어 올리고.
>
> 텃밭의 나물도 씻은 후에 나눠 갖고
> 김장 맛 서로 보고 품평회도 가져보고
> 농사일 눈코 못 뜨면 품앗이도 부탁하고.
>
> 먹는 물 씻는 물 아낌없이 주다보면
> 가진 정이 고갈되어 바닥도 보이련만
> 언제나 비워준 만큼 채워놓는 그 정성.
>
> 수돗물 보급된 후 발길 끊긴 우물터
> 편리함에 밀려버린 인정과 배려들이
> 지금은 자취만 남은 우물 속에 묻혀 있다.
>
> ―「공동 우물터」 전문

이 '공동 우물터'는 지금은 시골 마을에 가도 볼 수 없는 옛것이 되어버렸다. 집집마다 지하수를 끌어 올려 쓰거나 자치단체에서 운영하는 수돗물을 먹거나 사용하게끔 시스템이 바뀌었기 때문이다. 이처럼 잊혀져가는 우리 선인들의 생활 모습을 시적으로 형상화해서 현대를 살아가는 후진들에게 알려준다는 데에 이 작품의 특징이 있다.

제1수에서는 공동우물이 있던 위치와, 그 당시의 정경과, 그 우물을 길어 먹으면서 일어나는 정서를 노래하였다. 그 공동우물은 골목길에 위치해 있었고, 이 우물은 길어먹는 사람들의 생명줄이라 하였다. 물을 길어 먹다보니 자연적으로 마을 아낙네들이 얼굴을 마주 대하게 되고, 그러다 보니 물만 길어 올리는 것이 아니라 인정까지 길어 올리게 된다고 표현하였다. 어쩌면 이 장소는 마을의 온갖 정보가 교환되고, 상의할 문제에 대하여 의견 교환도 하고, 이웃 간의 정을 나누는 교류의 장소로 활용되었을 가능성이 높다고 보는 것이다.

제2수에는 이 공동우물 터에서 실제로 이루어지는 일들이 열거되었다. 나물을 씻은 다음에 나눠 갖기도 하고, 김장 맛을 보면서 서로 품평회를 가지고, 농사 일 할 때에 품앗이를 부탁한다는 것이다. 이외도 돈을 빌려 쓰거나, 농기구를 빌려 달라거나, 장에 함께 가자고 하는 등 여러 가지 일이 전개되었을 것이라 상상해 볼 수도 있다.

제3수는 사람들이 서로 나누는 '정'의 특성에 대하여 알기 쉽게 표현하였다. 아무리 쓰고 아무리 나눠줘도 고갈되지 않고 여전히 샘솟고 채워지는 것이 정이나 사랑의 특성이다. 그래서 먹는 물 씻는 물 아낌없이 주다 보면 가진 정이 고갈되어 바닥이 드러날 것이 아니냐는 가설을 세워본 것이다. 사실 쌀이니 옷이나 돈 같은 물질들은 헤프게 쓰거나 나누어 주면 나중에는 바닥이 드러나고 빈털터리가 되어버린다. 그러나 '정'이나 '사랑' 같은 마음의 문제는 아무리 퍼주고 나눠주어도 여전히 채워지고 고갈되지 않으니, 무슨 신통력이 있거나 불가사의한 존재로 생각지 않을 수 없다. 그래서 예병태 시인은 종장에서 "언제나 비워준 만큼 채워놓는 그 정성"이라 했는데, 이런 내용이야말로 독자들에게 새로운 깨달음을 주는 가구(佳句)라고 생각한다.

제4수에서는 세월이 흐르고 시대가 변한다는 사실을 직감하지 않을 수 없다. 수돗물이 보급된 후에는 공동 우물터에 발길이 끊기게 되었다는 것이다. 그러한 현상을 편리함에 밀려버린 인정과 배려에서 나온 결과라고 하였다. 지금은 자취만 남은 우물 속에 묻혀 있다고 했는데, 그 우물터의 자취만이라도 남아 있으면 다행이라는 생각이 든다. 필자의 고향에도 옛날에는 공동우물이 있었는데, 지금은 아예 묻혀버려 도로로 변한 상태다. 그래서 그 자리가 옛날에는 우물터였다는 표지조차 없다. 예병태 시인이 우리의 옛 생활 모습이나 옛 생활 소재들을 이처럼 작품화한 것은 사라져가는 것들에 대한 아쉬움과 우리 것을 아끼고 보존해야겠다는 주체의식과 내 고향을 사랑해야 한다는 향토애 정신이 강하기 때문에 이런 작품을 생산하기에 이른 것으로 판단된다.

3) 가족애 정신이 담긴 작품

당신을 생각하면 피어나는 슬픈 안개
천부(天賦)의 복이라고는 튼튼한 뼈대 하나
형극(荊棘)의 자갈 논밭을 갈고 가는 연자방아.

육남매 끈을 달고 굴렁쇠 굴러가듯
날품에 살이 트고 지게질에 몸 사위어도
무성한 곁가지 보며 옹이 맺힌 결을 풀고.

슬픔도 참아내고 부귀도 외면했지만
노동에 허기진 하루해는 얼마나 길었을까
철들어 눈을 떴을 땐 그림자만 남았다.

―「아버지 2」 전문

많은 시인들이 '아버지'를 소재로 작품을 쓴 것으로 안다. 삼강오륜

(三綱五倫)에도 부자유친(父子有親)이란 덕목이 있어 천륜의 소중함을 일깨워 주고 있다. 그만큼 자식의 입장에서는 아버지를 생각하면 그리움이 배어나고 잘해드린 것보다는 못해드린 일들이 생각나서 죄송스러운 느낌을 갖게 한다. 그리고 농촌 출신들은 아버지가 농사 일 하느라고 고생하신 모습, 그러면서도 가난을 벗어나지 못하고 허덕이던 모습, 자신을 희생하면서 자식들 뒷바라지 하느라고 불철주야 곤고하게 사시던 모습이 생각나서 더욱 한스러워할 수밖에 없다는 생각이 든다.

이러한 '한'이 위에 인용한 예병태 시인의 작품에도 그대로 표출되고 있다. 그래서 제1수에서는 당신을 생각하면 슬픈 생각이 안개처럼 피어오른다고 했다. "천부의 복이라고는 튼튼한 뼈대 하나"라는 중장에서 건강 복 하나는 타고 나셨다는 것을 예증해 준다. 그러나 얼마나 고생하시면서 살았는가는 종장에 그대로 나타나 있다. 그것을 "형극의 자갈 논밭을 간다"고 표현하였다. '형극', '자갈 논밭', '연자방아' 등은 그 삶이 순탄하지 않았음을 증명해 주는 단어들이다. 그야말로 고난과 역경을 무릅쓰고 살아오신 농촌의 아버지들에게만 적용되는 표현들이다.

제2수는 자녀가 육남매라는 것과 고된 일을 많이 하셨다는 이야기가 중심이 된다. 그것을 육남매의 끈을 달고 굴렁쇠 굴러가듯이 사시었다고 표현하였다. 날품에 살이 트고 지게질에 몸이 사위었으면 그 삶이 얼마나 고달팠는지를 짐작케 해준다. 그런데 종장에서는 무성한 곁가지를 보며 옹이 맺힌 결을 푼다고 하였다. 여기서 곁가지가 많다는 것은 먹여 살려야 할 식구들이 많았다는 것을 의미한다. 옹이 맺힌 결을 풀었다는 것은 어려운 난제들을 하나하나 풀어나가면서 그 고난을 극복했다는 뜻으로 받아들여진다.

제3수 역시 아버지의 어려운 삶을 알리는데 주력하였다. 슬픔도 참아내고 부귀도 외면했다는 것이다. 하루하루 노동의 시간을 가질 때 그 하루해가 얼마나 길고 지루하게 느껴졌을까 하는 것을 미루어 알 수 있다는 이야기다. 그런데 종장에서는 이처럼 고생하며 사신 아버지의 삶을 알게 되고 깨닫게 되었을 때는 아버지는 그림자만 남은 분이 되었다는 것이다. 이 '그림자만 남았다'는 이야기는 아버지가 돌아가신 것을 은유적으로 표현한 것이다. 자식으로서 그 고생하신 것을 보상해 드리고, 그 은혜를 갚아야 하는데, '그림자만 남았다'고 했으니 실체는 안 보이고 허상만 남았다는 이야기다. 이런 경우를 대비해서 송강 정철은 그의 <훈민가>에서 "어버이 살아실 때 섬길 일은 다하여라/ 돌아가신 후에 애통한들 무엇하리/ 평생에 고쳐서 다시 못할 일은 이뿐인가 하노라"라는 노래를 불러, 백성들을 깨우쳐주기에 여념이 없었던 것이다.

어쩌다 세상에 가장 먼저 태어난 죄로
터울 적은 동생들이 줄줄이 맡겨져서
등에는 젖먹이 동생이 혹처럼 붙어살고.

들일 떠난 부모 대신 집안일은 독차지
청소며 설거지며 때가 되면 식사까지
부풀은 소녀의 꿈은 노동으로 메우고.

처음이자 마지막인 초등학교 졸업장
밥 먹듯 결석해도 식지 않은 향학열
남동생 거센 입김에 낙엽처럼 떨어지고.

못 배운 시골처녀 그만한 짝을 만나
악착같이 살면서 겨우 버린 가난 병

세월을 씹는 얼굴에 빠진 이가 서럽다.

-「누나」 전문

이 작품의 제목은 <누나>이고 중심인물도 누나이지만, 그 누나를 통해서 자아의 유년의 삶을 알 수 있게 해준다. 그런 의미에서 이 작품은 시적으로 표현한 예병태의 자서전이라 해도 무방할 것이다. 그래서 그 누나의 삶을 통해서 예병태 시인의 유소년 시절의 삶까지 유추해볼 수 있는 것이다. 제1수를 통해서 '누나'는 육남매 중의 맏이로 태어났다는 사실을 알게 해준다. 그렇기 때문에 부모가 해야 하는 일을 대신 맡아서 하게 된다. 그러한 사연이 중장에서 "터울 적은 동생들이 줄줄이 맡겨져서"라는 내용으로 나타났다. 얼마나 동생들을 많이 돌보아 주었으면 등에는 젖먹이 동생들이 혹처럼 붙어살았다고 표현했겠는가. 누나의 고달픈 삶은 바로 이러한 '동생 봐주기'에서 출발했다고 보아진다.

제2수의 내용도 앞의 것과 대동소이하다. 그 핵심은 들일 떠난 부모 대신에 집안일을 도맡아서 하는 처지가 되었다는 이야기다. 청소, 설거지, 밥 짓는 일까지 모두 누나의 몫이란 것이다. 그래서 종장에서는 "부풀은 소녀의 꿈은 노동으로 메우고"라는 표현을 하였다. 이런 내용들로 미루어 보면 누나는 육남매의 맏이로서의 역할을 톡톡히 했고, 그 결과 자신의 꿈을 키우고 펼칠 기회를 놓쳐버리게 되었다는 것이다. 누나의 그 고귀한 희생정신과 투철한 사명감은 우리 독자들이 본받고 실천해야 할 덕목이 아닌가 생각된다.

제3수의 내용은 누나의 학력에 관한 소개이다. 초등학교만 다녔기에, 그것을 "처음이자 마지막인 초등학교 졸업장"이라 표현하였다. 그나마도 집안 일 도와주느라고 결석을 자주해야 했고, 식지 않은 향학

열도 남동생들 때문에 접어야 했다. 그것을 종장에서 "남동생 거센 입김에 낙엽처럼 떨어졌다"고 표현한 것이다. 공부는 하고 싶어도 진학을 못한 것은 남동생들에게 양보했기 때문이라는 이야기다. 그 옛날 농촌에서는 자식이 여러 남매가 있을 때, 가정 형편상 남자아이는 상급학교에 보내고, 여자 아이는 안 보내는 차별정책이 있었는데, 예병태 시인의 집안도 이러한 전철을 밟아 '누나'를 학교에 보내지 않았던 것으로 이해된다.

제4수는 누나가 출가한 이후의 내용이 소개되었다. 그것을 초장에서 "못 배운 시골처녀 그만한 짝을 만나"라고 표현하였다. 그래도 악착같이 일하고 돈을 벌어서 먹고 사는 데는 지장이 없었기에 "겨우 버린 가난 병"이라 술회한 것이다. 그리고 종장에서는 "세월을 씹는 얼굴에 빠진 이가 서럽다"고 했는데, 이런 구절을 통해서 누나는 시집가기 전에도 고생만 했고, 시집 간 후에도 고생만 했다는 것을 은유적으로 나타낸 것이라 본다. 만약에 시집가서는 부유하게 살고 호강하면서 살았다면 "빠진 이가 서럽다"는 표현은 안했으리라. 하여간에 이 <누나>라는 작품을 통해서는 시적 자아의 마음이 따뜻하다는 것을 느낄 수 있었고, 특히 동기간의 우애에 대하여 각별한 관심을 가지고 있었다는 것을 느끼게 해주었다.

4) 교육자로서의 면모

사회의 각박함이 교직으로 스며들어
태산 같은 자부심은 진흙처럼 무너지고
감시를 하는 눈빛만 서리처럼 차갑다.

사교육 홍수 속에 공교육 흔들리어

다수의 교원 단체 제 살길 찾고 있고
너무나 거센 태풍에 선장조차 흔들린다.

급변하는 기후 속에 신념은 흔들리어
못 견디는 선원들이 하나 둘 떠나가도
끝까지 방향 키 잡은 선원들이 남아 있다.

　　　　　　　　　　　　　　　－「교단에는」 전문

　예병태 시인은 교육자이면서 시인이다. 평생 교육계에 몸담아 오면서 학생들을 지도하고 있다. 다른 분야도 그렇겠지만 우리의 교육계도 문제점이 많은 곳이다. 그런 문제점들이 교육자들을 힘들게 하고, 교육자로서의 자긍심에 상처를 주는 수 있다. 이러한 내용들이 위에 예로 든 작품의 제1수를 이룬다. 사회의 각박함이 교직으로 스며들었다고 하였다. 사회가 아무리 혼탁하고 부패하여도 교직만은 깨끗해야 하고 정도로 나아가야 하는데 그렇지 못하다는 것이다. 사회가 아무리 각박하고 소란하여도 교직만은 따뜻한 정이 흐르고 조용한 가운데 잘 굴러가야 하는데 그렇지 못하다는 것이다. 그래서 태산 같은 자부심이 진흙처럼 무너진다고 하였다. 거기에 상급기관이나 외부 단체들의 감시 또한 힘겹게 느껴지기에, "감시를 하는 눈빛만 서리처럼 차갑다"고 하소연한 것이다.

　우리 교육에서 제일 큰 문제점이 사교육비 부담이 크다는 점이다. 동시에 공교육이 위축되고 제 구실을 못한다는 점도 간과할 수 없는 사실이다. 이러한 현실을 제2수의 초장에서 "사교육 홍수 속에 공교육이 흔들린다"고 표현하였다. 교육단체들은 각기 그들 나름의 목소리를 높이고 있고, 또한 학부모 단체들도 학교 일에 간섭하는 일이 종종 있다. 이러한 현실을 종장에서는 "너무나 거센 태풍에 선장조차 흔들린다"고 표현했는데, 얼마나 그 외풍이 거세었으면 '너무나 거센 태풍'에 비유했겠는가. 그렇더라도 선장조차 흔들려서는 안 된다는 것이 필자의 생각이요 양식 있는 모든 분들의 생각이라고 생각한다.

이처럼 교육 환경이 너무 바뀌는 것을 제3수에서는 "급변하는 기후"에 비유하였다. 그래서 교육에 대한 신념이 흔들리고 못 견디는 이들은 아예 교육계를 떠나는 경우가 있다는 것이다. 그렇더라도 끝까지 교직에 남아 자신의 본분을 다하고 학생들을 열심히 가르치는 분들이 있기에 우리의 교육이 흔들림 없이 발전할 것이란 이야기다. 이러한 사실을 종장에서 "끝까지 방향 키 잡은 선원들이 남아 있다"고 하였는데, 이런 분들 때문에 우리 교육계의 앞날이 밝아지고 튼실해질 것이라는 생각이 든다. 한마디로 이 작품을 통해서 예병태 시인은 우리 교육계가 당면한 현실을 걱정하면서도 끝까지 우리 교육을 지키고 버팀목이 되겠다는 것을 시조 형식을 빌어서 은유적으로 나타낸 데에 의미가 있다.

준비물 어쩌다가 빠뜨린 너에게
꼼꼼히 못 챙겼다고 눈을 그만 흘겼네
사람이 신이 아닌 한 실수하는 법인데.

언제나 힘이 없고 말이 없는 너에게
용기를 가지고 씩씩하라 일렀네
진작에 결식하는 줄 알았어야 했는데.

친구를 괴롭히고 사고치는 너에게
반성문 요구하고 힘든 벌을 세웠네
마음을 현미경처럼 살펴봐야 하는데.

다정한 말 한마디 굶주린 너에게

숙제를 안했다고 큰소리를 질렀네
사랑을 솜사탕처럼 베풀어야 하는데.

—「미안해」 전문

시는 인간의 사상, 감정, 체험 등을 일정한 형식에 담는 것이라고 한다. 여기서 체험 문제는 체험에 중점을 둘 수도 있고 상상력에 중점을 둘 수도 있다. 위에 예로 든 작품은 예병태 시인이 교사로서 학생들을 지도하면서 직접 체험하고 부딪혔던 일들을 형상화한 것이다. 이러한 체험은 교육자가 아니면 경험할 수 없는 특수 체험들이다. 그리고 이 작품 속에는 예병태 시인이 교사로서 제자를 사랑하는 따뜻한 정이 스며있다. 그리고 학생들을 지도하다 보면 별의별 학생이 다 있을 것이고, 그들을 교육적으로 지도하려니까 본의 아니게 상처를 주는 경우도 생길 것이다. 위의 작품 제1수는 준비물을 제대로 챙겨오지 못한 학생을 소재로 삼았다. 그래서 꼼꼼히 챙겨오지 않았다고 꾸지람을 하게된 것이고, 사람이 신이 아닌 이상 실수가 있는 법인데, 꾸지람을 해놓고도 미안해서 자신을 원망하는 듯한 사연을 술회하였다. 그런 점에서 이 제1수는 예병태 시인의 따뜻한 제자 사랑정신이 함축된 것으로 보아야겠다.

제2수는 결식하는 아동을 대상으로 삼았다. 집이 가난하고 양식이 떨어져서 끼니를 제대로 못 때우니 "언제나 힘이 없고 말이 없다"는 것이다. 그러나 가르치는 교사의 입장에서는 용기를 가지고 씩씩하게 행동하라고 타이르는 것이 당연한 임무다. 바로 그런 아이가 결식하는 아이라는 것을 나중에 알고서야 미안한 생각이 들었다는 것이 제2수의 내용이다. 제3수는 학급에서 남을 괴롭히거나 사고치는 학생을 제재로 삼았다. 이런 아이에게 반성문을 써오라 요구하고 벌을 세우고 하는 것은 교사로서의 당연한 임무다. 그러나 이것도 학생의 문제뿐 아니라 자신에게도 문제가 있다는 것을 자각하고 예의 작품을 형상화 하였다. 상대 학생의 마음을 현미경처럼 꿰뚫어 볼 수 있었다면 사건 을 미연에 방지할 수 있었다는 이야기이다.

제4수는 숙제를 해오지 않은 학생을 대상으로 삼았다. 그런 아이는 주로 가정에서 사랑을 못 받고 자란 경우가 많기에 정에 굶주렸을 가 능성이 높다. 아마도 결손 가정의 학생이 아닌가 생각된다. 그래서 예 의 작품 초장에서 "다정한 말 한마디 굶주린 너"라고 직설적인 표현을 하였다. 사실 숙제를 안 해오면 거기에 대해서 책임을 묻고 지도하는 것도 교사로서의 당연한 임무다. 그래도 학생에게 큰 소리 친 것이 미 안해서 "사랑을 솜사탕처럼 베풀어야 한다"고 술회하기에 이른 것이 다. 이 <미안해>라는 작품을 보면 교사는 단순히 학생들에게 지식을 전달하는 전도사가 아니라, 학생들의 내면, 아픈 곳, 그들이 가려워하 는 곳까지 살펴서 보완해 주고 채워주고 어루만져 주는 사랑의 전도사 역할까지 해야 된다는 것을 깨닫게 해준다. 흔히 "교직은 천직"이라는 말이 있는데, 예병태 시인이야말로 교직을 천직으로 알고 성심성의껏 봉사하는, 다시 말해서 참교육을 실천하는 지도자라는 것을 확신하게 된다.

이제까지 예병태 시인의 작품세계를 ① 계절감각을 노래한 작품, ② 유년의 추억을 형상화한 작품, ③ 가족애 정신이 담긴 작품, ④ 교 육자로서의 면모 등으로 나누어 살펴보았다. 이렇게 나눈 것은 이 소 제목들이 이 시조집의 주된 소재나 주제를 이루고, 독자들에게 많은 깨달음을 주고, 인생의 가치를 실현하는데 도움이 되는 작품들이라 생 각했기 때문이다. 그 외도 ① 계절적인 소재를 다룬 작품으로 <주산

지의 봄날 아침>, <야생화>, <제비꽃>, <가을>, <단풍>, <연잎에서>, <자목련>, <폭염>, <해바라기> 등이 해당되는 것으로 파악되었다. ② 유년의 추억과 관련이 있는 작품에는 본론에서 다룬 작품 외에 <보리>, <텃밭>, <살구나무>, <가죽 반찬>, <감나무>, <고향 화첩>, <누렁이>, <배탈산>, <삼근이>, <신평동>, <알루미늄 도시락>, <유년의 고향> 등 다수가 있는 것으로 안다. ③ 가족애와 관련이 있는 작품으로는 이미 논의한 작품 외에 <아버지>, <어머니> 등 두 편밖에 안 보인다. 이것을 인간애로 확장시켜 생각하면 <삼근이>, <6학년 때 선생님>, <벗이여>, <재활용품 줍는 노인>, <한심한 사람> 등이 이에 해당한다. ④ 교육과 관련지을 수 있는 작품에는 이미 논의한 두 편 외에 <미술 시간>, <함께 해 볼래>, <1인 1역할>, <2인용 책상>, <괜찮아>, <난치병>, <내가 왕을>, <누구에게>, <눌산 분교장>, <뜀틀 시간에>, <비와 우정>, <예방 주사>, <옛 시골학교>, <풍금소리> 등을 들 수 있다. 이밖에도 꽃이나 식물 등 자연과 관련이 있는 작품, 사랑이나 인연 등 인간 문제와 관련이 있는 작품 등 그 소재나 제재가 다양하였다. 이처럼 다양하고 폭 넓은 소재를 다룰 수 있다는 것은 그만큼 시의 영역이 확대된 것을 의미하고, 무엇이든지 시조의 형식에 담아서 소화할 수 있다는 창작 능력을 검증해준 것이라 생각된다.

하여간에 논의한 ①을 통해서는 계절 감각이 뛰어나서 사계절의 변화하는 모습을 그냥 지나치지 못하고 그 감동과 정서를 시조 형식에 담은 것이라 하였고, 그러한 자연물을 표현할 때에 비유법을 구사해서 시적 능력을 보여주었다고 평가하였다. 논의한 ②를 통하여는 동물을 가엾게 여기고 사랑하는 정신이 작품을 통하여 형상화 되었다고 보았다. 또한 옛날의 생활 소재를 작품화 한 것은 사라져가는 것들에 대한 아쉬움과 우리 것을 아끼고 보존해야 된다는 주체의식의 발로라고 보았던 것이다. ③의 논의에서는 부모님이 고생하시면서 자녀들을 키우느라고 고생하신 사연과 그 부모의 은혜에 보답지 못하는 한을 노래하였고, <누나>라는 작품을 통해서는 자아의 따뜻한 마음씨와 동기간의 우애에 대하여 남다른 관심을 보여주었다고 평하였다. ④의 논의에서는 예병태 시인이 우리 교육계의 당면한 현실을 걱정하면서도 끝까지 우리 교육을 지키고 학생들 지도에 임하겠다는 뜻을 은유적으로 표현한 것이라 보았고, 또한 교직을 천직으로 알고 봉사하는 교육자요 참교육을 실천하는 지도자라고 평가하였다.

이러한 논의들을 종합해 볼 때 예시인의 작품 세계는 미래지향적이기보다는 과거 지향적이고, 도시적이기보다는 향토적이고, 상상력을 중시하기보다는 체험 면을 중시하였고, 부정적이기보다는 긍정적 인생관을 그의 작품에 표출하였다고 보았다. 시조의 형식이나 율격 면에서는 3장 6구의 정형을 잘 지키고, 음보율이나 음수율도 정격에 가깝고, 단수 시조보다는 연수 시조를 선호하는 것으로 보았다. 어떻든 그의 작품세계의 특징은 일상생활에서 일어나는 감흥과 직접 체험한 것을 작품의 대상으로 삼는 경향이 농후하여 이글의 제목을 "생활의 서정과 체험의 시학"이라 붙였다. 이번에 상재하는 시조집의 발간을 축하드리고, 앞으로도 계속 정진하고 노력하시기 바라고, 좋은 작품 많이 생산하시기를 바라면서 이만 작품 해설을 마무리 하는 바이다.

6. 자연과 인간과 고향을 사랑하는 정신

– 이일섭의 시세계

인간은 원천적으로 의식주 문제만 해결된다고 해서 살아 갈 수 있는 존재는 아니다. 그것은 인간이 물질적인 것보다는 정신적인 것에 더 가치를 두고 살아가기 때문이다. 그래서 인간에게는 윤리 도덕이 있고, 교육이나 문화 같은 것이 있고, 세계를 사랑하는 정이 있게 마련이다. 여기서 문학은 세계를 사랑하는 마음가짐 즉 자연과 인간을 사랑하는 데서 나오는 창작물인 것이다.

이러한 입론은 이일섭 시인의 작품세계를 설명하는데도 그대로 적용될 수 있으니, 그는 누구보다도 자연을 사랑하고 사람을 사랑하고 자기의 고향 여주를 사랑하는 향토 시인이라 생각되었기 때문이다.

이일섭 시인은 경기도 여주 출신으로 일찍이 여주 농고를 졸업하고 한국방송통신대학 국문학과를 졸업하였다. 조선일보, 매일경제 등에 기자 생활을 하면서 언론계에 종사한 바도 있지만, 그가 평생을 몸 바쳐 일한 곳은 세종대왕 유적 관리소이고, 평생 업으로 종사한 것은 문학수업 즉 시를 쓰는 일이었다.

그래서 1960년대 초반부터 시를 쓰기 시작했지만, 문단에 나오는 것 자체를 달갑게 생각지 않아 미루다가, 뒤늦게 「시와 시론」지를 통하여 문단 데뷔 과정을 마쳤다. 현재는 한국문협 회원, 경기문협 회원, 한국현대시인협 회원, 문협여주지부 부지부장으로 재임하면서 문단 활동이나 창작 활동에 왕성한 의욕을 보여주고 있는 형편이다. 이처럼 작가적 전기를 자세하게 소개한 것은 문학이론가 Wellk이 「文學과 傳記」라는 글에서 "예술작품이 가진 바 가장 명백한 원인은 그 작품의 창조자 즉 작가이다. 그러므로 작가의 개성과 생활에 대한 설명은 문학연구(文學研究)의 최고(最古)및 최량(最良)의 확립된 방법의 하나로 되어 있다"라는 설명을 긍정적으로 받아들였기 때문이다. 즉 작가의 개성과 생활에 대한 설명이 그의 문학 작품을 이해하는데 최고 최선의 방법이란 이야기다. 이러한 논법은 이일섭 시인의 두 번째 시집「날아가는 새」의 작품 세계를 논하는데 그대로 적용될 것이라 전제해 두면서 작가의 인생관이 작품자체를 형성하는데, 얼마나 큰 영향을 미치는가를 검증해 보고자 한다.

1) 자연 친화와 자연애 의식

태고에 그 자리 한목숨
거북의 등을 업고
향수에 젖어 어우러진
인고의 정이
하늘에 섭리를 순응하며
침묵의 언어를 소유한
늘 푸른 마음.

썩어가는 공기를
해맑게 하는 슬기로운 자비의 소유자
뼈아픈 인내의 삶 삭이고
늘 머리 숙이며 자성하는 모습

푸른 도포자락
너울너울 바람에 미소 지며
덧없는 광음도

느긋한 마음으로
누리를 관조하는
푸른 선비.

- 「푸른 노송」 전문

　이일섭 시인이 평생직장으로 근무했던 영릉에는 우리나라 그 어느
곳 보다도 푸른 노송들이 빽빽이 차 있다.

　그러니까 출근해서 퇴근할 때까지 많은 사람들을 대하며 살기도 하
지만, 어쩌면 이 많은 노송들을 대하면서 그것에서 배우고 대화하고
교유하면서 생활했다고 해도 과언은 아니다. 위 작품 <푸른 노송>도
그 노송들을 대하면서 친근감을 느꼈던 것이고, 그 노송들과 대화하고
의사소통을 하다 보니 조선시대의 절개 곧은 선비의 기개 같은 것을
느꼈다는 것이 전체의 내용이다.

　제1연에서 "거북의 등을 업고"는 소나무 껍질을 은유한 말로 이해되
고, "침묵의 언어를 소유한/ 푸른 마음"이라는 소나무의 내면세계를 형
용한 말로 이해된다. 이처럼 시인은 그 소나무의 외형뿐만 아니라 내
면세계까지 관찰 할 수 있는 혜안을 가졌다는 데에 남다른 특징이 있
다고 하겠다. 여기서 "푸른 마음"이란 소나무의 속성 즉 변치 않는 곧
은 절개를 상징한 말로 이해해야 되고, 사람으로 비유하면 의사, 열사,
기개 높은 선비들만이 이러한 마음의 소유자라는 것을 밝혀둔다.

　제2연에서는 이 노송(老松)을 나쁜 공기를 정화시켜 주는 슬기로운
자비의 소유차라 보았고, 뼈아픈 고뇌를 삭히고 늘 머리 숙이며 자성
하는 모습을 지닌 겸손한 사람이라고 보았다. 이 제2연에서 노송을 자
비로운 사람이나 겸손한 사람으로 비유한 것은 은유법을 쓴 것인데,
이러한 은유법을 구사함으로써 현대시는 그 시적 효과를 배가하고 있

는 것이다. 제3연에서는 역시 노송을 푸른 도포자락을 바람에 휘날리며 미소 짓는 선비라 보았고, 덧없는 세월을 느긋한 마음으로 관조하면서 살아가는 절개 곧은 선비라 보았다. 그러니까 이 작품에서는 푸른 노송=푸른 선비라는 등식이 성립되는데, 그 선비를 더 확대 해석하면 물질적으로는 가난하지만 정신적으로는 부유하게 살아가는 이 일섭 시인 자신을 상징한 것이라 보아진다.

아침 햇살에 어둠의 막이
서서히 떠나더니
함박눈이 내리네
흰 구름 조각조각 부서져
흰 꽃가루 휘날리네.

이산 저산
숲속의 대화
사랑의 꿈이 흐른다.

마을과 마을은 고산유수 같은
시정이 넘쳐 순박한
인정이 들녘으로 흐른다.

해 묵고 해 낡은 세월 자락도
질주만 하는 세파도
마음 한구석 때 묻은 먼지도
하얗게 하얗게 수놓는다.

몇 백 년 노송의
청청한 나래에

꽃이 피네 백학이 옹기종기
자리하네.

ー「흰 눈송이」 전문

이 작품의 시간적 배경은 흰 눈이 내리는 겨울이고, 하루의 시간으로 따지면 아침나절에 해당한다. 바로 그 시간 함박눈이 내린다 했고, 그 함박눈 내리는 모습을 제1연에서 흰 구름이 조각조각 부서져 흰 꽃가루가 날린다고 하였다. 흰 눈이 펑펑 쏟아지는 모습을 흰 꽃가루가 하늘에서 쏟아진다고 형용한 것은 시적 자아가 그 만큼 자연과 친화관계를 유지하고 사랑했기 때문에 가능한 것이다.

제2연을 통해서 보면 이 작품의 공간은 산이 많은 산속이고, 그 산속에는 숲이 우거져 나무들이 들어차 있음을 알 수 있다. 대개 공간을 열린 공간과 닫힌 공간으로 나누는 것이 상례인데, 이러한 기준으로 보면 이 작품의 공간은 열린 공간에 해당한다. 그처럼 열린 공간에 이산저산 숲속의 대화를 들을 수 있다 하였고, 사랑의 꿈이 흐른다고 하였다. 바로 이 제2연의 내용은 눈이 올 때 사각사각 내리는 소리를 사랑의 밀어로 인식한데서 온 것이고, 그러한 비유는 시적자아의 뛰어난 상상력이 발휘된 결과라고 생각한다.

제3연에서는 공간 이동의 현상을 나타냈는데 산에서 마을로 마을에서 다시 들녘으로 공간이 이동되었다. 그처럼 공간이 이동되면서 시정과 인정이 넘쳐흐른다고 했는데, 이러한 사연 또한 함박눈이 내리는 모습을 긍정적이고 사랑스러운 눈길로 바라보았기 때문에 가능한 것이다. 제4연에서는 함박눈이 내리면서 온 천지에 쌓이는 모습을 형용하였다. 월백설백천지백(月白雪白天地白)이란 말이 있듯이, 눈 덮인 산야는 백색세계(白色世界)로 뒤바뀌고 만다. 어디 산야뿐이겠는가, 시적자아는 해 낡은 세월자락도, 질주만 하는 세파도, 마음 한구석에 때 묻은 먼지도 하얗게 수놓는다고 하였다. 눈에 보이는 세계뿐 아니라 보이지 않는 내면의 세계까지도 희고 깨끗하게 해준다는 것을 이렇게 표현했다고 본다.

제5연에서는 다시 원점으로 돌아오는 공간이동이 실현되었으니, 몇 백 년 묵은 노송들이 있는 산속을 그 배경으로 하였다. 그 몇 백 년 묵은 노송이 장엄하게 서 있는 모습을 청청한 나래라 표현하였고, 그 노송의 가지와 잎사귀에 흰 눈이 쌓인 모습을 "꽃이 피네", "백학이 자리하네"라고 표현하였다. 이러한 표현들은 시적 자아의 참신한 비유와 뛰어난 상상력을 보는 것 같아 흐뭇하게 생각한다.

다 떠난 후
홀로 그리움 가득한 너

파란 하늘 흰 구름 한 점
기러기 떼 시공을 가르고

묵묵히 날아가는
낙엽의 사연
다소곳 미소 띠우며
기다리는 사랑이여

그 누가
보아 주지 않아도
그윽한 향수에 젖어
산자락 오솔길 서성이며
사유하는 여인아.

― 「들국화 2」 전문

시를 구성하는 요소에는 시어와 리듬과 이미지가 있다. 특히 시어 선택에는 비유와 상징법을 써야 좋은 작품을 생산할 수 있다. 이일섭 시인이 중점을 두는 것은 비유법 또는 의인법이라 하겠는데, 인용된 작품에서는 들국화를 "사유하는 여인"에 비유한 것이 특징이라고 하겠다. 여기서 들국화는 산이나 들에 저절로 나는 야생종(野生種)의 국화를 통틀어 이르는 말이다.

제1연과 2연 또는 3연에서는 이 작품의 시간적 배경을 제시해주고 있으니, "다 떠난 후", "기러기 떼", "낙엽의 사연" 등이 늦가을에서 초겨울에 해당된다는 것을 암시해 준다. 제1연에서 다 떠난 후라 한 것은 낙목한천(落木寒天)의 계절임을 나타내주고, 홀로 그리움이 가득한 <너>라고 이른 것은 삼라만상이 다 져버린 때에 들국화가 홀로 피어 있음을 형용한 것이다. 제2연에서는 마치 한 폭의 그림을 대한다는 느낌이 들었다. 파란 하늘에 흰 구름 한 점 떠가고 그 옆에 기러기 떼가 시공을 가르며 날아가는 모습은 한 폭의 그림을 연상케 하고, 또는 영화의 한 장면을 연상케 한다. 이러한 영상은 우리들 유년시절의 고향 하늘을 떠 올리게 되고, 과학문명이나 물질문명과는 거리가 먼 무공해의 자연 환경을 떠올리게 된다. 제3연에서는 그 들국화를 가리켜 다소곳이 미소 띠우며 기다리는 사랑이라 하였고, 제4연에서는 오솔길을 서성이며 사유하는 여인이라고 하였다. 그러니까 이 작품에서의 들국화는 자연 그대로의 들국화를 가리키기도 하지만, 그리움이 가득한 여인, 누군가를 기다리는 사랑의 여인, 산자락의 오솔길을 거닐면서 사색하는 여인으로 환치 되었다는 데에 큰 의미가 있다고 본다.

2) 나라와 겨레를 위하는 정신

무인년 오월 십오일
새날을 밝히는 오늘
오월 푸른 하늘 땅 끝까지
여민락을 가야금에 튕기는 님의 넋
북성산 낙맥 청청한 노송
화명과 더불어 이 우주에 올리어
약동한다.

과학적, 창조적, 진취적이고
용감무쌍한 훈민정음
웅비의 나래여 빛나라.

유네스코의 세계기록
국보 오십호로 등록되었기 아뢰옵니다.

한글이 더욱 빛나
그 서광이 뭇 백성 머리위에
해맑게 밝혀 주옵소서.
이 난국을 타파하여
저 정상에 다시 우뚝 서서
호랑이로 호령할 수 있는 축이 되게
하옵소서.

정치가 국민을 잘 살 수 있는 나라로
겨레가 결속하여
이 한파에 봄이 깃들어
이 안개를 거두어

늘 태양이 빛나는 날만 있게 하옵소서.

―「문화의 횃불」 전문

　이 작품에는 세종대왕 601돌 숭모제전 헌시라는 부제가 달려있다. 또 작품의 말미에「세종 장헌 영문 예우 인성 명효대왕 흠향 하옵소서」라는 구절이 있는 것을 보면 제사 때 올리는 축문형식을 취하였음을 알 수 있다. 그러면 세종대왕은 어떤 임금인가? 그는 조선 제4대왕으로 1418년부터 1450년 54세로 승하할 때 까지 32년간 재위하였다. 왕으로 재위하는 동안 역대 군왕 가운데 가장 많고, 가장 찬란한 업적을 남긴 임금이라고 하겠다. 그러나 그 많은 업적 가운데서도 가장 크고 빛나는 업적의 하나가 훈민정음을 창제한 사실이다. 그 위대한 임금은 지금 영릉에 누워계시고, 이일섭 시인은 그 영릉을 지키는 사제자이니, 그가 세종대왕을 위하여 이러한 헌시를 바치는 것은 당연하다고 본다. 제1연에서는 그 제사 지내는 날이 무인년 오월 십오일이라 하였고, 제전에서는 아악(雅樂)의 한가지인 여민락(與民樂)을 악기로 연주한다 하였고, 불성산 자락에 있는 청청한 노송들이 이 장면을 지켜본다고 하여, 제전 당일의 주위 환경과 행사의 분위기를 알 수 있게 하였다.

　제2연에서는 세종대왕이 창제한 훈민정음이 과학적, 창조적, 진취적이라 하였고, 제3연에서는 유네스코의 세계문화유산 기록에 국보 55호로 지정 되었다고 하여, 훈민정음이 세계적으로 인정받는 문화재라는 것을 인식 시켰다. 제4연에서는 한글이 더욱 빛나서 뭇 백성 머리 위를 해맑게 밝혀 달라고 청원하여, 이 시인의 애국애족 의식을 점쳐 볼 수 있게 하였다. 제5연에서도 IMF의 구제 금융을 받고 있는 이 경제 난국을 빨리 타파하여 세계정상에 우뚝 설 수 있게 해달라고 기도했으니, 이 또한 이시인의 애국애족 정신이 잘 반영된 단락이라고 하겠다.

　제5연에서는 정치가 국민을 잘 살 수 있는 나라로 만들어 달라고 해서 요즈음의 정치 불신 풍조를 반영했고, 그렇더라도 온 국민이 합심하고 단결하여 이 한파를 이겨내고 항상 태양이 빛나는 날만 있게 해달라고 청원하였다. 한마디로 이 작품은 세종대왕 숭모제전에 바친 헌시이지만, 실은 전지전능하신 세종대왕께 이 나라 이 백성이 어려움을 극복하고 잘 살게 해달라는 청원을 나타낸 기도문이라고 보아야 한다.

　　　　무궁무진한 저 바다로 가자
　　　　저 파도 소리 우리를 부른다
　　　　삼천리 금수강산 삼면이 바다
　　　　종달이 울어예는 저 푸른 창공
　　　　대 해협을 찾았다.

　　　　그립던 고향의 하늘 바다 땅
　　　　옛 넋들이여 산하의 맥박을 약동시킨
　　　　그 위대한 백의민족의 저력 아니드냐
　　　　지난 눈물을 거울삼아 모두다
　　　　바다 없던 나날을 상기하자.

　　　　북녘 하늘이여 우리의 형제여
　　　　광활한 옛 땅 만주벌 우리 민족이여
　　　　저 바다 뜨거운 파도 소리
　　　　저 함성 피를 토하는 소리

　　　　어부가를 부르며 바다로 가자
　　　　쇠사슬에서 이제는 자유로다

조국의 푸른 깃발 드높이 달아라
바다는 무궁무진한 보배의 창고다
가자 너 나 바다로 가자.

-「바다로 가자」 전문

위 작품에는 제목 그대로 <바다로 가자>는 말이 3번 되풀이 되었고, 그 밖에 <바다> 라는 용어도 5번이나 쓰이었다. 그러기에 위 작품의 공간은 바다라는 해양 공간이고, 그 해양공간에 진출하여 우리 민족의 기상을 드높이자는 것이 위 작품의 주제이다. 제1연에서는 "무궁무진한 저 바다로 가자"는 선전문을 앞에 내세웠다. 파도 소리가 우리들을 부르고 있다는 것이다. 더욱이 우리나라는 3면이 바다로 둘러싸였고, 푸른 창공과 대 해협을 소유하고 있으니 얼마든지 해외로 진출하기에 좋다고 하였다.

제2연에서는 그 옛날 나라를 빼앗겼을 때의 서러움을 상기하자고 하였다. 그때 나라를 되찾으려고 싸우시던 옛 영령들이야말로 위대한 백의민족의 저력을 말해주는 것이라 하였다.

제3연에서는 남북으로 갈라져 싸우는 우리민족의 비극과 만주와 세계 각지에 흩어져 사는 우리 민족들에게 힘을 합쳐 남북통일을 이룩해야 한다는 것을 역설하였다. 얼마나 그것이 절실하였으면 "온 누리의 한민족이여/ 저 바다 뜨거운 파도소리/ 저 함성 피를 토하는 소리"라고 절규 하였겠는가.

제4연은 사실상 제1연의 내용을 반복했다고 보겠는데, 바다로 그냥 가지 말고 어부가를 부르며 흥겹게 나아가자고 하였다. 조국의 푸른 깃발을 드높이 달고 바다로 나가자는 것이다. 바다는 무궁무진한 보배가 들어 있는 창고이니 우리 모두 함께 바다로 가자는 것이다. 이 작품 또한 이일섭 시인의 애국애족 의식을 발현시킨 작품이니, 바다로 진출하자는 씩씩한 기상을 나타냈다는 점에서 "텨.......ㄹ썩, 텨........ㄹ썩, 텩, 쏴.......아"라고 외쳐댔던 육당 최남선의 신체시 <해(海)에게서 소년에게>를 연상케 한다.

광복 50주년
가슴도 벅찬 새해 아침이다.
지난 날 숨 막히던 언어들 숨통이 터
태극기 물결 파도치던 날
손과 손을 맞잡고 온 누리에
아리랑 아리랑 노래 부르던 그 날

이 땅 산하(山河)도 선열도
피를 토하면서 푸른 함성으로
조국의 노래 불렀건만
그리하여 하늘도 응답 하였으리
미해결
문화재 반환 등등
아직도 3천리 강토엔
철조망으로 분단되어 있구나

1950년 6월 25일
동족상잔의 불바다 피바다
남으로 남으로 피난길
그 처절한 시절을 아는가
폐허 속에 기적을 낳은
한 마리의 비들기였다.

－「을해 년」 전문

이 작품은 제목이 <을해 년>이고 제1연의 내용 중에 "광복 50주년 / 가슴도 벅찬 새해 아침이다"라는 구절이 있는 것을 보면 1995년 1월 1일 새해를 맞이하면서 느낀 바를 적은 시라고 하겠다. 이 작품은 모두 7연으로 구성되었는데, 위에서부터 3연만 인용하였다.

제1연에서는 1945년 8월 15일 일제의 사슬에서 해방되던 날을 회상하면서 그 감격스러운 모습을 기술하였다. 바로 50년 전 그 날의 감격을 숨 막히던 언어들 숨통이 텄다고 표현하였고, 손에 손을 맞잡고 온 누리에서 아리랑을 노래 부르던 그 날이라고 표현하였다.

제2연에서는 그처럼 애타게 기다리던 해방이었건만, 아직도 미해결의 문제가 많고 남북이 분단된 채 철조망으로 막히어 있다는 사실을 한탄하였다. 제3연에서는 1950년 6월 25일 북괴의 남침으로 피비린내나는 전쟁이 일어났던 일을 회상하였다. 얼마나 처절했으면 그 전쟁을 "동족상잔의 불바다 피바다"라고 표현했겠는가.

그때 남으로 남으로 피난 갔던 일, 그리고 전후 폐허의 잿더미 속에서 한강의 기적을 이룬 우리의 경제 발전에 대하여 기술하였다. 제4연에서는 한강의 기적은 급속도로 발전했으나, 인재(人災) 때문에 일어난 삼풍백화점 붕괴사건, 성수대교 침몰사건, 대구시내 도시가스 폭발 사건에 대하여 언급하였다. 또 모든 사람들이 물질만능주의의 노예가 되어 자식이 부모를 죽이는 사건까지 일어난 것을 개탄하였다. 제5연에서는 황금만능주의, 매관매직, 잘못된 학교교육, 과외수업의 폐단에 대하여 언급했고, 제6연에서는 지난 시절 겪었던 고통을 교훈삼아 통일의 길로 나가야 한다는 것을 역설하였다. 제7연에서는 자연보호, 문화 창달, 남북통일, 세계화 문제 등을 열거하면서 온 국민의 동참을 촉구하였다.

이러한 내용 등으로 미루어 볼 때 이일섭 시인의 나라와 겨레를 위하는 정신이 얼마나 철저하고, 나라와 겨레의 앞날을 걱정하는 마음이 얼마나 큰가를 실증적으로 보여준 것이라 생각한다.

3) 가족과 임에 대한 그리움

유유히 흐르는 유서 깊은 남한강
여강 기슭에 무덤 없는 형의 영혼을
아우는 소리쳐 불러 보련다.

이글거리며 타오르는 백사장
역사의 뚜껑을 열 순간
유월에 산화된 형이여 전우여

청사에 그 이름 빛날
혼령을 너는 아느냐
늘 백두산 영봉에
태극기 날릴 날 머지 않았다던 형이여.

불여귀로 남는 한 이슬
한 송이 꽃 나라에 바치고
오랜 세월 동안 묵묵한 흐름
아우는 오늘 한없이 울었네.

－「남한강 전사」 전문

위 작품 <남한강 전사>는 그 내용 중에 "형의 영혼을/ 아우는 소리쳐 불러 보련다", "유월에 산화된 형이여 전우여" 하는 시구(詩句)들로 미루어 볼 때, 남한강 전투에서 전사한 형을 추모하며 쓴 시라는 것을 알 수 있다.

그리고 위 작품은 상당히 장시(長詩)로 되어있어, 일일이 인용하지 못하고 위에서부터 4연까지만 인용하였다. 이 또한 남북분단과 동족 상잔의 6·25전쟁 때문에 일어난 비극을 주제로 하였으니, 그 당시 전쟁의 참화가 얼마나 많은 사람들의 가슴을 멍들게 했는지 짐작이 가고도 남는다. 제1연에서는 이 작품의 공간적 배경이 제시되었으니, 그 공간은 유서 깊은 남한강가라는 것이고, 그 곳에서 아우는 형의 영혼을 소리쳐 불러본다고 하였다. 제2연에서도 이 작품의 공간이 제시되었으니, 이글거리며 타오르는 남한강가의 백사장이란 것이다. 그곳에서 6·25전쟁 때 전사한 형을 "유월에 산화된 형이여 전우여"라고 불러보았다. 제3연에서는 전사한 형의 넋을 청사에 그 이름 빛날 혼령이라 하였고, 그 형이 생전에 "백두산 영봉에 태극기 휘날릴 날이 멀지 않았다"고 하던 말씀을 상기시켰다. 제4연에서는 형의 존재를 "불여귀로 남는 한 이슬"이라 하였고, 한 송이 꽃과 같은 젊음을 나라에 바치고 오랜 세월을 묵묵히 지내왔다고 하였다.

그래서 이 아우는 형을 생각하면서 한없이 울고 있다는 것이 4연의 내용이다. 한마디로 이 작품은 가족에 대한 무한한 정과 그리움을 나타낸 것이다. 그 형을 생각하는 정이 얼마나 절실한지, 그 옛날 노계 박인로가 먼저 간 아우를 생각하면서 지은 형제우애(兄弟友愛)란 노래를 연상케 한다.

잠이 안 온 다오
그대가 오기까지에는

붉은 동백꽃 따들고
오신다던 날

"잠 못 이룬 새하얀 밤
그대가 오기까지는"

기다리는 이 그리움
그대가 알고 있을까

창문 활짝 열어도
혹시나 그대가 왔을까

파도 소리만 밤 여울
고요를 흔드는 밤 여울

오늘도 내일도
그대가 오기까지는.

　　　　　　　　　　　　　　　－「그대가 오기까지는」 전문

　위 작품 <그대가 오기까지는>은 임을 그리워하고 그 임이 찾아오기를 바라는 마음에서 쓴 연정시에 속한다. 이 작품에서 <그대>라는 대명사는 <임>이라는 말로 환치 시킬 수 있는데, 우리 고전시가에서는 <임>을 주로 <임금>을 나타내는 말로 이해했다. 그러나 고전시가에서도 여류들 작품에 나타난 <임>은 그들이 사랑하는 사대부나 남성을 가리키는 것으로 알려졌다. 또 일제시대 우리 선인들의 작품 속에 사용된 <임>은 조국을 의미한다고 해석했다. 하지만 이일섭 시인의 작품에 등장하는 임은 그가 그리워하고 만나보고 싶어 하는 미지의 여류라고 보아야겠다. 그래서 그대가 오기까지는 잠이 안온다고 했던 것이고, "붉은 동백꽃을 따들고 찾아온다고 했던 약속"이 지켜지기를 믿고 있었던 것이다. "잠 못 이룬 새하얀 밤", "기다리는 이 그리움", "혹시나 그대가 왔을까" 하는 말들에서 임을 사모하는 정이 절실했음을 그대로 증명해준다. 그처럼 기다리는 <임>이건만 끝내 찾아오지 않았다는 것은 "파도소리만 밤 여울", "오늘도 내일도 그대가 오기까지는"이라는 구절들을 통하여 미루어 짐작할 수 있다.

이일섭 시인을 외형적으로 대하면 누구보다도 꿋꿋한 의지의 사나이 같은데, 그의 내면세계에 이처럼 다정다감한 면도 있었는가 싶어 놀라움을 느끼게 한다.

> 사랑은 가슴 아픔이요
> 그리움은 고요한 사념이라
> 밤 여울 시공도 고요히 흐르는데
> 어이타 잠 못 이룬 이 한 밤.
>
> 강변 초원 길
> 나 홀로 산책은
> 그리운 그 이름을 그리노라
>
> 어디서 부르는 소리
> 그것은 나 홀로 사랑의 그리움
> 이별의 가슴 쓰린 그날이여
>
> 잊으리 잊을지라도
> 그날의 네 모습을 잊을까
> 그리운 사람아
>
> 내 마음은 변함없는 돌이요
> 생각하는 갈대이어라
>
> 달빛도 울어예는 강변
> 가오는 사람아

사랑하는 사람아

　　　　　　　　　　-「잊으리 잊을지라도」 전문

　여기 인용한 작품 <잊으리 잊을지라도>는 연정을 주제로 했다는
점에서 앞에서 논의한 작품과 동궤의 것이다. 인간은 원천적으로 누군
가를 그리워하면서 살게 되어있으니, 이일섭이라고 해서 예외는 아니
라고 생각한다. 이 작품의 시간은 한밤중이고 공간은 달빛이 환하게
비치는 강변이다. 그러니 그 옛날 사랑을 함께 나누던 옛 임이 생각 날
수밖에… 제1연에서 "사랑은 가슴 아픔이요/ 그리움은 고요한 사념이
라"고 한 것은 정말로 명언이라고 생각한다. 바로 그 사랑과 그리움 때
문에 강변에 나왔던 것이고, 밤 여울을 응시했던 것이고, 잠을 이루지
못하게 되었던 것이다.

　제2연에서는 강변 초원길을 거닐면서 그리운 이의 이름을 불러본다
는 것이고, 제3연에서는 나 홀로 옛사랑을 그리워하면서 이별의 가슴
쓰린 그날을 회상해 본다는 것이다. 제4연에서는 "내 마음은 변함없는
돌이요/ 생각하는 갈대이다"라 한 것도 명언이라고 생각한다. "잊으리
잊을지라도/ 그날의 네 모습을 잊을까" 라고 하는 대목에서는 참사랑
의 진면목을 보는듯하여 진한 감동을 준다.

　제5연에서는 달빛도 울어예는 강변이라고 했는데, 이쯤 되면 삼라
만상이 다 울어예는 강변이라고 표현했어야 마땅하다고 본다. 얼마나
그 이별이 안타까웠으면 "가오는 사람아/ 사랑하는 사람아"라고 외쳐
댔겠는가. 그 옛날 고구려 제2대 유리왕이 지은 <황조가>로부터 현
금에 이르기까지 이별의 안타까움을 노래 한 것, 사랑을 주제로 한 시
편들은 이루 헤아릴 수 없이 많다. 그때마다 이러한 작품들이 감동을
주는 것은 우리 인간들의 보편적 정서를 형상화했기 때문이다.

4) 고향 여주를 사랑하고 노래함

봉미산 강 언덕
바람은 침묵으로 누운 채
천년의 숨결 우아한 벽절.

어스름 달밤
강심에 산자락을
길게 드리우고
거울을 고요히 보네

구름도 달려와
깜빡이는 어둠에
구름 한 조각
빗기어 흐르고

천년 벽 탑
옛 스님 두루마기 날리며
서린 애환
기도의 목탁소리

　　　　　　　　　　　　　　　　－「신륵사」 전문

　신륵사는 대한 불교 조계종 제2교구 본사인 용주사의 말사로 되어
있다. 신라 진평왕 때 원효대사가 창건하였다고 하나 정확한 내용은
알 수 없다. 절 이름을 신륵사라 한 데에는 두 가지 전설이 있다. 첫째
는 미륵 또는 왕사 나옹이 신기한 굴레로 용마를 막았다는 전설에 의
한 것이다. 두 번째로는 고려 고종 때 건너편 마을에 나타난 용마가 걷
잡을 수 없이 사나웠으므로 사람들이 잡을 수가 없었는데, 이때 인당

대사(印塘大師)가 고삐를 잡으니 말이 순해져서 신력으로 제압하였다는 뜻에서 이 절 이름을 신륵사라 하였다는 것이다.

하여간에 신륵사의 자리는 여주를 대표할 만한 명승지이다. 그러니 여주를 지키는 향토시인 이일섭이 이 <신륵사>를 제재로 하여 한편의 시를 읊는 것은 당연하다고 본다. 제1연에서는 이 작품의 공간을 나타내었는데, 그 공간은 봉미산 강 언덕이란 것이다. 그 강 언덕 위에 자리한 신륵사는 천년의 숨결을 지녔고 우아하기 이를 데 없는 벽절이라고 하였다.

제2연에서는 이 작품의 시간을 나타내었는데 어스름 달밤이란 것이다. 강심에는 산자락이 비치고, 그 강물이 어찌나 맑고 고운지 마치 거울을 들여다보는 것 같다고 하였다. 제3연에서는 구름도 달려와 어둠 속에 흐른다 하였고, 제4연에서는 옛 스님의 애환이 서린 곳인데 기도의 목탁소리 들려온다고 하였다.

이 작품은 원래 7연으로 구성되었는데, 여기서는 4연까지만 인용하고 해석하였다. 특히 제7연의 "어둠을 두다리나/ 법고의 은은한 울림/ 선종이 울린다"고 한 표현은 멋지다고 생각한다. 끝으로 여주의 시인, 여주를 지키는 향토시인 이일섭이 이 <신륵사>를 노래한 것은 그의 애향심과 관계가 깊다는 것을 부언해 둔다.

여강 언저리 황금벌
바람이 날아 갈 적마다
너울너울 춤추던 청보리

그 옛날
강 건너 우직한 황소의 울음소리
백로가 원무(圓舞)하던

파아란 하늘
청보리 밭 노고지리
파아란 물결소리

아버님의 담배연기
청보리 피리소리

강 나루터 뱃사공의 노래 소리
옛 노래 부르며
다들 어디로
떠나갔나?

―「청보리」전문

위 작품 <청보리>는 이일섭 시인이 그 옛날 유년 시절을 회상하면서 아름다운 추억을 노래한 회고가이다. 누군가 인간들은 추억을 먹고 산다는 이야기를 했는데, 지난 일을 생각하면 아름답게 느껴지고 그리워지기도 하는 것은 인지상정이라고 하겠다. 제1연에서는 여강 언저리에 있는 황금벌판에서 바람이 불적마다 청보리가 너울너울 춤추던 시절이 있었다는 것이다. 그 옛날 50~60년대에는 여름철에 밀·보리밭을 많이 볼 수 있었는데, 지금은 농촌 들녘을 지나가도 이런 밀밭이나 보리밭을 거의 볼 수 없어 안타깝다는 생각이 든다.

제2연에서도 그 옛날의 정경을 노래하고 있다. 강 건너 들판에서 들려오던 황소의 울음소리, 그 들녘을 원무 하던 백로들, 이런 것들이 모두 아름답게 느껴지고 그립다는 이야기다. 제3연에서는 푸른 하늘, 청보리 밭의 노고지리, 파아란 물결 소리를 떠올렸고, 제4연에서는 아버님의 담배연기와 보리피리를 떠올렸다.

제5연에서는 나루터 뱃사공의 노래 소리를 떠올렸는데, 이들은 지금 그 자취를 볼 수 없으니 "다들 어디로/ 떠나갔나" 라고 자탄의 소리를 하였다. 이러한 유년기를 회상하면서 이일섭 시인은 고향을 생각하고 여주를 생각하고 우리의 옛것을 사랑하는 주체의식을 나타내었다. 그런 점에서 이시인은 진보적이거나 혁신적이기 보다는 우리의 전통적 정서에 기대어 작품을 생산하는 전통시인이요 향토시인이요 낭만시인이라고 생각한다.

이제까지 이일섭 시인의 작품세계를 ① 자연 친화와 자연애 의식 ② 나라와 겨레를 위하는 정신 ③ 가족과 임에 대한 그리움 ④ 고향 여주를 사랑하고 노래함 등 네 항목으로 나누어 살펴보았다. 그 결과 이시인은 자연을 노래하고 인간을 존중하고, 그의 고향 여주를 사랑하고, 자신의 유년 시절을 그리워한다는 사실을 알게 되었다. 특히 그는 여주 영릉에 직장을 두고 근무해서 그런지는 몰라도 세종대왕을 존경하는 마음은 종교적 경지에 이르렀다고 할만하다. 어떻든 이 세상 모든 사람들이 그 나름의 개성과 특징을 지니고 있듯이, 이시인의 작품들도 그 나름의 개성과 특징을 지니고 있는 것이다.

첫째 이시인의 모든 작품들은 독자가 쉽게 접근 할 수 있고, 이해하는데 별 어려움이 없다는 특징이 있다. 대부분의 난해시를 쓰는 사람들은 고차원의 은유나 상징법을 쓰기 때문이 아니라, 초현실주의가 추구하던 일상적 어법의 파괴나, 러시아 형식주의가 제시하는 낯설게 만들기의 수법을 원용하기 때문에 그런 것으로 안다. 아니면 시 문장에 대한 비문법적 관습도 작용하기 때문에 그런 것으로 안다. 이유야 어떻든 간에 난해시를 써서 독자를 골치 아프게 만드는 것은 남을 괴롭히는 일 외에 아무것도 아니라는 사실을 깨달아야겠다. 그런데 이시인의 작품은 읽는 이에게 부담을 주지 않고, 그러면서도 많은 감동을 주고 있으니 그 나름의 시적성과를 거두었다고 본다.

둘째 이시인의 작품은 전통적 소재들을 즐겨 쓴다는 특징이 있다. 세종대왕, 영릉, 신륵사, 피난길, 초가지붕의 박, 향수의 강, 그리움, 북소리, 등 이루 열거 할 수 없을 정도다. 그러니 그의 작품 속에는 우리의 옛것을 아끼고 사랑하고 지키려는 정신이 강하게 나타난다. 그렇기 때문에 미래지향적이기 보다는 과거지향적이고 진취적이기보다는 보수적이고, 급진적이기보다는 점진적 성향을 띄고 있다.

셋째 그의 작품 속에 나타난 의식세계는 긍정적 인생관을 지니고 있다는 점이다. 요즈음 우리들 주변에는 세상을 바른 눈으로 보지 못하고, 사시처럼 모든 것을 부정적으로 보는 부류들이 많다. 이들은 제가 하는 일만 옳고 남이 하는 일은 모두 그르다고 비판한다. 그리고는 사사건건 시비조로 나온다. 이런 인간들이 많은 세상에 이시인처럼 긍정적 인생관을 지니고 있다는 것이 얼마나 좋은가. 그렇기 때문에 이시인은 모든 사물들을 애정 어린 눈으로 바라본다. 자연을 사랑하고 인간을 사랑하고 고향을 사랑하고 자기의 과거를 사랑한다. 그래서 이 글의 제목도 "자연과 인간과 고향을 사랑하는 정신"이라고 붙였다. 아무튼 이번에 출간되는 이일섭 시인의 제2시집이 우리 시단에 많은 빛을 더해주고 시 문학 발전에 크게 이바지 해 줄 것을 기대하면서 장황한 논의를 마치고자 한다.

7. 풍부한 상상력과 함축성과 언어미의 조화

— 문재옥의 시세계

문학은 인간을 떠나서는 존재할 수 없다. 그래서 인생학이라 하고 인간학이라고도 한다. 어떻게 보면 인간을 탐구하거나 인생의 의미를 부여하거나 인생의 가치를 평가하는 작업을 문학이라 할 수 있다. 또한 문학은 인간의 사상, 감정, 체험, 상상 등을 어떤 형식에 담아서 표현하는 작업이라 한다. 그리고 문학에서 제일 중요한 것은 소통 문제이다. 작자와 독자와의 소통, 같은 작가끼리의 소통, 작품과 그 작품을 읽는 독자와의 소통 등이다. 그런데 현대시나 현대시조에는 소통이 안되어 작자 따로, 독자 따로 노는 경우가 많다. 그래서 아무리 여러 번 읽어도 무슨 소리인지 모르겠는 작품이 버젓이 행세하는데, 이런 작품이나, 이런 작품을 생산하는 시인일수록 목에다 힘을 주고 큰소리치는 경우를 많이 보게 된다.

다시 말하면 작품을 쓴 자신은 알겠는데, 그것을 읽는 독자는 무슨 소리인지 모르겠다는 의미이다. 그러니 문학과 독자와의 거리가 멀어지고, 더 나아가 아예 문학을 외면하는 경향이 요즘의 추세다. 하여간에 아무리 잘 썼다고 선전하는 작품들도 독자에게 읽히지 않는다면, 그것은 작품이 아니라 한낱 구호요 말의 유희에 지나지 않는다는 것을 명심해야겠다.

그런데 문재옥(文在玉) 시인의 열 번째 시집「아름다운 사람들」을 읽어보니 소통이 잘 되고 잘 읽혀서 참으로 다행이라 생각한다. 그러면서도 시의 내용에 여유 공간을 많이 두어 독자가 풍부한 상상력을 발휘하고 자유로운 해석을 할 수 있게 배려하였다. 또한 함축성이 많아서 같은 시어라도 여러 가지 해석을 가능케 했고, 시의 문장과 구조가 단단하여 긴장감을 느낄 수 있게 했고, 거기에 쓰인 시어들을 잘 부려 써서 언어미, 운율미 같은 것을 느끼게 해주었다. 그래서 필자는 이글의 제목을 "풍부한 상상력과 함축성과 언어미의 조화"라고 붙여 본 것이다.

문재옥 시인은 1989년 시집 「저녁 강물」로 작품 활동을 시작했고, 1990년에 <동양문학>으로 등단의 절차를 거쳐서 우리 문단에 입문하였다. 그 이후 열심히 시작 수련을 하고, 기법을 익히고, 우리말을 갈고 닦아서 수준 있는 작품을 생산하고 이번에 열 번째 시집을 상재하기에 이른 것이다. 그의 경력을 보면 '응암 초등학교 교장'을 역임했는데, 작품을 보면 교훈적인 내용이 없고, 교육자 냄새도 풍기지 않은 것으로 파악되었다. 그야말로 순수문학을 지향하는 정격의 시인이라 생각된다. 대중성보다는 문학성을 중시하고, 시류에 편승하기보다는 문학인으로서의 정도를 걷는 모습을 보여 주었다. 이러한 문학관이 그의 작품 속에 그대로 용해되거나 표출되어 남다른 경지를 보여 주었던 것이다. 이런 점들에 유의하면서 그의 작품을 읽고, 해석하고, 감상하는 동시에 앞에서 논의한 점들을 검증해 나가고자 한다.

1) 인생의 의미가 함축된 작품

잘 오지 않는 그 무엇을
올 것만 같은 그 무엇을
마냥 기다리며 사는 거라고

그 잘 오지 않는 무엇 때문에
그 올 것만 같은 무엇 때문에

하냥 그리워 하며 사는 거라고

올 듯 올 듯한 그 무엇이 있어
이제나 저제나 하는 그 무엇이 있어
이냥 저냥 내처 사는 거라고

-「삶의 옹아리」 전문

위 작품의 제목은 <삶의 옹아리>이다. 그러면 '옹아리'란 무엇인가. 국어사전에는 '옹아리'가 아니고 '옹알이'라고 표기되어 있다. 그 뜻은 말을 배우기 시작한 어린 아이가 자기의 감정을 똑똑하지 않은 음성으로 나타내는 것을 일컫는다. 그렇기 때문에 예의 작품은 "인생의 삶은 이런 것이다"라고 나름대로 개진한 것이라 볼 수 있다. 사람에 따라서 다르긴 해도 우리는 "잘 오지 않는 그 무엇을" 마냥 기다리면서 살아간다. 또한 "올 것만 같은 그 무엇을" 마냥 기다리면서 사는 것이다.

그렇다면 이 작품에서 이야기하는 "그 무엇"의 정체는 무어란 말인가. 무엇이 잘 오지 않는 그 무엇이고, 올 것만 같은 그 무엇이란 말인가? 그리고 우리는 왜 그것을 마냥 기다리면서 살아가야 하는가. 필자는 "그 무엇"의 정체를 인간이면 누구나 추구하는 행복이라고 생각한다. 그 외 사랑하는 이, 명예, 부, 자기의 소원 같은 것을 의미할 것이라고 단언한다. 그러나 이런 것들은 잘 오지도 않고, 그러면서도 금방 올 것 같기도 하기에 마냥 기다리면서 살아간다고 했던 것이다.

제2연의 내용도 제1연의 패턴과 대동소이하다. 그 잘 오지 않는 것 때문에 하냥 그리워하면서 사는 거라고 했다. 그 올 것만 같은 무엇 때문에 하냥 그리워하면서 사는 거라고 했다. 제1연과 달라진 것은 '마냥'이 '하냥'으로 바뀌고, '기다리며 사는'이 '그리워하며 사는'으로 바

꿰었을 뿐이다. 그러니 우리 인간은 아니 우리의 삶은 무엇을 기다리며 사는 것이고, 무엇을 그리워하면서 사는 것이라 했는데, 이러한 내용에 이의를 달 사람은 없을 것이라 생각한다. 누구나 수긍하고 동감할 것이라 생각한다.

제3연은 이 작품의 결론격이다. 올 듯 올 듯한 그 무엇이 있어, 이제나 저제나 하는 그 무엇이 있어, 그냥 저냥 내처 사는 것이 인생이라고 하였다. 그렇게 올 것만 같은 행복이, 이제나 저제나 하면서 바라는 성공이 이루어지면 다행이고 안 이루어져도 어쩔 수 없는 것이 인생이다. 그래서 "이냥 저냥 내처 사는 거"라고 정의하였다. 이래도 한 세상 저래도 한 세상 우리는 그렇게 한 세상 살다 가는 존재다. 한마디로 이 작품은 우리에게 인생의 의미를 던져준 데에 묘미가 있고, 그만큼 문시인이 산전수전 다 겪으면서 터득한 인생의 의미를 수필이 아니라 시로써 형상화시킨 데에 의의가 있다고 생각한다.

사랑 앞에는 산이 있습니다
오르고 올라야 할 산이 있습니다
오르면 내려가야 할 산이 있습니다
내려가면 또 올라가야 하는
또 다른 산도 있습니다
사랑은 산행입니다
정상에서 바라보는
기쁨도 잠시
다시 내려가고 올라가야 하는
사랑은 긴 산행입니다
우리의 삶을 아름답게 다잡아 주는

고단한 산행입니다.

－「사랑은 산행입니다」 전문

사랑을 주제로 한 작품은 너무 많은 시인들이 노래해서 그 수를 헤아릴 수 없을 정도다. 그 옛날 고구려의 유리왕이 지었다고 하는 <황조가>도 일종의 사랑 노래다. "펄펄 나는 저 꾀꼬리/ 암수 서로 어울리는데/ 외로울사 이 내 몸은/ 누구와 함께 돌아갈꼬." 이 노래는 「삼국사기」 고구려 본기 제1 유리왕 3년 조에 그 배경설화와 함께 한역가로 전해온다. 그 배경설화를 참고하면 이 노래를 지은 작자는 유리왕이고, 그 지은 시기는 나뭇잎이 무성하고 꾀꼬리가 노니는 여름철이고, 그 지은 연대는 유리왕 3년 이후가 되고, 그 내용은 유리왕이 아내 잃은 슬픔에서 지었다고 하니 애정의 갈등 문제를 주제로 하였다.

이처럼 사랑이나 애정을 주제로 한 작품은 부지기수이나, 상기 예로 든 작품은 사랑을 주제로 했다기보다는 일종의 '사랑학'을 제시한 것으로 이해된다. 어떻든 문재옥의 위 작품은 그 사랑을 '산행'에 비유하였다. 그래서 사랑 앞에는 산이 있고, 오르고 올라야 할 산이 있고, 오르면 내려가야 할 산이 있다고 했던 것이다. 내려가면 또 올라가야 하는 또 다른 산도 있다고 했던 것이다. 그러니까 평지를 걸을 때처럼 순탄한 것이 아니라 산을 오르고 내릴 때처럼 힘든 고비를 겪어야 한다는 이야기다. 문제는 "정상에서 바라보는 기쁨도 잠시"라고 한 데에 있다. 그 사랑의 기쁨이 오랜 시간 유지되지 않는다는 이야기다. 왜냐 하면 산행처럼 다시 내려가고 올라가야 하는 일이 반복되기 때문이다. 그래서 "사랑은 긴 산행이다"라고 결론을 내렸다. 이러한 결론을 보고서 이 해설자는 위 작품을 '사랑학'과 같다고 하였다. 그런데 그 사랑이 우리의 삶을 아름답게 다잡아 주고, 그러면서도 그것을 고단한 산행이라고 한 데에 표현의 묘미가 있는 것이다.

> 하늘은 구름을 내려다보며 살고
> 구름은 새들을 내려다보며 살고
> 새들은 나무를 내려다보며 살고
> 나무는 땅을 내려다보며 사는데
> 땅에 사는 사람들은
> 언제나 올려다보며 산다
> 눈 보다 높은
> 그 무엇인가를 올려다보며 산다.
> 잡아도 쥐어지지 않는
> 그 무엇인가를
>
> —「내려 보기」 전문

이 작품의 핵심은 모든 사물이 모두 아래를 내려다보면서 사는데, 왜 사람은 위를 올려다보면서 사느냐 하는 문제를 화두로 삼은데 있다. 그래서 하늘은 구름을 내려다보고, 구름은 새들을 내려다보고, 새들은 나무를 내려다보고, 나무는 땅을 내려다보면서 산다고 하였다. 이러한 사실은 모든 사람들이 다 아는 이야기다. 그러나 누구도 "하늘은 구름을 내려다보면서 산다"고 이야기하지 않았다. 그래서 시인은 남이 한 이야기, 늘 듣고 있는 이야기를 시로 쓰는 것이 아니라, 남이 하지 않은 이야기, 처음 들어보는 이야기를 시로 쓰는 특이한 사람에 속한다.

그런데 시적 화자가 참으로 하고 싶은 이야기는 그 다음에 나온다. 모든 사물이 다 내려다보면서 사는데, 땅에 사는 사람들은 위를 올려다보면서 산다는 것이다. 눈보다 높은 그 무엇인가를 올려다보면서 산다는 것이다. 여기서 문제는 "그 무엇"의 정체가 무엇이냐 하는 물음이다. 높은 지위, 명예, 부, 사랑, 행복, 희망, 이상, 목표 등 여러 가지를 제시할 수 있다. 그런데 그 무엇에 대한 정체를 조금이나마 헤아릴 수 있게 해주는 것이 그 다음 구절에 나온다. "잡아도 쥐어지지 않는 그 무엇"이라고 하였다. 잡아도 쥐어지지 않는 것에 제일 먼저 떠오르는 것이 무지개다.

그러나 이 작품의 내용을 미루어보면 '무지개'를 염두에 두고 한 이야기 같지는 않다. 필자의 관견으로는 아무래도 인간들이 늘 올려다보면서 바라는 것은 '행복'이나 '이상' 같은 것이라고 생각한다. 우리 인간은 모두 너나 할 것 없이, 저 멀리 또는 높은 곳에 있다고 생각하는 '행복'을 찾고 '이상'을 실현하기 위하여 부단히 노력하기 때문이다. 그러나 그 행복이나 이상 같은 것은 실체가 없기 때문에, "잡아도 쥐어지지 않는 그 무엇"에 해당한다고 보는 것이다.

2) 체험과 상상력 문제

> 찬 기운이 가시지 않은 아침
> 화단에 솟아오르는 여린 풀잎을 만져보니
> 눈물이 묻어 있다
> 이 어린 목숨이
> 고통부터 배우며 나오나 보다
>
> —「새봄의 상상력 1」 전문

이 작품은 제목에서 보여준 대로 '상상력'이 동원되었다. 정서가 문학을 만드는 근본적 요소라면, 상상(想像)은 문학의 창조성을 더해주는 요소로 보아야 한다. 즉 문학작품 속에서의 '상상'이란 이미지를 형성하고 문학의 독창성을 만들어주는 요소라 하겠다. 그러나 상상은 과거 체험의 소재들을 결합해서 새로운 세계를 만들어내는 것이지, 완전히 '무'에서 '유'를 만들어내는 창조가 아니라는 것을 인식해야겠다.

하여간에 시는 체험과 상상이 융합되고 조화되어 하나의 새로운 세계를 만들어내는 작업이다. 그러나 작품에 따라서 다르긴 하지만 어디까지가 체험의 세계이고, 어디서부터 상상의 세계로 보아야 하는지 그 경계선이 명확하지 않은 것도 사실이다. 필자의 소견으로는 그 작품이 체험 쪽에 치우쳐 있으면 문학성이 떨어지고 상상 쪽에 치우쳐 있으면 문학성이 뛰어나다는 평가를 받는다고 본다. 그래서 제일 무난한 것은 체험이 50%, 상상이 50% 정도로 배합되고 구성되었으면 무난한 작품으로 평가받을 수 있다고 생각하는 것이다.

위에서 예로 든 작품은 그 제목이 <새봄의 상상력1>이니까 계절적인 배경은 이른 봄이다. 그리고 첫 행에서 "찬 기운이 가시지 않은 아침"이라 했으니, 시간적 배경은 하루 중에서 아침 시간에 해당한다. 그리고 제2행을 보면 공간적 배경은 화초나 나무가 있는 화단인데, 이제 새싹이 돋아나기 시작한 상태라는 것을 알 수 있다. 왜냐 하면 '여린 풀잎'을 만져본다고 표현했기 때문이다. 그런데 그 여린 풀잎에 이슬이 묻어 있는 것이 아니라, '눈물이 묻어 있다'고 한 데에 시적 상상력은 동원된 것이다. 실제로는 '이슬'이라 하더라도 작가는 그것을 '눈물'로 인식하고 표현할 수 있기 때문이다.

그러면 왜 이슬을 눈물이라 표현했는가? 그 다음 행에 나오는 대로 "이 어린 목숨이/ 고통부터 배우며 나온다"고 인식했기 때문이다. 그런 점에서 이 작품은 단순히 자연을 노래한 것이 아니라, 그 자연을 통해서 '인간 문제'를 다룬 것으로 해석되어진다. 그러니까 "여린 풀잎"은

"어린 목숨"으로 환치되었기에 "갓난아기"를 은유한 것으로 보아야 한다. 사실 인간은 어떻게 보면 즐거움을 누리면서 살기도 하지만, 그보다는 고통을 겪으면서 사는 경우가 많다. 그 고통도 어느 정도 성장해서 겪는 것이 아니라, 모체에서 태어날 때부터 그 고통은 시작된 것이라고 보아야 하기 때문이다. 그런 점에서 위의 작품은 식물의 세계를 통해서 인간의 세계를 다루었고, 거기에 새로운 의미를 부여해서 우리들에게 깨달음을 준 데에 의의가 있다고 생각한다.

> 늦가을 잔디밭에 엎디어
> 귀대고 들어보니 풀들이
> 수런거리는 소리가 들린다
>
> "옷 한 번 바꾸어 입었는데
> 돌아갈 날이 다 되었어!"
> "산다는 게 잠깐이야!"
>
> 지는 해도 힘이 부친 듯
> 비스듬히 서서
> 산을 넘는다.

― 「황혼」 전문

모든 문학이 정서와 상상을 기본적 요소로 삼고 있지만 특히 시에서는 두드러진다. 정서는 순화된 인간의 감정이며 문학을 예술답게 해주는 기능을 지닌다. 또한 상상은 예술의 무한한 세계를 확대하면서 창조적 기능을 다한다. 허드슨은 '시적'이라 할 때 우리는 정서적이고 상상적인 것으로 이해한다고 말하면서, 시는 상상과 감정을 통한 생명의 해석이라는 정의를 내리고 있다. 시문학에 있어서 이 정서나 감정이 차지하는 비중은 절대적이라 해도 과언 아니다(홍문표의 「현대시학」 참조). 정서와 상상의 문제를 인용해 보았거니와, 우리가 자주 접하는 서정시는 주로 읽기 위해 쓰여진 시, 개인적인 감정을 표현하는 짧은 시를 의미한다. 여기서 말하는 개인적인 감정이란 개인의 정서, 상상 또는 사상까지를 포함하는 말이다.

이러한 요소들을 고려할 때, 위에 예로 든 작품은 한편의 훌륭한 서정시이다. 서정시의 특징은 주관적이고 개인적이며, 정서가 중심이 되고, 음악성 즉 리듬이 중시되며, 과거의 사건을 서술한 것이 아니라 현재적인 표현을 하는데 있다. 또한 서정시의 특징은 압축미를 요구하는 단시라는 점도 고려의 대상이다. 하여간에 위에 예로 든 작품은 이러한 제반 요건을 잘 갖춘 한편의 서정시라 생각되고, 그런 점에서 풍부한 상상력이 동원되었을 것이라 예견되는 것이다.

상기 작품의 제1연에서 "늦가을 잔디밭에 엎디어/ 귀대고 들어보니 풀들이/ 수런거리는 소리가 들린다"고 하였다. 그러니까 계절적인 배경은 늦가을이고 공간적 배경은 잔디밭이다. 제목을 '황혼'이라 했는데, 첫 행의 '늦가을'이란 말과도 일맥상통한다. 어쩌면 '황혼'은 문재옥 시인의 연치를 상징한 것일 수도 있다. 그런데 문제는 잔디들의 수런거리는 소리가 들린다고 한 데에 있다. 이처럼 시의 세계에서는 남들이 보지 못하는 부문을 보아야 하고, 남들이 듣지 못하는 소리를 들을 수 있어야 한다.

제2연은 잔디들이 수런거리는 소리를 옮겨 적은 것이다. "옷 한 번 바꾸어 입었는데/ 돌아갈 날이 다 되었다"는 것이고, 그래서 산다는 게 모두 잠깐이라고 하였다. 바로 이 제2연의 내용이야말로 작자의 풍부한 상상력을 증명해 주는 예이다. 옷을 바꾸어 입었다는 것은 잔디가

누렇게 변질된 것을 의미하고, 산다는 게 잠깐이라고 한 것은 그 잔디의 수명이 다해간다는 것을 은유한 것이다. 이것을 어찌 잔디만의 이야기라고 못 들은 체 할 수 있겠는가. 바로 나의 이야기요 우리들의 이야기요 나아가서 인간 모두에게 해당되는 명언이다. 그만큼 인생의 의미가 무엇인가를 되새기게 해주고 겸허하게 살아가야 된다는 것을 암시적으로 나타낸 메시지라고 하겠다.

그리고 "지는 해도 힘이 부친 듯/ 비스듬히 서서/ 산을 넘는다"고 했는데, 여기서 '지는 해' 역시 작자 자신을 상징한 말로 보아야겠다. 이제 살아갈 날이 얼마 안 남았음을 은근히 빗대어 표현한 것이다. 이처럼 풀들의 이야기에서 시상을 확대시켜 자신의 이야기, 우리 인생의 이야기로 비약시킨 것은 작자의 풍부한 상상력과 시적 능력이 융합된 좋은 결과물이라고 생각한다.

3) 기행시의 새로운 면모

부잣집에서 태어난 아들처럼
부티 나게 앉아 있었다.

하늘에서 내려준 딸처럼
귀티 나게 앉아 있었다.

외치지도 않고
드러내지도 않고

꼿꼿하여 빛나는 선비인 양
출중하여 수줍음 타는 낭자인 양

숙연해진 내 마음을 짐짓 못 본 체

딴전 부리면서 앉아 있었다.

—「금강산 외견기」 전문

이 작품은 일종의 기행시이다. 금강산을 다녀온 다음에 그 보고 느낀 점을 작품으로 형상화한 것이다. 그런데 대부분의 시인들은 기행시를 쓸 때, 가서 보고 느낀 것에 대하여 설명하려는 경향이 짙다. 예를 들면 '금강산'을 다녀온 사람은 그 금강산이 어떤 산인지 지식이나 정보를 전달하려고 설명하거나 느낀 감상을 나열하는데 만족하려는 사람이 많다. 그러나 예의 작품은 '금강산'에 대하여 설명은 하되 직설법을 피하고 비유법을 썼으며, 그것도 나름대로의 개성적인 비유법을 써서 독자들이 스스로 알고 느끼게 해준 데에 묘미가 있다. 다시 말해서 새로운 수법이나 새로운 면모를 보여주었다는 이야기다.

그 구성을 보면 모두 5연으로 이루어졌는데, 제1연에서는 금강산을 부잣집에서 태어난 아들처럼 부티가 난다고 보았다. 제2연에서는 하늘에서 내려준 딸처럼 귀티 나게 생겼다고 하였다. 제3연에서는 외치지도 않고 드러내지도 않는다고 하였다. 제4연에서는 꼿꼿하여 빛나는 선비 같기도 하고, 수줌음 타는 낭자 같기도 하다는 것이다. 제5연에서는 내 마음을 못 본 체하며 딴전을 부린다고 하였다. 금강산을 설명하는데 이처럼 여러 가지 사물에 비유하는 것은 무엇을 의미하는가? 금강산은 너무 훌륭해서 한 가지 답만으로 대답하기 곤란하다는 것이다. 마치 만해 한용운 선생을 설명할 때에 어느 한 가지로 논의할 수 없는 것과 마찬가지다. 만해는 우리들이 독립운동가, 승려, 시인, 소설가, 불교운동가, 의지가 굳센 분 등 여러 가지 각도에서 조명하는 것이 가능하다. 금강산의 경우도 마찬가지다. 부티가 나고, 귀티가 나고, 외치는 스타일도 아니고, 속내를 드러내지도 않고, 어떻게 보면 선비 같고,

어떻게 보면 낭자 같다.

그러니까 좋은 점은 모두 갖추어 나무랄 데가 없는 존재이다. 그래서 많은 사람들이 금강산을 가보고 싶어 하고, 우리나라 제일의 명산이라고 칭송하는 것이다. 그렇더라도 이 작품의 핵심은 제5연에 있다. 그 잘난 금강산이 내 마음을 몰라주고 짐짓 못 본 체하고 딴전만 부린다는 것이다. 바꾸어 말하면 자아와 타아 사이에 소통이 안 된다는 이야기다. 그래서 둘 사이에는 화합이 안 될 뿐만 아니라 가까이 할 수 없는 존재라는 것을 은유적으로 표현했다고 본다.

> 남해 바다 배 안에서
> 끌려가는 파도들을 보았다
> 가라앉았다간 떠오르고
> 떠올랐다간 가라앉으면서
> 끌려가는 끌려가는
> 파도들을 보았다
> 하얀 오라에 손 발을 묶인 채
> 살려달라 애걸하며
> 울며불며 끌려가는
> 파도들을 보았다.
> 머리채 휘어 잡힌 채
> 끌려가는 파도의 발버둥이를 보았다
> 울명줄명한 새끼들을 거느린 부모들을
> 선고도 없이 무참히 처형하는
> 독재자의 거대한 권력을 보았다.
>
> ―「끌려가는 파도」 전문

이 작품의 배경은 남해바다이다. 그 남해바다의 배 안에서 끌려가는 파도들을 보았다는 것이다. 그러니 이 작품도 실제로 남해바다에서 배를 타보고 그 경험에다 상상력을 더해서 쓴 일종의 기행시이다. 그런데 문제는 그냥 파도를 본 것이 아니라 끌려가는 파도를 보았다는 데에 있다. 필자도 바다 위에서 배를 타본 경험이 있는데, 바닷물이 정지 상태로 가만히 있는 것이 아니라 강물처럼 일정 방향으로 흘러가는 것을 목격하였다. 그냥 조용히 흐르는 것이 아니라 심한 파도를 치면서 흘러가는 것을 보았다. 그처럼 파도를 치면서 어디론가 흘러가는 모습을 보고 '끌려가는 파도'라고 묘사했을 것이다.

그 다음은 끌려가는 파도의 모습을 형용하였다. 가라앉았다가는 떠오르고 떠올랐다가는 가라앉으면서 끌려가고 끌려가고 있다는 것이다. 여기서 "끌려가고"란 말을 두 번이나 되풀이한 것은 계속해서 같은 상태의 파도 모습이 연출되기 때문이다. 한번만 끌려가고 조용히 가라 앉았다면 이러한 반복법은 쓰지 않았으리라.

그런데 재미있는 것은 그 '끌려가는 파도'를 하얀 오라에 손발을 묶여 끌려가는 죄인에 비유하고, 그것도 살려달라고 애걸하면서 울며불며 끌려가는 죄인에 비유한 데에 있다. 참으로 참신한 비유라고 생각한다. 다시 말해서 '끌려가는 파도'는 '끌려가는 죄인'이라는 등식이 성립된다. 손발만 묶인 것이 아니라 머리채 휘어 잡힌 채 끌려가는 발버둥이를 보았다고 하였다. 그러니 보통의 죄인이 아니고 아주 큰 죄를 지은 죄인에 비유했다는 생각이 든다. 아무리 죄인이라 하더라도 머리채까지 휘어잡고서 끌려갈 정도면 중죄를 지은 죄인에 해당된다고 여겨지기 때문이다.

그런데 그처럼 끌려가는 죄인은 울명줄명한 새끼들을 거느린 부모였다는 것이다. 여기까지는 '끌려가는 파도'에 대한 이야기였는데, 그 다음에는 "선고도 없이 무참히 처형하는 독재자의 거대한 권력을 가진 파도"가 등장한다. "끌려가는 파도"와 "독재자의 거대한 권력을 가진 파도"가 서로 대립되어 있는 것이다. 그러면 이 독재자에 비유되는 파도는 어떤 것일까. 아마도 태풍이 몰아칠 때에 몰려오는 집채더미 같은 파도를 은유했을 것이라는 생각이 든다. 이처럼 소재를 문학기행이나 여행하는 가운데서 취했더라도, 전혀 기행시 냄새를 풍기지 않고, 일반 서정시처럼 형상화했기 때문에, 이를 일컬어 '새로운 면모'를 보여주었다고 이름 붙여 본 것이다.

4) 심안(心眼)으로 보고 쓴 작품

꽤 오랜 동안
기척 한 번 내는 일이 없었는데
봄비 내린 어느 아침나절
추레한 모과나무 몸뚱이 검은 멍울마다
삐죽이 움이 돋아 나오는 게 보였다.

"살아 있었구나!"

살아 있으면서도 그렇게 내숭을 떨다니
괘씸해 하는 내 마음 한구석으로
반가움이 울컥 치밀어 올랐다

"다행이다!"

비에 젖은 모과나무 몸속으로 선명하게
푸른 피가 수혈되는 그림자가 보였다.

－「재회」 전문

사람이 사물을 보는 경우 대부분의 사람들은 육안(肉眼)으로만 보고 눈에 보이는 것만 보는 일에 익숙해졌다. 그러나 시인의 경우는 육안으로만 보는 것이 아니라 심안(心眼)으로 사물을 보는 예리함을 지니고 있다. 언젠가 백수 정완영 선생께서는 앞에 보이는 것도 중요하지만 그 이면 보이지 않는 곳에 있는 상태까지 꿰뚫어 보아야 한다고 말씀하셨다. 육안으로만 본 것을 쓴 작품은 읽을 맛이 나지 않는다. 심안으로 본 것을 작품으로 썼을 때 비로소 그 작품의 문학적 성과는 상승된다고 보는 것이다.

위에 예로 든 작품 <재회>는 어떤 사람을 한동안 못 만나다가 다시 만나는 기쁨을 노래한 것으로 오인했었다. 그런데 '재회'는 사람과의 재회를 술회한 것이 아니라, '모과나무'와의 재회를 주제로 삼았다. 그러면 그 재회는 얼마만의 재회인가? "꽤 오랜 동안/ 기척 한 번 내는 일이 없었다"고 한 것으로 보아, 거의 죽은 거나 마찬가지 상태로 상당 기간을 지내왔다고 보아야 한다. 그런데 봄비가 내린 어느 날 아침 추레한 모과나무 몸뚱이 검은 멍울마다 삐죽이 움이 돋아 나오는 게 보였다는 것이다. 죽은 것이 아니라 살아 있었다는 이야기다. 얼마나 기쁘고 반가웠으면 "살아 있었구나!"라는 감탄사가 흘러 나왔겠는가?

그래서 살아 있으면서도 죽은 것처럼 내숭을 떤 것으로 생각하였다. 한편으로는 괘씸하면서도 다른 한편으로는 반가운 마음이 울컥 치밀어 올라 왔다는 것이다. 그러니 "다행이다!"라는 안도의 한숨을 내쉴 수밖에 없었다고 본다. 그런데 시적 자아가 정말로 하고 싶었던 이야기는 그 다음에 나온다. "비에 젖은 모과나무 몸속으로 선명하게/ 푸른 피가 수혈되는 그림자가 보였다"는 것이다. 이런 것은 육안을 통해서는 보이지도 않고, 보인다고 이야기하면 거짓말이라는 소리를 들을 수밖에 없다. 일종의 허구(虛構)라 이야기해도 좋고 시적 상상력이라 이야기해도 좋다. 보통사람의 육안으로는 모과나무의 몸속으로 푸른 피가 수혈되는 것을 볼 수 없지만, 시인의 심안(心眼)으로는 얼마든지 그런 상태를 볼 수 있고 그려낼 수 있기 때문이다. 이것이 시인의 특기이자 장점인 것이다.

　　꽁꽁 언 새끼 은어들이
　　하늘에서 뛰어 내리어
　　땅 위에 넓고 하얀
　　여백을 그린다.

　　붓질하는 소리가
　　사각사각 나는데도
　　눈이 그림 그리는 것을
　　말리는 이가 없다

　　볼거리 별로 없는
　　좋은 세상
　　고요하고 포근한
　　고전의 세계를 그려낸다.

－「눈 그림」 전문

　시는 비유로 시작해서 비유로 끝나야 한다는 것은 웬만한 시인들은 다 알고 있는 사실이다. 이 작품의 제목은 <눈 그림>인데, 그 제목부터 비유법을 쓴 것으로 이해된다. 눈이 와서 쌓이는 것을 눈이 그림을 그린다고 본 것이다. 하얀 눈이 포근하게 내리는 모습을 형용하여 '눈 그림'이라 하였다. 그 눈이 오는 모습을 제1연에서 꽁꽁 언 새끼 은어들이 하늘에서 뛰어내린다고 표현했고, 하얀 눈이 대지 위에 쌓인 모습을 "땅 위에 넓고 하얀/ 여백을 그린다"고 표현하였다. 이처럼 눈 오는 광경을 은어 새끼들이 땅 위에 하얀 여백을 그린다고 표현한 것은 소재나 대상을 단순히 육안(肉眼)으로 본 것이 아니라 심안(心眼)으로 볼 수 있었기 때문에 가능한 것이다.

제2연에서도 눈이 내리는 것을 그림 그리는 것에 비유하였다. 그림 그리는 것으로 보았으니까 붓질하는 소리가 사각사각 난다고 표현할 수 있는 것이다. 또한 눈이 그림 그리는 것을 말리는 이가 없다고 하였는데, 그것은 눈이 오지 말라는 이야기와 마찬가지다. 누가 감히 눈이 내리는 것을 오지 못하게 말릴 수 있단 말인가? 그러니 말리는 이가 없기도 하지만 말릴 수도 없는 것이 우리 인간들의 한계다.

이 작품은 모두 3연으로 구성되었는데, 그 형식은 시조와 다르지만, 시상의 전개 방식은 시조와 동일한 형태를 취했다는 생각이 든다. 제1연은 시조의 초장과 같은 역할을 하였고, 제2연은 시조의 중장과 같은 역할을 하였고, 제3연은 시조의 종장과 같은 역할을 하였다. 시조의 주제나 핵심은 주로 종장에 있는데, 이 작품의 핵심과 주제도 제3연에 있다고 생각한다. 그러니까 "볼거리 별로 없는/ 좋은 세상"은 시조 종장의 전구(前句)구실을 하고, "고요하고 포근한/ 고전의 세계를 그려낸다"는 구절은 시조 종장의 후구(後句)구실을 한다.

하여간에 눈 내리는 현상을 보고 "고전의 세계"를 그려낸다고 표현한 것은 역시 심안으로 사물을 관찰하고, 상상력을 동원하고, 시상을 비약시키고, 하나의 반전(反轉)을 시도한 훌륭한 기법이다. '고전'이란 옛날의 작품이나 서적을 의미한다. 대가의 저술이나 거장의 작품을 의미한다. 그러니 이 제3연에서 눈 내리는 모습을 "고전의 세계"를 그린다고 한 것은 고전미가 넘쳐나는 최고의 걸작품을 그려낸다는 의미이다. 그런 뜻에서 마지막의 결론은 눈 내리는 자연 현상에 최고의 찬사를 올린 것이라 해석하지 않을 수 없다.

이제까지 문재옥 시인의 열 번째 시집 「아름다운 사람들」을 통람하면서 그의 작품세계를 탐구하고, 문학관이나 세계관을 알아보고, 그가 즐겨 사용하는 기법이나 작품의 의미를 찾아내는데 나름대로 심혈을 기울였다. 그러나 10권의 시집을 다 읽은 것이 아니라, 이번에 상재하는 시집만 읽었기 때문에 그의 작품 세계 전체를 파악하는 데는 어떠한 한계를 지니지 않을 수 없었던 것이다. 그렇더라도 작품 한편을 쓰더라도 공들여 쓰고, 최선을 다하여 쓰고, 독자들에게 무엇인가는 메시지를 전달하려 하고, 인생의 의미를 탐구하려 한 점은 높이 평가하지 않을 수 없다. 또한 그 나름의 시세계를 구축하고, 단단한 구조, 현대적 기법의 원용, 긍정적 세계관이 작품 속에 용해되어 있는 점은 나름대로의 문학적 성과를 거둔 것으로 사료된다.

그가 사용한 시의 소재나 제재가 다양하고, 주제 또한 폭넓기 때문에 한꺼번에 논의하기는 불가능하여 편의상 ① 인생의 의미가 함축된 작품, ② 체험과 상상력 문제, ③ 기행시의 새로운 면모, ④ 심안으로 보고 쓴 작품 등으로 소제목을 나누어 살펴보았다. 그 결과 ①에서는 세 작품을 논의하였는데, 우리들에게 인생의 의미를 던져준 데에 의미가 있다 하였고, 사랑을 산행에 비유하고 그것도 '고단한 산행'에 비유한 것은 개성적이요 참신한 비유법을 구사한 것이라 보았다. 그 다음 작품 <내려 보기>를 통해서는 행복이나 이상은 실체가 없기 때문에 "잡아도 쥐어지지 않는 그 무엇"에 해당된다고 보았다.

②에서는 식물의 세계를 통해서 인간 문제를 다루었고, 거기에 새로운 의미를 부여해서 우리들에게 깨달음을 준다고 하였다. 또한 <황혼>이란 작품은 작가의 풍부한 상상력과 시적 능력이 융합되고 조화

를 이룬 좋은 결과물이라 하였다. ③에서는 기행시들을 감상하였는데, 직설법이나 나열법을 피하고 비유법과 압축미를 사용해서 새로운 수법이나 새로운 면모를 보여준 것으로 이해하였다. 또한 작품 <끌려가는 파도>를 통해서는 기행시 냄새를 풍기지 않고 일반 서정시와 같은 느낌을 받았다고 하였다.

④에서는 <재회>라는 작품을 통하여 육안으로는 모과나무의 몸속으로 푸른 피가 수혈되는 것을 볼 수 없지만, 시인의 심안(心眼)으로는 얼마든지 그런 상태를 볼 수 있다고 하였다. <눈 그림>을 통해서는 심안으로 사물을 관찰하고, 상상력을 동원하고, 시상을 비약시키고, 하나의 반전(反轉)을 시도한 훌륭한 기법을 보여주었다고 하였다.

이러한 논의를 종합해 볼 때 문재옥 시의 특징은 첫째 인생학이라 할 정도로 인생의 의미를 찾는데 주력하였고, 둘째 무기교의 기교라 할까 기교를 안 부린 것 같으면서도 표현기교를 느끼게 해주었고, 셋째 시의 문장에 사족이나 군더더기가 없어서 간결미와 언어미를 느끼게 해준 데에 있다. 이런 장점을 많이 지닌 작가이기에 앞으로도 기대되는 바가 크고, 더 좋은 작품 많이 생산하기를 바라면서 열 번째 시집 출간을 진심으로 축하드린다.

8. 자연과 사랑과 불심(佛心)의 운율적 표현
─ 박광태의 시세계

문학이란 무엇인가? 이 문제를 풀기 어려운 것은 그 문학의 실체가 눈에 보이지 않고, 귀에 들리지도 않고, 손에 잡히지도 않는 허상 같은 존재이며, 그러면서도 그 문학은 우리들의 마음속에 있고, 생각 속에 있고, 생활 속에 있기 때문이다. 문학이 무엇인가 하는 문제는 사람이 무엇인가 하는 문제처럼 간단하게 대답하가 어려운 사항이다. 우리들이 '사람'에 대하여 잘 알고 있는 것 같지만 막상 '사람'에 대하여 설명해 보라면 제대로 대답할 사람이 많지 않다. 그런 점에서 문학의 문제와 사람의 문제는 여러 가지 면에서 동질적인 요소가 많다고 생각한다. 그렇더라도 이 문학에 대하여 옛날부터 많은 사람들이 자기 나름대로 이야기해 놓은 것이 많기에 몇 사람의 학설을 인용해 보고자 한다.

① 문학은 그 형식에 있어서 극적이건 운율적이건 산문적이건 간에 오늘날에는 주로 인쇄 되고, 초기에는 구전되어 온 상상적인 창작을 말하는 것이다(비평용어 사전).
② 문학이란 언어가 문자를 통하여 미적으로 구성된 것이다(김동리).
③ 문학이란 근본적으로 언어의 매개물을 통한 인생의 표현이다(Hu -dson).

여기 몇 사람의 학설을 인용했는데, 전부 달라서 쉽게 이해되지 않는다. 그러나 핵심적인 말만 간추리면 "상상적인 창작", "언어와 문자", "미적인 구성", "인생의 표현"이란 구절들이 우리에게 다가온다. 그러니까 그 소재가 언어나 문자이고, 상상력이 중요시되고, 모방이 아니라 창작품이어야 되고, 미적인 구성을 해야 되고, 우리 인생을 표현한 것이라야 된다는 내용이다. 제가의 이런 설들을 미루어 보면 문학이란 우리 인간들의 가치와 보람을 창조하는 일이다. 또한 문학은 인생의 표현이면서 작가 자신의 표현이라 할 수 있는 것이다. 그런 의미에서 이번에 첫 시집을 발간하는 박광태 시인은 그 많은 작품들을 통하여 자아를 표현하는 것이고, 보람과 가치를 창조하는 것이고, 자신의 생각이나 존재를 알리고 확인하는 작업을 하는 것이다.

박시인은 동국대학교 국문학과와 동 대학교 경영대학원을 졸업해서 전공이 문학과 경영학의 두 가지나 된다. 그 중에서도 문학과 관련된 사항을 열거하면 1987년 「자유문학」지를 통하여 문단 등단의 절차를 마쳤으며, 한국문협 여주지부장, 여주문화원 부원장, 한국 예총 여주군 부지부장, 경기도 문인회 이사 등의 경력을 쌓았다. 그리고 한국문인협회 회원, 한국현대시인협회 회원, 자유문인회 회원으로 활동 중이다.

이처럼 문단 활동을 하는 외에 작품 창작도 많이 해서 여러 지면에 발표했지만, 이것을 묶어서 책으로 발간하는 것은 이번이 처음이다. 말하자면 이번에 처녀시집을 내는 것이다. 우리 속담에 "구슬이 서 말이라도 꿰어야 보배다"라는 말이 있다. 아무리 많은 작품을 짓고 소장해 두어도 시집으로 묶어내지 않으면 사장되기 쉽다. 그래서 많은 작가들이 시집, 수필집, 소설집 등을 열심히 발간한다고 생각한다. 필자가 이번 작품집을 통람하니 그 동안 자기 수련을 열심히 한 흔적이 보이고, 소재가 다양하고, 형태와 구성을 다양하게 전개하고, 각고의 노력을 한 흔적이 엿보여서 다행이라 생각했다. 이제는 작품들을 정독하면서 분석하고 감상하는 동시에, 그가 지향하는 작품세계가 어떠한 것인지 알아보고 확인하는 절차를 밟아나갈 것이다.

1) 자연애 정신이 드러난 작품

한 여름

시골 울타리에
뻗어 오른 호박 넝쿨

밤사이 이슬 머금고
꽃 봉우리 소담하게 피어
영롱한 이슬 반짝이며
해맑은 웃음 웃는 꽃
어디서 온 천사일까

이른 아침이면
둥근 잎들 사이로
노란 얼굴 내밀고
다소곳이 피었다가

한낮이 되면
햇빛에 눈이 부셔
조용히 눈을 감는 꽃

－「호박꽃」전문

　우리가 자연을 사랑하는 것은 옛날 어른들이나 현재 살고 있는 사람들이나 마찬가지다. 그래서 옛 어른들의 작품을 보면 자연을 대상으로 노래했거나 그 자연물에 감정이입 시켜 자신의 하고 싶은 이야기를 전개해 나갔다. 대표적인 것이 고산 윤선도의 <오우가> 같은 작품이라 생각한다. 고산 선생은 수석송죽월(水石松竹月)을 자기의 벗이라고 하면서 "내 버디 몃치나 ᄒᆞ니 水石과 松竹이라/ 東山의 ᄃᆞᆯ 오르니 긔더옥 반갑고야/ 두어라 이 다ᄉᆞᆺ밧긔 또 더ᄒᆞ야 머엇하리"라고 노래하였다. 이러한 자연물들을 자기의 벗으로 삼고 평생 함께 지내겠다는 이야기다.

고산 선생과는 달리 용운 박광태 시인은 작품의 대상을 꽃으로 하였고, 그 꽃 중에서도 호박꽃을 형상화 하였다. 다른 꽃들도 우리가 흔히 접할 수 있지만, 호박꽃은 시골 울타리에 의례 피어 있어서 시골 태생이면 누구나 호박꽃을 모르는 사람이 없을 정도다. 그래서 호박꽃에 대하여 친근감을 갖게 된다.

이 작품의 제2연에 있는 내용 그대로 호박꽃은 "밤사이 이슬 머금고 / 꽃 봉우리 소담하게 피어/ 영롱한 이슬 반짝이며/ 해맑은 웃음을 웃는 꽃"이다. 그런데 특이한 것은 많은 사람들이 호박꽃을 '못 생긴 여자'에 비유하는 데, 박시인은 이 작품에서 '천사'에 비유하고 있다는 점이다. 천사는 깨끗하고 아름답고 고결한 여인의 이미지가 있다. 호박꽃을 못 생긴 여자에 비유하는 것이 아니라, 오히려 너무 잘난 여자에 비유했다는 점에서 박시인의 독창성이 발휘된 것이다.

그 다음 제3연에서는 호박꽃에 대한 정보를 일러주고 있다. 이른 아침이면 둥근 잎 사이로 노란 얼굴을 내밀고 다소곳이 핀다고 하였다. 그런데 제4연에서는 한낮이면 햇빛에 눈이 부셔 조용히 눈을 감는다고 하였다. 아마도 호박꽃잎이 오므라드는 것을 이렇게 표현했으리라. 이러한 작품을 통해서 우리가 알 수 있는 것은 박시인이 자연을 사랑하고, 하찮은 대상도 좋게 보려고 노력하고, 그 자연물을 세밀하게 관찰하고, 거기서 느끼는 감흥을 시적으로 표현하는 작업을 열심히 하고 있다는 점이다. 한마디로 그의 자연애 정신을 엿볼 수 있다는 점에서 이 작품의 의의는 높이 평가되어도 좋다고 보는 것이다.

10월이 오면 산자락이 탄다
그 속에 설악산도
붉게 붉게 타고 있다

붉은 깃털 사이로
오솔길이 나있다
바람난 단풍 길 따라
산을 오른다.

설악은 새와/ 구름의 집
밤이면 별 흐르는 소리 가득하고
물소리·바람소리 머무는 소리의 집은
깊어만 간다.

내외설악 단풍잎에도
쪽빛 하늘 뜬다
흰 구름 노을빛 받아내는 비경이
거울 속에 동양화를 그려낸 듯
절경을 이룬다.

-「설악 단풍」 전문

늦가을이면 다시 단풍철이 된다. 그 단풍을 구경하기 위하여 많은
사람들이 명산을 찾아간다. 우리나라에서는 설악산의 단풍과 내장산
의 단풍이 유명한 것으로 안다. 이 단풍을 소재로 해서 많은 시인들이
옛날부터 시를 썼지만, 아주 최근의 작품으로는 김영재 시인의 <첫
사랑 단풍>이란 작품이 내 마음을 끌었다. "내설악 들어섰더니/ 첫사
랑 단풍 거기 있었네/ 스무 살 첫눈 맞던 날/ 눈발 따라 떠난 그대/ 붉은
멍/ 가슴 그대로/ 눈꽃으로 피고 있었네." 김영재 시인의 작품을 인용
했거니와, 이 작품에서 배경으로 삼은 것은 '내설악의 단풍'이다. 그 내
설악의 단풍을 '첫사랑 단풍'이라 표현하였다. 그런데 그 첫사랑이 스
무 살 때 첫눈 내리던 날 눈발 따라서 떠나갔다는 것이다. 그래서 가슴

에 붉은 멍이 들었는데, 그것이 바로 내설악의 첫사랑 단풍을 의미한다는 것이다.

이에 비하여 박광태 시인은 설악산의 단풍이 붉게 탄다고 표현하였다. 어찌나 그 단풍이 붉은지 불타는 모습과 같다는 것이다. 그리고 그 붉은 단풍을 '붉은 깃털'이라 은유하였다. 그래서 "붉은 깃털 사이로/오솔길이 나 있다"고 표현하였고, 그 단풍길 따라 산을 오른다고 하였다. 그 다음에는 박광태 시인이 설악산을 어떻게 인식하고 있느냐 하는 점이다. 그 설악을 새와 구름의 집이라고 하였다. 밤이면 별 흐르는 소리가 가득하다고 하였다. 그 설악을 물소리가 머물고 바람소리가 머무는 '소리의 집'이라고 하였다. 이처럼 남이 하지 않은 이야기, 남이 보지 못한 부분을 보는 것이 시인의 남다른 면이요, 개성의 표현이요, 상상력의 결과물이라 생각한다.

그런데 마지막 연에서는 그 단풍 잎사귀에 쪽빛 하늘이 뜬다고 하였다. 흰 구름과 노을빛을 받아내서 비경을 이룬다고 하였다. 그 비경이 어찌나 아름다운지 한 폭의 동양화 같다고 하였다. 그래서 결론은 '절경을 이룬다'고 맺었던 것이다. 이처럼 설악 단풍의 아름다움을 여러 가지로 표현했지만, 한마디로 이야기하면 "설악의 단풍은 너무 아름답다", "설악의 단풍은 최고의 경지에 이르렀다"는 뜻이다. 박광태 시인의 자연 사랑 정신을 그대로 함축하고, 그의 자연관이 심미적이요 탐미적이라는 것을 그대로 예증(例證)해준 것이다.

2) 사랑과 그리움의 정서 표현

그대는 누구이길래
고요히 앉아 있어도

속마음에 가득 차오르고

문을 닫아걸어도
가슴을 두드리는가.

그대는 늘 내게로 와서
나와 함께 노래하며
두 그루 나무가 되어
한 송이의 꽃이 피는가.

내가 그대를 찾지 못하여
방황하고 있을 때
그대 마음도 그러하려니

골목을 지나는 바람처럼
바람에 씻기는 별빛 같이
그대는 누구일길래

이 밤도
텅 비인 나의 마음을
가득 채우는가.

－「사랑하는 마음」 전문

　사랑은 인간의 보편적 정서이다. 그러기에 남녀노소 누구를 막론하고 이 사랑하는 마음을 지니고 살아간다. 그런데 이 사랑의 특징은 반드시 상대가 있다는 점이다. 실제로 사랑하거나 아니면 짝사랑을 해도 상대방이 있는 것이다. 이러한 사랑을 주제로 한 작품은 옛날의 고려가요에도 많이 보이고, 조선시대의 옛시조에도 많이 나타난다. 특히 옛시조에서는 기녀들 작품에 사랑노래가 많다는 것은 잘 알려진 사실이다. 먼저 선조 때의 기녀 홍랑의 작품을 인용해 보자. "묏버들 갈히 것거 보내노라 님의손듸/ 자시는 창밧긔 심거 두고 보쇼셔/ 밤비예 새 닙 곳 나거든 날인가도 너기쇼셔" 이 작품을 현대어로 풀면 "산 버들을 가리어 꺾어서 임에게 보냅니다. 주무시는 창밖에 이것을 심어두고 보십시오. 밤비를 맞고 새 잎이 나거든 그것이 나라고 생각해 주십시오" 라는 뜻이다.

이 작품은 홍랑(洪娘)이 북해평사(北海評事)로 경성(鏡城)에 가있던 최경창(崔慶昌)을 염두에 두고서 부른 노래인데, 그 사랑하는 마음이 얼마나 절실한가는 작품 속에 그대로 용해되어 있다. 산 버들을 꺾어 보내면서 주무시는 창밖에 심으라고 하였고, 밤비에 새잎이 돋아나면 그것이 바로 '나'라고 여겨 달라는 것이다. 이처럼 절실한 사랑을 노래했으면서도 작품 속에는 '사랑'이라는 단어를 한 번도 사용하지 않았다는 데에 이 작품의 묘미가 있는 것이다.

박광태 시인은 그 사랑의 대상을 '그대'라 불렀고, 그대는 누구이길래 내 마음을 애태우느냐고 독백조로 이야기하였다. 어떻든 박시인의 이 작품에서도 '사랑'이란 단어를 전혀 쓰지 않으면서도 이런 것이 사랑이라고 독자가 느끼게끔 해주었다. "고요히 앉아 있어도/ 속마음에 가득 차오르고/ 문을 닫아걸어도/ 가슴을 두드리는 것"이 사랑이라는 이야기다. 사랑의 대상인 '그대'는 늘 내게로 와서 노래를 함께 부른다 하였고, 두 그루의 나무인데도 한 송이의 꽃을 피우는 존재라고 하였다. "내가 그대를 찾지 못하여 방황하고 있을 때" 그대 역시 나를 찾지 못해서 방황하고 있었을 것이라고 하였다. 우리가 흔히 쓰는 말에 이심전심(以心傳心)이란 용어가 있는데, 바로 이런 경우에 해당된다고 보는 것이다.

박시인은 그 사랑의 대상을 바람 같다고 하였고, 별빛과 같다고 하였다. 바람과 같다는 것은 실체가 안 잡힌다는 이야기고, 별빛 같다고 한 것은 그처럼 반짝이고 아름다운 존재라는 것을 비유적으로 표현한 것이다. 그래서 "이 밤도 텅 빈 내 가슴을/ 가득 채워주는가"라고 노래했던 것이다. 박시인의 이 애정시는 '사랑'이란 정서가 우리들에게 어떻게 작용하는지를 일깨워 주었고, 사랑이란 좋고 아름다운 것이면서도 사람을 외롭고 쓸쓸하게 만드는 양면성이 있다는 것을 알게 해주었다. 그것은 작품 속에 "텅 빈 나의 마음"이란 표현을 했기에 그러한 해석이 가능한 것이다.

어느 때인가 가슴 깊은 곳에
마음으로 심어놓은 옛 여인

애써 가꾸지 않았어도
참한 눈빛으로 바라보던 옛 여인
내 젊음의 추억

그 옛날 전화벨 소리에
온몸으로 엮은 한 마디
이제는 잊혀질까

저녁하늘 청명한 별빛 보고
눈물 쏟아 내던 날
외로웠던 세월을 생각하며
가슴을 쓸어내 본다

지금 남은 것은
나의 형상뿐인 것을…

—「옛 여인 생각」 전문

이 작품의 제목은 <옛 여인 생각>이다. 한마디로 옛날 사귀던 여인이 잊혀지지 않고 그립다는 것이다. 이러한 그리움의 정서는 아직도 상대방을 사랑하기 때문에 생겨나는 것이고, 그 상대방과 함께 있는 것이 아니라 헤어져 있을 때 생겨나는 것이고, 둘이 다시 합일될 가능성이 희박할 때 생겨나는 것이다. 이 시집에는 <옛 연인>이란 작품이 또 있는데, 어쩌면 '옛 여인'이나 '옛 연인'이나 동일 인물이요, 동일한 대상일 거라는 생각이 든다.

박광태 시인은 그 <옛 연인>이라는 작품에서 "그리운 옛 사랑/ 안자락에/ 깊이 한 땀 두 땀 떠둔/ 첫사랑// 주고받은 꽃봉투/ 빛이 바래도// 고왔던 사람이 떠나던/ 그 날 잊지 못하네// 이 세상 다 가도/ 잊지 못하네"라고 노래한 바 있다. 여기서 '그리운 옛 사랑'이라 부른 여인이나, '이 세상 다 가도/ 잊지 못하겠다'는 여인이, 바로 위에 예로 든 작품의 제1연에서 "어느 때인가 가슴 깊은 곳에/ 마음으로 심어놓은 옛 여인"과 같은 인물이요 같은 대상일 거라는 생각이다.

얼마나 그립고 잊혀지지 않으면 "애써 가꾸지 않았어도/ 참한 눈빛으로 바라보던 옛 여인"이라 규정하고, "내 젊음의 추억"이라고 토로하겠는가. 예의 작품 제3연에서 "그 옛날 전화벨 소리에/ 온몸으로 엮은 한 마디/ 이제는 잊혀질까"라고 노래했는데, 그 이면에는 절대로 잊혀지지 않을 것이라는 함의가 담겨 있는 것이다. "이 세상 다 가도/ 잊지 못하네"라는 뜻이 내포되어 있는 것이다. 이처럼 상대방을 그리워하니까 저녁 하늘 청명한 별빛을 보고 눈물을 흘릴 수밖에 없었던 것이고, 외로웠던 세월을 생각하며 가슴을 쓸어내릴 수밖에 없었을 것이다. 그러니 "지금 남은 것은/ 나의 형상뿐"이라고 했는데, 한마디로 둘이 합일되지 못하고 조화를 이루지 못하고 혼자 외롭게 지낸다는 의미이다. 이 작품에는 박시인의 그리움의 정서가 흠씬 배어있고, 아직도 그 옛날의 첫사랑을 잊지 못하면서 아름다운 추억으로 간직하고 있다는 것을 느끼게 해준 데에 의미가 있는 것이다.

3) 고향 여주를 사랑하는 마음

강물이 흐르네
마음의 강에
동백잎에 빛나는
강물이 흐르고 있네.

동으로는
북성산 산줄기 벋어내려
청심루 전설이 담겨 있는
고구려 골내 근현이던
아름다운 내 고향 여주

나
강물에 비친 알몸을 보며
노래하고 싶네

아, 내 고향 여주
한여름
은빛 금빛 물결치는
강물 위에
그리운 쪽배 하나 띄우고
노래하고 싶네.

－「내 고향 강가에서」 전문

고향을 떠나 서울에 사는 사람들은 항상 자기가 태어나고 자라고 추억이 서린 고향을 그리워하게 된다. 일종의 향수라도 좋고 애향심이라 해도 좋다. 특히 시인들은 이러한 애향의식을 작품으로 형상화하는 경향이 많은데 박광태 시인도 예외는 아니다. 박광태 시인은 경기도 여주 출신으로 여주중학교와 여주농고를 졸업하였다. 그러니 유소년 시절 대부분을 고향 여주에서 보냈으니, 그가 고향 여주를 사랑하고 노래하는 것은 당연하다고 본다.

여주에는 유명한 명소로서 세종대왕릉, 신륵사, 명성황후 생가 등이 있다. 그리고 읍내를 남한강이 스쳐 지나가고 있는데, 이 지역에서는 그 강 이름을 여강이라고 한다. 이 작품 <내 고향 강가에서>는 바로 이 여강을 바라다보면서 여주에 얽힌 역사와 전설과 그 감회를 작품으로 형상화한 것이다. 사실 신륵사나 영월루에서 바라보는 여강의 풍광은 아름답기 그지없는 것이다.

제1연에서는 "강물이 흐르네/ 마음의 강에/ 동백잎에 빛나는/ 강물이 흐르고 있네"라고 했는데, 여기서 주목되는 것은 그 여주의 강을 '마음의 강'이라고 한 데에 있다. 그 고향의 강이 마음의 강이니까 그 강을 가보고 싶어 하고, 노래하고 싶어 하고, 자랑하고 싶은 것이다. 그 다음 제2연에서는 여주의 지리적 위치와 역사와 전설을 소개하고 있다. 동쪽으로는 북성산 산줄기가 뻗어 내렸고, 청심루 전설이 담겨 있다는 것이다. 이 누각은 고려시대부터 있었다고 전하고, 1870년 이인응(李寅應)이 목사로 있으면서 중수하였다는 기록이 있다. 8·15 해방과 동시에 군수사택이 방화 소실되었는데, 이때 불이 옮겨 붙어 귀중한 문화재가 소실된 것으로 전해온다. 그 위치는 현재의 여주초등학교 교사가 세워진 강변이라고 한다. 고려시대 많은 명현들이 이곳을 다녀갔고, 조선시대는 성종대왕과 현종대왕이 영릉에 행차하시면서 이곳에서 쉬었다는 설이 전한다. 바로 이러한 내력과 전설이 담겨 있는 고장이고, 고구려 때는 '골내근현'이라 불렸다는 것이다.

그 다음에는 강물에 비친 알몸을 보면서 노래하고 싶다고 하였다. 그만큼 동심으로 돌아가고 싶다는 이야기도 되겠고, 진심으로 이 여강을 찬미하고 싶다는 의미도 되겠다. 얼마나 이 여강이 아름답고 좋았으면 "은빛 금빛 물결치는/ 강물 위에/ 그리운 쪽배 하나 띄우고" 노래하고 싶다는 시인의 생각을 진술하게 나타낼 수 있겠는가? 이런 내용들을 미루어 볼 때 박시인은 자신의 고향에 있는 남한강을 그립고 아름답고 추억이 서리고 떼려야 뗄 수 없는 고향의 상징물이란 것을 은유적으로 나타내려는 데에 이 작품의 창작의도가 있었던 것으로 사료된다.

소달구지 덜컹대던
황토의 마을
황소 등에 업혀 소꼴 먹이던 내 고향

산등성이에 오르면
솔 내음 물씬 풍기고
다람쥐, 산토끼 놀던
내 고향 뒷동산이었지

옛날/ 고향 가면
어머니 버선발로 반기시던
내 고향이었지

이끼 낀 토담 너머로
반가워하던, 이웃사촌들

내가 왔다고
따끈한 애호박전 들고
반겨 주셨지

텃밭에 고추 붉게 물들고
지붕마다 주렁박 뒹굴던
그 세월이 그리워라

－「고향」전문

　사실주의(realism)란 무엇인가? 이 말의 뜻은 자연이나 현실생활을 정확하고 자세하게 꾸밈없이 묘사하는 것을 말한다. 사실주의는 상상력에 따른 이상화를 거부하고 밖으로 드러난 겉모습을 자세히 관찰한다. 넓은 의미의 사실주의는 여러 문화의 다양한 예술적 경향으로 이루어져 있다. 예를 들면 미술에서는, 검투사와 노파의 모습을 세밀하게 묘사한 고대 그리스 조각에서 사실주의를 찾아볼 수 있다.

　그러나 사실주의가 하나의 미학적인 계획으로서 의도적으로 쓰이게 된 것은 19세기 중엽 프랑스에서였다. 1850~1880년에 나온 프랑스 소설과 그림에서는 사실주의가 주류를 형성한 것으로 본다. 프랑스의 사실주의 주창자들은 중하류 층의 서민들과 평범한 사람들, 보잘것없는 사람들, 꾸밈없는 사람들의 삶과 모습, 그리고 그런 사람들의 문제와 관습 및 도덕관을 묘사하려고 애썼다. 이런 경향은 동시대의 삶과 사회를 정확하게 기록하는 일에 대한 관심을 자극했던 것이다.

　사실주의란 용어에 대하여 자세히 알아보았거니와, 필자의 견해로는 위에 예로 든 박시인의 작품 <고향>은 사실주의 경향을 띤 좋은 예라고 본다. 박광태 시인의 출생지는 여주군에서도 가남면에 속한다. 그러니까 읍내가 아니라 시골이라는 이야기다. 시골에서 성장하고 학교를 다니고 읍내 중고교를 다니고 대학은 서울에 유학하였다. 그는 누구보다도 그 옛날의 우리나라 농촌의 풍경과 생활 모습과 사람들 내면의 모습까지 꿰뚫어 보고 있는 것이다.

이 작품 <고향>을 읽어보면 6·25전쟁 직후 우리 농촌의 현실과 정경이 실감 있게 그려져 있다. 한편의 시를 읽는 것이 아니라 한 폭의 그림이나 한 장의 사진을 보는 듯한 느낌이 든다. 제1연의 "소달구지 덜컹대던/ 황토의 마을/ 황소 등에 업혀 소꼴 먹이던 내 고향"이란 말은 그 고향의 모습이나 실제로 겪었던 경험담을 사실적으로 묘사한 것이다. 제2연의 내용도 사실적인 묘사라는 점에서는 마찬가지다. 실제로 고향마을의 산등성이에 올라가면 솔 내음이 물씬 풍기고, 그곳에서는 다람쥐, 산토끼 그 외 많은 짐승들이 뛰어놀고 있었을 것이다.

그 다음에도 박시인이 직접 겪었던 경험담이 이어진다. 고향에 가면 어머니가 버선발로 뛰어나와 반겨 주셨고, 토담 너머로 이웃사촌들이 반갑게 맞이해 주었고, 따끈한 애호박전을 먹어보라고 갖다 주었을 것이다. 텃밭에는 고추가 빨갛게 익어가고, 지붕 위에는 주렁박이 뒹굴고 있었을 것이다. 그렇다면 박시인은 왜 그 옛날 유소년 시절의 고향 모습을 허구나 상상력을 동원하지 않고 사실적으로 묘사하였는가? 그만큼 고향이 사랑스럽고 그립고 잊을 수 없기 때문이다. 그리고 이처럼 사실적으로 그렸기 때문에 더 실감나고 읽는 이에게 감동을 줄 수 있었다고 사료된다.

4) 불교적 인생관이 함축된 작품

어둠이 지나고 새날이 밝아왔다
비 그치고 햇살이 밝아왔다

지난 세월 이루지 못한 소원 이루어질 때까지
그리움과 배고픔은 뿌리에 묻고
눈물샘은 설움 꽃잎 속에 감춘 채
벗어나려 애쓰던
사바의 수렁에 육신을 담고도 너는
곱디고운 꽃 피워 내 발길 잡는구나.

인욕도 정진도 선정도 사랑도
마음 하나 잡으면 그만인 것을
숨 막힐 듯 조여 오는 무명 속 헤매는 중생 위해
흙속에 묻힌 낙엽의 설움 알길 없는 너는
붉은 꽃을 피워 내 마음 잡는구나
사랑 하나면 되는 줄 알고 살아온
미욱한 중생 너를 위해 무슨 꽃을 피울까

너를 보며 부처를 본다
도를 닦는 마음으로 꽃을 본다
흙속에 묻은 너의 불성을 본다
가고 오지 않아도 마음으로 읽는
붙잡아 두지 않아도 가슴에 품는
너의 사랑 너의 믿음을 본다
새해에는 연처럼 살고지고

－「연(蓮)처럼 살고지고」전문

　　위 작품의 제목은 <연처럼 살고지고>이지만, 실제로는 연꽃을 찬미하는 찬양시(讚揚詩)로 보아도 무방할 것이다. 연꽃이 불교를 상징한다는 것은 이미 널리 알려진 사실이다. 절에 가면 연꽃무늬의 조각과 그림을 많이 볼 수 있고, 불상을 모시는 좌대는 거의가 연꽃으로 조각 되었으니, 그렇게 알고 있는 것이 당연하다고 본다. 연꽃은 본래 천축 에서 피어나는 꽃으로 뿌리는 물밑에 뻗고 잎은 수면에 떠 매끄럽게 뻗어난 줄기 끝에 꽃이 피는데, 아침이면 피어나고 저녁이면 오므리는 청황적백의 우아한 꽃이다. 그런데 예로 든 상기 작품 제1연에서는 "지난 세월 이루지 못한 소원 이루어질 때까지/ 그리움과 배고픔은 뿌 리에 묻고/ 눈물샘은 설운 꽃잎 속에 감춘 채/ 사바의 수렁에 육신을 담 고"서 핀다고 본 데에 특징이 있다. 연꽃은 진흙 수렁에서 자라난다는 것을 모든 사람들이 다 아는데, 위 작품에서는 사바의 수렁에 육신을 담고 곱디고운 꽃을 피워낸다고 본 데에 시인의 개성적인 안목이 작용 했다고 보는 것이다.

제2연을 보면 "인욕도 정진도 선정도 사랑도/ 마음 하나 잡으면 그 만인 것을"이라고 해서 '마음'의 중요성을 강조했고, "무명 속 헤매는 중생 위해/ 흙속에 묻힌 낙엽의 설움 알길 없는 너는/ 붉은 꽃을 피워 내 마음 잡는구나"라고 해서 이번에는 그 연꽃이 '내 마음'을 잡는다고 하였다. 그러면 불교에서 '마음'의 중요성을 강조하는 것은 무슨 뜻인 가? 우리가 본래 가지고 있는 마음을 불교에서는 자성청정심(自性淸淨 心)이라 하여 근본은 물들지 않는 청정한 마음이기에 연꽃에 비유하는 경우가 많고, 그것을 달리 연화심(蓮華心)이라 칭한다.

그리고 제3연에서는 "너를 보면 부처를 본다/ 도를 닦는 마음으로 꽃을 본다/ 흙속에 묻은 너의 불성을 본다"고 해서, 연꽃과 부처를 동 일시하였다. 그러나 불교에서는 연꽃을 부처님의 가르침에 비유하는 경우가 많다. 연꽃은 처음 꽃잎이 피어나면서는 그 속에 열매를 보호 하고, 꽃잎이 벌어지면서 열매를 내보이며, 꽃잎이 떨어지면 드디어 잘 익은 열매를 맺게 된다. 부처님께서 중생을 제도하시는 가르침도

이와 마찬가지다. 처음에는 방편으로 시작해서 차츰 실상을 열어 보이시고, 나중에는 방편은 떨어지고 실상을 확연히 깨달아 들어가게 한다. 이런 점으로 미루어볼 때, 연꽃은 부처를 상징하거나 부처님의 가르침을 상징한다고 볼 수 있다. 그래서 용운 박광태 시인은 "새해에는 연처럼 살고지고"라 결론을 맺었는데, 이 구절의 뜻은 부처님처럼 살고 싶고, 부처님의 가르침대로 살고 싶다는 소원의 뜻이 담겨 있다고 여겨진다.

어둠이 짙은 땅 위에/ 문을 열고 솟아오른
환한 웃음.

이 도량에 오면/ 마음을 태워 밝히는
얼굴이 보입니다.

어둠 속에서/ 멀리 빛나는
미소 앞에/ 3천 배를 올립니다.

모두 다 거두어 주시는 님 앞에
지난날을 사루며/ 한마음 깨친 것

진솔한 것은 법(法)이라
청정한 것은 승(僧)이라/ 공양을 받습니다.

길 몰라 애태울/ 길을 밝혀주시고
마음 아픈 자의 숨결/ 사람마다/ 다시 보게 하시는

내 안의 님이시여
올리는 향불을/ 받아 주시옵고
마음속 있는/ 새벽의/ 어둠을 가르시옵고

곱고도 해맑은
환한 눈웃음으로
온누리 비춰주소서.

-「환한 미소」 전문

박광태 시인은 불교 신자다. 그가 불교인이라는 것은 이 작품집에
불교적 색채를 띤 시들이 많다는 데서도 증명된다. 예를 들어보면
<광릉 오색딱다구리>, <인연>, <법문이 넘실대는 푸른 바다야>,
<연꽃이듯>, <부처님 오신 날에>, <사월 초파일에>, <근심 한 덩
이 떠나보냈다>, <신륵사 다층전탑 앞에서>, <신륵사의 새벽을 열
면>, <동해바다에서 해돋이를 보며>, <도량석>, <구도의 길>,
<새벽 예불>, <운문사에서>, <범패 소리>, <상원사 가는 길>,
<출가 수행자>, <부처님 마음>, <세월 따라 살아가는 인생> 등 불
교와 관련된 작품이 너무 많다. 그리고 그 작품 속에는 일반인들이 이
해하기 어려운 불교 전문 용어를 많이 사용하고 있다는 데서 그가 얼
마나 불교의 세계에 심취해 있는지가 그대로 증명되는 것이다.

이 작품의 제목이 <환한 미소>이다. 그러면 그 환한 미소를 짓는
주체는 누구란 말인가? "어둠이 짙은 땅 위에/ 문을 열고 솟아오른/ 환
한 웃음"을 짓는 이는 누구란 말인가? 그 다음을 보면 "이 도량에 오면/
마음을 태워 밝히는/ 얼굴이 보인다"라고 하였다. 여기서 '도량'이라는
말은 석가가 성도한 땅을 말하고, 일반적으로 불도를 닦는 곳이란 의
미로 쓰인다. 그러니까 이 도량에 온다는 이야기는 '절'에 온다는 뜻으
로 이해하면 된다. 절에 왔을 때, 마음을 태워 밝히는 얼굴이 보인다고
했는데, 그것은 부처님의 얼굴이 보인다는 의미로 받아들여야 한다.

그 다음 연에는 "어둠 속에서/ 멀리 빛나는/ 미소 앞에"라는 내용이

있는데, 이때도 부처님의 미소를 이처럼 표현했다고 보는 것이다. 왜
냐 하면 그 '미소' 앞에 3천 배를 올린다고 했기 때문이다. 필자는 일반
인이나 신도들이 부처님 앞에 가면 삼배나 사배를 올리고, 좀 믿음이
두터운 사람은 백팔 배를 올리는 것으로 알고 있다. 3천 배 올리는 사
람은 아주 드물 것이라 상상되는데, 3천 배를 올리는 이는 스님이나 아
주 독실한 불교신자일 것이라는 생각이 든다. 박광태 시인의 신심(信心)
이 어떠한지를 그대로 예증해 주는 대목이다.

　그 다음에는 "진솔한 것은 법(法)이고, 청정한 것은 승(僧)이다"라고
하였다. 절에는 세상에서 가장 귀중한 보배가 되는 세 가지 보배(三寶)
를 모신다. 첫째가 불보(佛寶)다. 불이란 부처님으로 우리 인생과 우주
의 참다운 진리를 깨달으신 분이다. 둘째는 법보(法寶)다. 법이란 우리
인생과 온 우주의 참다운 진리이다. 이러한 진리가 우리 인생과 우주
에 꽉 차 있으나 우리는 눈이 어두워 그것을 깨닫지 못한다.

　셋째는 승보(僧寶)이다. 승이란 부처님께서 깨달은 진리대로 수행하
는 부처님의 제자들이다. 이 부처님의 제자인 스님이 우리 인생에게
보람된 길을 제시해 주시니, 이 또한 귀중한 보배가 되는 것이다. 이처
럼 귀중한 보배이니까 박광태 시인이 진솔한 것은 법(法)이라 하고, 청
정한 것은 승(僧)이라 한 말은 불자가 아니더라도 충분히 이해가 되고
도 남는다.

　그 다음 제6연은 기도문이나 발원문 형태를 취하였다. 길을 몰라 애
태우는 사람에게 길을 밝혀 달라 하였고, 마음 아픈 자의 숨결을 다시
보게 해주십사고 청원하였다. 제7연에서는 올리는 향불을 받아 주시
옵고, 마음속의 어둠을 갈라 달라고 하였고, 곱고도 해맑은 웃음으로
온누리를 밝게 비춰 달라고 하였다. 그러니까 항상 환한 미소를 짓는
부처님 앞에 여러 가지 청원을 드리는 것으로 이 작품은 끝을 맺었다.

거듭 말하거니와 이런 작품을 통해서는 박광태 시인은 독실한 불교 신자이고, 항상 부처님의 존재를 가슴속에 담고 살고, 그러한 믿음을 시적으로 형상화 시키는 일에 누구보다도 열심히 노력하고 있다는 것을 알게 해준 데에 의의가 있다고 보는 것이다.

이제까지 박광태 시인의 작품세계를 ① 자연애 정신이 드러난 작품, ② 사랑과 그리움의 정서 표현, ③ 고향 여주를 사랑하는 마음, ④ 불교적 인생관이 함축된 작품 등으로 나누어 살펴보았다. 그 밖에도 일반적 서정을 나타낸 작품, 인생의 의미를 담으려 한 작품, 자아의 존재를 확인해 주는 작품, 농촌의 어려운 현실을 고발한 작품, 새해가 되면 여러 가지 소망을 기원한 작품, 지난날을 회고하거나 회상한 작품, 긍정적 인생관을 함축한 작품, 여행을 한 뒤의 감회를 쓴 기행시, 매화나 해바라기 같은 꽃을 소재로 한 작품 등 그 소재나 제재가 다양하고 폭넓어서, 그 작품세계를 한마디로 '이런 것이다'라고 규정하기 어려운 난점이 있었다. 그렇더라도 이처럼 소재나 제재가 다양한 것은 어떠한 내용이라도 시적으로 소화할 수 있다는 역량을 보여준 것이고, 그만큼 자연이나 인생에 대하여 관심이 많다는 것을 보여준 것이고, 문학을 떠나서는 살 수 없다는 프로의식을 보여준 것이라 이해된다.

논의 ① 에서는 박시인이 자연을 사랑하고 하찮은 대상이라도 좋게 보려고 했고, 그 자연물을 세밀하게 관찰하고, 그의 자연애 정신을 엿보게 해준 데에 의의가 있다고 하였다. 또한 그의 자연관에는 심미적이요 탐미적인 요소가 많이 내포되어 있다는 점도 아울러 밝혔다. 논의 ② 에서는 사랑이라는 정서가 우리들에게 어떻게 작용했는지를 일깨워 주었고, 사랑이란 좋고 아름다운 것이면서도 사람을 외롭고 쓸쓸하게 만드는 양면성이 있다는 것을 알게 해주었다고 본 것이다. <옛

여인 생각>이란 작품을 통하여는 그리움의 정서가 흠씬 배어있고, 그 옛날의 첫사랑을 잊지 못하면서 아름다운 추억으로 간직하고 있다는 것을 느끼게 해준 데에 의미가 있다고 보았다.

논의 ③ 에서는 박시인은 고향 여주에 있는 남한강을 그립고 아름답고 추억이 서리고 서로 떨어질 수 없는 고향의 상징물로 인식하였다고 보았다. 그리고 <고향>이라는 작품은 아주 사실적으로 묘사되어 사실주의 작품이라고 정의하였다. 이처럼 사실적으로 그린 것은 그만큼 고향이 사랑스럽고 그립고 잊을 수 없기 때문에 사실적으로 실감나게 그린 것이라 해석하였다.

논의 ④ 에서는 <연처럼 살고지고>라는 작품의 말미를 "새해에는 연처럼 살고지고"라 결론을 맺었는데, 이 구절의 뜻은 부처님처럼 살고 싶고, 부처님의 가르침대로 살고 싶다는 소망이 담겨 있는 것으로 보았다. 또한 작품 <환한 미소>를 통해서는 박시인이 독실한 불교 신자이고, 부처님의 존재를 가슴에 담고서 살고, 그러한 믿음을 작품으로 형상화 하는 일에 누구보다도 열심이라고 하였다.

이러한 논의들을 종합해보면 박광태 시인의 작품세계는 부정적이기보다는 긍정적인 인생관이 함유되었고, 도시를 소재나 주제로 한 작품보다는 농촌이나 시골을 대상으로 한 작품이 많았고, 상상력을 동원해서 쓰기보다는 있는 사실을 그대로 그리는 사실적인 작품이 많다는 것을 인지하였다. 또한 자연이나 불교를 대상으로 한 작품이 많았으며, 단시보다는 장시를 즐겨 썼고, 현실세계보다는 과거 회고적인 작품이 많았다는 것을 학인하게 되었다. 아무튼 용운 박광태 시인은 금년에 고희(古稀)를 맞는다. 그의 고희를 진심으로 축하드리고 아울러 첫 시집 상재하는 것을 축하드리면서 앞으로 건강과 문운이 함께 하시기를 빌면서 이글을 맺는다.

9. 전통적인 소재와 정서의 조화로운 경지

– 서영수의 시세계

서영수 시인은 경기도 여주 출신으로 여주가 낳은 전통시인이라 할수 있다. 전통시인이란 말이 막연하기는 하지만, 그는 시적 소재를 우리 전통적인 것에서 찾고, 그것을 통하여 잊혀져가는 우리 문화유산을 되살리는 작업을 부단히 하였기에 그렇게 이름 붙여 본 것이다. 그의 전기적 측면을 보면 여주 중학교와 여주 농고를 거쳐 건국 대학교 국문학과를 졸업하였다. 대학 재학 시절에 이미 김용호 시인, 김현승 교수, 오상순 선생, 한하운 시인, 고은 시인 등을 만나서 문학적 소양을 쌓았다고 하니, 그의 문학에 대한 염원과 정열이 얼마나 뿌리 깊고 오래되었던 가를 짐작케 한다. 그러한 과정을 거쳐 1961년에는 「자유문학」지에 시를 추천 받은 바 있고, 한동안 쉬었다가 1990년에 다시 「농민문학」지를 통하여 박화목 시인의 추천으로 문단에 데뷔하였다. 문학에 대한 이러한 애정이 1993년에는 첫 시집 「예가 참 좋네」를 발간하게 되었고, 그 이후에도 재경 여주 문인회를 이끌고 나가는 등 다양한 문학 활동을 한 것으로 안다.

이제 그 첫 시집에 이어 두 번째 시집 발간하는 것을 축하드리고, 더욱이 불초한 사람이 이 시집의 발문을 쓰게 되어. 한편으로는 기쁘면서도 다른 한편으로는 이 시집에 먹칠을 하지 않을까 걱정이 된다. 하여간에 그의 첫 시집을 보면 문학평론가 이 시환이 "그의 시는 다분히 과거 지향적이다. 그래 우리의 오늘과 내일 보다는 어제를 통해서 오늘을 조명하고 내일을 꿈꾸고 있기 때문이다"라고 했는데, 이러한 설명은 바로 이번에 출간하는 두 번째 시집의 작품세계를 설명하는 데도 그대로 적용된다고 본다.

흔히 문학작품을 상상과 체험의 결과라고 생각하는데, 서영수의 작품세계는 상상보다는 체험 쪽이 우세하다고 생각한다. 그 체험을 통해서 우리의 전통적 생활문화를 환기시키고, 민속박물관에서나 볼 수 있는 생활 도구들을 노래하였다는 데에 그 특징이 있는데, 그러한 특징들이 작품세계에 어떻게 반영되었는가를 구체적으로 살펴보고자 한다.

1) 전통적 기구들을 소재로 한 작품

산그늘 닷 마지기 논배미
기용이, 영희, 세묵이, 병일이, 영수
앉은뱅이 썰매로
날 파리 날으듯 얼음판을 뒤집었지

맞부딪혀서 울고
달리기에 뒤져서 울고
그나마 썰매조차 없는 아이는
다음 차례 기다리며 깡통에 불 피우고

철없는 아이들의 해가
물 먹은 병처럼 산속에 가라앉으면
누나가 세묵이를 불러가고
병일이는 삼촌이 불러가고
어머니들이 저녁 밥상으로 불러 가면
아이 하나는
텅 빈 얼음판에
썰매 꼬챙이로 얼음을 깨면

빈 하늘에 초생달이 아서라고 했다.

―「앉은뱅이 썰매」 전문

　위 작품은 <앉은뱅이 썰매>란 시 전문을 인용한 것이다. 지금은 겨울철에 유명 스키장에 가서 그야말로 스릴과 묘기를 부리면서 스키를 타고 있는 시대이니, 앉은뱅이 썰매란 것이 과연 존재하는지 모르겠다. 어쩌면 산간마을에 있을지 모르겠으나 이미 과거의 유물이 되어버렸고 그 원형조차 찾아 볼 수 없는 것이 현실이다. 그러나 지금의 60~70대 기성세대들은 어린 시절 이것을 안 타본 사람이 거의 없고, 그 앉은뱅이 썰매란 말만 들어도 유년 시절의 아련한 향수를 느끼지 않을 수 없다.

　서영수 시인은 그 앉은뱅이 썰매 자체를 노래하는 것이 아니라, 그 앉은뱅이 썰매에 관련된 사연들을 재생시켜서 마치 옛날이야기를 들려주듯 재미있는 스토오리를 엮어나가고 있다. 제1연에 등장하는 인물들은 어린 시절의 서영수시인 자신과 그의 불알친구들이다. 그들과 함께 얼음판 위를 종횡무진으로 누비던 모습을 상기시켜 주고 있다. 제2연에서는 앉은뱅이 스케이트를 타면서 벌어졌던 해프닝들을 적고 있다. 서로 부딪쳐서 울고 달리기에 뒤져서 울고, 썰매가 없는 아이들은 다른 사람의 것을 얻어 탈 때까지 불을 쬐면서 기다린다는 것이다. 제3연에서는 하루 종일 썰매를 탄 다음의 막판 상황을 묘사하고 있다. 겨울철 짧은 해가 서산 넘어가는 것을 물먹은 병처럼 산속에 갈아 앉는다고 했다. 정말 참신한 비유요 재미있는 표현이라고 생각한다. 더 재미있는 표현은 "텅 빈 얼음판에/ 썰매 꼬챙이로 얼음을 깨면/ 빈 하늘에 초생달이 아서 라고 했다"는 구절이다. 그러니까 이 작품은 천상의 초생달과 지상의 주인공이 대화하는 것으로 마무리 하였다. 얼마나 극적인 장면인가, 바로 초생달과 주인공과의 대화 장면을 제시함으로써 이 작품은 평범 속의 비범이라는 시적 경지를 개척하였다고 본다.

> 봇도랑 외나무다리 건너
> 디딜방아 집이 있었다.
>
> 시할머니 시누이 동서
> 풋보리 애벌방아 떡방아
> 솜으로 콧구멍 막고 매운 고추방아까지도
> 두발 굴러 장단 맞추면
> 아이들도 봇물 가에서
> 방아깨비 뒷다리 잡아 흔들었다.
>
> 그 무렵은
> 하루 찧은 곡식 하루 양식뿐
> 먹기 위해 사는 배고픈 나날
> 힘겹던 시대였다.
>
> ―「디딜방아」 전문

디딜방아를 소재로 한 작품을 예로 들어보았다. 서영수 시인은 이처럼 우리의 전통적 생활 도구들에 대하여 애착을 가지고 있는 것이다. 그는 도시와 시장과 지하철, 성당, 절에서가 아니라, 오염되지 않은 벽지 고향 비슷한 곳에서 이러한 물건들을 찾아냈다고 하였다. 그래서 이러한 물건들에 애착심을 갖게 되었는데, 쟁기, 쇠구융, 절구, 유성기, 도리깨, 질화로, 요강, 둥구미, 함지박, 홀치개, 똥지개, 멍석 등을 보이는 대로 몇 점씩 차에 실어 온 것이 어느새 3백여 점이나 창고에 진열되었다고 하였다.

이처럼 우리 선인들이 쓰던 물건들을 3백여 점이나 소장하고 있다면, 거대한 민속박물관을 차려도 되지 않겠는가. 어떤 사람은 세계화라는 구호를 외쳐대면서 나라 경제를 엉망진창으로 만들었는데, 서영수는 망실 되어가는 선인들의 생활 도구들을 수집하여 우리 민족의 생활사를 공부할 수 있는 산 교육장을 마련해 주었으니, 누가 진짜 나라와 민족을 사랑하는 사람인지 심사숙고 해봐야 되겠다.

어떻든 예로 든 작품의 소재 <디딜방아>도 지난 50년대나 60년대에는 찾아 볼 수 있었지만 지금은 찾아 볼 수 없는 물건이 되었다. 설사 어느 시골구석에 그 잔해가 남아 있다 하더라도 거의 쓸모없는 무용지물이 되고 말았다. 더구나 지금의 초등학생이나 중고등학생들은 디딜방아라는 물건을 보기는커녕, 디딜방아라는 용어조차 들어본 적이 없을 테니 그야말로 격세지감과 세대 차이를 실감하지 않을 수 없다.

위 작품 제1연에서는 디딜방아가 있는 공간적 배경을 제시하였다. 봇도랑 외나무다리 건너 디딜방아집이 있었다는 것이다. 제2연에서는 방아 찧는 사람들과 방아 찧는 모습들을 형상화하였다. 거기에 동원된 사람들은 시할머니, 시누이, 동서들이고, 거기서 찧는 방아는 풋보리 애벌방아, 떡방아, 고추방아까지 그 종류가 다양하다는 것이다. 이처럼 아낙네들이 두발 굴러 장단 맞춰 방아를 찧는다고 하였는데. 그러한 노동 현장과는 대조적으로 아이들도 봇물 가에서 방아깨비 뒷다리를 잡아 흔들었다고 하였다. 디딜방아와 방아깨비는 전혀 다른 물체들인데, 이 작품에서는 미묘한 뉴앙스를 느끼게 한다. 약간은 장난 끼 어린 듯하면서도, "아이들도 봇물 가에서/ 방아깨비 뒷다리 잡아 흔들었다"는 구절이 삽입됨으로써 이 작품은 훨씬 더 시적 성공을 거두었다고 생각한다. 제3연은 시인의 유년시절의 시대상이 반영된 것이다. 하루 찧은 곡식 하루 양식거리 밖에 안 되고, 보리 고개란 말이 있었듯이 모든 사람들이 배고픈 나날을 보내야했다. 그처럼 가난하고 힘겹게 살아가던 시절이 있었는데, 개구리가 올챙이 시절 생각 못한다는 속담이 있듯이, 요즘 와서 너도나도 흥청망청 쓰다가 IMF 시대를 맞이하였으니, 자업자득이란 말밖에 달리 표현할 방법이 없다.

2) 지난 시대의 생활상을 보여 주는 작품

애벌논 품앗이 하자고
아저씨들 앞뒷집 일 맞추던
어제 저녁
어린내기였던 그 때가
여태도 귀에 눈에 실려 있다.

한여름 개구리가 쭉쭉 줄어가던 무논
호미 논 매는 것이 애벌논이지

어른들은 슬금슬금 앞서가는데
꼴찌에서 열 번도 더 일어나
눈물 반 땀범벅 하여 노을까지 따라갔지

자반고등어 반찬에 양푼 밥 막걸리하여
술참, 담배참 새참이
어린 내기를 살려줬나 봐

용덕이 형네 복영이 형네 원자 아버이
논매기 저만치 앞서 가며 놀리더니
이젠 죄다 떠나시고
넓은 고향 들녘에서
어른의 끝자리쯤 앉아

더러는 그런 그림을 더듬어 본다.

－「논 매기」 전문

<논매기>란 작품 전문을 인용해 보았다. 오늘날은 기계화 영농으로 농민들이 직접 논매기하는 경우를 거의 찾아 볼 수 없다. 그러나 70년대까지만 해도 전통적 농업 국가였던 우리나라는 <모심기>, <논매기>, <벼 베기> 행사 등을 수작업에 의하여 지속적으로 치러내야만 했다. 그 당시는 모든 농민들이 동원돼서 모심기 작업만 한 달 이상을 해야 했고, 논매기, 벼 베기를 하는 데도 많은 인력과 상당 기간이 소요됐던 것이다. 그런데 오늘날은 그 모든 작업을 기계에 의해서 해버리니, 그 넓은 들판에 모심기, 논매기, 벼 베기 하는 작업을 아주 짧은 기간에 해내고 있는 것이다. 과학문명의 발달이 우리 인간생활에 얼마나 큰 영향을 미치는가를 그대로 실감시켜주는 좋은 예라고 하겠다.

제1연에서는 애벌논 품앗이 하자고 앞뒷집이 일 맞추던 광경을 회상했고, 제2연에서는 한여름에 호미로 애벌논 매던 광경을 그려나갔다. 제3연에서는 어린 주인공이 어른들 틈에 끼어 논 맬 때의 힘들었던 광경을 회상했고, 제4연에서는 하루3끼 정식 외에 술 참, 담배 참, 새참 먹던 모습들을 그려나갔다. 그리고 마지막 연에서는 동네 형들이나 아저씨들이 논매다 뒤쳐진 주인공을 놀리던 일, 지금은 그 어른들이 이미 저 세상 사람들이 되었다는 사실, 주인공 자신이 그 때 그 논매기하던 광경을 회상하면서 아름다운 추억으로 되살리고 있음을 나타내었다.

한마디로 이 작품 <논매기>는 우리농촌에서 기계화 영농이 본격화되기 이전의 농사짓던 모습을 그대로 재현해 보여주었다는 점에서 큰 의미를 찾을 수 있다고 본다.

연이네 아버지는
눈, 비바람이 오나
심지어 남들이 모두 즐기는
일 년 서너 번의 명절에도
똥 지개를 지고
성황당 고개를 넘나든다.

겨울이면 밀 보리밭
봄이면 채소밭
여름이면 호박 밭
늘 똥 지개 곁에
호미가 끼어가고
돌아올 땐 오이, 애호박도 안고 오더니.

―「똥 지개」 전문

그 옛날에는 화학비료가 많지 않아 인분을 밭에 갖다 주면서 농사를
짓던 시절이 있었다. 그 인분을 나르던 기구가 똥 지개인 것이다. 아마
오늘날의 청소년들은 그 '똥 지개'라는 이름을 들어보지 못한 사람들
이 많을 것이다. 그러나 그 옛날에는 농부들이 직접 똥 지개를 메고서
오이나 채소밭에 인분을 주었던 것이니 그야말로 원시적인 영농방법
이라 아니할 수 없다. 서영수 시인은 바로 자신의 유년 시절에, 이러한
똥 지개를 메고 다니면서 농사짓던 모습을, 즉 그 당시의 생활상을 여
실하게 그려나갔다.

제1연에서는 한 농부가 눈이 오나 비바람이 부나 심지어는 명절날
까지도 농사를 짓기 위하여 부지런히 똥 지개를 메고 다니던 모습을
그렸다. 제2연에서는 똥 지개를 메고 가서 어디에다 주는가, 봄에는 채

소밭, 여름에는 호박밭, 겨울이면 보리밭에 준다는 것이다. 그리고 제3연에서는 그 똥 지개 곁에 호미가 늘 끼어 있다는 것이고, 집으로 돌아올 때는 그 인분을 주어 가꾼 오이, 호박 등을 안고 온다고 하였다. 하여간에 똥 지개를 메고 다니면서 농사짓던 일이 지금부터 30~40년 전 모습이 아니던가, 그런데도 서영수 시인은 그것들을 생생하게 되살려서 작품으로 형상화시키고 있으니, 그 놀라운 기억력과 관찰력에 감복하지 않을 수 없다.

3) 50년대 시대상을 노래한 작품

8·15 해방 전후시대
한해 굶주림은 너무 길었다.

읍내 이봉구씨 댁 양조장엔
어머니들의
남비 항아리 바가지의 장사진이다
언제 배급 될지 모르는 술지개미를 기다리는 거지.

소년은 산으로 들로 냇가로 들개가 된다.
논두렁을 파헤쳐 메를 캐먹고
진달래꽃 찔레순 버들강아지
마구 따먹은 입술은 까맣게 물이 든다.

어머니는
아버지의 생일 할아버지의 제삿날에나
이밥(쌀밥)을 올리려고
나뭇가리 속에 깊이 묻어놓은 항아리의 쌀을
굶주림에 쓰려도 헐지 않았으니

참 아픈 시절이었다.

－「소년의 굶주림시대」 전문

　이 작품은 서영수 시인의 전기적 측면을 이야기했으면서도, 1950년 대 우리사회의 시대상을 여실하게 반영했다는 점에서 역사적인 의의가 있다.

　그 당시 우리 민족은 8·15해방 직후인데다 너무 가난하게 살았고, 그 가난을 이겨내기 위하여 나무껍질을 벗겨 먹거나 풀뿌리를 캐서 먹는 경우도 있었다. 오죽해서 보릿고개라는 말까지 나오지 않았던가. 그러한 시대상황을 제1연에서는 8·15해방 전후시대 한해의 굶주림은 너무나 길었다고 서술하였다. 제2연의 내용은 주인공이 살고 있었던 읍내의 상황을 전달해준다. 이봉구씨 댁 양조장에서 나오는 술지개미라도 얻어다 먹기 위하여 여인네들이 장사진을 치면서 기다렸다는 것이다.

　그러나 제3연에서는 주인공 자신의 이야기를 하고 있다. 소년은 먹을 것을 찾아 산으로 들로 냇가로 들개처럼 뛰어다녔다는 것이다. 그러면서 논두렁을 파헤쳐 메를 캐먹고 진달래꽃, 찔레 순, 심지어는 버들강아지까지 따먹었다고 하니, 그 당시의 굶주림 상황이 얼마나 심각했던가를 피부로 느끼게 한다. 제4연에서는 주인공 자신의 집안 이야기를 하고 있다. 그 귀한 쌀이 있기는 한데, 그것은 아버지의 생일이나 할아버지의 제삿날에나 쓰려고 고이 간직해 둔 채 헐지 않았다는 것이다. 지금은 쌀밥이 너무 흔해서 잘 안 먹고 건강을 위해서 잡곡밥을 찾는 시대이지만, 그 당시는 생일날이나 제삿날 아니면 쌀밥 구경을 못하던 시절이니, 가난의 극치를 이루었던 시대라고 할만하다.

　하여간에 우리 민족은 해방 직후나 6·25를 전후해서 피밥이나 조밥 아니면 깨묵이나 감자를 으깨서 먹었다. 남한에서는 이러한 굶주림 현상이 1950년대에나 있었는데, 북한에서는 21세기를 바라다보는 현금에도 이러한 가난과 굶주림에 허덕이고 있으니 참으로 한심하다는 생각이 든다.

> 1·4 후퇴 전후 시절
> 청소년들의 유일한 일 벌이는
> 유엔군 부대 심부름꾼이다
> 말하자면 하우스 보이가 그거다.
>
> 의견이 통해야 하는데
> 어이는 헤이
> 먹을 것은 찹찹
> 손짓 발짓 배밀이 시늉까지
> 빙빙 돌고 구부리고 미친놈이 될 때도 있다.
>
> 그렇게 해서
> 옷가지를 빨래 해다 주면
> 후적거리는 쇠고기 깡통 초코렛을 얻어온다.
>
> 천대도 받고 귀염도 받은 하우스보이
> 잘 뵈면 부대 이동 따라 따라가고
> 매정하게 내동댕이치면
> 다음 부대 앞에서 기웃거릴 때
> 까라까라 소리치던 미군 놈들
> 여태도 노란 눈이 귀에서 쟁쟁거린다.
>
> ―「하우스 보이」 전문

이 작품은 1950년에 발생한 6·25사변을 배경으로 하고 있다. 그 당시 전쟁을 체험했던 세대들은 '하우스 보이'니 '양갈보'니 하는 말들을 많이 들었다. 북한군이 남침해 오자 유엔군이 참전하게 되었고, 그 유엔군들의 대부분은 미군들이었고, 그들의 참전 결과 한국사회의 부작용으론 하우스 보이나 양갈보 같은 것이 많이 생겨났던 것이다. 위 작품의 내용은 더 할 것도 없고 덜할 것도 없는 있었던 그대로의 일들을 사실적으로 서술해 나갔다는 점에서 당시의 시대상이나 사회상을 연구하는 데도 많은 참고가 될 것이다. 제1연에서는 그 전쟁 당시 청소년들의 유일한 일 벌이는 유엔군 부대에 가서 심부름꾼 노릇하는 것, 즉 하우스보이가 되는 길이라고 하였다.

그러나 우리 청소년들은 영어를 잘못하니까 말이 통하지 않는다. 그래서 제2연에서는 <헤이>, <참참> 이라는 용어를 썼다는 것이고, 심지어는 손짓, 발짓, 배밀이 시늉까지 하면서 의사소통을 했다는 것이다.

제3연에서는 하우스보이들이 유엔군의 옷가지를 빨래 해다 주면 그 대가로 쇠고기 깡통이나 초코렛을 얻어왔다는 것이고, 제4연에서는 그들에게 잘 보이면 계속해서 따라 다니고, 못 보이면 '까라까라' 하면서 괄시 받았다는 사실을 서술하였다. 하여간에 이 작품은 6·25전쟁 기간에 우리 청소년들의 삶의 방식과 처해 있던 위치를 어느 정도 반영해주었다는 점에서 음미하고 되새겨 보아야 할 가치가 있다고 본다.

4) 고향 사랑 정신을 나타낸 작품

아무리 가난해도
아침저녁 굴뚝 연기는 피운다.

어머니의 가슴이 타면
한(恨)으로 내뿜는 긴 한숨이다.

그때 전장에서 목발로 돌아오는 형은
등 너머 오르면서 굴뚝 연기를 보고 울었단다.

아이가 얼음판 석양이 꺼지면
어머니가 부르는 손짓이라 했다.

동네 아침이 열리면 하루의 깃발이 되고
저녁이 덮이면 참새가 머리를 둔다.

그런 고향의 향수도
아궁이 불 지피는 이 없어 연기도 오르지 않는다.
　　　　　　　　　　　　　　　　　－「굴뚝연기」 전문

　필자도 어린 시절 고향에서 살았는데, 가장 이색적이고 가슴을 뭉클하게 했던 것이 온 마음을 뒤덮는 저녁연기였다. 마을 앞 들녘에서 일하다가 저녁에 집으로 돌아올 때면 집집마다 굴뚝에서 나오는 저녁연기가 한데 어우러져 온 마을을 뒤덮었기 때문이다. 그 안개처럼 뒤덮인 저녁연기를 바라보노라면 무엇인가 막연한 희망 같은 것을 갖게 되고, 삶의 보람 같은 것을 느끼게 되었다. 그래서 타향살이 하다가 고향을 떠올리면, 고향마을을 수호신처럼 지키고 섰는 몇 백 년 묵은 느티나무나 온 마을을 포근하게 감싸 주는 저녁연기 같은 것을 먼저 생각하게 된다.
　제1연에서는 아무리 가난해도 아침저녁으로 굴뚝연기는 피어오른다고 했다. 잘해 먹느냐 못해 먹느냐의 차이이지, 무엇인가는 먹어야 살기 때문에 가난한 집의 굴뚝에서도 밥 짓는 연기는 피어오르게 마련이다.

제2연에서는 저녁연기를 은유한 것이라 보는데, 그 저녁연기를 어머니의 가슴이 타서 한으로 내뿜는 긴 한숨이라 보았던 것이다.

제3연에서는 굴뚝연기와 관련된 사연을 노래하고 있다. 전쟁터에서 부상당한 형이 목발을 짚고 와서 그 굴뚝연기를 바라보고 울었다는 것이다.

제4연 또한 굴뚝 연기와 관련된 사연을 노래했는데, 아이가 얼음판 위에서 놀다가 그 굴뚝연기를 바라보고서는 어머니가 집으로 돌아오라고 부르는 손짓이라고 생각했다는 이야기다.

제5연에서는 그 굴뚝연기가 아침에 피어오르는 것은 하루의 깃발로 인식되고, 저녁에 피어오르는 것은 참새가 나돌아 다니다가 제집으로 돌아올 때 머리를 두는 목표물 노릇을 했다는 것이다.

마지막 연에서는 21세기로 접어드는 오늘날의 농촌의 현실을 안타깝게 그리고 있다. 아궁이에 불 지피는 사람이 없으니 연기도 피어오르지 않는다는 것이다. 그동안 산업화 도시화의 물결로 농촌에서는 이농현상이 심화되었고, 그 결과 사람이 살지 않는 빈 집도 많이 생겨났다. 그러니 아궁이에 불을 때는 사람도 없고, 불을 때야할 사람도 없으니 굴뚝에서 연기가 솟아오르지 않는 것은 당연하지 않겠는가. 서시인은 바로 이러한 고향의 현실이 안타깝다는 것이고, 그러면서도 그 옛날 아름답게 피어오르던 굴뚝 연기를 생각하면서 고향에 대한 향수를 그린 것이 위 작품이라고 생각한다.

동네는 모두 초가지붕이었다.

어르신네들이 한 평생 살다 가신 곳

어린 시절 먹거리를 나누던 보금자리였다.

하이얀 박꽃과 호박꽃이 피고
밤이면 달빛이 지붕의 드문드문 버섯을 키우고
썩은 지붕일수록 굼벵이가 자라고
처마 끝엔 참새가 알을 낳는다.

늦가을 볏짚으로 이엉과 용마루를 엮어 덮으면
단장된 지붕에 하이얀 눈.
등잔불이 하나 둘 꺼지는 밤
솜이불을 덮고 포근히 잠드는
초가집의 편한 행복이 있었다.

ㅡ「초가지붕」 전문

<초가지붕>이란 작품 전문을 인용하였다. 지금의 60~70대들은 고향 하면 먼저 떠올리는 것이 초가지붕이고, 그 초가지붕을 고향에 대한 대명사처럼 생각한다. 이따금 고향의 초가지붕과 그 위에 앉혀진 박 덩이와 밤하늘의 둥그런 달을 생각하면서 그 조화와 아름다움을 환상적으로 그려나간다.

그런데 1970년대 새마을 운동이란 것을 하면서 그 초가지붕이 모두 없어지고 앙상한 스레트 지붕으로 바뀌었다. 그 초가지붕이 스레트 지붕으로 바뀌고 흙으로 쌓은 토담이 시멘트 불럭 담으로 바뀌면서 정다웠던 고향 인심이 삭막하게 바뀌었고 푸짐하던 농촌의 인심이 야박해지기 시작했다. 어떻든 그 고향 마을의 대명사였던 초가지붕을 용인 민속촌에나 가야 구경할 수 있고, 이러한 작품 세계에서나 떠올릴 수 있게 된 것은 안타까운 일이라 아니할 수 없다.

제1연에서는 고향마을이 모두 초가지붕이었다는 것이고, 그곳은 어르신네들이 한 평생 살다 가신 곳이고, 시인 자신이 유년시절을 보낸 보금자리라고 하였다.

제2연에서는 그 초가지붕을 박꽃과 호박꽃이 피던 곳이고, 드문드문 버섯이 자라나던 곳이고, 굼벵이가 있던 곳이고, 참새가 알을 낳던 곳이라 하였다.

제3연에서는 늦가을이면 이엉을 엮어 지붕을 새로 해 덮는다는 것이고, 겨울철이면 그 위에 하얀 눈이 쌓인다고 하였다. 동시에 초가집은 밤늦게 등잔불을 끄면서 포근하게 잠 들 수 있는 안식처라 하였다. 이러한 내용들로 미루어 볼 때, 서영수 시인은 그 옛날 초가지붕으로 뒤덮였던 고향마을을 안타깝게 그리워하고, 그 고향을 마음의 이상향으로 생각하면서 애향의식이나 귀 전원의식을 노래하고 있는 것이라 생각된다.

이제까지 서영수 시인의 작품 세계를 1) 전통적 기구들을 소재로 한 작품 2) 지난 시대의 생활상을 보여주는 작품 3) 50년대 시대상을 노래한 작품 4) 고향 사랑 정신을 나타낸 작품 등으로 나누어 해설하고 감상하였다.

70여 편 가깝게 되는 그의 작품을 접하면서 느낀 점은 서영수의 시 세계는 미래지향적이기보다는 과거회고적인 성향이 짙다는 것을 실감하였다. 그렇다고 그가 복고적이라거나 진취적이지 못하다는 이야기는 아니다. 지난날의 우리의 뿌리를 알고 그 실체를 정확히 파악함으로써 좀 더 밝은 미래를 창조해 나가자는데 그 의미가 있듯이, 서시인의 일련의 작업은 과거와 현재와 미래를 하나의 연결고리로 묶어 보자는 데서 출발한 것이다. 그래서 옛날 우리의 어르신네들이 쓰시다가 버려진 물건들, 즉 민속박물관이나 가야 구경할 수 있는 물건들을 찾아 나섰고, 그것을 수집한 것이 300여 점 되고, 또 그것들을 소재로 해서 시집 한권을 내기에 이른 것이다. 다시 한 번 서영수 시인이 직접 실토한 작가의 변을 들어보자.

"고려시대, 조선시대, 고관대작들의 금붙이, 백자 같은 것만 유명한 유물이고 평민이고 농민인 우리의 조부모님들이 어렵게 살아오신 삶에서 없어서는 안 될 연장 같은 것, 그런 흔적의 유품은 무어라고 이름해야 한단 말이냐, 그렇게 천박한 것처럼 내동댕이치는 그것마저 몇 년 더 지나면 태워져 버리고 묻혀버리고 손때를 묻혔던 주인들마저 하나 둘씩 세상을 떠나고 나면 어떻게 할까 안타깝고 아쉽고 분통이 터지면서 그런 유품들에 사랑 같은 것을 느끼게 된다." 얼마나 아름답고 숭고한 생각인가. 왜 고려청자와 이조백자는 귀한 것이고 우리네 할아버지들이 평생을 지고 다니던 똥 지개와 할머니들이 평생 들고 다니던 질화로는 천대 받아야 되는 건지 설명할 방법이 없다. 서영수 시인의 갸륵한 뜻을 높게 사면서 이제부터라도 우리의 것을 아끼고, 우리 조상들이 물려준 유산들을 잘 보존하자는 문화운동이 활발하게 전개 되었으면 좋겠다.

하여간에 서영수 시인은 지나친 은유로 쓴 난해시를 싫어한다고 하였고, 시를 써서 시인끼리 보자고 쓴 시는 싫어한다고 하였다. 이것은 그의 문학관을 나타내주는 이야기인데, 시인은 힘들이고 정성들여서 작품을 쓰고, 독자는 읽고서 쉽게 받아들일 수 있는 시를 써야 한다는 것을 강조한 것이다.

그가 말한 이러한 이야기처럼 그의 시는 부담 없이 읽을 수 있고, 크게 고민하지 않아도 이해되고, 이야기체 형식을 주로 써서 읽는 이에게 친근감을 주는 것이 특징이다. 또 그가 선택한 소재와 내용은 몇 백 년 동안 우리 조상들이 사용하던 물건들을 소재로 했고, 그들의 생활 모습과 의식세계를 주 내용으로 했다는 점에서 그를 일컬어 전통시인이라 하거나 향토시인이라 이름 붙여도 좋을 것 같다. 어떻든 우리나라의 시인 숫자가 3천 5백여 명 가량 된다고 하는데, 그 누구도 서영수 시인의 작품을 모방하거나 흉내 낼 수 없다는 점에서 그 나름의 독특한 시세계를 창조한 독보적 존재라 할 수 있다. 결론적으로 좋은 작품 더 많이 써주시기 바라며, 다시 한 번 두 번째 시집 발간을 진심으로 축하드리면서 서시인의 문운을 빈다.

10. 생활체험과 애향심과 가족애의 정신
— 이일섭의 시세계

　문학은 언어를 재료로 하여 자신의 사상, 감정, 체험, 상상 등을 어떤 형식에 맞게 표현한 것이다. 인간은 누구나 본능적으로 표현 욕구가 있다. 아침에 자리에서 일어나 밤에 다시 잠들 때까지 수많은 말을 한다. 그처럼 말을 많이 하는 것도 자기의 생각과 뜻을 남에게 전달하기 위해서다. 이것을 말소리로 하면 언어가 되고, 문자로 나타내면 문장이 되고, 좀 더 특수하게 표현하면 문학이 된다.

　그리고 돈 많은 재벌이나 땅 투기꾼이 문학하는 것 못 보았다. 고위 관직에 있는 사람이나 사회적 지위가 대단한 사람들이 문학하는 것 못 보았다. 그러니까 문학은 돈과 거리가 멀다는 것을 전제해 둔다. 문학 하는 사람이 돈을 너무 많이 벌거나, 돈 버는 일에 집착하면, 그는 이미 문학인이 아니고, 문학 장사하는 사람이다. 그러기에 문학은 가난한 사람, 한이 많은 사람, 어려움을 많이 겪은 사람의 몫인지도 모른다.

　이일섭 시인도 그의 생애를 보면, 어려운 가운데 자수성가했고, 지금도 여러 가지 어려운 처지에 직면해 있다. 그러면서도 문학을 숙명적으로 생각하고, 열심히 수련하고, 문단 활동을 하고, 문학의 도를 닦아나가고 있는 것이다. 특히 여주 지역의 문학 발전을 위하여, 초창기에 문인협회를 창립하는데 주도적인 역할을 했고, 여주를 소재나 주제로 해서 쓴 작품이 많고, 특히 영릉에 계신 세종대왕을 기리고, 추모하고, 그리워하는 작품들이 많다.

그는 여러 번 타관에 가서 살 기회가 주어졌지만, 그때마다 그 좋은 자리를 거부하고 고향 여주를 지켜왔다. 그러기에 그의 작품 이면에는 고향 여주를 사랑하는 정신이 절절이 흐르는 것이다. 누구보다도 정의감이 강하고, 불의를 보면 참지 못하고, 자기보다 못한 사람을 도와주고, 신의와 의리를 중시하는 사나이 중의 사나이다. 이러한 성격이 그의 작품 속에 그대로 반영되었으리라 보고, 그의 작품세계가 어떻게 변화하고 발전했는지, 실제로 작품을 읽으면서 탐구해보고자 한다.

1) 생활체험의 형상화

신륵사 건너편 우리 밭
해마다 장마철에 물이 들어
기름진 황금벌판

참외도 주렁주렁
노랑 빛깔 태양 볕에 흐르는 사탕물
원두막에 학생 십여 명이
참외를 사러 왔습니다.

여주는 물이 유하고
강물이 유하니

인심 또한 유하다

여기 참외 드시고
여주 인심이 좋더라고
선전 하십시오
하나씩 가져가십시오.

돈은 그만두시고
그냥 들고 가시오.

몇 번이고 인사를 한다
그들은 지금쯤 훌륭한
이 나라의 인재가 되었을까.

　　　　　　　　　　　　　　　　　　－「참외 밭」 전문

　이 참외밭은 바로 시인 자신의 집 것이고, 소재지는 여주 신륵사 건
너편에 있다. 해마다 장마철에 물이 들어, 좋은 흙을 덮어주기 때문에
기름진 황금벌판이 되었다는 것이다. 그래서 참외가 주렁주렁 열렸고,
노랑빛깔을 띤 참외들이 맛이 있고, 손님들을 끌기에 안성맞춤이란 것
이다. 그러나 이 참외는 먹고 살기 위해 농사로 지은 것이지, 누구에게
거저 희사하려고 지은 것은 아니라고 본다.

　그런데도 참외를 사러온 학생들에게 그것을 팔지 않고, 그냥 가져가
라고 했다. 이 참외를 드시고 여주 인심이 좋더라고 선전해 달라는 이
야기다. "하나씩 또 가져가십시오./ 돈은 그만 두시고/ 그냥 들고 가시
오"라는 대화체의 구절을 통해서 저간의 사정을 짐작할 수 있다. 참외
를 돈을 받지 않고 거저 준다니, 학생들 입장에서는 얼마나 고마웠겠
는가. 그들은 몇 번이고 고맙다는 인사를 되풀이하지 않을 수 없었을

것이다.

이 시의 내용은 이일섭 시인이 십대 시절에 직접 체험한 작은 사건을 작품의 소재로 삼고 있다. 그것이 아름다운 추억이 되었고, 그 추억을 망각할 수 없어, 작품으로 형상화하기에 이른 것이다. "그들은 지금쯤 훌륭한/ 이 나라의 인재가 되었을까"라는 말에서 그 소년 학생들이 어떤 과정을 거쳐 어떻게 달라졌는지를 궁금해 하고 있는 것이다. 아마도 그들은 공부를 열심히 하고 훌륭하게 성장해서 이 나라의 인재가 되었을 것이라는 의미가 함축되었다고 보아진다. 이처럼 시의 소재는 시인 자신의 체험이 중요한 모티브가 된다는 것을 이 작품을 통하여 증명하게 되었다.

의료기구 판매점
주인이 손바닥을 쑥뜸
주저 없이 순환상태를 점검
순환이 불량상태.

이것 치우시고
손끝 발끝을 사혈하시오
네 하면서
먹물 같은 피가 흐르니
얼굴색이 붉어지더라.

그 옆에서 보고 있던
시경 두 사람

커피 사드릴 게요 다방으로
우린 시경에서 나온 사람

형씨 같은 사람은 하늘에서 낸 사람

국가에서 보호하여야 한다면서

어디서 왔느냐

시골 가시면 병원, 한약 등

손잡고 계속 일하여 주십시오.

ㅡ「어느 날 종로」 전문

　이일섭 시인은 시만 열심히 쓴 것이 아니라, 다른 사람의 병을 진단하고 고쳐주는 데도 일가견이 있다. 이러한 실력은 스스로 독학한 것 같지는 않고, 학원 같은 곳을 다니면서 체계적으로 공부하고 실습한 것이 아닌가 하는 생각이 든다. 그가 무슨 의료 과정을 언제쯤 수학했는지는 몰라도 자가 치료방법이나 민간요법에 대하여 특별한 수련을 받은 것임에는 틀림없다. 그 나름의 독특한 기구를 사용하여 사람들의 혈액순환이 잘 되는지 안 되는지를 점검한다.

　그의 지론은 모든 병의 근원은 혈액순환이 안 되는데서 발생한다고 본다. 그 혈액순환이 안 되는 부위를 찾아 사혈을 하고 부황을 뜨면 피가 잘 돌아가고 병이 낫게 된다는 것이다. 이러한 사실은 위 작품 제2연의 "이것 치우시고/ 손끝 발끝을 사혈하시오/ 네 하면서/ 먹물 같은 피가 흐르니/ 얼굴색이 붉어지더라"하는 구절에서 그대로 증명된다. 얼굴색이 붉어진다는 것은 피가 잘 돌아간다는 의미이고, 피가 잘 돌아 가니까 병이 낫게 되었다는 것이다. 이런 방법으로 타인의 병을 고쳐준 것은 어느 날 종로에서 만난 사람 외에도 부지기수로 많다. 병원이나 약방을 쫓아다녀도 낫지 않는 병을 이일섭 시인이 그 나름의 독특한 방법으로 치료해서 많은 사람들을 고통에서 벗어나게 해주었다. 그렇더라도 사람들의 병을 고쳐주고 돈을 받는 것이 아니기에, 그 나름대로 덕을 쌓고 은혜를 베푸는 것이지 그 이상의 별다른 의미는 없다고 본다.

이처럼 아픈 사람을 고쳐주니, 옆에서 보고 있던 시경 두 사람이 고마워했다는 것이고, 다방에 가서 커피를 사주겠다고 했다는 것이고, 형씨 같은 사람은 하늘에서 낸 사람이라고 했다는 것이다. 얼마나 감사했으면 시골에 가서 병원이나 한약방 등과 손잡고 계속해서 일해 달라고 부탁했겠는가. 이처럼 이승에서 선업을 많이 쌓았으니, 그가 저승에 가게 되면 좋은 곳에 다시 태어날 것이 틀림없을 것이라는 생각이 든다. 한마디로 이시인은 체험을 중시해서 작품을 형상화 했는데, 여기에 상상력까지 가미가 되었다면 더 좋은 작품이 되었을 것이라는 점을 첨언해 둔다.

2) 애향심이 나타난 작품

동대에 찬란히 해 뜨는 곳
북성산 정기 가슴에 품고
세종대왕 슬기를 이어받아
역사의 옷자락 빛내보자.

골내근현 옛 정신 더듬어
고향의 향기를 빛내어
문향의 고을 선현의 얼 이어서
향취에 울리는 푸른 종소리.

가야금 열두 줄에 비치는 얼
온누리 밝히고 묵향 찾아
드높고 용감무쌍한 훈민정신.

여기 가락되어 여강은 춤추며
갈피갈피 접어둔 정 빛나네.

마암대에 어린 정기 칼바위 이루고
황학산 파닥이는 웅비의 나래
봉미산 언덕에 범종소리 은은하다.

마음의 등불 되고 길잡이 되어
황려현 뭇 백성 머리에 켜져
문화의 등불 밝히련다.

─「동방의 등불」 전문

이 작품의 제목은 <동방의 등불>이다. 이러한 제목은 일찍이 인도의 시성 타골이 우리나라 <코리아>를 찬양하면서 쓴 시의 제목이기도 하다. 타골은 인도의 시인, 사상가, 교육자로서 1913년 노벨 문학상을 받았으며, 인도문학의 정수를 서양에 소개하고, 서양문학의 정수를 인도에 소개하는데 큰 공을 세웠다. 그의 작품 <동방의 등불>에서는 "일찍이 아시아의 황금시기에/ 빛나던 등불의 하나인 코리아/ 그 등불 다시 한번 켜지는 날에/ 너는 동방의 밝은 빛이 되리라"고 우리나라를 찬양하였다. 그리고 그는 이 작품의 말미에서 "나의 마음의 조국 코리아여 깨어나소서"라고 기원하였다.

타골은 우리나라를 <동방의 등불>이라고 했는데, 이일섭은 고향 여주를 동방의 등불에 비유하면서 여주를 찬양하였다. 다 아는 이야기이지만 여주는 세종대왕이 잠드신 영릉이 있는 곳이다. 훈민정음을 창제하신 세종께서 계시다는 것 한 가지만으로도 여주의 문화적 위상은 높아진다. 세종대왕 하면 훈민정음, 훈민정음 하면 우리나라 최고의 문화적 가치가 있는 보배이다. 그래서 상기 작품에서는 세종대왕의 슬기를 이어받아 역사의 옷자락을 빛내자고 했던 것이다.

그리고 여주의 옛날 이름은 <골내근현> 또는 <황려현>이다. 그 골내근현의 정신을 더듬어서 고향의 향기를 빛내고, 선현의 얼을 이어서 푸른 종소리를 울려 보자고 하였다. 그밖에도 여강이 춤추고, 마암대의 어린 정기가 칼바위를 이루고, 황학산이 웅비의 나래 펴고, 봉미산 언덕에 범종소리가 은은하다고 하였다. 이처럼 여주의 자랑거리를 나열한 것은 맨 끝연의 "마음의 등불 되고 길잡이 되어/ 황려현 뭇 백성 머리에 켜져/ 문화의 등불 밝히련다"는 결론을 제시하기 위해서다. 한마디로 타골이 세계적 입장에서 코리아를 <동방의 등불>이라 했다면, 이일섭 시인은 한국의 입장에서 여주를 <동방의 등불>에 비유했다는 생각이 든다.

억만년 속삭이며
피고 지고 한 여강

지축을 흔드는 새싹
삼일운동 같이
새파란 자유의 깃발
나부낀다.

용마을에 종달이도
파닥이는 나래
울어 예는 봄소식

초원엔 송아지도
음메 음메

선현의 함성인 양

부활한 진달래
하늘을 보고
읊조리는 통일의 노래

내일은 밝아 오리라.

-「고향의 강」 전문

    여주는 산야도 아름답지만, 그 앞을 흐르는 남한강이 있어 더 아름다운 경치를 연출한다. 이 남한강을 여주에서는 특별히 <여강>이라 부르는 것이다. 이처럼 좋은 강이 있기에 그 주변 땅이 옥토가 되었고, 이 옥토에서 나는 여주쌀은 맛이 뛰어나 여주의 특산물이 되었다. 이처럼 특별한 의미를 지녔기에 위의 작품 제1연에서는 "억만년 속삭이며/ 피고 지고 한 여강"이라고 했던 것이다. 그리고 강물에는 여러 가지 의미가 함축되었다. '부드럽다', '깨끗하다', '영원하다', '포용력 있다' 등이 있는데, 이일섭 시인은 여기에 '자유'의 의미를 추가하여, "새파란 자유의 깃발이 나부낀다"고 하였다. 시인의 개성적인 눈과 상상력이 동원된 결과라고 생각한다.

    용마을의 종달새는 봄소식을 울어 예고, 초원에는 송아지들이 한가롭게 뛰어놀고, 여주를 둘러싸고 있는 높고 낮은 산에는 진달래꽃이 만발하였다. 이 진달래꽃에 대하여 김소월은 "영변의 약산 진달래꽃/ 아름 따다 가실 길에 뿌리오리다"라고 해서 임을 생각했는데, 이일섭 시인은 그 진달래꽃을 나라를 위하여 목숨을 바친 선현들이 부활한 것이라고 보았다. 그 진달래꽃이 하늘을 보고 통일의 노래를 읊조린다고 했으니, 그의 시상은 <애향심>을 노래하다가 <애국심>으로 확대되었다고 하겠다.

    그래서 '내일은 밝아오리라'고 희망적, 긍정적, 미래지향적 의지를 나타내고 있는 것이다. 또한 '여강', '종달새', '초원', '송아지', '진달래' 등의 소재들을 제시함으로써, 여주는 정말로 한가롭고, 여유 있고, 평화롭고, 꿈이 있고, 아름다운 곳이라는 이미지를 각인시켜 준다. 그밖에 이처럼 애향심을 드러낸 작품에는 <고향의 정>, <여강엔>, <여강>, <영릉에서>, <강월헌>, <흙> 등이 더 있다는 것을 첨언해 둔다.

3) 가족애 정신을 노래한 작품

조국을 위하여 몸 바친
형님은 고 이표섭

손바닥에 무씨, 배추씨를
손에 잡고 기도를 한다

새봄이 왔으니 싹이 트라고
명령을 한다

잠시 후 손바닥을 보면
놀랍게도 싹이 노, 파란 색으로
입을 열고 있는 게 아닌가

유리겔라는 손바닥에서
싹이 트고 성장하는 모습이
선명하게 보인다고 한다

고 형님은 다시 서울 어느
부유한 가정에서
지금 성장하고 계십니다.

－「형님의 초능력」 전문

필자가 아는 바로는 이일섭 시인은 초능력 보유자이다. 그런데 그의 형님까지 초능력 보유자였다는 사실은 이 작품을 통하여 알았다. 그의 형님은 <강나루 터 3>이라는 작품을 보면 6·25때 전사한 것으로 되어 있다. "오학동 언덕 길/ 오르막 길/ 따발총 소리/ TNT 폭음/ 하늘도 놀란 표정// 그 후 나는 다시/ 형님을 볼 수 없었다"라는 구절이 그러한 사실을 증명해 준다. 그리고 끝 연을 보면 "읍민들은 구경/ 형님은 이미 운명하셨다./ 한 떨기 젊은 꽃송이/ 하늘에서 피었다"고 했으니, 이 시인이 얼마나 형님을 그리워하고 형님의 전사를 안타까워하는지 그대로 증명된다.

그의 형님이 초능력을 실행할 때, "손바닥에 무씨, 배추씨를 손에 잡고" 기도를 하는데, "새봄이 왔으니 싹이 트라고 명령을 한다"는 것이다. 그런데 잠시 후 손바닥을 보면, 그 씨앗이 노란 색, 또는 파란 색으로 잎을 피운다고 하니, 그야말로 기적이요 놀라운 사실이 아닐 수 없다. 그러면서 형님의 초능력 실력을 유리겔라에 비유하였다. 유리겔라는 1946년 12월 이스라엘에서 출생한 마술사이다. 숟가락 구부리기로 유명한 세계적인 초능력 보유자인데, 그는 1984년 우리나라에 와서, 아픈 사람들을 고쳐준다고 하면서 많은 화제를 남겼다. 하여간에 유리겔라는 손바닥에서 싹이 트고 성장하는 모습까지 볼 수 있다고 하니, 세계적인 인물임에는 틀림없을 것이다.

또한 맨 끝 연을 보면 "고 형님은 다시/ 서울 어느 부유한 가정에서/ 지금 성장하고 있다"고 했으니, 이일섭 시인은 전생이나 윤회설을 믿고 불교적 세계관을 가지고 있다는 사실을 확인하게 된다. 이 작품에는 그의 형제애, 또는 가족애 정신이 물씬 풍긴다는 점을 강조하면서, 그의 인간미가 그대로 반영된 작품이라 확신한다.

초등학교 4학년에
할아버님 돌아가시고
생활이 빈곤하여

독학으로 중, 고등학교
나오신 아버님
왜정시절에 경찰서에서 근무하시고

화사마구미, 남북한
전근 다니시며
화약주임으로
근무하시면서

원주 또아리굴 공사 하실 적에
노동자를 위하여
어떻게 먹이느냐
연구 끝에 일본사람들과
아버님이 내기하셨으니

~중략~

아버님이 이겼으니
피와 땀으로 뚫은 또아리굴

오랫동안 실컷 먹였다는
아버님의 말씀.

　　　　　　　　　　－「중앙선 또아리굴」 전문

이일섭 시인의 작품은 생활체험을 소재로 한 것이 많지만, 과거를 회상하면서 쓴 회고시도 많이 있다. 예로 든 상기 작품을 통해서는 그의 효심(孝心)을 엿볼 수 있는데, 아버지가 어떠한 분이었는지를 생생하게 그릴 수 있다. 독학으로 중, 고등학교를 나오셨고, 왜정시절에는 경찰서에 근무하셨다는 것이다. 원주에 있는 또아리굴 공사를 하였고, 그 때 노동자들을 어떻게 먹여 살릴까를 궁리하면서 일본 사람과 내기를 하였다는 것이다. 또아리굴을 파면서 그 앞에 빈 굴이 있느냐 없느냐 하는 문제를 내기로 걸었고, 아버님의 영험으로 내기에 이겨서 노동자들을 실컷, 그것도 오랫동안 먹여 살릴 수 있었다는 것이다. 그야말로 재미있는 일화요, 실화요, 에피소드라고 생각한다.

<아버님의 산소>라는 작품에서는, 그 산소에 잔디가 죽어서, 명당의 흙을 파다가 사방에 뿌린 후 잔디를 되살렸다는 일화를 소개하였다. 또 <아버님의 말씀>이라는 작품에서는 "아버님은/ 늘 책을 머리맡에 두시고/ 밤새워 라디오 소리를 듣는다"고 하시었다. 이러한 것들은 모두 부친을 그리워하고, 추모하고, 그의 효심을 나타내는데 중요한 의미가 있다고 생각한다. 이처럼 가족애 정신을 나타낸 작품에는 이 작품 외에도 <아버님의 산소>, <그리운 형수님>, <국군묘지>, <강나루 터 2>, <강나루 터 3> 등이 있어, 그가 얼마나 가족들을 그리워하고 못 잊어 하는 지를 짐작케 해준다.

이제까지 이일섭 시인의 작품세계를 ① 생활체험의 형상화, ② 애향심이 나타난 작품, ③ 가족애 정신을 노래한 작품 등으로 나누어 살펴보았다. ①에서는 그의 생활체험을 노래한 작품이 많은데, 여기서는 <참외 밭>과 <어느 날 종로>라는 작품을 논의하였다. 전자에서는 이 시인의 십대 시절의 추억담을 형상화 했는데, 그의 인간미와 여주사람의 인심과 여주를 사랑하는 정신을 찾아볼 수 있었다. 후자에서는 이일섭 시인은 시만 열심히 쓴 것이 아니라, 다른 사람의 병을 진단하

고 고쳐주는 데도 일가견이 있다고 보았다. 그 나름의 특별한 비법으로 작품 <어느 날 종로>에 등장하는 주인공 말고도 많은 사람들을 치료해준 것으로 안다. 이처럼 그는 남에게 베풀고 선업을 많이 쌓았으니, 앞으로 좋은 일이 많이 일어날 것으로 사료된다.

②에서는 애향심이 나타난 작품을 골라보았는데, 여기서는 <동방의 등불>과 < 고향의 강>을 선정해 보았다. 전자에서는 타골이 세계적인 입장에서 코리아를 <동방의 등불>이라 하였는데, 이일섭 시인은 한국 즉 국내적인 입장에서 여주를 <동방의 등불>에 비유했다고 보았다. 그리고 후자에서는 그 여강을 통하여 <애향심>을 노래하다가 <애국심>으로까지 확대되었다고 보았다. 또한 이 작품을 통하여 여주가 한가롭고, 여유 있고, 평화롭고, 아름다운 곳이라는 것을 인식시켜 주었다고 본 것이다.

③에서는 가족애 정신을 노래한 작품들을 예로 들었는데, 여기서는 <형님의 초능력>과 <중앙선 또아리굴>을 논의의 대상으로 삼았다. 전자에서는 이시인은 전생이나 윤회설을 믿고 불교적 세계관을 가지고 있다고 보았으며, 그의 형제애 또는 가족애 정신이 물씬 풍긴다고 보았다. 후자에서는 그의 부친을 그리워하고, 추모하고, 효심을 나타내는데, 중요한 의미가 있다고 보았다. 이러한 논의들을 통해서 보면 이일섭 시인은 누가 뭐라 해도 고향 여주를 지키고 여주를 사랑하는 향토시인이라 명명할 수 있다고 본다.

그리고 불의를 보면 못 참고 반드시 짚고 넘어가는 올곧은 선비정신을 지닌 분이라고 생각한다. 또한 그의 작품에서 활용된 소재는 다양하여 어느 한 면만으로 논의하기는 어렵다는 것을 깨닫게 되었다. 아무튼 이번 시집의 출간을 계기로 더욱 시세계가 확장되고 발전되기를 바라면서 이만 해설을 마친다.

11. 청순한 이미지와 사랑의 기도문

- 김문자의 시세계

문학이란 인간 삶에 대한 기록이다. 그것이 운문이 됐든 산문이 됐든 인간을 떠나서 문학이 존재할 수는 없다. 그렇기 때문에 W. H. Hudson같은 이는 "문학이란 근본적으로 언어의 매개물을 통한 인생의 표현이다"라고 정의하였다. 음악은 소리, 미술은 색채, 무용은 율동으로 표현하는데, 문학은 언어로써 나타낸다는 특성이 있다. 그래서 그 어느 분야보다도 지은이의 개성이 강하게 드러나는 것이 문학이요, 그 중에서도 시 장르라고 보아야겠다.

그리고 인간에게는 근본적으로 자기의 사상, 감정, 체험 등을 나타내려는 표현욕구가 있고, 그 표현욕구가 강한 이들이 예술 분야에 종사하는 사람들이다. 이 해설을 쓰는 필자도 문학을 연구하고 문학작품을 쓰고 있지만, 학생들을 열심히 가르치는 일 이외는 무엇인가를 계속해서 쓰고 있다. 그것이 잘된 글이든 안 된 글이든 남에게 읽히든 안 읽히든 계속해서 쓰는 작업에 열중하고 있다. 그만큼 문학을 하는 이들은 다른 계통에 종사하는 사람들보다 표현욕구가 강하고 또 그것들을 기록으로 남기고 싶어 한다.

김문자 시인도 이러한 표현욕구가 강해서 이번에 두 번째로 신앙시집을 내게 되었다. 김시인은 문단 데뷔는 늦었지만 실제로 문학에 대한 수련을 쌓은 연조는 상당히 오래 되었다. 그래서 그의 작품을 읽어보면 신인다운 미숙함이 없고, 오랜 동안 문학에 종사한 기성 시인과 비견될 정도의 언어 세련미와 단단한 구조를 지녔다고 보여 진다. 특히 "글은 곧 그 사람이다"는 말이 있는데, 그의 작품세계 속에는 너무나 청순한 이미지가 깔려 있어서 20대 소녀라고 착각할 정도의 아름다운 마음가짐과 자태를 보여주고 있다. 그는 여주사람으로서 누구보다도 고향 여주를 사랑하고, 신앙인으로서 절대자 하나님을 숭배하고 의지하는 사람이다. 이러한 김시인의 인생관이 영롱한 샘물처럼 솟아올라 하나의 작품집으로 승화된 것이 이번에 상재하는 시집이라고 보아야겠다.

1) 절대자에 바치는 구원의 노래

> 당신
> 내 안에
> 들어와 계신 후
>
> 세상에서
> 부러울 것 없는
> 여인 되었네
>
> 크고 좋은 집/ 아닐 찌라도
>
> 당신 모신/ 나의 작은 방
> 커다란 궁궐
>
> 좋은 옷/ 아닐 찌라도
> 당신 모시면
> 헌 누더기 옷도
> 값진 비단옷 되네.
>
> —「당신 모시면」 전문

위의 작품 <당신 모시면>에서 제일 궁금한 것은 당신이란 주체가 누구냐 하는 점이다. 당신이 내 안에 들어와 계신 후 세상에서 부러울 것 없는 여인이 되었다 하였고, 당신을 모신 작은 방이 커다란 궁궐처럼 느껴진다고 하였다. 더욱이 당신을 모시면 헌 누더기 옷도 값진 비단옷으로 바뀐다고 하였으니, 김시인이 이야기하는 <당신>이야말로 이 세상에서 가장 귀하고 높으신 분이란 생각이 들지만 성급하게 결론 내릴 수는 없다고 본다.

여기서 한 가지 부연하면 만해 한용운의 작품 속에도 <임>이나 <당신>이란 존재가 많이 등장하는데, 이에 대하여 여러 학자들이 <애인>, <불교의 진리>, <중생>, <민중>, <조국>, <부처님>, <진리>, <최고의 경지>, <무아>, <마음>, <순수한 임>, <남녀 사랑의 임> 등으로 다양한 해설을 내린 바 있다. 그러나 김문자 시인의 작품에 등장하는 <당신>이 이처럼 다양한 해석이 가능한지 아닌지는 작품을 더 살펴본 다음에 결론지어야겠다.

　　　한 세상 살면서
　　　지키지도 못할 약속
　　　꽤나 많이 했습니다.

　　　눈 뜬 장님으로/ 방황하는 내게
　　　빛으로 오신 이여
　　　헤어져 돌아서면/ 다시 그리워

　　　떠나갈 사랑에/ 가슴앓이
　　　더는 하지 않게 하소서

　　　얼룩진/ 나의 인생

십자가 밑에/ 모두를 내려놓습니다.

당신만을 바라보는/ 장님이게 하소서
당신에 음성만을 듣는/ 귀머거리이게 하소서
당신에 말씀만을 전하는/ 벙어리이게 하소서

언젠가는/ 당신 품에
숨질 나이기에
당신만을 닮아 가게 하소서.

-「기도」 전문

위의 작품은 <기도>라는 시 전부를 인용했는데, 제목 그대로 내용 모두가 기도문 형태로 되어있다. 예를 들면 "떠나갈 사랑에/ 가슴앓이/ 더는 하지 않게 하소서", "당신만을 바라보는/ 장님이게 하소서", "당신의 말씀만을 전하는/ 벙어리이게 하소서", "당신만을 닮아가게 하소서"라는 말법 자체가 간곡한 기도문체로 되어있는 것이다.

그리고 이 작품을 통해서 <당신>의 정체를 짐작할 수 있는 내용이 나오는데, "얼룩진/ 나의 인생/ 십자가 밑에/ 모두를 내려놓습니다."라는 구절이다. 여기에 나오는 십자가라는 단어는 기독교를 상징하기 때문에 이 작품에 등장하는 당신은 자연적으로 절대자 하나님을 가리킨다고 보아야겠다. 그러니 그 하나님을 "눈뜬장님으로 방황하는 나에게 빛으로 오신 이"라고 명명했던 것이다. 얼룩진 나의 인생 십자가 밑에 모두를 내려놓는다고 했는데, 이 말 역시 시적 자아의 인생을 기독교에 또는 하나님께 맡겨야겠다는 것을 암시적으로 표현한 것이다. "당신만을 바라보는 장님", "당신의 음성만을 듣는 귀머거리", "당신의 말씀만을 전하는 벙어리"가 되게 해달라는 청원을 했는데, 이 때 말하는

<당신>은 절대자 하나님을 지칭한 것이라 이해된다.

세상 사람/ 모두 날
떠난다 해도/ 동행할 당신 있어
나 외롭지 않네.

내 외로운 등/ 기댈 수 있는 거목
당신 계시기에/ 나 꿋꿋이 서 있네.

아무리/ 두터운 옷
입었어도/ 뼈 속 깊이 시려오는
추위 느낄 때

어딘가 날 지켜보는
따뜻한 눈길/ 당신 계시기에
나 춥지 않네.

－「당신 계시기에」 전문

위의 작품을 살펴보아도 거기에 등장하는 <당신>이 인간이 아니요, 절대자 하나님임을 암시해준다. 또 김시인이 이 작품집에서 <당신>의 의미를 이렇게 해석할 수도 있고, 저렇게 해석할 수 있도록 다양하게 쓴 것이 아니라, 그가 믿고 의지하고 그를 보호해주는 절대자한 분을 가리킨다는 것은 전체 작품을 통괄해 보아도 짐작되는 바이다. 세상 사람이 모두 떠나도 동행해줄 당신이 누구이겠는가. 나의 외로운 등을 기댈 수 있는 거목과 같은 당신은 어떤 존재이겠는가. 뼈 속 깊이 시려오는 추위를 느낄 때 따뜻한 눈길로 지켜봐 주는 존재는 과연 누구이겠는가. 김문자 시인이 믿고 의지하고 사랑하고 기도드리는 하나님이나 예수님이 아니고서는 이 자리를 대신해줄 존재가 없다.

① 낮고 천한 곳 임하시어도 당신은 높고 높은 보좌 예비된 불멸의 별
　(별)
② 남은 시간 모두를 당신 제단 앞에 피워 올릴 향이게 하소서(향나무)
③ 젊은 날 하나뿐인 당신을 사랑하기엔 내 혈기가 너무 뜨거웠습니다
　(가을날에).
④ 누군가 일깨워주지 않아도 처음부터 당신을 알았습니다(해바라기).
⑤ 내 작은 눈물까지도 사랑하시는 당신(주일날 아침).
⑥ 당신 앞에서야 내려놓을 짐인 것을 깨닫는 이 어리석음을 어찌하리
　까(고백).
⑦ 내가 지금 당신께 드릴 수 있는 것은 인내의 긴 세월뿐입니다(소나무).
⑧ 당신의 이름으로 사랑의 빛 발하게 하시며(사랑의 빛으로)
⑨ 당신의 이름을 부르면 부를수록 나의 인식입니다(당신의 이름).
⑩ 맑고 깨끗함은 당신을 위해 스러질 이슬입니다(기도).

　당신이란 용어가 들어있는 작품의 시행들을 예로 들어보았는데, 이 밖에도 많은 예를 더 들 수 있지만, 번거로움을 피하기 위하여 그만 두었다. 누군가 한용운의 시집은 <임>에서 시작해서 <임>으로 끝났다고 했는데, 김문자의 시집은 <당신>으로 시작해서 <당신>으로 끝났다는 생각이 들 정도이다. 그런데 김시인의 작품 속에 면면히 흐르는 정서가 사랑이라고 생각되기 때문에 김시인의 작품들은 모두가 사랑의 기도문이요, 절대자에게 바치는 구원의 노래라고 생각된다.

2) 사랑과 순수와 시심의 어울림

당신의 이름/ 부른 만큼
아프고/ 아픈 만큼/ 더 또렷한 당신

십자가 지고/ 골고다 언덕
가시 면류관/ 피 흘려 가신 길

사랑으로 오셔서
사랑의 제물로

고통의 산을 넘고/ 인내의 강을 건너
끝내는/ 목숨까지
아낌없이/ 버려야 하는 사람

내 자신도/ 사랑하지 못하면서
내 형제도/ 사랑하지 못하면서

멀리 있는 당신
사랑할 수 있을까?

이웃을 위해/ 목숨 버리는 사랑
그런 사랑/ 나도 해 봤으면

마음은 원이어도
육신의 연약함을
탄식해 보는 시간.

―「고난 주간」 전문

이 작품에서의 <당신>은 하나님보다는 예수님 쪽으로 보는 것이
더 좋을 것 같다. 제1연에서의 당신의 이름을 부른 만큼 아프고 아픈

만큼 더 또렷하게 생각난다고 했는데, 그 이유는 2, 3, 4연에 밝혀져 있다. 제2연에는 예수가 십자가에 못 박혀 돌아간 예루살렘 교외의 언덕 <골고다>를 등장시켰고, 로마 병정이 예수를 욕보이기 위하여 가시가 많은 나무로 만들어 씌운 <가시 면류관>을 등장시켰으니, 완전히 예수님의 행적을 그대로 옮겨 놓은 것이다.

또한 고통의 산을 넘고 인내의 강을 건너 끝내는 목숨까지 아낌없이 버린 사랑의 실천자도 예수님이시다. 이처럼 예수님의 사랑 이야기를 하다가 5, 6, 7, 8연으로 오면 김문자 시인 자신의 이야기로 축소되면서 자신에 대한 반성과 바램을 함께 이야기하고 있다.

제5연에서는 "나 자신도 사랑하지 못하면서/ 내 형제도 사랑하지 못하면서"라고 했는데, 이런 말은 해설자인 본인이 하고 싶은 이야기를 김문자 시인이 대변해 주었다고 생각된다.

또한 "이웃을 위해 목숨을 버리는 사랑/ 그런 사랑 나도 해봤으면"이라고 했는데, 이 또한 본인이 하고 싶은 이야기를 대신해 주었다. 한마디로 김문자 시인은 예수님이 우리들 인류에게 펼쳤던 사랑을 그대로 실천해 보고 싶다는 것이 그의 바람이라고 하겠다. 그렇다면 그처럼 김시인이 갈망하고 실천하기를 바라는 사랑이란 어떤 것인가. 그는 이 문제에 대하여 "사랑은 기쁨이다 축복이다/ 어쩌다 눈빛 한번 마주쳐오면/ 날개를 달아 하늘을 나르는/ 사랑은 기쁨이다 축복이다"라고 정의했으니, 모든 이에게 기쁨을 주고 축복을 주는 선물이 사랑이라는 이야기다.

주일날 아침/ 몸무게보다 더 큰
세상 봇짐 하나
어디/ 내려놓지 못하고

당신 제단 앞에/ 내어놓을 수밖에 없는

죄스러움에/ 눈물이 나지만

내 작은/ 눈물까지도

사랑하시는 당신

내 음성 기억하사

그 무거운 짐/ 깃털로 날려주시고

새벽이슬/ 영롱한 언어로

위로하사

세상/ 살아갈 수 있는

힘과 용기/ 주시는 당신

때로는/ 그 엄청난

사랑이 눈부셔

그 눈빛 피해가지만

—「주일날 아침」 전문

　<주일날 아침>이란 제목만 보아도 기독교를 배경으로 한 신앙적
작품임을 알 수 있다. 제1연에서 "몸무게 보다 더 큰/ 세상 봇짐 하나"
라는 이야기는 세상살이가 힘겹고 어렵다는 것을 은유적으로 표현한
것이다. 그 세상 봇짐을 어디 다른 곳에 내려놓지도 못하고 당신의 제
단 앞에 내놓을 수밖에 없다 한 것과 내 작은 눈물까지도 사랑하시는
당신이라 표현한 것은 그만큼 절대자 하나님에 대한 신앙심이 두텁고
철저하다는 것을 의미해준다.

　그 하나님의 사랑이 너무 크시어 내 음성도 기억하시고 무거운 짐을
깃털처럼 날려 보내주시고, 새벽이슬처럼 영롱한 말씀으로 위로해 주
시고, 세상을 살아갈 수 있는 힘과 용기까지 주신다고 하였으니, 하나
님의 은혜와 사랑이 얼마나 크고 넓은지는 짐작이 가고도 남는다. 이

러한 하나님의 사랑에 비하여 인간의 사랑은 너무나 애상적이고 자기 중심적인 것을 알 수 있다. 그래서 김시인은 인간의 사랑에 대하여 "사랑은 슬픔이다/ 가슴에 묻고도/ 늘 그리움/ 그리운 슬픔이다"라고 정의하였으니, 똑같은 사랑이면서도 절대자 하나님의 사랑과 연민의 정이 많은 인간의 사랑과는 큰 차이가 있음을 느끼게 한다.

이처럼 <사랑>이라는 단어가 이 시집 전반에 걸쳐서 절대 다수를 차지하는 것은 기독교의 모토가 <사랑>이란 것을 다시 한 번 일깨워 주는 동시에 시심과 신앙심이 별개가 아니라 하나로 통합되어 문학작품으로 형상화된 결과라고 생각한다.

당신의/ 이름을 부를 때마다
거짓된 입술이
두려움에 떨고 있습니다.

당신의 십자가
내가 질 수 있을까?

늘 고난은/ 밀어놓고

영광만을/ 부르짖는 위선

당신을 위해/ 나를 버리기보다
날 위해/ 당신을 버리는 일상

입술을 가지고도/ 내 마음을
바로 말하지 못하는
비겁한 위선

아직도/ 성숙하지 못해

자책하는 눈물

반딧불로/ 머무는 생

눈물은/ 메마른 들판에
단비이게 하소서.

-「기도」 전문

　김문자 시인에게는 <기도>라는 작품이 여러 편 있었는데, 그 중에서도 또 하나의 <기도>란 작품을 인용하였다. 기도는 신명에게 비는 일인데, 기도의 대상은 종교마다 다르나 복을 빌고 구한다는 점에서는 마찬가지다. 제1연을 보면 "거짓된 입술이 두려움에 떨고 있습니다"라고 했는데, 이러한 표현이야말로 위선자는 할 수 없는 이야기고 영롱한 샘물처럼 맑고 깨끗한 심성을 지닌 자만이 할 수 있는 이야기다. "늘 고난을 밀어 놓고/ 영광만을 부르짖는 위선", "당신을 위해 나를 버리기보다/ 날 위해 당신을 버리는 일상"과 같은 시구들은 얼마나 솔직 담백한 고백인가. 그야말로 한 평생 도를 닦고, 바르고 참되게 살려는 인생관을 가진 사람이 아니고서는 입 밖에 내지도 못할 이야기다. 사람이 자기의 외모를 드러내듯이, 자기의 마음을 있는 그대로 드러낸다는 것은 오랜 기간의 종교적인 수련과 깨달음의 경지를 터득하지 않고서는 불가능한 일이라고 하겠다. 그런 점에서는 "입술을 가지고도 내 마음을/ 바로 말하지 못하는/ 비겁한 위선", "아직도 성숙하지 못해/ 자책하는 눈물"이란 표현도 마찬가지다. 김시인의 청정무구한 순수성을 보는 것 같아 좋았고, 실제로 그러한 마음가짐으로 기도를 해야 기도의 효과도 십분 발휘될 수 있다고 생각된다.

3) 자아의 삶에 대한 진솔한 표현

같은 시대/ 같은 길을
같이 가는 사람들

시간이/ 흐르면 흐를수록
그 깊이를 몰라

서로가 서로에게/ 주고받은
허물과 상처로/ 깊어만 가는 불신

잘못을 저질러 놓고도/ 무슨 잘못을
저질렀는지도 모르는/ 자기 망집

아름다운 새소리에
귀를 닫아/ 듣지 못하고

향기로운/ 꽃향기를 맡아도
움직일 줄 모르는/ 무딘 마음

내 모습만 같아
슬퍼질 때가 많습니다.

잃어버린 것을
기억만 하면 찾을 것을
무엇을 잃어버렸는지도 모르는
텅 빈 가슴은/ 사랑의 결핍증
진실의 결핍증으로

눈물마저도/ 말라버린 이 시대
당신의 이름을 걸고

거짓 증언에 손을 얹는 두려움

신뢰의 벽은 허물어/ 조각이 나고
겉과 속이 다른/ 위선자로

어둠에 고아가 되어/ 앞을 못 보는 욕심

잿빛 하늘엔/ 요란한 꽹과리 소리

어디 계십니까
어디 계십니까
당신은 어디 계십니까.

－「당신은 어디에」 전문

　　김문자 시인이 찾는 것은 <당신>인데, 그 당신은 기독교 신자로서
철저하게 믿는 하나님이나 예수님을 지칭하는 대명사다. 그 당신이 어
디에 있느냐고 애타게 하소연하는 것이 이 작품이다. 제1, 2, 3연에서
는 현실 사회의 모순과 부조리를 이야기하였다. 같은 시대 같은 길을
함께 가는 사람들이 시간이 흐를수록 서로가 모르겠고, 허물과 상처로
깊어만 가는 불신만이 우리 사회를 멍들게 하고 인간성을 상실케 한다
는 것이 위의 작품 상단부의 내용이다.
　　그 다음 "잘못을 저질러 놓고/ 무슨 잘못을/ 저질렀는지도 모르는/
자기 망집"이라는 이야기나, "아름다운 새소리에/ 귀를 담아 듣지 못한
다"는 이야기나, "향기로운 꽃향기를 맡아도/ 움직일 줄 모르는 무딘
마음"이란 이야기는 우리 사회 모든 구성원들에게 해당되는 말이고,
이 작품을 쓴 김문자 시인 자신의 이야기고, 이 해설을 쓰는 필자 자신
에게 해당되는 이야기이기 때문에 누구를 탓하거나 원망할 수도 없다.
다만 김문자 시인이 이처럼 진솔하게 자아를 표출시킨 점은 누구보다

도 착하고 바르고 긍정적인 인생관을 가지고 이 세상을 살아가려고 노력한다는 것을 실증적으로 보여준 것이라 하겠다.

그 다음 "잃어버린 것을/ 기억만 하면 찾을 것을/ 무엇을 잃어버렸는지도 모르는 텅 빈 가슴", "눈물마저도/ 말라버린 이 시대/ 당신의 이름을 걸고/ 거짓 증언에 손을 얹는 두려움", "신뢰의 벽은 허물어/ 조각이 나고", "겉과 속이 다른/ 위선자"란 모든 말들이 시적 자아가 진솔하게 자신의 잘못을 뉘우치고 고백하는 장면이고, 이런 것들은 모두가 하나님께 기도드리는 기도문 형식이라고 하겠다. 그리고 마지막에 그 하나님을 찾아 헤매면서 "어디 계십니까?"라고 세 번씩이나 외친 것은 기도가 아니라 하나의 절규에 가깝다고 생각한다.

내 안에 당신/ 아니 계셨더라면
지금쯤/ 돌을 든 사람들
가운데 엎드려/ 고개를 못 드는
부끄러운/ 여인이 되었겠지요.
돌아보는/ 나의 세월
아픔도/ 슬픔도/ 인내하게 하심은
당신이 주신/ 연단이었음을
강을 건너고 서야/ 그 강의 폭이
얼마나/ 넓고 깊었는가를/ 알 수 있듯이
산을 넘고 서야/ 그 산이
얼마나 높고/ 험했던가를/ 알 수 있듯이
어둠에 시간들이/ 지난 뒤에야
진솔한 삶
가볍지 않은 웃음
웃을 수 있어

차라리 눈물 흘리는
진실을 고마워하겠습니다.

- 「나는」 전문

　제목이 <나는>이라 되어 있으니, 제목만 보아도 시인 자신의 이야
기를 하리란 것은 미루어 짐작된다. 그런데 사람이 이 세상을 살아가
다 보면 누구나 잘못을 저지르고 거짓말을 하고 나쁜 짓을 하고 죄를
지으면서 살아갈 수밖에 없다. 구름 한 점 없는 하늘이나 명경지수처
럼 그야말로 순수하고 깨끗하게만 살아갈 수 없는 것이 사람의 운명인
지도 모른다. 정도의 차이가 있고 죄질의 차이가 있을 뿐이지 후회하
거나 부끄러운 짓을 전혀 안 할 수 없는 것이 사람이 살아가는 방법이
라고 하겠다.

　어떤 사람은 스스로 "하늘을 우러러 한 점 부끄러움이 없다"고 강조
하는 것을 본 일이 있는데, 그런 말을 하는 사람 치고 양심적인 사람 없
고 남에게 손가락질 당한다는 사실을 알아야겠다. 그렇기 때문에 김문
자 시인도 당신이 안 계셨더라면 지금쯤 돌을 든 사람들 가운데 엎드
려 고개를 못 드는 여인이 되었을 것이라고 하였다. 살아온 세월을 뒤
돌아보면서 아픔도 슬픔도 인내할 수 있게 해준 것은 모두 당신이 주
신 연단이었음을 알겠다고 하였다. 강을 건너보고서야 강의 폭과 깊이
를 알고, 산을 넘어 봐야 그 산이 얼마나 높고 험한가를 알 수 있듯이,
어둠의 시간들이 지난 뒤에야 진솔한 삶을 알게 되었다고 하였다. 김
시인은 이처럼 열심히 하나님을 믿으면서 죄 안 짓고 살아가려고 노력
하고 있으니, 그의 작품을 읽으면 너무 순수해서 읽는 이가 도리어 당
황하게 된다는 사실을 고백하는 바이다.

풍상의 세월/ 보내고도
늘 푸르게만 자랐습니다.

겨울일랑/ 탓하지 않고
순명으로 받았습니다.

가끔은/ 자유롭게
하늘을 나르는/ 백조의 꿈을 꾸지만

먼 듯 가까운/ 나의 하늘은
조용히 인내하라 하셨습니다.

섧은 세월도/ 가슴 깊이 묻어
나이테로 삼았습니다.

내가 지금
당신께 드릴 수 있는 것은
인내의 긴 세월뿐입니다.

－「소나무」전문

　위의 작품 제목을 보면 <소나무>이고, 그 내용을 읽어보면 소나무
에 대한 이야기를 했다. 풍상의 세월을 보내고도 늘 푸르게만 자랐다
는 것이다. 겨울일랑 탓하지 않고 순명으로 받았다는 것은 모두 소나
무의 삶과 일치하는 내용이다. 소나무도 얼마든지 자유롭게 하늘을 나
는 백조의 꿈을 꿀 수 있는 것이고, 먼 듯하면서도 가까운 하늘이 조용
히 인내하라고 타일러 줄 수도 있는 것이다. 서러운 세월도 가슴 깊이
묻어 나이테로 삼았다는 이야기나 내가 지금 당신께 드릴 수 있는 것
은 인내의 세월뿐이라 한 것도 소나무와 관련된 내용들이다.

이처럼 위의 작품은 제목도 <소나무>이고, 내용도 소나무와 관련된 이야기이지만, 그 소나무는 단순히 우리들이 흔히 볼 수 있는 자연적인 소나무가 아니라, 김문자 자신의 이야기를 소나무에 의탁해서 노래해 나갔음을 감지할 수 있다. 김시인의 생애는 세파에 시달리면서도 늘 변치 않고 푸르게 살아왔고, 힘들고 어려운 문제를 탓하지 않고 순명으로 받아들이면서 살아왔다. 가끔은 자유롭게 하늘을 날아다니는 백조의 꿈을 꾸면서 살아왔을 것이다.

또 하나님께서는 조용히 인내하면서 지내라고 타일러 주시기도 했을 것이다. 서러운 세월도 가슴 깊이 묻어두면서 한 살 한 살 나이테를 더해갔을 것이다. 그러니 위의 작품에 등장하는 소나무의 삶과 김문자 시인의 삶은 그대로 일치한다. 다시 말해서 위의 작품은 의인법을 써서 자신의 삶을 서술한 것이다. 김시인은 <어찌 합니까>라는 작품에서 "보기 싫은 사람을 만났을 때/ 듣고 싶지 않은 말을 들었을 때/ 고개 돌리고 싶을 때/ 어찌 해야 합니까?"라고 의문문을 썼는데, 이런 때도 위의 작품에 등장하는 소나무처럼 늘 푸르게 살고 모든 것을 순명으로 받아들이면서 살아가야 된다고 답변할 수밖에 없다고 본다.

이제까지 김문자 시인의 작품 세계를 ① 절대자에 바치는 구원의 노래, ② 사랑과 순수와 시심의 어울림, ③ 자아의 삶에 대한 진솔한 표현 등으로 나누어 살펴보았는데, 이것은 논리 전개상 어쩔 수 없이 나누어 본 것이고, 실제로는 이 시집의 작품 전체가 절대자 하나님을 믿고 의지하고 존경하고 하나님의 사랑을 갈망하는 기도문이라 해도 틀림없을 것이다. 아무리 자기 고백적인 기도문이라 해도 자신의 부족한 것, 잘못한 것, 부끄러운 것 등을 낱낱이 드러내어 밝힐 수 있다는 것은 대단한 용기와 신앙심을 지니지 않고서는 불가능한 문제이다.

그런 점에서 이 작품집을 읽다보면 나도 모르게 반성하고 참회하게 되어 인간 심성을 수련하는 교과서로 썼으면 좋겠다는 생각을 하게 된다. 나도 주위에서 기독교 신자를 많이 보았는데, 김문자야말로 시인으로서도 철저하고 종교인으로서도 철저한 인물, 문학과 종교를 분리하지 않고 하나로 융합시키는데 커다란 공헌을 한 여류시인이라고 생각한다. 그리고 그의 작품세계 속에는 인간애, 자연애 등 사랑정신과 인생관이 깔려 있어서 누구나 따뜻하고 포근함을 느끼게 한다. 게다가 언어의 마술사처럼 시어들을 갈고 닦아 세련되고 영롱한 언어미학을 창출하여, 우리말의 묘미와 아름다움을 느끼게 한다. 그렇더라도 현재 수준에 만족하지 말고 좀더 갈고 닦아 우리문학의 진수를 보여주었으면 좋겠다는 바램을 첨언하면서 이 자리를 빌어 김시인의 갑년을 아울러 축하드린다.

12. 자아의 표현과 인생 탐구의 정신

– 조영희의 시세계

시에 대하여는 많은 선학들이 너무 많이 이야기해서 혼란스러울 정도다. 공자는 "詩三百一言而 蔽之曰 思無邪"라고 해서 생각에 사된 것이 없어야 한다고 했다. 아마도 시의 내용은 순수해야 된다는 것을 강조한 것이라 이해된다. 아리스토텔레스는 "시는 율어에 의한 모방"이라 했고, Sidney는 "시는 가르치고 즐거움을 주려는 의도를 가진 말하는 그림"이라고 하였다.

이처럼 여러 가지 설을 소개한 것은 그만큼 시를 한마디로 정의내리기 어렵다는 것을 반증하기 위해서다. 그렇더라도 시가 인생을 떠나서는 존재하기 어렵다는 것은 주지의 사실이다. 시는 인생의 표현이요 생명의 해석이다. 시는 상상과 감정을 통한 생명의 해석이다. 이런 말들을 줄여서 표현하면 시는 인간학(人間學)이라는 이야기가 된다.

조영희 시인의 작품들을 통람해보면 작품 한편 한편이 조시인의 내면세계를 표출하였음을 감지할 수 있다. 그 속에는 그리움과 사랑, 인생에 대한 해석, 자연과 인간을 대하는 태도, 사물을 바라보는 눈, 역사 유적이나 문화에 대한 관심 등이 용해되어 있다. 그러면서도 다른 사람들과는 시각을 달리하고 해석을 달리한다. 비유나 상징적 언어를 구사하여 탄력 있는 시문장을 전개해 나간다. 어떻든 그 나름의 표현법이나 문체가 있다는 이야기다. 이런 것들을 점검하면서 그의 작품세계를 탐구해 보는 것도 재미있는 작업이 될 것이다.

그리고 이번의 작품집에는 시조가 많이 섞여 있는데, 그 시조라는 것도 행 배열이나 보법(步法) 면에서 자유시와 큰 차이가 없어 시조인지 자유시인지 구분이 잘 안 된다. 시조시인의 눈으로 보면 시조라는 것이 확인되지만, 일반인의 눈으로 보면 전혀 구분을 못하게 되었다. 그런 점에서 시조는 시조운율에 맞게 써서 혼동이 안 되게 하거나, 아예 목차를 짤 때 시조는 장을 달리해서 배열한다면 작품 이해에 큰 도움이 될 것이다.

1) 그리움과 사랑의 정서

눈을 감고도 오늘은
당신에게 편지를 쓴다

닿을 듯 닿지 않는 곳에
영혼의 두레박을 드리우며

놓아야지 놓아야지
보내야지 보내야지

아직은 내 정을 다주지 못해
놓지도 못하고 잡지도 못하고

반갑다가도 허전하고
즐겁다가도 두려운
뭉클한 가슴 메우지 못하는
그믐날의 기도 위에 긴 편지를 쓴다.

　　　　　　　　　　　　　　　　－「그믐날에 쓴 편지」 전문

　이 시집의 제1부에는 특히 시인의 그리움과 사랑의 정서를 나타낸
시편들이 많다. 사실 고독, 사랑, 그리움이라는 용어는 그 단어의 뜻이
다르긴 하지만, 이 세 단어는 서로 떼려야 뗄 수 없는 깊은 상관관계가
있다. 사랑하는 이를 만나지 못하면 그리운 감정이 생기고, 그래도 만
나지 못하면 고독을 느끼게 되고, 그 그리움이나 고독은 사랑하는 대
상이 있을 때만 생기는 인간 본연의 원천적인 정서다. 그러나 그 사랑
하는 이를 만나서 항상 사랑을 나누고 늘 옆에 존재한다면 그리워할
것도 없고 외로움을 느낄 것도 없는 것이다.

　시인은 "눈을 감고도/ 당신에게 편지를 쓴다"고 했는데, 그만큼 당
신을 그리워하고 사랑한다는 이야기가 된다. 그래서 "닿을 듯 닿지 않
는 곳에/ 영혼의 두레박을 드리우며" 그리움을 퍼 올리고 있는 것이다.
그와 임과의 관계는 "놓아야지 놓아야지" 하면서도 놓지 못하고, "잡
아야지 잡아야지" 하면서도 잡지 못하는 어정쩡한 관계다. 이러한 관
계이기 때문에 반갑다가도 허전하고, 즐겁다가도 두려운 생각이 드는

것이다. "눈 뜨면/ 바람 앞세워 달려가기"(「님 가까이」)도 하고, "그대
향한 그리움/ 못 견디게 서러워라"(「사랑도 한이런가」)라는 푸념을 토
해내기도 한다. 이러한 그리움의 정서를 가지고 있기에 뭉클한 가슴
메우지 못하고, 그믐날의 기도 위에 긴 편지를 쓴다고 하였던 것이다.

오뉴월 땡볕도 다르다는데
사랑이란
나이를 먹지 않는가봐

어쩌면 시간이 무상하리만치
세월이 접혀도 똑같이
언제 적 그 마음 그대로 그 자리에
마르지도 않고 비대하지도 않고
높이와 무게가 같으니 말야

잃어버린 시간 부풀게 먹고
등 따숩게 눕고도 싶을 텐데
팔랑팔랑한 너를 대하면
이유도 없이
천근이던 몸이 가벼워지니 말야

참으로 요상하게도
언제 어디서나
변하지 않는 향기, 시들지 않는 꽃
그래서 사람들은
남녀노소, 무병장수 보신을 위해
무조건 너를 좋아하는가봐.

―「불로화」 전문

필자는 60여 평생 살아오면서 '불로화'란 꽃이 있다는 소리를 들어 보지 못했다. 물론 '불로초' 소리는 많이 들어보았는데, 이것은 선경에 있으며, 사람이 먹으면 늙지 않는 풀이라고 한다. 그리고 한글학회에서 나온 국어사전을 찾아보니, 불로화란 '멕시코 엉겅퀴'라고 설명해 놓았다. 그러나 상기 인용 작품에서의 '불로화'는 멕시코의 식물과는 거리가 멀고, 무언가 상징적으로 썼다는 것을 짐작케 한다.

제1연에서 "오뉴월 땡볕도 다르다는데/ 사랑이란/ 나이를 먹지 않는 가봐"라고 했으니, 불로화란 바로 '사랑'을 상징적으로 썼음이 드러난 것이다. 사랑이란 나이를 먹지 않는다고 했으니, 사랑은 늙지 않는다는 이야기고, 늙지 않으니, 능히 '불로화'란 이름을 붙여줄 수 있는 것이다.

사랑이 늙지도 않고 변하지도 않는 것을 "언제 적 그 마음 그대로 그 자리에/ 마르지도 않고 비대하지도 않고/ 높이와 무게가 같다"고 비유적으로 이야기하였다. 그리고 사랑이란 늙지 않으니 "팔랑팔랑한 너를 대하면/ 이유도 없이/ 천근이던 몸이 가벼워진다"고 표현하였다. 만약에 사랑이 늙는 존재라면 70세나 80세 된 노인들은 사랑을 할 수 없을 것이다. 그러나 그처럼 나이 먹은 어르신들도 부부간 또는 애인들과 사랑을 나누는 것을 보면, 그 사랑을 '불로화'라 호칭하는 것은 매우 적절한 표현법이다.

그리고 그 사랑을 "참으로 요상하게도/ 언제 어디서나/ 변하지 않는 향기, 시들지 않는 꽃"이라 했는데, 그 표현의 묘미를 느낄 수 있고, 그러한 표현이 가능하기 때문에 불로화란 이름을 붙여줄 수 있다고 보는 것이다. 이밖에도 사랑에 대하여 "어둠을 씻어내는 나를 읊은 사랑만은/ 채우지 않아도 넘친다"(「바람 부는 가을밤」)고 하였고, "꿈에라도/ 달빛이 적막을 재우면/ 그 사랑도 평온하게 잠을 이룰까"(「그리움이

서러워」)라고 해서, 다양하게 접근하고, 폭넓은 상상력이 동원됐음을
감지할 수 있는 것이다.

> 캄캄한 밤, 낮이 되어
> 맑은 한(恨)을 머금고
> 끝도 없는 그리움
> 계곡물에 담갔다가
> 돌 틈이
> 님의 품인 줄 비집는 물소리.
>
> 철철철 흘러가는
> 물줄기에 실어서
> 그대 향한 그리움
> 못 견디게 서러워라
> 고운 님
> 그 곁은 어디, 어디가야 끝이런가.
>
> ―「사랑도 한이런가」전문

이 작품은 얼핏 보아서는 시조인지 자유시인지 구분 안 된다. 그냥
자유시라고 해도 많은 사람들이 그대로 수긍할 것이다. 비록 자유시처
럼 행 배열을 하고, 시 문장을 자유롭게 구사한 것 같지만, 그 외형률을
따져보면 시조 형식에 부합된다는 사실을 발견할 수 있다. 제1수를 보
면, 초장 4 · 4 · 4 · 3조, 중장 4 · 3 · 4 · 4조, 종장 3 · 5 · 3 · 3조로
되어 있어 시조의 율격이나 형식에 완전히 부합된다. 제2수도 초장 3
· 4 · 4 · 3조, 중장 4 · 3 · 4 · 4조, 종장 3 · 5 · 4 · 4조로 되어 있어
시조 형식에 맞다는 것을 확인할 수 있다. 그러니 이 작품은 시조라는

정형을 의식하고, 그 정형에 맞게 의도적으로 썼을 것이라 예견된다.

캄캄한 밤이 낮이 되었으면 하루 온종일에 해당된다. 하루 종일 맑은 한을 머금고 끝도 없는 그리움을 지니면서 살아간다. 어떤 대상을 사랑하는데 만나지 못하면 그리움의 정서가 생겨나고, 그 그리움이 정도를 지나치면 사랑도 한이 되는 것이다. 그 그리움을 계곡물에 담갔다가 돌 틈이 임의 품인 줄 알고 그 사이를 비집고 흘렀으니, 그 그리움의 정서가 '한'으로 바뀔 수밖에 없는 것이다. 그 그리움을 흘러가는 물줄기에 실어서 대상을 향해 흘려보내지만, 역시 만남이 이루어지지 않기에 "그대 향한 그리움/ 못 견디게 서럽다"고 자탄할 수밖에 없는 것이다. "고운 님/ 그 곁은 어디, 어디가야 끝이런가" 하는 종장도 역시 임의 곁에 갈 수 없고, 임에게 가는 길이 끝이 없다는 것을 은유적으로 표현한 것이다. 그래서 그 사랑의 대상 즉 고운님을 "목을 빼고 기다리다/ 까치발로 서있구나"(「상사화」)라고 해서 한없이 기다리기도 했고, "그대/ 사랑할 일/ 아직도 메우지 못할 바다처럼 남아 있다"고 사랑의 한을 노래할 수밖에 없었다고 본다.

2) 인생의 의미가 내포된 작품

거울 속의 나를 보고 몰라본들 어떠하리
다른 사람 서있을 때 누웠으면 어떠하리

언제 어디서나
울고 싶을 때 울고 웃고 싶을 때 웃고
노래하고 싶을 때 노래 부르며
답답할 때 훌훌 털어버리는
때로는 모자라서 흡족한 사람

밀고 당기고
줄 것 받을 것
너 나, 나 너
생각할 것도, 채울 것도, 비울 것도 없는
가끔은
사랑도 모르는 그런 사람이면 어떠하리.
—「가끔은 어떠하리」 전문

시는 정서와 감동이 주가 되어 감동을 주는 문학이고, 운율적 언어와 내포적 언어를 통한 대표적 언어예술이며, 압축되고 집중적인 형태미를 가지면서, 동시에 인생을 표현하고 생명을 해석하는 문학이다. 흔히 시는 체험의 형상화라고 말하는데, 이것은 생명에 대한 새로운 가치평가, 즉 의미의 부여인 것이다(구인환의 「문학개론」 참조). 이러한 논설대로 상기 예의 작품에는 조시인의 인생관이 들어있고, 철학적 의미가 들어있다고 생각된다.

"거울 속의 나를 보고 몰라본들 어떠하리"라 하고, "다른 사람 서있을 때 누웠으면 어떠하리"라고 했는데, 이 문장을 액면 그대로 받아들인다면 정상인이라고 할 수 없다. 이 세상에 거울을 보면서 제 얼굴을 몰라보는 사람이 몇 사람 되겠으며, 남들이 모두 서있는데 혼자서 누워 있을 사람이 과연 몇 명 되겠는가. 그래서 실제로 그렇게 행동하는 사람은 정상인이 아니라고 했던 것이다.

그리고 언제 어디서나 울고 싶을 때 울고, 웃고 싶을 때 웃고, 노래하고 싶을 때 노래 부른다고 했는데, 이처럼 자기 기분 내키는 대로 살아가는 사람도 별로 없을 것이라는 생각이 든다. 물론 소수의 사람이 자기 하고 싶은 대로 다하면서 살아가는 이가 있을 것이라는 가정을 해

볼 수 있다. 게다가 밀고 당기고, 줄 것 받을 것, 너 나, 나 너, 생각할 것도, 채울 것도, 비울 것도 없는 그런 사람이면 어떠하냐고 했는데, 이런 사람은 완전히 도통해서 달인의 경지에 이르렀거나, 아니면 바보처럼 모자라는 인간이지 정상적인 사람으로 간주하기는 어렵다. 그러나 이 모든 경우가 실제로 그런 사람이 되기를 원하기보다는 역설적인 표현을 해서 자신의 답답한 심정을 풀어보려는 의도가 담겨 있는 것으로 이해된다.

역설은 보기에는 명백히 모순되고 부조리한 듯하지만 표면적인 진술을 떠나 자세히 생각하면 근거가 확실하든가 진실된 진술, 또는 정황을 말한다. 다시 말하면 표면적 역설이란 무언가 모순되는 것처럼 보임으로써 지금까지 당연시 되었던 사실에 당혹을 일으켜 경이감을 주게 하는 언어 표현인데, 표면적으로는 모순되는 것 같지만 논리적 설명이 가능한 언어 진술이다(홍문표의 「현대시학」 참조). 이처럼 장황하게 이야기했지만 역설은 자기가 하고 싶은 내용을 그 반대로 이야기함으로써 효과를 거두려는 수사 기법이다. 그래서 상기 작품 「가끔은 어떠하리」는 평상적인 것보다는 좀 특수한 것을 지향하는 마음, 너무 교과서적인 것보다는 그 궤도에서 일탈하려는 욕망을 역설적인 수법으로 나타낸 것이라 보아진다.

나, 갈잎 되어
바삭하게 야위는 것은
바라는 것이 있기 때문이다

야리한 마음으로
낮은 곳을 향하는 나와의 약속이다

비 오면 비 맞으며

눈 내리면 눈 맞으며

지나가는 사람들 발끝에

밟히고 문드러져도

어차피 썩을 몸

나무 밑에 거름되어

어미나무 위해

보약 한 첩 다려주는 마음이란다.

—「낙엽」전문

　나무에는 사계절의 변화가 있다. 봄에는 꽃이 피거나 잎이 돋아나고, 여름에는 그 잎이 한창 무성해져 절정을 이루고, 가을에는 단풍이 들면서 시들어지고, 겨울에는 수명이 다하여 떨어져서 어디론가 사라진다. 이러한 자연 순환의 원리는 인간에게도 그대로 적용되어 생장소멸의 과정을 겪는다. 사실 '낙엽'이 된다는 것은 인간으로 비유하면 '죽음'에 해당하기 때문에 사람들은 그 낙엽에 비유하는 것을 달갑게 생각하지 않는다. 그래서 신라의 향가 중에 「제망매가」를 보면, 누이의 죽음에 대하여 "어느 가을철 이르게 부는 바람에/ 여기저기에 지는 나뭇잎처럼/ 같은 가지에 나고서도/ 가는 곳을 모르겠구나"라고 해서, 인간의 죽음을 낙엽에 비유한 바 있다.

　그런데 조영희 시인은 "갈잎이 되어 바삭 마르는 것", 즉 낙엽이 되는 것은 나름대로 바라는 것이 있기 때문에 좋다고 한다. 야리한 마음으로 낮은 곳을 향하는 자신과의 약속이라고 한다. "비 오면 비 맞으며/ 눈 내리면 눈 맞으며/ 사람들의 발끝에/ 밟히고 문드러져도" 좋다는 것이 그의 생각이다. 그러나 시인이 정말로 하고 싶은 이야기는 맨 끝

연에 있다. "어차피 썩을 몸/ 나무 밑에서 거름되어" 어미나무 위해 보
약 한 첩 다려주는 역할을 하겠다는 것이다. 필자는 어느 목사님에게
들은 이야기가 있다. 왜 나뭇잎이 떨어지느냐 하면, 그 이듬해 그 자리
에 새로운 잎이 돋아나게 하기 위해서란다. 그야말로 자연 순환의 원
리를 강조하는 의미 있는 말이다.

   그리고 스님들이 죽으면 화장을 해서 그 재를 물에 뿌리면 물고기가
먹게 하고, 나무 밑에 뿌리면 나무들에게 영양분이 되게 한다는 이야
기를 들은 바 있다. 이런 의미에서 상기 작품은 자기를 희생해서 누군
가를 위하여 밑거름이 되겠다는 이타정신을 형상화한 작품이라는 생
각이 든다. 또한 상기 작품은 낙엽에 대한 이야기이기도 하지만 조시
인의 인생관이 내포된 조시인 자신의 이야기라 해도 틀린 말은 아닐
것이다.

        나무는 서 있다
        어려서도 늙어서도 한자리에
        비켜가는 세월 서로 함께 비비며 서 있다
        잎새에 잎새를 포개고
        가지에 가지를 얹으며
        몸뚱이 섞은 연리지 사랑으로
        바람의 무게에 기울지 않고
        묵어가는 시간 어깨를 기대고 서 있다
        살아서 나고 죽어서 갈
        그 자리에 뿌리박고 느긋한 몸뚱아리 하나
        한자리에 한마음으로 오직 한길
        하늘을 향해

쑤시는 삭신 누워서 쉬고 싶은 궂은 날에도

한결 같이 서 있다.

— 「나무는 서 있다」 전문

이 작품은 누구나 다 아는 평범한 이야기를 한 것 같은데, 자세히 읽어보면 그 안에 인생의 의미가 들어있고, 작가의 인생철학이 들어 있는 것 같다. 평범 속의 비범이라고 할까? "나무는 서 있다/ 어려서도 늙어서도 한자리에"라고 했는데, 이러한 사실은 초등학교 저학년도 다 알고 있는 사실이기에, 그 내용이 평범한 것 같다는 말이다. 그러나 시인이 하고 싶은 이야기는 제3행에 제시하였다. 비켜가는 세월 서로 함께 비비며 서 있다는 것이다. 우리 인생도 마찬가지다. 흘러가는 세월 속에 서로 비비고 싸우고 지지고 볶으면서 살고 있는 것이다. 잎새에 잎새를 포개고, 가지에 가지를 얹으면서 살고, 연리지 사랑을 하면서 살아가고 있는 것이다. 바람이 불어도 기울지 않고, 묵어가는 시간에 기대면서 살아가고 있는 것이다.

그리고 나서 죽을 때가지 그 자리에 뿌리박고 한자리에 한마음으로 오직 한길 하늘을 향해 나무가 살아가듯이, 인간도 태어나서 죽을 때까지 오직 한마음으로 한길을 걸으면서 자신의 목적을 달성하가 위해 노력하고 있는 것이다. 쑤시는 삭신 누워서 쉬고 싶을 때도 쉬지 못하고 한결같이 서있듯이, 우리 인생도 슬프거나 기쁘거나, 편안하거나 괴롭거나 한결같이 노력하면서 종착역을 향하여 달려가고 있는 것이다.

이처럼 인생의 의미가 함축된 구절을 살펴보면, "구부러진 오르막길/ 뛰고 기어오르다가/ 앉으려니 미끄럽고/ 올라갈 길 아득하다"(「살다 보면」), "오른 발 왼 발/ 어느 쪽이 먼저인가/ 하늘은 그 갈길 시험을 한다"(「나그네 인생」), "시간이 오고 가는 것/ 그 누구도 묻지 않는다./

그냥 왔으니 가는가 보다"(「모르는 이유」) 등을 들 수 있다. 이러한 구절들은 표면적으로는 평범한 일상적인 이야기이거나, 어떤 대상에 대하여 설명한 것 같지만, 그 이면에는 인생에 대한 철학적 의미나, 교훈적인 내용이 들어있음을 간과해서는 안 된다고 본다.

3) 일상적인 소재의 형상화

성냥 한 개비로
불은 밝혔는데
곁에는 아무도 없고
문틈으로 새어드는 바람
불꽃 흔들어 쓸쓸함 더한다.

밤을 빛으로 속 태우며
싸늘해지는 외로움
그을음 피워 빈방을 채우다가
흐르는 눈물 그칠 수 없어
제 몸 하나 가누지 못하고
그 자리에 주저앉는다.

소리 내어 울면
가슴이라도 후련하련만.

－「촛불」 전문

시의 소재는 자연을 대상으로 할 수도 있고, 인간이나 인간 생활을 대상으로 할 수도 있다. 그 외도 일상적인 것, 하찮다고 생각되는 것, 우리 주변에 있는 자질구레한 것들 모두가 시의 대상이 될 수 있는 것이다. 심지어는 '파리', '호미', '모기', '쓰레기' 등 하찮은 것들을 대상으로 해서도 얼마든지 시를 써낼 수 있다. 상기 작품은 '촛불'을 제재로 해서 시인 자신의 감회를 토로했는데, 무언가 쓸쓸하고, 외롭고, 답답한 심정을 나타내본 것이라 생각된다.

촛불을 밝혔는데 곁에는 아무도 없다고 했으니, 그 분위기가 쓸쓸할 수밖에 없을 것이라는 추정이 가능하다. 예상한 대로 문틈으로 들어온 바람이 불꽃을 흔들어서 쓸쓸함을 더해준다고 하였다. 이 말은 당시의 주변 환경도 그렇지만, 시적 자아의 심적 상태가 쓸쓸하다는 것을 대변해주는 것이다. 그 다음 연의 "밤을 빛으로 속 태우며"라는 구절이나, "싸늘해지는 외로움"이나, "흐르는 눈물 그칠 수 없다"는 이야기는 표면적으로는 촛불을 형상화한 것 같지만, 내면적으로는 시인의 심리 상태를 표현하는 말들로 받아들여진다. 그러면서 소리 내어 울기라도 한다면 가슴이라도 후련할 텐데, 그마저 할 수 없어서 답답하다는 것이 시적 자아의 솔직한 심정이라고 하겠다.

이처럼 '촛불'에 의탁해서 자신의 감회를 나타낸 작품에는 단종 때 이개의 작품도 같은 맥락에서 생각할 수 있다. "방안에 혓는 촛불 눌과 이별하였관대/ 겻츠로 눈물 디고 속 타는 줄 모르는고/ 저 촛불 날과 같아서 속 타는 줄 모르도다." 생육신 이개의 작품인데, 그 촛불을 향하여 겉으로는 눈물지면서 속 타는 줄 모른다고 하였다. 촛농이 흘러내리는 것을 자신의 눈물에 비유하고, 심지가 타들어가는 것을 애타는 마음에 비유하였다. 이 시조는 단종을 이별하고 남 몰래 애태우는 심경을 노래한 것으로 「紅燭淚歌」라고도 한다. 그 내용이야 여하 간에 촛불에 의탁해서 시인의 감회를 나타낸 점에서는 이개의 작품이나 조영희의 작품이나 동궤의 것이라 간주된다.

사람들은
먹는 것보다 먼저
입어야 된다고 생각을 한다
남에 대한 배려일까
나에 대한 염려일까
그것도 모르면서

먹어야 될 때
입어야 될 때
분간 없이 생각 없이
겉치레 폼을 잡는 급한 성미에
다
때라고 생각하는 사람들아

모양새만 발갛게
햇빛 취해 겉 익으면
속절없는 껍질이 알곡 되던가.

-「겉치레」 전문

실속이야 어떠하든 겉모양만 그럴 듯하게 잘 보이려고 꾸미는 것을 우리들은 겉치레라고 한다. 그리고 자신의 모습을 있는 그대로 보여주기를 꺼리는 사람들이 많이 있다. 우선은 남한테 잘 보이고 보자는 심보일 것이다. 이러한 겉치레 문제도 우리들의 일상생활에서, 또는 우리 주변에서 흔히 볼 수 있는 문제이다.

사람들이 "먹는 것보다 먼저/ 입어야 된다"고 생각하는 것도 겉치레이다. 사실 그러한 겉치레는 남에 대한 배려인지, 자신에 대한 염려인지, 아니면 두 가지 문제가 복합된 것인지 잘 구분이 안 된다. 이런 사람들은 대부분이 먹어야 될 때, 입어야 될 때, 분간 없이, 생각 없이 겉치레 폼을 잡는 부류들이다. 내 주변에도 실속은 하나도 없으면서 겉만 그럴 듯하게 꾸미려는 사람들을 많이 보게 된다. 남을 전혀 의식하지 않고서도 살 수 없지만, 남을 지나치게 의식해서 겉모양만 꾸미려고 하는 것도 큰 문제이다. 이런 것을 외화내빈(外華內貧)이라고도 하고, "빛 좋은 개살구"라고도 하고, "속 빈 강정"이라고도 하는데, 시적 자아는 이러한 겉치레가 좋지 않다는 것을 은근히 암시해 주고 있다.

제3연에서 "모양새만 발갛게/ 햇빛 취해 겉 익으면/ 속절없는 껍질이 알곡 되던가"라는 말은 알맹이가 있어야 되고, 알차야 되고, 결실이 있어야 된다는 것을 강조하는 내용이다. 공연히 허장성세(虛張聲勢)하지 말고, 매사에 내실을 기해야 된다는 작자의 인생관이 잘 드러난 작품이다.

　　　　알몸을 도려내는 하얀 도약을
　　　　눈가에 물기 물고 싹을 틔는 너

　　　　때로는 잘라내는 아픈 상처가
　　　　얼마만큼 소중한지 알았던 게냐

　　　　새순으로 대 잇는 대물림 업을
　　　　멍울 색 꽃을 피워 짊어지는 너

　　　　햇볕에 인사하고 다부진 마음
　　　　알통 밴 주먹으로 여물던 게냐

　　　　제 맘대로 생긴 대로 소망을 안고
　　　　양은솥에 일그러진 고통 이긴 너

포근포근한 알속 그 맛 하나는
세상사는 진미의 맛 뵈기더냐.

-「알 감자」 전문

제목이 「알 감자」인데, 어떻게 보면 '감자의 일생'이라고 해도 무방할 것이다. 그 알 감자가 땅에 심어져서 나고 자라고 꽃 피우고 알을 맺고 밥상에 올라, 사람의 입에 들어가기까지의 전 과정을 그렸다. 이러한 소재를 선택한 것은 조영희 시인이 시골 출신이니까 가능하지, 도시에서 나고 자랐다면 이런 작품을 써내지 못했을 것이다. 조시인은 충남 서산에서 태어나 할아버지와 할머니를 모시고 사는 대가족 식구들과 유복한 가정에서 자라났다. 전형적인 시골에서 사금파리 조각을 친구삼아 노닐고, 논들 건너 밭고랑 밟으며 십리를 걸어서 중학교를 다녔던 전형적인 시골 출신이다.

그러기에 위 작품과 같은 감자를 소재로 훌륭한 작품을 창작할 수 있었다고 본다. 감자는 심을 때, 알 감자 그대로 심는 것이 아니라, 그 알 감자를 몇 조각내어 심고, 씨눈들이 싹을 틔우면서 자라게 되어 있다. 그러한 과정을 "알몸을 도려내는 하얀 도약"이라 표현했고, 물기를 물고서 싹을 틔운다고 했던 것이다. 새순이 나와서 대물림을 하고, 멍울 색 꽃을 피우고, 물과 햇볕 등 자양분을 먹고 자라면서 뿌리에 여러 개의 감자가 달린다. 그 땅속에서 커지는 감자들을 "알통 밴 주먹으로 여물던 게냐"라고 했는데, 그 감자 모양은 알통이 밴 것 같고, 크기는 보통 사람의 주먹만하다.

그런데 감자의 신세는 결국 다듬어지고 씻겨져서 솥으로 들어가 삶아지는 것이다. 그러한 운명을 "제 맘대로 생긴 대로 소망을 안고/ 양은솥에 일그러진 고통을 이긴 너"라고 표현하였다. 그러나 이 제5연까지만 쓰고 작품을 멈추었다면 감자의 일생을 설명해 놓은 것에 불과할 것이다. 바로 맨 끝 연의 "포근포근한 알속 그 맛 하나는/ 세상사는 진미의 맛뵈기더냐"라는 문절이 추가됨으로써 이 시가 비로소 작품성을 얻게 되고, 완성의 미를 얻게 되는 것이다. 잘 익은 감자의 맛을 이 세상 살아가는 진미에다 견준 것은 뛰어난 비유라고 생각한다. 남들이 그냥 지나치기 쉬운 '감자'의 생장소멸 과정을 이처럼 작품으로 형상화해서 인생의 진미를 느끼게 해준 점을 높이 평가한다.

4) 자연 명소나 문화유적에 대한 관심

무엇을 보았는가
무슨 말을 들었는가
천지가 움찔하는 세상의 어둠 속에
하늘만 올려다보며 한숨짓는 붉은 솔아.

한 맺힌 망향돌탑
오매불망 어린 단심
입을 막고 귀를 막고 바람 타는 그늘 아래
눈물 강 넘치고 넘쳐 헤매 도는 넋이여.

먹구름이 지날 적에
가지마다 움켜잡은
황금 빛 솔잎 새로 흐느끼는 바람소리
오늘도 넋을 기리어 눕지 않는 관음송아.

— 「하늘 보는 관음송아」 전문

이 작품은 영월에 있는 단종의 유적지 청령포를 보고 와서 쓴 것이다. 어떻게 보면 기행시라고도 할 수 있는데, 전혀 기행시다운 느낌이 안 들 정도다. 대부분의 시인들은 어느 곳을 다녀와서 기행시를 쓰면 그곳에 대하여 설명을 하려고 든다. 그러나 이 작품은 설명 부분이 없고 자신이 본 것과 느낀 것을 새로운 시각으로 형상화해서 성공을 거두었다.

　청령포는 조선 제6대 왕인 단종이 세조 3년(1455)에 숙부인 수양대군에게 왕위를 찬탈당하고 상왕으로 있다가, 그 다음 해인 1456년 성삼문 등 사육신들의 상왕 복위 움직임이 사전에 누설됨으로써, 상왕은 노산군으로 강봉되어 군졸 50인의 호위를 받으며 유배되어진 곳이다. 그곳에 관음송이란 소나무가 있는데, 당시 단종의 애절한 모습을 보았으며(觀), 때로는 오열하는 소리를 들었다(音)고 해서, 전해지는 전설적인 소나무다.

　이처럼 억울하고 원망함이 서려있는 관음송이기에, 하늘만 올려다보며 한숨짓는 붉은 소나무라고 하였다. 망향돌탑이 있는 곳에는 눈물 강이 넘쳐서 단종의 넋이 헤매고 돌고 있다고 하였다. 황금 빛 솔잎 새로 흐느끼는 바람소리가 들린다고 했는데, 이 역시 비극의 역사적 현장을 가리켜 주는 말이다. "오늘도 넋을 기리어 눕지 않는 관음송"이라 한 것도, 마찬가지 맥락에서 해석되어진다. 그만큼 조시인은 우리 역사에 대하여 깊은 관심을 보이고, 억울하게 왕위를 빼앗기고 고혼(孤魂)이 된 단종의 넋을 기리면서, 이처럼 잘못된 역사가 다시는 되풀이 되어서는 안 된다는 뜻을 함축적으로 표현했다는 점에서 이 작품의 의의를 찾을 수 있다.

　그윽한 산은 침묵을 다듬고

능선에 걸린 산 그림자
비탈길 돌아서 조용히 깃을 접는다.

나무 기둥 개미 떼
옹기종기 고개 들어 노을을 모아놓고
산속의 물안개
풀잎 사이 자욱하게 번져 가는데
가지가지 휘감고 감싸 도는 솔잎 향
나뭇잎 흔들며 가슴에 파고든다.

발밑에는 강물도 서로 합하여
집을 찾아 달려가고
달개비 꽃 고개 숙인 수종사의 지붕 위엔
금빛 서녘 하늘이 고요히 내려앉는다.

　　　　　　　　　　　　－「운길산의 서녘 하늘」 전문

　운길산은 서울에서 동쪽으로 40km, 북한강과 남한강이 합류되는
양수리에서 서북쪽으로 4km 거리에 있는 산이다. 산 중턱에 있는 수
종사는 조선조 제7대 세조 4년(1458)에 세조가 문무백관을 거느리고
금강산을 다녀오던 중 양수리에 묵으면서 깊은 잠이 들었는데, 한밤중
에 난데없는 종소리가 들려 잠을 깨었다. 왕이 부근을 조사하게 하니,
가까운 곳에 암혈이 있었고, 그 굴속에서 물 떨어지는 소리가 들려오
므로 여기에 절을 짓고 수종사(水鐘寺)라 했다는 전설이 전한다. 경내에
는 지방문화재 제22호인 팔각 5층 석탑과 5백년이 넘는 수령을 자랑
하는 은행나무가 있다. 남한강과 북한강이 한눈에 내려다보이는 경관
이 뛰어나 해동 제일의 사찰이라는 명성이 있다.

이처럼 아름다운 경치를 자랑하는 운길산을 노래하는 작품이니, 그 내용이 어떻게 전개될 것인가는 미루어 짐작된다. 특히 작품의 제목이 '운길산의 서녘 하늘'이니, 시간적 배경은 해가 넘어가는 저녁때이고, 작품 속에서도 "능선에 걸린 산 그림자/ 비탈길 돌아서 조용히 깃을 접는다"고 하였다. 개미떼는 노을을 모아놓고, 물안개는 자욱하게 번져가고, 솔잎 향이 나뭇잎을 흔들며 가슴에 파고든다고 하였으니, 인간이 사는 세상이 아니고, 신선들이 사는 선계를 묘사했다는 생각이 들 정도다. 북한강과 남한강이 합수하는 '두물머리'를 내려다보는 경관은 산수화를 연상케 하고, 수종사의 지붕 위에는 금빛 서녘하늘이 고요히 내려앉는다고 했으니, 자연 경치의 아름다운 명소로서는 이보다 나은 곳이 없다고 느낄 정도다. 그래서 운길산의 수종사를 해동 제일의 사찰이라고 칭송했을 거라는 생각이 든다.

꺼낼 것도 없었던 메마른 가슴에
퍼내도 퍼내어도 줄지 않는 물이 고여
태초의 인연이란가 바다 위에 뜬 해와 달.

하루 전 보름달은 석양과 볼을 대고
예송리 해변 몽돌로 모난 시간 비벼 빨며
딸그락 따닥 따다닥 애간장이 타는 소리.

한쪽 눈엔 낮달이 한쪽 눈엔 낙조가
매미소리 아롱지는 동백숲 속 두 눈동자
보길도 파도와 함께 어둠을 사르는구나.

－「보길도의 두 눈동자」 전문

보길도는 전남 완도군 보길면에 속하는 섬, 완도에서 서남쪽으로 23km 떨어져 있고, 노화도 남서쪽 1.1km 지점에 있다. 이곳은 난류의 영향으로 온화한 해양성기후이며, 동백나무, 후박나무, 곰솔, 팽나무 등이 자란다. 특히 고산 윤선도 선생의 은거지로 잘 알려졌다. 1636년 병자호란 당시 윤선도가 제주도로 가던 중, 보길도의 자연경관에 심취되어 부용동에 연못을 파고 세연정을 세워, 선유를 즐기면서 명작「오우가」와「어부사시사」등을 남긴 곳이다.

이처럼 윤선도의 유적지로서 유명하기 때문에, 보길도 하면 윤선도와 관련해서 시를 쓰는 경향이 많은데, 상기 작품은 이와 상관없이 이곳의 자연경관에 대한 관심을 보였다. 짜낼 것도 없는 메마른 가슴에 퍼내어도 줄지 않는 물이 고인다고 설파한 것도, 이곳 보길도의 아름다운 경치와 무관하지 않을 것이다. 바다 위에는 해와 달이 동시에 떠서, 그 아름다움을 더해주고 있는데, 태초부터 무슨 인연이 있어, 이러한 현상이 연출됐다고 보는 것이다.

특히 보길도 중에서도 예송리는 해송과 까만 빛깔의 몽돌이 유명한데, 바닷물에 몽돌이 씻기는 것을 "모난 시간 비벼 빤다"고 보고, 그 소리를 딸그락거리면서 애간장이 타는 소리로 본 것은 그 비유가 참신해서, 읽는 이에게 신선한 감각을 느끼게 한다. 그리고 바다 위에 뜬 석양과 낮달을 "매미소리 아롱지는 동백숲 속 두 눈동자"라 표현한 것도 기발한 아이디어라고 생각된다. 이 작품은 보길도의 문화유적보다는 그곳의 자연경관이 뛰어나고 아름다움에 더 관심을 보여주었다는 점에 그 의미를 부여하고자 한다.

교원대의 유성호 교수는 "이제 우리 시대의 시적 과제는, 속도전의 무모함과 자기 소모적 열정으로부터 원초적 감각과 인지 능력을 복원하는 일로 현저하게 옮겨가고 있다"고 하였다. 이 말은 듣는 이의 이해에 따라 여러 가지 해석이 나올 수 있다. 그러나 필자의 입장에서는 공연히 형식의 파괴, 문맥의 단절, 공허한 외침, 남의 이목을 끌기 위한 이상한 몸짓을 그만두고 생의 원초성과 자연의 순리에 따라 시대감각을 가미하면서 그 나름의 미학을 창출해 내라는 의미로 받아들여진다. 조영희 시인의 작품세계는 한마디로 '이것이다'라고 내세우기는 어렵다. 그리고 독자가 쉽게 접근하고 쉽게 이해할 수 있는 평이한 작품도 아니다.

다른 사람들이 흉내 낼 수 없는 그 나름의 독특한 세계를 이루고 있다. 그렇다고 머리를 싸매고 읽어도 이해가 안 될 정도로 어렵게 쓴 난해시도 아니다. 체험을 바탕으로 해서 상상력을 발휘한 작품이 많고, 일상적인 비유보다는 개성적인 비유를 해서 참신성을 드러낸 작품이 많고, 그 나름의 견고한 구조와 문체를 획득해서 자신의 독특한 시세계를 구축했다고 본다. 필자는 그의 작품 세계를 ① 그리움과 사랑의 정서, ② 인생의 의미가 내포된 작품, ③ 일상적인 소재의 형상화, ④ 자연 명소나 문화유적에 대한 관심 등으로 나누어 살펴보았다. 그 밖에도 수련, 채송화, 제비꽃 등 식물을 소재로 해서 쓴 작품, 아버지, 어머니, 아들 등 가족이나 돌아가신 분을 대상으로 쓴 작품 등 그의 시적 소재는 다양하다. 이 다양한 소재들을 잘 소화해서 그의 시상을 잘 갈무리했다고 본다. 더욱 정진해서 더 좋은 작품, 독자들이 공감할 수 있는 작품들을 생산해 주시기 바란다.

13. 자아성찰의 의미와 언어의 절제미

– 이계진의 시세계

우리나라는 현재 문예부흥시대가 도래한 것 같다. 그것은 문인의 숫자도 많고, 발표되는 작품 수도 많기 때문이다. 지금처럼 수많은 문학잡지에서 매월 그 많은 양의 작품을 쏟아낸다면, 후세에 누가 그것을 정리할 수 없고 그냥 방치할 수밖에 없을 것이라는 생각이 든다. 들리는 바에 의하면 한국문인협회의 회원 수가 1만 명을 훌쩍 넘었고, 그 중에서 시인의 숫자만도 4, 5천 명이나 된다고 하니, 현대는 '문인시대' 또는 '시인시대'라는 이름을 붙여도 지나치지 않을 것이라는 생각이 든다. 우리 문학사상 이처럼 시인의 숫자가 많고, 이처럼 많은 작품이 생산된 적이 그 언제 있었던가?

상고시대에는 '고대가요'라는 것이 3편 있고, 신라의 '향가'는 25편, '고려속요'라는 것이 30여 편 전한다. 그 이후 조선조로 넘어와서 '가사'가 수천 편, '고시조'가 5천 편 가량 전한다는 설이 있다. 어떻든 우리나라 반만 년 역사상 지금처럼 시인 숫자가 많고, 많은 양의 시가 발표되고, 수많은 시집이 발간된 적은 없었다. 그러기에 현대를 '문예부흥시대'라 이를 만하다고 보는 것이다.

그런데 문제는 오늘날 그 많이 발표되는 시작품을 독자들이 외면하고 있다는 사실이다. '시인'이라면 존경받고 선망의 대상이 되던 시절도 지나갔다. '시'를 읽고 즐거움을 느껴야 하는데, 시를 읽으면 골치가 아프니 누가 시를 가까이 하려고 하겠는가? '시'는 독자들에게 외면당하고, 시인은 우리 사회에서 대접을 받지 못한다. 그런데도 시를 배우겠다는 사람들이 많이 있고, 시인의 숫자는 계속해서 늘어나고, 그 시

작품이 대량 생산되는 현실은 아이러니가 아닐 수 없다. 그렇더라도 시나 시조를 공부하려는 사람은 더 많이 나와야 하고, 시인이나 문인의 숫자도 더 증가해야 된다는 것이 필자의 생각이다. 왜냐 하면 현대는 물질만능시대요 황금만능시대이기 때문이다. 물질과 정신의 세계가 균형을 이루어야 하는데, 물신 숭배사상은 최고조에 달했는데, 정신 분야는 피폐할 대로 피폐해졌기 때문이다. 그 부족한 정신세계를 치유하는 것은 인문학이 담당해야 하고, 그 중에서도 문학이 큰 몫을 해야 된다는 것이 필자의 생각이다.

흔히들 시인은 작품으로 말해야 된다는 이야기를 많이 듣는다. 이 말은 시인에 대한 평가는 작품으로 이야기할 수밖에 없다는 것을 은유적으로 표현한 것이다. 그러나 작품에 대한 평가는 작가가 생존 시에 하는 것보다는 사후에 하는 것이 더 정확하다. 필자가 알기에는 그 유명한 김소월도 소월이 생존해 있을 때는 누가 거들떠보지 않았다. 살았을 때는 푸대접 받았는데, 그가 죽은 다음에 우리나라에서 제일가는 시인으로 급부상한 것이다. 그런 점에서 시인은 현재 누가 알아주지 않는다고 해서 의기소침할 필요는 없다고 생각한다.

이계진 시인은 누가 알아주느냐 그렇지 않느냐에 상관하지 않고, 누가 좋게 평가해주기를 바라지 않고 꾸준히 시적 수련을 쌓아왔다. 이미 2005년도에 「문예춘추」를 통해서 시조로 등단했고, 그 외도 청시동인, 광진문협, 여강시가회 이사로 활동 중이다. 다시 말하면 시적 수련도 열심히 하지만 문단활동도 열심히 하고 있다는 이야기다. 그래서 그런지 이번에 발간하는 첫시집 「詩, 절벽에 서다」를 읽어보면 소재가 다양하고, 인생의 의미를 함축하고, 자아성찰의 경향을 보이는 등 그동안의 쌓아온 시적 수련이 하나의 결실을 거두었다고 평가된다. 더구나 말을 부리는 솜씨, 언어의 절제미, 은유적인 표현 등은 그 나름의 경지를 이루었다고 생각되었다. 그러기에 이제는 그의 작품집을 정독하면서 이러한 문제들을 하나하나 짚어 나가고자 한다.

1) 외로움의 정서가 나타난 작품

보름이라 달뜨건만
쓸쓸하긴 매한가지

둥근 달 바라볼 적
목 풍금 댓잎소리

그리움 하얀 달빛 속에
젖은 세월이 비어있다

달그림자 지기 전에
행여 누구 기다려도

간곳 몰라 홀로 있는
찻잔 속에 그림자 하나

찬바람 단풍잎 떨구고
외등 하나 그대로 섰다

－「달을 보며」 전문

외로움의 정서는 그리움의 정서와 붙어 다닌다고 생각한다. 동전의 양면처럼 서로 떨어질 수 없는 불가분의 관계에 있다. 사랑하는 사람과 떨어져 있으면 그 사람을 그리워하게 하게 되고, 그리워하면서도 그 대상을 만나지 못하면 외롭고 쓸쓸한 감정이 솟아날 수밖에 없다. 이 외로움의 정서는 특별한 사람에게만 있는 것이 아니라 인간이면 누구나 느끼는 인류의 보편적 정서이다. 옛날에도 그러했고, 현재에도 그러하다. 옛날 사람이나 지금 사람이나 사랑하는 대상을 만나지 못하면 외로움을 느끼는 것이 당연하다는 이야기다.

그러면 고구려 유리왕 3년에 유리왕이 지었다고 하는 <황조가>를 예로 들어보자. "펄펄 나는 꾀꼬리는/ 암수 서로 노니는데/ 외롭구나 이 내 몸은/ 누구와 더불어 돌아갈꼬." 유리왕은 고구려 시조 동명왕의 맏아들로 부여에서 아버지를 찾아 고구려에 왔다. 그리고 태자에 책봉되고 동명왕의 뒤를 이어 2대왕에 취임하였다. 유리왕의 이 노래는 「삼국사기」에 설화와 함께 한역가로 전해오고 있다.

그 설화의 내용을 보면 유리왕에게는 골천 사람의 딸 화희(禾姬)와 한(漢)나라 사람의 딸인 치희(雉姬)가 있었다. 이 두 여자는 자주 싸웠는데, 한번은 치희가 분함을 이기지 못하여 제 고장으로 돌아가 버렸다는 것이다. 왕은 그 소문을 듣고 말을 달려 그 뒤를 쫓아갔으나, 치희는 노여움을 풀지 않고 끝내 돌아오기를 거절하였다. 왕은 고달픈 몸을 끌고 오다가 나무 아래에서 쉬면서 <황조가>를 불렀다는 것이다. 그래서 "외롭구나 이 내 몸은/ 누구와 더불어 돌아갈꼬"라고 한탄하였다. 이처럼 외로움의 정서는 절대 권위를 자랑하는 유리왕도 가지고 있었고, 표출할 수밖에 없었다는 생각이 든다.

현대를 살아가는 이계진 시인도 마찬가지다. 그는 예의 작품에서 보름달이 떠도 쓸쓸하기는 마찬가지라고 하였다. "그리움 하얀 달빛 속에/ 젖은 세월이 비어있다"고 하였다. 그러니 시적 자아는 누군가를 그리워하면서 기다리고 있고, 그 대상을 만날 수 없었기에 "젖은 세월이 비어있다"는 말로 소회를 나타내었다.

제2수 종장에서는 "찬바람 단풍 잎 떨구고/ 외등 하나 그대로 섰다"고 했는데, 역시 외롭고 쓸쓸하다는 것을 암시적으로 표현한 것이다.

여기서 '외등'은 시적 자아를 암시한 것이지만 이계진 시인 자신을 비유한 것으로 보아도 틀림없을 것이다. 앞에서도 이야기했지만 이러한 외로움의 정서는 인류의 보편적 정서라 생각되고 특히 시인은 이러한 정서를 많이 내포한 것으로 이해된다.

밤비가 내린다
희미한 기억의 편린

울 풍금 시린 가슴
먼 종착역 밤비 오는

외로운 그림자 하나
우중 속에 젖는다.

낯설어 멀어져 간
잎새 진 멍울자국

밤비도 설움에 겨워
차디찬 땅을 두들기네

끊어진 소맷자락이
흔들려 젖는 이 밤에.

─「밤비에 젖는」 전문

이계진 시의 특징은 대상을 설명하지 않고 암시를 주는데 있다. 이 암시성에 대하여는 이미 포우가 심령(心靈)은 오직 암시성에서만 신성한 미(美)의 창조가 가능하다고 하였는데, 그것이 상징파에 이르러서는 더욱 의식적으로 시를 암시의 상태로 끌고 간 것이다. 이점에 관해서는 말라르메의 시도 마찬가지로서 그의 작시(作詩)는 마치 언어의 하나

하나가 음조와 같이 조직되고 오케스트라화 했던 것이다. 이는 엘리옷이 말한 객관적(客觀的) 상관물(相關物)과 그와 연관된 무드는 분명하게 드러내져서는 안 되며, 그저 암시만 되어야 한다는 것과도 같은 의미이다(홍문표의「현대시학」참조). 필자는 시를 지을 때에 사물이나 대상에 대하여 설명하지 말고 간접적인 표현을 하라고 강조한다. 느낌이나 감상을 나열하지 말고 비유법을 쓰라고 강조한다. 그리고 작자는 암시만 주고 독자가 그것을 알아차리게 쓰라고 한다. 즉 작자의 몫보다는 독자의 몫을 많이 주라고 강조하는 편이다.

이런 점에서 상기 예의 작품은 암시성이 강하다고 이해된다. 밤비를 통해서 사실은 자아의 외로운 감정, 서러운 정서를 나타냈기 때문이다. 제1수 초장에서 '희미한 기억의 편린'이라 한 것은 그 추억거리가 하도 오래되어서 기억마저 희미해졌다는 것을 간접적으로 표현한 것이다. '시린 가슴'이나 '외로운 그림자'라는 구절이 있는데, 이것도 시적 자아의 감정을 대변해 주는 것이다. 만약에 시적 자아가 행복감에 젖어 있다면 '시린 가슴'이란 표현을 쓰지는 않았을 것이다.

여기서 '외로운 그림자 하나'는 그대로 외로운 그림자라고 볼 수도 있지만, 사실은 시적 자아 자신을 가리키는 것이고, 더 직접적으로 표현하면 작자 자신을 상징한 것이라 볼 수도 있는 것이다. 제2수에서도 '멍울 자국'이나, '설움에 겨워'나, '끊어진 소맷자락'이란 구절이 이어지는데, 이 또한 같은 맥락에서 해석할 수 있다. 얼마나 상처를 받았으면 멍울 자국이란 표현을 했겠는가? 얼마나 서러웠으면 '밤비도 설움에 겨워'라는 표현을 했겠는가? '끊어진 소맷자락'이란 구절에서 자아와 대상이 조화와 합일을 이루지 못하고 완전히 결별한 상태라는 것을 직감할 수 있다. 이별한 상태이니, 외로운 그림자라 하였고, 멍울자국이란 표현을 썼고, 설움에 겹다는 표현을 했던 것이다. 그런 점에서 상기 작품은 시적 자아의 외롭고 서러운 감정을 암시적으로 표현한 데에 그 특징이 있다고 보아진다.

2) 인생의 의미가 함축된 작품

엉켜진 갈래 마음
아옹다옹 부딪고선
외로운 숱한 나날
잃어버린 밤의 향기
어설픈
자아를 꾸짖고
돌아보는 허망이여.

바람도 씻을 수 없나
말끔히 지워지지 않는
가슴살 떨고 선 사연
시간의 늪가에서
잊고저
애를 써봐도
등줄기 타내린 아픔

하늘엔 뭉게구름
무심히 지나간다
실루엣 구름에 띄우면
무구한 망각 속으로
하얀 눈 가슴에 담아
동백꽃 향기 속으로

— 「세월을 씻는」 전문

문학작품의 소재나 대상은 자연과 인간이다. 인간도 자연의 일부라 생각하면 자연을 대상으로 작품을 쓴다고 이야기할 수 있다. 그러나 문학은 인간의 사상, 감정, 체험 등을 어떤 형식에 담는 것이라 생각되기에 결국은 인간을 노래할 수밖에 없다는 생각이 든다. 그래서 필자는 문학이란 인간학 또는 인생학이라 생각했던 것이다. 이러한 전제에 의하면 문학은 인생을 탐구하고 논의하고, 인생의 의미를 발견하고, 진리를 찾아내고, 삶의 지혜를 습득하는 과정이라고 생각한다. 그러면서 결국은 작자 자신의 이야기, 작자 자신의 삶을 되돌아보는 기회를 마련하는 것이 작품창작이라고 생각한다.

위에 예로 든 작품은 '세월'을 대상으로 하였지만, 작자 자신이 그 세월을 지나오면서 보고 체험하고 느낀 것을 작품으로 형상화하였다. 그러자면 자연히 자신의 삶을 되돌아보고, 성찰하고, 가슴 아파하는 내용이 주조를 이룰 수밖에 없다는 생각이 든다.

먼저 제1수의 형식을 따져보면 초장 3·4·4·4, 중장 3·4·4·4, 종장 3·6·4·4조로 되어 음수율이나 음보율 면에서 정격을 잘 지킨 것으로 간주된다. 제1수에서는 "엉켜진 갈래 마음/ 아옹다옹 부딪고선"이라 하였는데, 이는 작자 자신의 삶이 순탄하지 않고 고난의 과정을 겪어 왔다는 의미이다. "외로운 숱한 나날/ 잃어버린 밤의 향기"에서는 행복감을 느끼지 못하고 고독감을 느끼면서 살아왔다는 의미가 함축되었다. 그러니 자기 자신을 꾸짖게 되고, 그 동안 살아온 것이 너무 허망하다고 결론을 맺었다.

제2수에서는 그러한 삶의 자취를 씻고자 하나 말끔하게 지워지지 않는다 하였고, 그 동안 가슴을 떨면서 살아온 사연을 잊고자 애를 써봐도 잊기는커녕 아픔만 가중시켰다는 것이 핵심 내용이다. 제3수에서는 "실루엣 구름에 띄우면/ 무구한 망각 속으로" 빠져든다고 하였는데, 그래도 "동백 꽃 향기"를 맡으면서 희망을 갖고 살아야 되겠다는 자신의 의지를 표명하였다. 한마디로 상기 작품은 자신의 과거를 되돌아보고 성찰하면서 과거의 나쁜 기억은 잊어버리고, 미래에는 희망을 갖고 좋은 추억을 만들면서 살아가야겠다는 자아의 의지가 잘 형상화된 것으로 사료된다.

내가 왜 여기 있나
삶의 봇짐 한 짐 지고
어느 낯선 길에 섰다

방향은 어디일까

그림자 쫓는 허공의 시선

누군들 알리
흐르는 물처럼

굴러가는 공처럼
모난 정 맞으며
이미 와버린 길

먼지와 서류의 세상살이

지구본 닮아 있기에
어머니! 나도
그저 굴러가고 있나요.

— 「굴러가는 길」 전문

인간은 누구나 자신의 삶을 성찰하고, 반성하고, 후회하면서 살아간다. "나는 떳떳하게 후회 없이 보람 있게 잘 살았노라"고 자신 있게 외치는 사람을 아직은 못 보았다. 그러면서도 사람들은 하느님께 감사하고, 부처님께 감사하고, 조상님께 감사하고, 부모님께 감사하고, 나라와 사회에 대하여 감사하면서 살아간다. 여기 예로 든 작품의 제목은 <굴러가는 길>이다. 사람이 이 세상 살아가는 것을 길을 가는 것에 비유한 것이다. 그런데 그 길을 '굴러간다'고 표현하였다. 마치 돌멩이가 굴러가고 굴렁쇠가 굴러가듯이 굴러간다고 인식한 것이다. 이처럼 '굴러간다'는 표현을 쓴 것은 인생 행복하게 잘 살아왔다는 의미보다는 이리 채이고 저리 채이면서 자신의 의지와는 안 맞는 방향으로 살아왔다는 의미가 내포된 것이다.

하여간에 시적 자아의 삶의 길은 순탄하지 못하였기에 첫 행부터 "나 왜 여기 있나"라는 불만스런 표정을 지었다. 삶의 봇짐 한 짐 지고 어느 낯선 길에 서있다고 하였다. 낯선 길이란 서툴고, 불안하고, 언제 어떤 일이 벌어질지 예측할 수 없는 길이다. "방향은 어디일까"라는 구절에서 가기는 가지만 뚜렷한 목적지나 목표가 없다는 것을 암시해 준다. "그림자 쫓는 허공의 시선"이라 하였으니, 실체는 잡지 못하고 허상만 찾아서 헤맨 꼴이 되는 것이다. 얼마나 어려운 난관을 겪어 왔으면 "굴러가는 공처럼/ 모난 정 맞으며/ 이미 와버린 길"이라 표현했겠는가?

그리고 마지막 연의 "어머니! 나도/ 그저 굴러가고 있나요"라는 구절은 체념이 담긴 어투이고, "이렇게 밖에 살 수 없나요"라는 절규로 들려온다. 이 작품도 이처럼 시적 자아는 자신의 삶을 회고하고 성찰하면서 안타까운 심정을 표출한 데에 그 의미가 있다고 생각되어진다. 그리고 이계진 시인의 다른 작품에서도 "눈을 감고 다시 뜨면/ 저기가 그 길 같아/ 한번 잃은 방향 길/ 돌고 도는 제자리표/ 푸른 샘 목마름이

여/ 가야할 길 어디일까"(길, 제2수)라고 하였는데, 위에서 논의한 작품
과 맥을 같이한다고 생각된다.

3) 현실인식이 드러난 작품

생명의 숨 박동 소리
무너지는 비명 소리
회색의 깃 세우고
뜨거운 변죽 울리며
끼끼리 나누어 먹었던
악어 세상 바다 이야기

앵무새 따라가다
노래마저 잃어버린
여름 폭풍우 휩쓸고 간
빈 쭉지 가을 뜰엔
목마른 환상의 치부가
바다 이야기로 부침한다.

굽은 등에 매달린 잎새
굳어버린 소맷자락
일확천금 따라 가다
천 갈래 찢긴 가슴들
내일도 뜨는 해 있어
푸른 바다가 그립구나

− 「바다 이야기」 전문

이 작품에는 <게임방 놀이>라는 부제가 달려 있다. 몇 년 전 "성인

오락, 정권의 방관 속에 권력형 의혹으로 커졌다"는 기사를 읽은 적이 있는데, 바로 그 당시 세상을 떠들썩하게 했던 그 게임방 놀이를 주제로 하고 있는 것이다. 그 기사의 내용을 인용하면 "성인용 게임 '바다 이야기'가 영상물등급위원회를 통과한 것은 2004년 12월이다. 이후 성인 오락 시장은 경품용 상품권의 활성화와 함께 1~2년 사이에 수십 배로 커졌다. 2003년 3,800억 원이던 것이 지난 해 8월부터 올 7월까지 발행된 경품용 상품권만 26조 원어치에 이를 정도가 됐다. '딱지 상품권' 발행까지 합치면 규모는 훨씬 더 커진다"라고 되어 있다. 이러한 도박형 성인오락이 팽창하여 서민가계의 파탄으로 이어졌다는 것이다.

이러한 사실을 상기 작품에서는 생명의 숨 박동 소리가 무너져서 비명소리로 들린다고 표현하였다. 누구와 누가 결탁해서 이런 도박형 게임을 확산시켰는지 모르지만 끼리끼리 나누어 먹었던 악어세상이 되어버렸다고 하였다. 이 '바다이야기' 사건에는 비리와 의혹이 크다는 것을 암시적으로 표현한 것이다. 그 당시 지면에 발표된 기사를 보면 "진실로 심각한 것은 도박용 성인게임 육성정책을 입안하고 수립하는 데 간여한 정치권, 관리 그리고 업자의 유착이다"라는 기사가 날 정도이니, 끼리끼리 나누어 먹었다는 이야기를 뜬소문으로만 간주하기는 어렵다는 생각이 든다.

제2수에서 "여름 폭풍우 휩쓸고 간/ 빈 쭉지 가을 뜰"이라 한 것도 이 '바다이야기'로 해서 우리 사회가 황폐화되었음을 의미한다. 얼마나 부끄러우면 "목마른 환상의 치부"라는 말을 썼겠는가? 그 성인오락 게임으로 해서 큰돈을 털리고 빼앗기다시피 한 사람들이 많은데, 그것을 "일확천금 따라가다/ 천 갈래 찢긴 가슴들"이라고 표현하였다. 어떻든 이 작품은 우리사회의 부조리와 모순을 고발하고 문제 삼은 데서 그 의미를 찾을 수 있다. 시인으로서 시대의 잘못을 그냥 모른 척하고 넘어갈 수 없다는 자아의 '현실 인식'을 그대로 드러낸 것이다.

또 한 가지 이계진 시인은 시상을 전개할 때에 군소리를 생략하고, 뜻이 같은 시어를 중복해서 쓰지 않는다는 특징이 있다. 다시 말해서 생략법을 구사하여 말을 아끼고 골라서 쓰는 '언어의 절제미'를 보여 준다는 이야기이다.

> 지쳐 쓰러진 역마는/ 부러진 나뭇가지
> 절룩절룩 다리 휘며
> 비린 웃음 품어낸다
> 꾸부정 바라본 시선은
> 내일 없는 생명의 꽃
>
> 빌딩 숲을 올려보며/ 힘없이 누운 살점
> 소리 없는 눈물 씹고
> 허탈한 빈주먹에
> 꺾어 쥔 쓴 소주 한잔
> 한마저 풀어 삼킨다.
>
> 허공에 던져진 삶/ 바람에 무딘 칼날
> 신문 한 장에 생을 덮은
> 용감한 비굴이여
> 차디찬 가면의 길바닥
> 싸늘한 시선 오가는 발길
>
> ─「지하도 삶」전문

이 작품은 '노숙자'를 대상으로 했으면서도 제목이나 작품 속에 노숙자라는 용어가 한마디도 들어가지 않은 데에 특징이 있다. 제목이

<지하도 삶>인데, 그 지하도를 근거지로 살아가는 사람 중에서는 노숙자가 대표적이다. 그 노숙자를 상기 작품에서 '지쳐 쓰러진 역마'라 하였고, '부러진 나뭇가지'에 비유하였다. 그들의 행태를 '절룩절룩 다리를 휘'면서 '비린 웃음을 품어내는' 존재로 본 것이다.

그리고 제1수 종장에서는 그 노숙자들을 '내일 없는 생명의 꽃'이라 보았는데, 아주 적절한 표현이라 생각한다. 그들 또한 인간이니 '생명의 꽃'임에는 틀림없다. 그러나 내일의 희망이 없는 존재들 아닌가? 이처럼 사물이나 대상을 직접 지시하지 않고, 독자들에게 여운이나 암시를 주는 것을 수사법에서 '생략법'이라고 한다.

제2수의 내용도 같은 시점과 맥락으로 전개되었다. 그 노숙자들을 빌딩 숲이나 바라보면서 사는 존재로 인식하였고, '힘없이 누운 살점'에 불과한 것으로 인식하였다. 그들은 소리 없는 눈물을 씹으면서 빈주먹으로 허탈하게 살아간다. 쓴 소주를 마시면서도 그 소주잔에 한(恨)마저 풀어서 삼키는 존재들이다. 제3수에서도 그들의 삶을 '허공에 던져진 삶'이라 하였고, '바람에 무딘 칼날'에 비유하였다. 신문 한 장 덮고서 살고, 비굴한 구걸을 하면서 살아간다. 그러나 누구 하나 그들을 동정어린 눈으로 바라다보는 이가 없다. 그래서 시적 자아는 그런 광경을 '싸늘한 시선 오가는 발길'이라 표현했던 것이다.

이 작품 또한 생략법을 구사한 것으로 인식되는데, 이 기법은 간결성, 압축성, 긴밀성을 위하여 어구를 생략하는 수사법이다. 다시 말해서 말을 아끼고, 필요한 말만 쓰고, 절제해서 독자들에게 생각할 수 있는 여운을 남겨주는 기법이라고 하겠다. 이 외도 현실인식이나 현실고발을 주제로 한 작품에 <실업자의 탄식>, <어느 개의 눈물>, <어디로 가야 하나>, <열어라 삼팔선>, <옥상 망루에서>, <거짓의 늪에는>, <거꾸로 가는 세상>, <남북의 여정>, <무너지는 소리>, <세

상은>, <물난리> 등이 있어, 시적자아의 사회현실에 대한 관심이 얼마나 큰지를 직감할 수 있었다.

4) 표현의 묘미

바람 불어 좋을 듯
길 따라 강에 왔네

누군가 부르는 소리
들릴 듯 들리지 않고

저무는 강가에 앉아
꽃잎 지는 소리만이

잡아도 잡을 수 없는
스쳐간 소맷자락

흐르는 강 숲 사이
별이 되어 숨어 있나

공연히 바람이 불어
일렁인 달그림자

―「강가에서」 전문

문학작품에서 표현의 묘미는 비유법을 잘 구사했을 때 느끼게 된다. 비유의 성질에는 유사성의 아날로지뿐만 아니라 비교성, 대조성이 있다. 시인은 신학자처럼 직관적으로 본질에 도달하지는 못하며, 오직 유사성을 통하여 천사의 얼굴을 볼 수 있다는 말처럼 비유는 우선 유사한 성질을 하나의 연상(聯想) 작용에 의해서 나타내는 것이다(홍문표의「현대시학」참조).

상기 작품을 통해서는 시적 자아의 심란한 심경을 읽어낼 수 있다. 그러나 위 작품에는 '심란하다', '누구를 그리워한다', '안타깝다'는 말을 직접 하지 않았는데도, 독자의 입장에서는 그러한 마음의 상태를 읽어낼 수 있기에 표현의 묘미를 느낄 수 있다고 해석한 것이다. 작품의 제목은 <강가에서>인데, 강이나 강변에 대하여 시를 쓴 것이 아니라 자신의 소회를 밝히는 내용이 주조를 이루고 있다.

제1수에서 초장에는 이 작품의 배경이 제시되었다. 바람이 불어 좋을 듯해서 강가에 나오게 되었다는 것이다. 그러나 그 다음 중장에서는 상상의 세계로 들어간다. "누군가 부르는 소리/ 들릴 듯 들리지 않는다"고 하였다. 여기서 그 대상이 되는 '누구'는 과연 어떤 존재를 지칭하는 것인지 궁금하지 않을 수 없다. 그냥 사랑하는 사람, 옛 애인, 절대자, 하느님 등 얼마든지 자유롭게 생각할 수 있는 것이다. 그만큼 함축성과 다의성을 지닌 단어라고 생각된다. 그러나 시적자아가 절실하게 애타게 찾는 존재임은 틀림없다. 그처럼 찾는 존재는 나타나지 않고 꽃잎 지는 소리만 들린다고 했으니, 이때의 안타까운 심정 말로서는 표현할 수 없을 것이다.

제2수에서도 같은 맥락의 시상이 전개된다. 그 존재는 잡아도 잡을 수 없는 대상이고, '스쳐간 소맷자락'이 되어버린 추억의 인물이다. 아무리 그를 부르고, 아무리 그를 찾아도 나타나지 않으니까 '별이 되어 숨어있나'라고 자탄어린 심정을 토로하였다. 그리고 그 때의 허망한 심정을 '공연히 바람이 불어/ 일렁인 달그림자'라고 하였다. 그때의 심란하고 안타까운 심정을 '일렁이는 달그림자'에 비유한 것은, 그 비유가 참신해서 표현의 묘미를 느끼게 해준다. 이 외에도 "먼저 가신 그님들은/ 어찌하여 나를 뒀나/ 애처로운 이 몰골이/ 그 누구의 발자췬가

/ 엮어진/ 끄나풀 아래/ 질경이의 목숨이여"(선조에게, 제1수)에서도
자신의 생명체를 '엮어진 끄나풀'이라 하고, '질경이의 목숨'에 비유한
것은 표현의 묘미를 느끼게 해준다는 점에서 시적 성과를 거두었다고
본다.

　이제까지 이계진 시인의 작품세계를 ① 외로움의 정서가 나타난 작
품, ② 인생의 의미가 함축된 작품, ③ 현실인식이 드러난 작품, ④ 표
현의 묘미 등으로 나누어 논의하였다. 이 외에도 식물적 소재를 대상
으로 한 작품, 여행에서 취재한 기행작품, 부모님을 그리워하는 정서
를 담은 작품 등 그 소재가 다양하여 어느 한 가지로 작품세계를 규정
하기는 어렵다고 본다. 그렇더라도 그가 살아온 생을 고려하면 여러
가지 고난을 극복하면서 힘겹게 살아왔음을 감지할 수 있었다. 그런
과정에서 자연스럽게 외로움의 정서가 유발된 것 같고, 또한 이시인은
누구보다도 강직해서 불의와 모순을 보면 그냥 넘기는 성격이 아니다.
이런 성격이 사회현실에 대한 비판의식으로 작용한 것 같다.
　또한 시를 쓸 때에 그냥 뜻이나 의미를 전달하는데 만족하지 않고
인생의 의미, 삶의 의미, 자연의 이치 등을 함축시켜서 독자들에게 읽
을 맛을 느끼게 해주었다. 그리고 언어를 다루는 면에서 생략법을 구
사하여 암시를 주는 효과를 거두고, 의미의 중복을 피하고, 말을 아껴
쓰는 절제미를 보여주고, 그 외도 함축성 있는 시어를 선택해서 시적
효과를 거둔 것으로 사료된다. 이번에 첫 시집 발간하는 것을 진심으
로 축하드리고, 앞으로 더 좋은 작품 많이 생산하기를 기대하면서 이
만 무사(蕪辭)를 마치는 바이다.

14. 인간애 정신을 바탕으로 한 긍정의 시학

- 이송원의 시세계

우리가 시를 쓸 때는 자연이나 인간을 대상으로 한다. 고전문학에서는 인간을 대상으로 한 문학보다는 자연을 대상으로 쓴 작품들이 많았다. 그 유명한 정극인의 <상춘곡>도 자연을 대상으로 하였고, 송순의 <면앙정가>, 정철의 <관동별곡>, 윤선도의 <어부사시사> 등은 자연의 아름다움과 거기에서 일어나는 감흥을 표현한 것이다. 이에 비하여 현대문학에서는 자연을 노래하기보다는 인간을 탐구하고, 인생의 의미를 함축하고, 삶이란 무엇인가 하는 문제에 관심을 둔다. 그래서 문학은 인생의 표현이요 사회의 거울이라고 한다. 고로 문학은 인간을 떠나서는 존재할 수도 없고 성립될 수도 없는 것이다.

이러한 전제 아래 이송원 시인의 시집 「솔바람 부는 언덕」을 읽어 보니 자연을 대상으로 한 것보다는 인간 문제, 삶의 문제를 다룬 작품이 더 많은 비중을 차지하였다. 이 작품집 속에는 인생의 의미, 그리움, 추억, 외로움, 즐거움, 허무, 무상 등 인간이 살아가면서 느끼게 되는 여러 가지 정서가 주제나 소재로 나타났다. 그만큼 이송원 시인은 사람을 그리워하고 사랑하고 보고 싶어 하는 인간애 정신을 천성적으로 지니고 있었다고 보아진다.

다음은 문학과 체험에 관한 문제다. 이 체험에 대하여 백철은 "현대의 문학 이론가들이 체험을 강조하는 것은 그만큼 일반적으로 문학에서는 체험이 귀중한 증거라고 볼 수 있다. 하여튼 어떤 성질의 것이든 간에 문학에 있어서 체험이 그 창작을 위한 하나의 토양과 같은 내용적인 조건이라고 보아 틀림이 없으면, 체험이 문학을 위하여 귀중한 까닭도 분명하게 알 수 있다"라는 주장을 하였다. 이처럼 문학에서 체험을 중요시하는 것은 근대의 리얼리즘 문학에 이르러서 심해졌는데, 이것은 근대과학의 발달, 실증철학의 사실 존중, 경험주의 등의 시대정신이 작용했기 때문이다(구인환의 「문학개론」 참조). 문학에 있어서 체험이 이처럼 중요한 것은 사실이지만, 오로지 체험에만 의존할 수 없는 것이 문학의 특성이다. 그 인생의 체험을 바탕으로 상상력을 가미했을 때, 그 문학적 성과는 배가된다고 본다.

다시 말해서 체험과 상상이 잘 조화를 이루는 것이 좋은 작품으로 평가받을 수 있는 조건이라는 이야기다. 그런데 이송원 시인의 작품들을 통람한 결과 상상력보다는 체험 쪽에 더 큰 비중을 두었다는 생각이 들었다. 이처럼 체험을 중시한 것도 이송원 시세계의 특징이라고 생각하면서 그의 작품들을 분석해 나가고자 한다.

1) 사랑과 그리움의 정서

누군가가 몹시 그리운 날은
혼자 고독을 즐긴다

삼라만상이 고요 속으로 잠길 때
어두운 밤은 조용히 내리고

멀리 풀벌레 울음소리에
단잠을 설치는데

불면증과 고독이 함께
나를 괴롭히는 이런 밤

내 외로운 그림자는

대문 밖을 서성인다.

─「고독」 전문

　인간에게는 누구나 외로움의 정서가 있다. 이러한 외로움의 정서를 한자말로 '고독(孤獨)'이라고 한다. 그런데 이 고독은 그리움의 정서와 밀접한 관련이 있다. 사랑하는 사람과 이별한 상태면 그 사람이 그리워지고 아무리 그리워해도 만날 수 없으면 외로움을 느끼게 된다. 그러니 외로움과 그리움은 동전의 앞뒤처럼 불가분의 관계에 있다고 생각한다.

　그래서 상기 예로 든 작품의 주제는 '그리움'이라 해도 좋고 '외로움'이라 해도 좋다. "누군가 몹시 그리운 날은/ 혼자 고독을 즐긴다"고 했는데, 여기서의 특징은 '고독을 즐긴다'고 한 데에 있다. 이 말은 아무리 상대를 그리워해도 만날 수 없으니까, 그 고독을 즐길 수밖에 없다는 이야기다. 어쩌면 그 상대가 너무 그립다는 것을 역설적으로 표현했다는 생각이 든다. 시간적 배경은 삼라만상이 고요 속으로 잠길 때이고, 한밤의 어둠이 조용히 내릴 때이다. 그러니까 시간적으로 낮보다는 밤이 더 외로움을 느끼게 된다는 것을 실증적으로 보여주는 것이다. 거기에 풀벌레 울음소리에 단잠을 설치고, 불면증과 고독이 함께 찾아와 괴롭힌다고 했으니, 시적 자아의 심적 상태가 어떠한 지를 미루어 상상할 수 있다.

　그래서 할 수 없이 "내 외로운 그림자는/ 대문 밖을 서성인다"고 한 것이다. '대문 밖을 서성인다'는 이야기는 함축성 있는 표현이다. 혹시나 임이 오는 것 아닌가 하고 기다린다는 의미도 있고, 자아의 마음을 진정시킬 수 없어 그저 서성거린다는 뜻으로 해석할 수도 있다. 그 외도 불안, 불면의 상태, 괴로움 등 여러 가지 의미가 내포되어, 독자가

자유롭게 상상하고 해석할 수 있는 여유를 주었다는 데에 이 구절의
묘미가 있는 것이다.

> 노년의 사춘기는
> 왜 이렇게 눈물이 많을까
>
> 괜스레 혼자/ 감상에 젖곤 한다.
>
> 이유 없이 흐르는 눈물
>
> 정들었던 친구들/ 하나 둘 떠나고
>
> 다음 차례는 누구일까
> 애절한 마음 가눌 길 없는데
>
> 간간이 바람결에 묻어오는
> 그리운 사람들 안부가 서럽다.
>
> ─「노년기에」 전문

　이송원 시인에게 있어서 그리움의 대상은 다양하다. 못 잊어하는 사
람일 수도 있고, 친구, 할머니, 가족 등 많은 부류의 사람들이 그리움의
대상이다. 이 작품 <노년기에>는 그리움의 대상이 친구들이다. 하여
간에 "노년기의 사춘기는/ 왜 이렇게 눈물이 많을까"라고 하였다. '사
춘기'는 춘정을 느끼기 시작할 나이 즉 성장하여 남녀의 성적 구별이
명확해지는 보통 15세에서 20세까지 해당되는 연령층을 말한다. 그런
데 고희를 넘긴 시인이 '사춘기'라는 용어를 쓰니, 생소하면서도 재미
있는 표현이라고 생각된다.
　하여간에 사춘기는 눈물이 많고, 감상에 빠져드는 시기이다. 그러한

사정을 위 작품에서는 "괜스레 혼자/ 감상에 젖곤 한다"고 진술하였다. "왜 이렇게 눈물이 많을까", "이유 없이 흐르는 눈물"이란 표현에서 시적 자아는 무엇인가 허전하고 마음 한 구석이 텅 빈 것 같은 심정을 지니고 있다는 해석이 가능하다. 그런데 이 문제에 대한 해답이 다음 구절에 나왔다. "정들었던 친구들/ 하나 둘씩 떠나가기 때문"인 것이다. "다음 차례는 누구일까", "애절한 마음 가눌 길 없다"는 표현에서 우리는 옛 친구들에 대한 그리움과 아울러 인생의 허무감 같은 것을 느끼지 않을 수 없다. 그런데 이러한 느낌이나 생각은 이송원 시인 한 사람에게만 주어지는 것이 아니고, 노년기에 접어든 사람들이면 누구나 갖게 되는 보편적 정서라는 점에서, 이 작품은 인생의 의미, 삶의 문제 같은 것을 함축적으로 표현한 것이라 평가된다.

이처럼 장황하게 설명했지만 시적 자아가 정말로 하고 싶은 이야기는 맨 끝 행에 나와 있다. "그리운 사람들 안부가 서럽다"고 한 구절이다. 그 옛날의 동네 친구, 학교 친구들이 그립고 보고 싶은데, 그렇지 못하니 '서럽다'는 이야기다. 그런 점에서 이 작품의 주제는 '그리움', '외로움', '허무함' 등 여러 가지로 자유롭게 상상해 볼 수 있다.

내겐 한때
참 좋은 사람 있었다

곁에 있을 땐 몰랐다
그 사람 떠나고 나서야
내 가슴 엄동설한인 것을 알았다

슬픈 그리움은 또 한 번
아린 사연을 남기고

먼 전설 속으로 사라지고 말았다.

하얀 찔레꽃이
달빛 아래 차다찬 이 밤에
문득 그 사람이
가슴 시리도록 보고 싶다.

−「좋은 사람」 전문

옛시조에서는 그 작가가 누구냐에 따라 그리움의 대상이 달라졌다. 사대부 작가이면 그리움의 대상은 '임금'이고, 기녀 작가이면 그리움의 대상은 그녀가 좋아하는 양반 사대부였던 것이다. 그러면 옛시조에서 그리움의 정서를 나타낸 작품을 예로 들어보자. "千萬里 머나먼 길에 고은 님 여희옵고/ 내 무음 둘듸 업서 냇ㄱ에 안자이다/ 져 물도 내 안 ㄱ도다 우러 밤길 녜놋다"

이 시조는 단종 때 왕방연(王邦衍)의 작품인데, 그가 금부도사(禁府都事)로서 세조의 명을 받고, 노산군(魯山君)으로 강봉(降封)된 단종을 유배지인 영월에 호송하고 되돌아오면서 지은 것이다. 어린 임금을 유배지에 남겨두고 오려니 인간적인 애통한 심정을 억누를 길이 없었던 것이다. 그래서 "천만리 머나먼 길에 고운 님 여의옵고"라는 안타까운 심정을 노래한 것으로 이해된다. 그리고 자신의 심정을 물에 빗대어 저 냇물도 슬퍼서 울고 있는 내 마음 같아서 흐느끼며 밤길을 흘러간다고 표현했던 것이다.

경우는 다르지만 이송원 시인에게는 그리운 사람이 있었고, 그분을 "참 좋은 사람"이라고 지칭하였다. 이송원 시인의 다른 작품 <그리움>을 보면 "첫눈/ 내리는 날엔/ 왠지 그 사람 더욱 그립다/ 강변 바람이 일렁일 때/ 떠난 사랑 더욱 애절하고/ 석양/ 그 아름다움에 눈시울

붉어진다"라고 했는데, 이 작품에 나오는 그 사람이나 상기 예로 든 작품에 나오는 "참 좋은 사람"이나 동일한 인물일 거라고 풀이된다. 제2연에서는 곁에 있을 때는 몰랐다고 했고, 그 사람 떠난 다음에 "내 가슴 엄동설한인 것"을 알았다고 하였다. 인간의 묘한 심리 상태를 한 점 꾸밈없이 그려낸 것이라 생각된다.

그 다음 제3연에서는 그에 대한 그리움을 '슬픈 그리움'이라 했고, 영원한 이별을 하였기에 먼 전설 속으로 사라지고 말았다는 표현을 썼다. 그래도 세월은 가고 계절은 바뀌기 마련이다. "하얀 찔레꽃이 달빛 아래 차디찬 이 밤"이라는 시간적 배경을 제시했는데, 바로 이러한 배경은 작품의 주인공 '그 사람'과 연결 지어서 생각하지 않을 수 없다. 그 사람과의 만남이 이루어졌던 계절이나 시간으로 보아야 한다는 것이다. 그래서 "문득 그 사람이/ 가슴 시리도록 보고 싶다"는 표현을 했을 것이다. 이처럼 그 사람을 보고 싶어 하고, 그리워하는 것은 기본적으로 사람을 좋아하고 사랑하는 인간에 정신이 그 밑바탕에 자리해 있었기 때문에 가능한 것으로 풀이된다.

2) 추억과 향수

어느새 봄이 왔는가
탱자나무 울타리에
잔설 같은 꽃이 하얗게 피었다.

그대 기억하는가.
풀잎에 구르던 이슬
그 영롱한 신비에 가슴 뛰던 때를

상큼한 봄바람

따뜻한 햇살 마셔가며
당신의 뜨락에 꽃씨를 심던 때를

가는 세월 속으로 주저앉은
내 가슴 깊은 곳엔
한 줄기 눈물강이 흐르고

산허리에 흰 구름 한 자락 잠길 때
먼 산 뻐꾸기 아침잠을 깨운다
봄은 이미 내 곁에 와 있는 것을

ㅡ「봄의 전령」전문

　이송원 시인의 작품에는 '추억'을 소재로 한 것이 많다. 이것은 그 작품을 쓰는 사람의 나이와도 관계가 있을 것으로 생각된다. 아직 살아갈 날이 많은 젊은이들에게는 '꿈', '희망', '포부' 같은 것을 주제로 한 것이 많겠지만, 이제 노년기에 접어들어 살날이 얼마 남지 않은 시인들에게는 과거를 되돌아보면서 아름다운 추억을 되살릴 수 있는 작품을 쓰는 경우가 많을 것이다.

　위에 인용한 작품은 선경후정(先景後情)의 방법을 구사한 것이 눈에 띤다. 우선 정황이나 배경을 제시하여 독자의 주의를 환기시킨 후에 서정과 생각을 펼쳐나가는 형식을 취한다. 배경은 시간과 장소로 나누어 생각할 수 있다. 이처럼 선경후정의 방법을 쓰는 것은 아무리 좋은 생각이나 생생한 느낌이라도 독자의 주의를 끌지 못하면 관념의 진술이나 작자의 의견만 제시하는 수준에 머물 수 있기 때문이다. 그래서 옛날 선조들의 한시를 살펴보면 먼저 자연의 경치나 시간적 배경을 제시하고 그 다음에 자신의 느낌이나 인간의 문제로 전개해 나가는 방법을 즐겨 사용하였다.

　여기 예로 든 작품 제1연을 보면 '봄', '하얀 꽃'과 같은 계절을 알 수 있는 시간적 배경과 '탱자나무 울타리'라고 하는 공간적 배경을 먼저 제시하였다. 그리고 제2연부터는 "그대 기억하는가", "그 영롱한 신비에 가슴 뛰던 때", "당신의 뜨락에 꽃씨 심던 때"라고 해서 아름다운 추억을 되살리고 있는 것이다. 그러나 그 아름다운 추억이 현실세계에서 이루어지지 못했음을 제4연에서 확인시켜 준다. "가는 세월 속으로 주저앉은/ 내 가슴 깊은 곳엔/ 한 줄기 눈물강이 흐른다"고 진술했기 때문이다. 얼마나 슬프고 한스러웠으면 "눈물 강이 흐른다"는 표현을 썼겠는가? 다음 제5연에서는 "산허리에 흰 구름 한 자락 잠길 때/ 먼 산 뻐꾸기 아침잠을 깨운다"는 진술을 하였다. 여기서 '뻐꾸기'라는 존재는 자연물의 하나인 날짐승으로 볼 수도 있지만, 그 아름다운 추억의 대상인 '그대'를 상징하고 대변해주는 존재로 볼 수도 있다는 점에서 시적 성과를 거둔 작품으로 평가된다.

　　내 고향 부산은/ 영도다리, 사십 계단

　　남포동 밤의 불빛들/ 보수동 뒷골목 헌책방 길

　　내 유년의 흔적들이/ 깊이 새겨진 곳들

　　밤마다/ 먼 뱃고동 소리

　　아련한 그리움에/ 콧등이 찡해온다

　　정들었던 사람들/ 보고픈 얼굴들

　　한 시절 세월은/ 그리도 빨리 갔나

　　아 어쩌란 말이냐/ 이별은 또 다시 만남을 약속하고

　　　　　　　　　　　　　　　　　－「내 마음의 고향」 전문

향수는 고향을 그리워하는 마음이나 시름을 일컫는다. 이것을 영어로는 노스탤지어(nostalgia)라고 한다. 사람은 평생 동안 자기를 낳아준 어머니를 잊지 못한다. 자기를 낳아준 사람은 어머니고, 자기를 낳아준 곳은 고향이다. 그런 점에서 어머니와 고향은 같은 선상에 놓고 생각할 수 있다. 그래서 인간은 옛날이나 지금이나 자기가 태어난 고향을 그리워하고 잊지 못하는 것이다. 그러면 당나라 초기의 시인 하지장(賀知章)이란 사람의 작품을 예로 들어보자 "少小離家老大回/ 鄉音不改鬢毛衰/ 兒童相見不相識/ 笑問客從何處來" 이것을 우리말로 풀이하면 "어려서 집을 떠나 늙어서 돌아오니/ 고향은 변한 게 없는데 수염만 희어졌네/ 애들도 서로 바라보나 알지 못하고/ 웃으며 어디서 왔느냐고 묻네"라는 뜻이다. 한마디로 하지장의 이 작품은 어려서 집을 떠나 늙어서 와보니 고향은 변한 것이 없는데, 자신은 늙어서 안타깝다는 것을 나타낸 것이다.

이에 비하면 이송원 시인의 작품 <내 마음의 고향>은 그의 고향 부산의 모습을 자세하게 그리고 있다. 영도다리, 사십 계단, 남포동 불빛, 보수동 뒷골목의 헌책방 등 이런 곳이 이송원 시인의 유년의 흔적들이 깊이 새겨진 곳이라 하였다. 그러니 이런 곳들은 잊을 수 없는 곳이고, 마음에 깊이 새겨진 곳이고, 향수가 어린 곳이라는 이야기다. 특히 향수를 더해주는 곳은 밤마다 들려오는 머언 뱃고동소리이다. 그래서 아련한 그리움에 콧등이 찡하다는 진술을 하기에 이르렀다.

그러나 고향에 대한 그리움은 이런 외적 현상에만 있는 것이 아니다. 거기에는 정들었던 사람들이 있고, 보고픈 얼굴들이 있는 것이다. 그런데 이처럼 그리운 고향을 자주 가지 못하고 세월만 흘러가 버렸다는 이야기에서 안타까움을 더해준다. 그래도 "이별은 또다시 만남을 약속해 준다"는 구절에서, 언젠가는 그리운 사람들을 다시 만나게 될 것이라는 희망을 잃지 않고 살아간다는 것을 알 수 있다. 불원간 이송원 시인의 바램이 실현되기를 마음속으로 기원해 본다.

3) 긍정적인 인생관

촉촉이/ 내리는 안개비

먼 잿빛 산이/ 평화롭게 안겨올 때

이 자연에 취해서/ 그 속에 숨 쉬고 있는

내가/ 너무나 행복하다

살아있음이/ 이토록 감사하다는 것을

예전엔 몰랐다/ 정말 몰랐었다.

―「산다는 것」 전문

　사람이 이 세상을 살아가면서 바라다보는 시각은 크게 두 가지로 나뉜다. 긍정적 세계관과 부정적 세계관이 그것이다. 매사를 삐딱하게 보고, 남의 잘못만 탓하고, 어떻게 해서든지 상대방에게 트집을 잡고 걸고넘어지는 것은 부정적인 인생관을 가졌기 때문이다. 그러나 상대방의 잘못을 감싸주고, 남을 도와주려 하고, 남에게 배려하는 마음씨를 가진 사람은 긍정적인 인생관을 가진 사람이다. 문제는 긍정적인 인생관을 가진 사람은 복을 받고, 매사가 순조롭게 풀리고, 복이 굴러 들어오는데, 부정적인 인생관을 가진 사람은 하는 일마다 꼬여서 잘 안 되고, 남에게 도움을 받을 수 없고, 저절로 굴러 들어오는 복도 차버리는 경우가 많아서, 인생 밑바닥을 헤매면서 살아갈 수밖에 없다는 사실이다.

　필자가 이송원 시인을 대해보면 사람이 넉넉하고, 통이 크고, 남에게 베풀거나 배려하고, 모든 것을 좋은 쪽으로 해석하려는 아름다운 마음씨를 가졌다. 다시 말해서 긍정적인 인생관을 가졌고, 그러한 연유로 해서 사람들에게 존경을 받고, 많은 사람들이 주위에 몰려드는 것으로 안다.

이러한 전제 아래 상기 예로 든 작품을 보면, 이 작품도 선경후정(先景後情)의 수법을 쓴 것으로 이해된다. 먼저 배경이나 분위기를 조성하고 나중에 자아의 생각이나 느낌을 진술하였음이 그대로 드러났다. 그 배경은 촉촉이 안개비가 내릴 때이고, 먼 곳의 잿빛 산이 평화롭게 안겨올 때이다. 그리고는 "이 자연에 취해서/ 그 속에 숨 쉬고 있는/ 내가/ 너무 행복하다"는 진술을 하였다. 이처럼 인간의 행·불행은 그 사람의 마음가짐에 달려 있다는 것을 증언한 것이다. 현실이 조금 불만족스럽더라도 '나는 행복하다'고 생각하면 그렇게 행복해지는 것이다. 비록 가진 것이 없어도 '나는 부자이다'라고 생각하면 부자가 되는 것이다. 그래서 시적 자아는 "살아있음이/ 이토록 감사하다는 것을/ 예전엔 몰랐다"는 결론을 내리었다. 사람들에게 선을 행하고 좋은 마음씨 가지라는 충고가 담긴 작품으로 간주된다.

가을엔 왠지/ 쓸쓸함이 엄습해 온다

그리운 얼굴들이/ 주마등 같이 뇌리에 스치고

겨울 문턱은 아직 먼데/ 내 마음에 찬바람 분다.

괜시리 보고픔이 많은 계절/ 미웠던 사람까지도 그립다.

가을은 외로움 안겨주고/ 홀연히 떠나간다

짧은 가을날을 원망 말고/ 보고 싶은 사람 찾아 나서자.

코스모스 가녀린 허리에/ 가을이 핀다.

　　　　　　　　　　　　　　　　　　－「가을은」 전문

이송원 시인의 작품을 대하면 이시인을 직접 만난 적이 없어도, 젊은 시인이 아니라 나이 든 시인이란 것을 직감하게 된다. 위에 예로 든 작품 <가을은>의 제1연 "가을엔 왠지/ 쓸쓸함이 엄습해 온다"라는 구절을 보아도 젊은이의 목소리가 아니라 노년의 목소리라는 것을 알아차릴 수 있다.

이밖에도 "그래도 고희를 넘긴/ 이 자리가 마냥 감사한 이유는"(「독백」), "해질녘 젊은 벗들과/ 유채꽃 길 나섰다"(「토평리 유채밭」), "칠순 노안에도/ 저토록 아름다운 초록 물결"(「오월 단상」), "왜 이리 허망한 마음일까/ 노인네 사춘기는 약도 없다는데"(「계절병1」), "늙음이 서러운 게 아니고/ 잃는 게 서럽다"(「허무1」), "소시 적 뛰놀던 내 튼실한 두 다리는"(「퇴행성 관절염」) 등 이밖에도 더 많은 예를 들 수 있다.

사람이 몸은 늙어도 마음은 늙으면 안 되듯이, 시인의 자연 연령은 많아져도 '젊은 시'를 써야 하는 것이 시대적 요구라고 생각한다. 그 다음 구절 "그리운 얼굴이/ 주마등 같이 뇌리에 스치고", "가을 문턱은 아직 먼데/ 내 마음에 찬바람 분다"는 구절에서도 역시 나이는 속일 수 없다는 생각이 든다.

그러나 이러한 내용도 반대로 좋게 해석할 수 있다. 이처럼 나이가 들고 많은 인생 경륜을 쌓았기에 '긍정적 인생관'을 갖게 되고, 모든 것을 좋게 보고, 좋게 해석하려는 마음의 자세를 지니게 되었다고 해석할 수 있기 때문이다. "괜시리 보고픔이 많은 계절/ 미웠던 사람까지도 그립다", "짧은 가을날을 원망 말고/ 보고 싶은 사람 찾아 나서자" 등의 화법(話法)은 그야말로 시적 자아의 긍정적 인생관이 자연스럽게 유로된 결과이다. "미웠던 사람까지도 그립다"는 이야기는 모든 것을 용서하고 포용하는 자세다.

그리고 마지막 연에서는 "코스모스 가녀린 허리에/ 가을이 핀다"고

하였다. '꽃이 피는 게' 아니라 '가을이 핀다'고 표현한 데에 묘미가 있다. 또한 이 마지막 연은 아름다운 분위기를 상징적으로 제시하여 독자의 관심을 끌고, 자유롭게 상상할 수 있는 여지를 남겨 주었다는 데에 시적 성과를 거둔 것으로 사료된다.

4) 함축적인 언어

비운 자리가
이렇게 풍족한 것은
담을 수 있는
넉넉함이 있기 때문이다.

어디서 많이 듣던 말 같다
어차피 인생은 빈손인 것을

사는 동안 헛된 욕심 다 버리고
겨울나무로 살자.

― 「무소유」 전문

우리가 사용하는 언어에는 그 기능에 지시적 기능과 함축적 기능이 있다. 전자는 일상으로 쓰는 말로 사전적 의미를 말하고, 후자는 그 말이 풍기는 분위기, 다의성, 암시력, 상징성 등을 의미한다. 이에 대하여 M. C. 비어즐리는 외연(外延)과 내포(內包)로 나누어 설명하였다. 외연은 지시대상이 고착되어 있는 것으로 보았고, 내포는 그 속뜻이 은폐되어 있는 것으로 보았다. 내포는 그 의미가 은폐되어 있기 때문에 함축적 의미를 파악하기 위해서는 유추와 상상력이 동원되어야 한다. 하여간에 시의문장에서는 외연보다는 내포, 지시적 기능보다는 함축적 기능이 중요시되고 있다.

예로 든 작품의 제목은 <무소유>이다. 무소유란 가진 것이 아무것도 없다는 뜻이다. 제1연을 보면 "비운 자리가/ 이렇게 풍족한 것은/ 담을 수 있는/ 넉넉함이 있기 때문"이라고 하였다. 비웠는데도 풍족하다는 것이고, 비웠는데도 담을 수 있는 넉넉함이 있다는 것은 역설적이다. 이처럼 역설적 표현을 한 것은 시적자아의 마음 상태가 넉넉하고 여유 공간이 있다는 것을 의미한다.

그리고 "어차피 인생은 빈손"이라고 하였다. 누가 한 이야기인지는 모르지만 "공수래공수거(空手來空手去)"란 말이 실감난다. 그러니 사는 동안 헛된 욕심 버리고, 겨울나무로 살자고 한 것이다. 여기서 "겨울나무로 살자"고 한 것은 함축성 있는 표현이다. 겨울나무처럼 잎을 다 떨어뜨리고 무소유로 살자는 의미도 있고, 성자처럼 경건하게 살아간다는 의미도 있고, 앞으로 다가올 봄을 위해 미리 준비한다는 의미도 내포되었다. 이처럼 여러 가지로 해석할 수 있고, 자유롭게 상상할 수 있다는 점에서 시어의 함축적 기능을 잘 살린 것으로 평가된다.

> 백 년도 못사는 삶이
> 왜 그리도 바빴는지
> 내 성급함을 조율해 가며
> 인생의 험한 길을
> 무단히 개척해 왔었지
> 이제 고된 몸 잠시 쉬어 가려니
> 벌써 떠날 때 되었다고
> 가을비가 내린다.
>
> ―「인생 1」 전문

상기 인용 작품의 제목은 <인생 1>인데, 이것을 달리 이송원 시인의 <자화상>이라 해도 크게 어긋나지는 않을 것이다. 사실 이 '자화상'에 대하여는 많은 시인들이 자신의 자화상을 그려 냈지만, 특히 유명한 것은 윤동주의 <자화상>이란 작품이다. "산모퉁이를 돌아 외딴 우물을 혼자 찾아가선/ 가만히 들여다봅니다.// 우물 속에는 달이 밝고 구름이 흐르고 하늘이/ 펼치고 파아란 바람이 불고 가을이 있습니다.// 그리고 한 사나이가 있습니다./ 어쩐지 그 사나이가 미워져 돌아갑니다.// 돌아가다 생각하니 그 사나이가 가엾어집니다./ 도로가 들여다보니 사나이는 그대로 있습니다. …이하 생략…" 윤동주의 <자화상>을 인용해 보았는데, 이 작품에는 일제 식민지 시대를 살던 한 젊은 지식인의 고뇌가 담겨져 있다. 우물을 통해서 자아를 성찰하는 것 같기도 하고, 자기 마음 자신도 어떻게 할 수 없어 방황하는 모습을 그린 것 같기도 하다. 또한 자아에 대하여 미운 감정이 들기도 하고, 가엾은 생각도 난다고 하였는데, 이런 묘사는 자신에게만 향한 감정이 아니고, 그 시대 우리민족이 처한 상황과 심리적인 갈등을 그대로 대변해주는 좋은 예라고 생각한다.

이에 비하여 이송원 시인의 <자화상>에도 시적 자아의 고달픈 삶과 인생 역정이 여실하게 표현되었다. "왜 그리도 바빴는지", "성급함을 조율해 가며", "인생의 험한 길을", "무단히 개척해 왔었지" 이런 구절들에서 시적 자아가 얼마나 바쁘게 살고, 힘들게 살고, 황무지를 개척하듯이 새로운 삶을 일구며 살아왔는지가 그대로 증명된다. 한마디로 시인 이송원의 삶을 몇 마디 말로 축소시켜 놓은 축약도라는 생각이 든다.

그런데 맨 끝 연에서는 "벌써 떠날 때 되었다고/ 가을비가 내린다"고 하였다. 여기서 가을비가 내린다는 말은 그야말로 분위기를 제시해

주고 암시를 준 것이다. 가을비는 우선 처량한 느낌이 들고, 겨울이 오기를 재촉하는 의미도 있고, 시간적으로 종점에 가깝게 왔음을 암시해 준다. 시인은 이렇게 암시를 주고 독자는 마음껏 상상하면서 유추해 보는 수법을 우리들은 함축성 있는 표현이라 해도 좋을 것이다.

이제까지 이송원 시인의 작품 세계를 1) 사랑과 그리움의 정서, 2) 추억과 향수, 3) 긍정적인 인생관, 4) 함축적인 언어 등으로 나누어 고찰하였다. 이번 작품집에는 80편의 시가 실렸는데, 그 소재나 주제는 다양하다. 인생의 의미 탐구, 아름다운 추억, 인생무상, 자아 성찰, 고향을 그리워하는 향수, 자연을 소재로 했거나 대상으로 한 작품, 과거 회상, 외로움, 그리움, 감사하는 마음, 현실 인식 등 다양하기 이를 데 없다. 그리고 시상의 전개나 말을 다루는 솜씨가 그 나름의 독특한 면모를 보여주었다.

다시 그의 작품들을 읽은 소감을 나열해 보면 ① 미래지향적이기보다는 과거 회상적인 작품이 많은 점, ② 아름다운 추억을 형상화한 작품이 많은 점, ③ 그리움을 주제로 한 작품이 많은 점, ④ 인생의 의미를 찾아내려고 한 점, ⑤ 고향을 그리워하는 작품이 많은 점 등이 그의 시세계의 특징이라고 하겠다. 그 중에서도 사람을 그리워하고 사랑하는 마음가짐이 돋보였고, 모든 것을 좋은 쪽으로 해석하려는 긍정적인 인생관이 함축되었기에, 이글의 제목을 "인간애를 바탕으로 한 긍정의 시학"이라 붙였다. 아무튼 이번에 상재하는 시집이 우리 문단에 빛을 더해주기를 바라고, 앞으로 계속 정진하고 발전하시기를 바라면서 이만 장황한 논의를 마무리한다.

15. 자연과 인생과 시심의 조화로운 경지

— 이일섭의 시세계

우선 이일섭 시인의 제3시집 출간을 축하드린다. 이시인은 이번의
작품집을 통하여 문학에 대한 애정과 열정, 정진과 수련의 과정, 작품
의 성숙도 등을 보여주었다. 문학은 본질적으로 시인의 자기 삶에 대
한 반성, 자기와의 만남, 체험에서 우러나온 자기 고백, 자기 삶의 증언
등을 나타낸다고 한다. 이러한 자신의 삶의 문제뿐 아니라, 자연이나
인간을 대상으로 묘사하고 찬탄하고 감상하면서 서정 세계를 표출할
수도 있다. 그래서 문학은 자아와 세계의 화합 또는 갈등 양상을 표출
하는 작업이라 할 수 있다.

이시인의 작품 세계를 보면 ① 여강과 영릉을 소재로 한 것들 ② 계
절 감각을 시화한 것들 ③ 희망이나 추억을 형상화한 것들 ④ 그리움
의 정서나 염원의 뜻이 담긴 것들로 대별할 수 있다. 이처럼 분류해 볼
수 있지만, 더 구체적으로 논의하면 상상력보다는 체험과 단순 서정에
의존하는 경향이 짙다는 것을 감지할 수 있다.

그렇기 때문에 그 표현 수법에 있어서도 현학적인 어휘를 나열하거
나, 애매모호한 시어를 동원하거나, 말을 빙빙 돌려서 어지럽게 하거
나, 엉뚱한 수사법을 구사하는 등의 특이한 몸짓을 하지 않았다. 약간
의 비유와 상징을 동원하면서 직정적인 언어로 자기감정을 표출할 때
가 많다. 그래서 읽는 이에게 쉽게 받아들이면서도 잔잔한 감동을 느
낄 때가 많은 것이다.

이일섭 시인은 1994년에 출발한 한국문협 여주지부 창립 멤버이고,
창립 당시부터 부지부장 직을 수행해 왔으며, 여주 문단 발전을 위해

헌신적인 노력을 기울여 왔다. 그러면서도 문학에 대한 자기 수련을 게을리 하지 않아 이번에 또 한권의 시집을 상재하게 되었고, 작품의 질적인 면에서도 새로운 면모를 보여주었다고 생각한다.

1) 여강과 영릉을 소재로 한 시편들

밝아오는 새벽
거울 같은 여강

물살을 차는 제비들
양섬벌 물오리 떼 한가로이

아침 노을 속
산천은 고요히 잠겨
강 건너 오학동 물새들
금모래벌 유월의 아픈
햇살을 쪼아린다.

백로는 큰 나래 짓으로
거울에 비친 제 모습을 보며
훨훨 날아가네.

밤새도록 어둠 속에
묵좌한 산천은
해맑게 유월의 상처를 닦으며
묵묵히 흐른다.

－「새벽 여강」 전문

제목 그대로 여강의 새벽 모습을 묘사하였다. 먼저 시간적 배경과 공간적 배경을 제시했는데, 시간적 배경은 새벽이고 공간적 배경은 여강인 것이다. 그 시간 그곳에는 제비, 물오리 같은 날짐승들이 날고 있었다. 아침노을 속에 산천은 고요히 잠겼는데, 강 건너 금모래 벌에서는 물새들이 유월의 아픈 햇살을 쪼아대고 있었다. 백로는 큰 나래 짓으로 거울처럼 맑은 물위를 날아가고, 어둠 속에 잠겼던 산천은 유월의 상처를 닦으면서 묵묵히 흐르고 있다는 것이다.

이처럼 이 작품은 외견상으로 볼 때 새벽녘의 여강을 바라보면서 당시의 정경을 그림처럼 묘사한 것 같다. 어떻게 보면 서경시에 가깝다는 이야기다. 여강은 이일섭 시인의 고향 여주의 중심부를 가르고 흐르는 강이다. 어린 시절부터 그 강에서 놀고 호흡하고 정서를 함양하면서 살아왔다. 이 강은 이일섭 시인의 꿈과 추억과 애환이 서려 있다. 그러니까 여강을 보면 남다른 감회를 느낄 수밖에 없었던 것이고, 그래서 그의 작품 중에는 여강을 주제로 했거나 소재로 한 작품이 많다고 생각한다.

그는 이처럼 자연을 소재로 했으면서도 단순 감흥이나 서정을 노래하는데 그치지 않았다. 그 고향의 강은 역사와 전설이 서리고, 민족의 아픔과 나라의 안위를 함께 했던 강으로 인식했다. 그래서 시인은 "오학동 물새들/ 금모래 벌 유월의 아픈/ 햇살을 쪼아린다"고 했고, "유월의 상처를 닦으며/ 묵묵히 흐른다"고 했던 것이다. 바로 여강은 6·25 당시 동족 상잔의 전쟁터였고, 아픈 상처가 배어있고, 우리의 역사를 증언하는 강으로 인식했던 것이다. 한마디로 여강은 자연 그대로의 강이면서 역사의 흔적이 남아있고 역사를 증언하는 강이라 인식하였다.

　　흐르는 여강은 묵묵히
　　시공을 뛰어넘어

저리도 친절한 사랑이
넘쳐 흘러갑니다.

찢기어 구겨진 세월도 있었으련만
속으로 삭히고 천연스럽게
흘러갑니다.

억만 겁을 흘러 흘러도
먼 훗날을 기약한 듯 가는 그길
너는 권좌의 도를 닦는 선비입니다.

너는 보기 드문 우정
세파에 차가운 가슴을
서로서로 부둥키며 흘러갑니다.

가 오는 길
생명의 젖줄을 평등하게
겸손이 넘치는 어머님의 온화한 품이옵니다.

오늘도 그 가는 길
강물이 날개를 단 듯
달리고 있습니다.

－「여강은 날개를 달고」 전문

  위 작품은 주로 의인법을 구사했다고 본다. 그래서 친절한 사랑이
넘쳐흐른다 했고, 속으로 삭히고 천연스럽게 흘러간다고 했다. 권좌의
도를 닦는 선비라 했고, 서로서로 부둥켜 안고 흐른다고 했다. 겸손이
넘치는 어머님의 온화한 품이라 했고, 날개를 단 듯이 달리고 있다고
했다. 고려 시대 가전체 소설처럼 대상에 인격을 부여해서 자신의 하

고 싶은 이야기를 펼쳐나가고 있는 것이다.

그렇다고 의인법만 쓴 것이 아니고, 은유법도 썼다고 생각하는데, 예를 들면 여강을 도를 닦는 선비라 본 것, 여강을 어머님의 온화한 품이라 본 것은 의인과 동시에 은유도 썼다고 해석된다. 은유란 암유라고도 하며, 원관념과 보조관념을 동일한 것으로 보는 비유이다. 그런데 원관념을 생략하고 보조관념만을 내세우는 메타포는 마치 상징과 같아서 시를 이해하기 어렵게 만든다. 메타포에는 본래 가진 사물의 의미를 떠나 새로운 의미를 가져온다는 어의가 들어있다.

위의 작품에서 여강을 도를 닦는 선비라고만 보지 않고 동시에 어머님의 온화한 품이라 본 것은 확장 은유에 해당한다. 확장은유란 원관념에 여러 개의 보조관념을 동시에 포용하고 있는 형태이다. 이러한 보조관념을 다수 내포하고 있을 때 시적 효과는 배가된다고 본다.

특히 둘째 연에서 "찢기어 구겨진 세월도 있었다"는 것은 대상에 감정 이입시킨 형태이다. 그래서 이 말은 여강에 대한 설명이 아니고 이일섭 시인 자신의 이야기일 수 있고, 속으로 삭히고 천연스럽게 흘러간다고 한 것도 이일섭 자신의 세상 살아가는 태도를 표출한 것이라 볼 수 있다. 상기 작품은 언뜻 보기에 평범한 듯하면서도 작자 자신의 철학이 들어있고, 인생관이 들어있고, 동시에 여러 가지 수사법을 구사했다는 점에서 시적 성과를 거둔 것으로 평가된다.

이 한밤
세종전 지붕 위엔
별들이 속삭이고
반달이 노나니
밝은 빛 어리어 빛나네.

세종은
엄숙 늠름히
훈민정음 펴 드시니
온 누리에 문화의 햇불 밝히시네

노송은 청포 자락을 여미고
無我의 사색…

이 묵묵한 흐름은
아침이 밝아오는
순간입니다.

—「이 한밤 영릉」 전문

　이일섭 시인은 영릉의 세종대왕 유적관리 사무소에 오랜 동안 근무하였다. 그래서 영릉과 세종대왕에 대하여는 남다른 존경심을 갖고, 그 존경심은 거의 종교적 경지에 이르렀다. "온 누리를 누비다가/ 세종 광장에도 능침에도/ 소복소복 흰 구름 같이/ 모여서 피여 오른다", "능의 물건을 갖다가 개인 소유/ 하면 큰 벌을 받는다고", "오늘도 따스한 여기/ 영릉 금잔디 동산/ 아지랑이 피어 오르고/ 노송 드리운 솔바다", "동방의 아침/ 영롱한 햇살 빛나/ 아름드리 노송 드리운 영릉에/ 황금빛 문화 햇불이 밝도다", "동쪽 명당에/ 금빛 찬란히 해든 영릉/ 북성산 뫼허리/ 흰 구름 드높이 두른 띠" 등 이러한 예를 들려면 부지기수이다.

　세종대왕은 조선조 5백년사에서 가장 위대한 업적을 남기신 분이시다. 세종은 현명하고 학문을 즐겼으며, 내치·외교·문화 등 여러 방면으로 치적을 쌓으셨다. 왕은 즉위한 뒤 정음청을 두어 훈민정음을 창제하고, 집현전을 설치, 국내의 우수한 학자를 총망라하여 학문을 강론케 하였고, 활자를 개량하여 학자들을 지도해서 많은 책을 편찬케 하였다. 이 이외도 많은 치적을 쌓으셨지만 특히 훈민정음 창제는 우리나라 문화 발전에 지대한 영향을 끼쳤다.

이처럼 반만년 역사상 가장 위대한 세종대왕을 모시고 받들면서 직장 생활을 몇 십 년 해왔으니, 대왕을 시적 소재로 많은 작품을 생산하는 것은 당연하다고 본다. 상기 작품의 시간적 배경은 겨울철 한밤중이고, 공간적 배경은 영릉이다. 그래서 세종전의 지붕 위에는 별들이 속삭이고 반달이 노닌다고 했던 것이다. 그리고는 현실세계에서 상상의 세계로 넘어간다. 세종대왕께서 엄숙하고 늠름하게 훈민정음을 펼쳐 드시고 온 누리에 문화의 횃불을 밝히신다고 보았던 것이다.

게다가 주변에 있는 노송까지도 무아의 사색을 한다고 보았는데 이런 것을 시적 허구라고 한다. 허구라면 대체로 소설에나 존재하는 것으로 알고 있는데, 시에서도 사실적 표현만 하는 것이 아니라 허구적 상상력을 동원하는 것은 흔히 쓰는 수법이다. 이 작품 또한 허구적 상상력을 동원해서 세종대왕의 일거일동을 직접 관찰하는 것처럼 이야기했고, 그러한 상상력을 동원했기에 시적 수준을 한 단계 끌어올릴 수 있었다고 본다.

2) 계절 감각을 시화한 작품들

이 한밤이 흐르면
영롱한 아침이 밝아
이 겨울이 지나면
새봄이 오겠지

지금 걷고 있는 길
저 언덕 너머엔

아늑한 마음의
고향이 있겠지

저 영마루엔
흰 구름 한점
쉬어 가는데

저 험준한 고개 턱
영마루에서
내가 쉬어나 가리라.

－「구름아」 전문

이 작품은 계절 감각을 노래했다기 보다는 계절을 배경으로 해서 자신의 소회를 담담하게 서술하였다. 때는 겨울철 자신의 인생을 성찰하면서 마음에 간직했던 것들을 진솔하게 노래했다고 본다. 제1연에서는 시간적 배경과 계절적 배경을 제시하였다. 지금은 한밤이지만 몇 시간 지나면 영롱한 새아침이 밝아올 것이고, 지금은 겨울철이지만 머지않아 새봄이 돌아올 것이라고 자연의 순환법칙을 이야기하였다.

제2연에서는 지금 걷고 있는 길과 저 언덕 너머를 제시했는데, 이것은 현재 가고 있는 길과 앞에 가로놓인 언덕을 이야기한 것이겠지만, 확대 해석하면 시인 자신의 인생의 길, 시인 자신이 넘어야 할 인생의 고개 같은 것을 의미한다고 볼 수 있다. 왜냐하면 저 언덕 너머엔 아늑한 마음의 고향이 있을 것이라고 예견했기 때문이다. 다시 말해서 이러한 말법 속에는 현실은 삭막하고 쓸쓸하고 외롭고 투쟁적이란 의미가 내포되었고, 저 언덕 너머 이상향에는 평화롭고 푸근하고 다정하고 화해적이란 의미가 내포되었다고 본다. 그러니까 시인은 비록 현실에

몸을 붙이고 있지만 , 마음은 항상 저 언덕 너머 이상향을 찾아 방황하고 있다고 보아야 할 것이다.

제3연과 4연은 내용상 한 연으로 묶어도 별 무리가 없다고 본다. 3연의 구름과 4연의 <나>는 대칭을 이루는데, 영마루에는 구름이 쉬어간다 했고 험준한 고개에서는 시인 자신이 쉬어간다고 했다. 그러나 구름이 영마루를 넘는 것은 용이하지만, 시인이 험준한 고개를 넘는 일은 여러 가지 난관이 예상된다. 왜냐 하면 시인의 앞길에는 고난과 역경과 장애물이 가로놓여 있기 때문이다. 비록 쉬어가겠다는 표현을 썼지만 쉬지 않고 계속해서 항진해야 하는 것이 인생 항로이기 때문이다.

이처럼 시인은 자연물을 대상으로 했으면서도 그 자연을 객관적으로 노래하거나, 그것에서 나온 정서를 드러내지 않고, 인생의 의미를 투영시켜 그 내용을 심화시켰다는 데에 의미가 있다고 본다. 거듭 이야기하지만 이일섭의 작품 세계에는 그의 인생관 세계관을 함축시켜 철학적인 깨달음을 음미할 수 있는 점이 특징이라고 하겠다.

불볕 누빈 문턱 지난 바람
숲 속에서 졸다가
낙엽이 재촉하는 바람에
낙엽과 함께 계곡을 누비고 있다.

솔잎 흑벌레에 목숨 바친 나무들
그래도 바다 같은 숲의 리듬
너울대는 물결 소리
숲은 바람 소리에 기웃거린다.

공해로 시들어 가는 나무 가지들
눈을 감고 침묵으로

새들의 노래 소리
귀 기울이며 서성인다.

명암의 교차가 심한 나날
온통 상처의 산산
고독을 씹으며 텅빈 가슴
짐승들 찾아들어 울부짖는다.

온 누리는 황금빛 숨결 소리
바람은 그래도 횡횡
나의 마음을 뭉클하게 만들려 떠난다.

무거운 짐을 훌훌히
떨어버린 나무
빈 마음 스잔한 가지도
나를 상념으로 몰아간다.

―「가을 산바람」 전문

　문학 작품의 대상이 되는 것은 결국 인간과 자연이다. 그 작품적 성격이 아무리 다양하고 복잡하더라도 인간과 자연이라는 범주를 뛰어넘지 못한다. 물론 정치·사회·역사·종교·철학·사상 등에 관심을 보인 작품들이 있기는 하지만 이것들도 광의로 보면 인간을 다룬 것이라 정의할 수 있다. 또 인간과 자연은 대립적인 개념으로만 파악할 성질은 아니다. 왜냐 하면 인간도 자연의 일부요, 그 속성이기 때문이다. 그러니 문학 작품에서 자연에 대한 관심을 표명하는 것은 당연한 일이라고 생각한다.

　위 작품 「가을 산바람」은 자연을 대상으로 했다기보다는 자연 현상을 대상으로 했다고 보아야 한다. 한여름을 지나 이제는 낙엽을 재촉하는 가을바람이 계곡을 누비고 있다는 것이다. 흑벌레에 시달린 나무들이 숲을 이루었는데, 바다처럼 너울대는 물결 소리를 내고 있다는 것이다. 게다가 공해로 시들어 가는 나무 가지들이 새들의 노래 소리에 귀 기울이고 있다고 했다. 이런 것은 대상을 육안으로 보지 않고 심안으로 보기 때문에 가능한 것이다.

명암의 교차가 심한 나날 산은 온통 상처뿐이라고 했는데, 이때 산은 시인 자신을 비유한 것이라 해석할 수 있다. 이순의 중턱까지 살아오면서 시인은 무수한 고통과 역경을 체험하고 상처받으면서 지내왔다. 그렇기 때문에 고독을 씹으며 텅 빈 가슴이라 한 것도 시인 자신의 가슴이라 보아야 할 것이다.

이처럼 상처받으면서 살아왔어도 시인의 세계에 대한 관점은 따뜻하고 긍정적이다. 바람은 내 가슴을 뭉클하게 하면서 떠난다 했고, 나목들도 스잔한 나무 가지들도 나를 상념으로 몰아간다고 했다. 이런 내용들은 세계를 부정적으로 보고 타파의 대상으로 본다면 할 수 없는 발언들이다. 하여간에 시인은 자연이나 대상을 묘사하면서도 나중에는 자신의 이야기로 전환시키거나, 상상의 세계로 넘어감으로써 시적 수준을 높이는 수법을 구사했다고 본다.

비가 오네
비가 오네
창가에도
내 가슴에도
비가 내리네.

밤비는 가로등에 내리네
길 나그네 발걸음이

이별의 곡조인 양
터벅터벅
가슴 슬퍼라.

기다리는 연인도 없는데
이 가슴 이유도 없이
비가 오네.

사랑의 배반도
이별의 미련도 없으련만
망상의 추억들이
맴도는 비가 흐르네
주룩 주룩 흐르네
이유도 없이
가슴 속에 흐르네.

—「비가 오네」 전문

　우리 선인들은 자연 친화 사상이나 자연애 의식이 강하였다. 조선시대는 사대부들이 출사와 유배를 반복하는 일이 많았기 때문에 귀전원 사상이나 귀거래 의식을 노래한 시인들이 많았었다. 윤선도의 <오우가>도 자연 친화 사상을 노래한 것인데, 자연물에 인격을 부여해서 작자 자신의 인생관이나 세계관을 표출하였다. 이처럼 우리 선인들은 자연을 자연 자체로 인식하지 않고 하나의 인격체로 간주하고 노래함으로써, 그 안에서 교훈성이나 깨달음 같은 것을 찾아내려고 했던 것이다. 아니면 중앙 정계나 관계를 떠나 고향이나 산골로 들어가서 자연과 더불어 유유자적하는 생활을 즐기기도 하였다.

　그리고 사람은 계절의 변화에 민감하게 반응한다. 화창한 봄날 백화

만발한 것을 보면 실제로 얻은 것이 없는데도 즐겁다. 그러나 낙엽이 떨어져 이리저리 굴러다니는 것을 보면 공연히 쓸쓸하고 서글퍼지는 것이다. 눈 올 때, 비가 올 때의 계절 감각이 다르고, 바람 불 때, 춥고 더울 때의 계절 감각이 다른 것이다. 상기 작품은 뚜렷하게 어느 계절에 지은 것인지 모르지만, 비 오는 날의 서글픈 감정을 술회한 것이라 본다. 비가 오는 것은 객관적 사실이지만 내 가슴에도 비가 온다고 한 것은 주관적 해석이다. 원래 시는 사물을 논리적으로 이해하는 것이 아니라, 시인 자신의 독특한 눈으로 관찰한 주관적 해석이다.

밤비가 가로등에 내린다는 구절을 통해서는 이 작품의 시간적 배경을 감지할 수 있다. 낮비 보다는 밤비가 더 인간의 감정을 격렬하게 만들 수 있다. 그래서 시인은 밤비 소리와 발걸음 소리를 이별의 곡조인 양 슬프다고 했던 것이다. 기다리는 사람도 없는데, 이 가슴에 이유 없이 비가 내린다고 한 것은 반어법이라고 생각한다. 사실은 기다리는 사람이 있다는 것을 역설법으로 표현한 것이다. 왜냐 하면 아무리 비 내리는 밤일지라도 기다리는 연인을 만나면 밤비 소리가 악기 소리처럼 즐겁게 들릴 것이기 때문이다. 사랑, 배반, 이별, 미련 등의 시어들을 동원한 것만 보아도 저간의 사정을 짐작할 수 있는 것이다. 이처럼 이 시인은 자연 현상이나 계절 감각을 노래하면서도 나중에는 그 자연에 감정 이입시켜 자신의 이야기를 술회하는 수법을 씀으로서 시적인 효과를 거두었다고 생각한다.

3) 희망이나 추억을 형상화한 작품들

봄 고향 길엔 아침 까치 짖어대고
앞산 뒷산 만발한 진달래

울긋불긋 꽃잔치
잠 깬 실개천 노래 부르며
꾀꼬리 뻐꾸기 화명 소리

강 건너 우직한 황소의 밭갈이
백로는 훨훨 원무하며
그리움을 토해내는 강변 물새들
정겨운 조약돌 옛 이야기 소근대며
제비들의 활기찬 나래짓

강버들 늘어진 초원길
종달새 드높이 날아
매생이배 오락가락
물을 박찬 고기떼들
집오리 노니는 강변이여

나무들은 푸른 깃발 내걸고
씀바귀 산나물 캐는 아낙네
봄을 가득 담아 저녁노을 등에 지고
돌담에 졸고 있던 바둑이 꼬리를 흔든다.

ㅡ「봄이 오는 길」 전문

　　우리 인간들은 이 세상을 살아가면서 도대체 인생이란 무엇인가 하는 물음에 직면할 때가 많다. 그러나 어느 책을 보아도 어느 스승을 만나도 이 문제에 대하여 시원한 답을 준 경우는 찾아볼 수 없다. 그렇더라도 우리들은 여전히 하루 세끼 밥은 먹어야 하고, 무엇인가 끊임없이 꾸물거리면서 일해야 하고, 희비애락의 감정을 표출하면서 하루하루 살아가야 한다. 이 세상에 태어났으니 살아가는 것이고, 살아가자니 열심히 일해야 하고, 그러는 과정에 남들과 부딪치면서 갈등을 겪을 때가 있다. 또 서로 돕고 어울리면서 즐겁게 지낼 때가 있다. 사람은 누구나 나이를 먹게 되고, 나이를 먹으면 지난날을 회고하면서 추억에 사로잡힐 때가 있다.

위의 작품은 이일섭 시인이 어린 시절의 추억을 영화의 필름처럼 되살려 놓은 것이다. 그 어린 시절 고향에서는 아침 까치 짖는 소리, 진달래 꽃 만발한 동산을 해마다 접하면서 살았다. 실개천의 물소리, 꾀꼬리 소리, 뻐꾸기 소리 같은 것을 벗하면서 꿈을 키우며 살아왔다. 강 건너 들판에는 황소가 밭을 갈았고, 강가에는 백로들이 원무하면서 날아다녔다. 강변 물새들, 강가의 조약돌, 제비들의 나래 짓을 정겹고, 그리움을 토해내고, 활기차다고 표현한 것을 보면 그러한 자연환경들이 얼마나 아름답고 환상적이었나를 짐작케 한다.

강버들, 초원길, 종달새, 매생이배, 고기떼, 집오리 등의 용어들이 그 옛날 고향 마을을 상징해 주는 낱말들이다. 푸른 잎새 달고 있는 나무들, 씀바귀, 산나물, 아낙네, 저녁노을, 돌담, 바둑이 등의 용어들도 고향 마을을 상징해준다. 하여간에 상기 작품은 1945년 해방 직후, 또는 6·25 사변 후 어렵고 가난하던 시절의 농촌 현실을 여실하게 그려내었다. 그래서 오늘날의 60대, 70대들은 비록 못 먹고 못 입고 살았지만 그 시절의 추억을 반추하면서 커다란 위안을 삼고 살아가는지 모르겠다. 고향에 대한 이러한 추억은 비단 이일섭 개인에게만 국한된 것이 아니라, 동년배의 우리 국민들이 공통적으로 느끼는 감정이라는 데서 공감대를 형성할 수 있었다고 본다.

찬연한 아침 햇살
남한강 푸른 산하에

자유를 평등하게
유린 없는 영광을 누리도록
생명의 젖줄이 흐르네.

한 많은 물굽이 산모랭이 지나
희로애락을 싣고
굽이굽이 칠 백리 날개를 달고
비상하는 웅비의 꿈

말씀의 강
깜박이는 등불을 밝히고
골짝마다 문화의 꽃 피워
마을과 마을 손잡고
출렁출렁 아리랑 멜로디가
새파란 물 위를 걸어가네.
옛 숨소리 들리는 듯
묵향의 내음이
오늘도 흐르는 강

황포 돛이 노을에 불타는 듯
남한강 펜 물도 힘차게 흐르리라.

— 「남한강」 전문

　사람은 정신적인 만족을 희구하는 존재이다. 제아무리 배불리 먹고 편안하게 잠자면서 살아도 정신적으로 불만족스러우면 마음의 평정을 얻을 수 없다. 인간은 돈이 억수로 많다고 해서 행복한 것도 아니고 지위가 하늘처럼 높다고 해서 행복한 것도 아니다. 차라리 자기의 분수를 알고 적당한 선에서 만족하고 자위하면서 살아야만 오히려 행복할 수 있다. 사람은 항상 이상 세계를 추구하고 진선미를 추구하면서 살아가게 된다. 그래서 이상 세계를 현실화하고 진선미를 획득하였으면 더 이상의 행복은 없는 것이다.

그러나 이상 세계를 실현하고 진선미를 획득해서 항상 만족을 느끼는 사람들이 몇 명이나 되겠는가. 대부분의 사람들한테 어떻게 살고 싶으냐고 물으면 행복하게 살고 싶다고 대답할 것이다. 그 행복은 물질적인 풍요로움만 가지고는 이루어낼 수 없다. 동시에 정신적인 만족을 얻어냈을 때 비로소 행복해지는 것이다. 이러한 정신적인 만족을 추구하는데 큰 몫을 하는 것이 문학이라고 본다.

상기 작품은 남한강을 배경으로 했고, 그 남한강을 미화하는 수법으로 출발했다. 찬연한 아침 햇살, 푸른 산하, 자유 평등, 생명의 젖줄, 영광이란 말들이 모두 남한강의 이미지를 제고하는 수식어 역할을 하고 있다. 한 많은 물굽이가 산모랭이를 지난다는 말이나 희로애락을 싣고 간다는 말은 영욕과 함께 지내온 남한강의 역사성을 나타낸 것이다. 그러나 칠 백리 날개를 달고 비상하는 웅비의 꿈을 지녔다는 것은 부정적 요소보다는 긍정적 요소, 암울보다는 밝은 미래를 약속하면서 힘차게 전진할 것임을 예고해 주고 있다. 말씀의 강, 등불, 문화의 꽃, 아리랑, 멜로디, 새파란 물 등의 용어들도 남한강을 배경으로 한 여주에 오로지 영광과 밝은 미래가 도래할 것임을 상징해주는 시어들이다. 묵향의 내음이 흐르는 강이라 한 것은 여주가 예로부터 문향의 고장임을 나타낸 것이고, 남한강 펜 물이 힘차게 흐르리라 한 것은 여주문학이 활성화되고 발전하기를 기원하는 뜻이 내포되었다. 이처럼 이시인은 여주문협 창립 멤버답게 여주문학의 발전을 간절하게 소망하고 있다는 것이 예의 작품을 통하여 증명된 것이다.

4) 그리움의 정서나 염원의 뜻이 담긴 작품들

내가 부르던
그 이름이여
메아리만 산 속을 헤맨다
갈기갈기 찢어진 울림
저 그리움의 자락이여.

솔바람
출렁이는 호수여
네 홀로 수레바퀴 소리
돌돌돌 흐르는 계곡.

노을이 파닥이는 낙엽
지저귀는 새 소리
졸졸졸 물소리
내가 영의 시풍 속으로
젖어 들면
주마등 같이 흘러간 추억.

그리움이 솟아나는
가슴으로 흐르는 사랑

일성의 메아리
허무한 정숙으로
되돌아오는
내가 부르던
그 이름이여.

－「내가 부르던 그 이름」 전문

인간은 근원적으로 무엇인가를 막연하게 기다리고 그리워하면서 살게 되어 있는데, 그것은 인간이 영적인 동물이기 때문이다. 그런데 그 만물의 영장인 인간은 막연한 향수와 그리움 같은 것을 지니게 되어 있다. 그러한 그리움은 인간이 고독하기 때문이고, 그 고독함을 느끼게 되면 무엇인가를 그리워하면서 살게 된다. 때문에 고독과 그리움의 정서는 똑같은 것이라 볼 수는 없지만 그림자의 양면처럼 항상 붙어 다니게 되어 있다.

그런데 이시인은 위 작품에서 막연한 향수와 그리움을 노래한 것 같지는 않고, 구체적으로 어떤 대상을 설정하고서 자신의 감회를 표출한 것 같다. 그 대상을 <임>으로 본다면 임과 자아와의 관계는 청소년 시절 사귀던 여인 같고, 그 여인과는 뜻하지 않게 이별을 했고, 이별한 다음에도 항상 임의 영상을 가슴에 담고 살아온 것으로 풀이된다. 그 임에 대한 사랑이 얼마나 강렬했으면 이순의 고개를 넘고 있는 현재까지도 연연하는지 안타까운 생각이 든다.

위의 작품 첫째 연에서 "내가 부르던 그 이름이여/ 메아리만 산 속을 헤맨다/ 갈기갈기 찢어진 울림/ 저 그리움의 자락이여"를 읽으면 마치 김소월의 작품 "산산히 부서진 이름이여/ 허공중에 헤어진 이름이여/ 불러도 주인 없는 이름이여/ 부르다가 내가 죽을 이름이여/ 심중에 남아 있는 말 한마디는/ 차마 마저 하지 못하였구나/ 사랑하던 그 사람이여/ 사랑하던 그 사람이여"를 다시 대하는 듯한 느낌이 든다.

그리고 그 이별의 아픔이 얼마나 컸으면 갈기갈기 찢어진 울림이라 표현했겠는가. 그 임과의 사랑을 주마등 같이 흘러간 추억이라 했다. 그만큼 무수한 세월이 빨리 흘렀고, 이제는 초로의 나이가 되었음을 고백한 것이다. 그래도 그 추억을 가슴으로 흐르는 사랑이라 표현한 것은 비록 헤어졌고, 또 무수한 세월이 흘렀어도 임과의 사랑은 끝나지 않고 영원하다는 것을 상징적으로 나타낸 것이다.

　　봄이 오는 길목
　　오늘은 입춘 날 새벽부터
　　눈이 나리네 축복이 오네

　　계곡마다 소복소복 싸이네
　　흰 노적가리 싸이네

　　금년 농사는 풍년을 기약하는
　　저 하늘에서 무언으로 알리네

　　강촌 마을 지붕은 백학인 양
　　아침 굴뚝 연기는 어머님의 사랑
　　삶의 행복이 태양같이 불타 오르네

　　온 누리 은빛 나락 속에
　　푸른 흙 새싹이 파르르
　　여린 입술로 대지를 흔드는
　　봄이 오는 길목에서
　　진정 내 마음의 봄은 언제 오려나
　　이땅에 통일의 봄은 언제 오려나.

　　　　　　　　　　　　　　－「입춘 날 흰눈」 전문

　　춘하추동 계절이 바뀌면 사람은 새로운 계절에 대한 감회를 느끼게
된다. 더구나 묵은해를 보내고 새해를 맞게 되면 새 희망과 함께 갖가
지 염원과 소망을 빌게 된다. 위의 작품 「입춘 날 흰눈」은 제목 그대로
봄의 시작인 입춘을 맞이했고, 그날 입춘대길(立春大吉)이란 말과 같이

상서로운 흰눈이 내려 다정다감한 시인이 한수 노래한 것이다. 그 눈이 오는 정경을 입춘 날 새벽부터 눈이 내린다 했고, 그것을 축복이 내린다고 자의적인 해석을 하였다. 그 소복소복 쌓이는 눈을 흰 노적가리에 비유하면서 금년 농사가 풍년이 들 것임을 예고해 준다고 하였다.

강촌 마을의 지붕이 백학처럼 생겼고, 아침의 굴뚝 연기를 어머님의 사랑에 비유한 것은 개성적이다. 이처럼 만물이 소생하는 희망의 계절 봄이 오는 길목에서 시적 자아가 진정으로 바라는 것은 마음의 봄이었다. 희망과 축복으로 충만한 그러한 삶을 살고 싶었던 것이다. 개인적으로는 그렇고 국가적으로는 남북통일이 빨리 되기를 염원하고 있는 것이다. 1945년 일제의 사슬에서 해방된 이래 바로 남과 북으로 갈라졌고, 1950년에는 동족상잔의 6·25전쟁까지 경험했다. 그 후 오늘날까지 숱한 갈등과 굴곡을 겪으면서 통일을 염원해 왔지만 좀처럼 통일의 기미는 안 보였던 것이다. 그래서 이 땅에 통일의 봄은 언제 오느냐고 자탄 어린 독백을 하였다. 그러니까 이 작품을 통해서는 개인적인 소망은 물론 국가적인 염원까지 함께 기원하고 있었던 것이다.

이제까지 이일섭 시인의 제3시집의 내용을 읽고 나름대로 해설과 감상을 시도하였다. 필자는 그의 제2시집 「날아가는 새」를 작품 해설하면서 3가지 특징을 열거하였다. 첫째 이 시인의 모든 작품들은 독자가 쉽게 접할 수 있고, 이해하는데 별 어려움이 없다. 둘째 이 시인의 작품은 전통적 소재들을 즐겨 쓴다는 특징이 있다. 셋째 그의 작품 속에 나타난 의식 세계는 긍정적 요소를 지니고 있다. 이런 특징을 열거했는데 이번 작품집의 특징도 앞의 것과 별반 달라진 것이 없다고 생각한다. 그가 제2시집을 출간한 것이 1998년인데 불과 4년 전의 일이라, 그의 인생관·세계관·문학관이 달라질 만한 시간적 거리가 없었다고 생각한다.

다만 그때는 세종대왕 유적관리사무소에 직장을 두었는데 지금은 퇴직하고 다른 회사에 봉직한다는 점이 변동된 사항이다. 그렇더라도 그의 작품 세계를 다시 정리해 보면 ① 고도의 은유와 상징보다는 유추하기 쉬운 비유법을 썼다. ② 현실 비판적인 시각보다는 사물을 긍정적으로 해석하는 자세를 가졌다. ③ 현실적이고 진보적이기보다는 꿈, 희망, 사랑, 그리움, 추억 등 이상적인 세계를 동경하였다. ④ 여강과 영릉 등 고향의 문화재와 고향의 자연 환경을 친화적으로 그렸다. ⑤ 옛날 소재들을 많이 등장시켜 과거 회고적인 작품이 많고, 따라서 전원시인, 향토시인 소리를 들을 만하다고 생각했다. 이밖에도 여러 가지 장점과 특징이 있겠지만 필자가 제대로 살피지 못해서 언급하지 못한 점이 있으리라 생각한다.

　이제 초로의 시인 이일섭, 나이는 먹어도 작품 활동만은 왕성해지기 바라고 한국 문단에 우뚝 서기를 기대하면서 장황한 논의를 마친다.

우리시대의 문학과 인생

초판 1쇄 인쇄일	| 2011년 11월 28일
초판 1쇄 발행일	| 2011년 11월 30일

지은이	| 원용우
펴낸이	| 정구형
출판이사	| 김성달
편집이사	| 박지연
책임편집	| 채지영
본문편집	| 이하나 정유진
디자인	| 정문희
마케팅	| 정찬용
영업관리	| 한미애 김정훈 신보람
인쇄처	| 월드문화사
펴낸곳	| **국학자료원**

등록일 2006 11 02 제2007-12호
서울시 강동구 성내동 447-11 현영빌딩 2층
Tel 442-4623 Fax 442-4625
www.kookhak.co.kr
kookhak2001@hanmail.net

ISBN	| 978-89-279-0033-7 *93800
가격	| 26,000원